KB043964

가시꽃의
이중주 2

가시꽃의
이주주 2

나자혜 장편소설

A song of spineflower

가하)

가시꽃의
이중주 2

지은이 나자혜
펴낸이 이형기
펴낸곳 도서출판 가하

초판인쇄 2016년 1월 7일
초판발행 2016년 1월 11일
출판등록 2008년 10월 15일 제 318-2008-00100호

주소 서울 영등포구 양평로 67, 1209 (당산동5가, 한강포스빌)
전화 02-2631-2846 **팩스** 02-2631-1846

www.ixbook.co.kr

ISBN 979-11-295-9560-7 04810
     979-11-295-9558-4 04810(set)

값 10,000원

Table of contents

Sea is the purest and most polluted water.

바다는 가장 순수하고 가장 더러운 물이다.

헤라클레이토스

Heraclitus

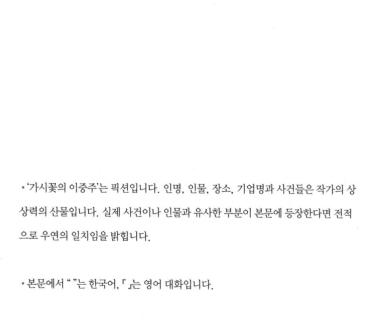

• '가시꽃의 이중주'는 픽션입니다. 인명, 인물, 장소, 기업명과 사건들은 작가의 상
상력의 산물입니다. 실제 사건이나 인물과 유사한 부분이 본문에 등장한다면 전적
으로 우연의 일치임을 밝힙니다.

• 본문에서 " "는 한국어, 『 』는 영어 대화입니다.

10

언젠가는 우리의 상처들이

다음 날 아침 눈을 뜬 영채가 가장 먼저 느낀 것은 옆자리의 허전함이었다. 실망감도 잠시, 벽 쪽에 놓인 1인용 소파를 봤을 때 심장이 튕겨 올랐다. 새 속옷이 개켜져 있었다. 연분홍 브라와 팬티. 소파 등에 걸쳐진 건 흰색 반소매 원피스. 사랑을 나누고 맞는 첫 아침, 권하진의 선택이다.

영채는 침대에서 폴짝 빠져나와 옷을 입었다. 원피스는 허리에서 조였다가 치맛자락이 퍼지는 디자인이었다. 결혼식이 끝나고 입으려고 준비해 온 옷이었는데 전신 거울 속에서 이미 신부가 웃고 있었다.

세안을 하고 거실로 나간 영채는 달그락거리는 소리에 끌려 주방으로 향했다. 흰 셔츠를 입은 하진이 스토브를 마주하고 서 있었다. 반소매 셔츠 아래로 뻗은 건장한 팔이 팬을 유연하게 움직일 때 물기 머금은 머리카락이 살짝 흔들렸다.

영채는 숨을 죽인 채 서서 하진을 지켜보았다. 스토브의 불을 줄인 하진이 돌아서 인사했다.

"안녕."

흰 브이네크라인 셔츠 위에서 빛나는 상큼한 미소. 영채는 수줍음에 입술을 말면서 한 손을 흔들었다.

"잘 잤어?"

하진의 친밀한 시선에 온몸이 후끈거려 고개만 끄덕이게 되었다.

"배고프지?"

하진이 오믈렛을 접시에 담아 내놓으며 물었다. 커다란 화이트 톤 식탁에는 벌써 갓 구운 듯한 식빵과 베이글이 있었다. 방울토마토와 딸기가 샛노란 접시에 담겨 있고 투명한 유리컵에 발간 주스가 절반쯤 차 있었다.

영채는 의자를 빼고 앉아 하진을 올려다봤다.

"일어나 아침 할 생각은 어떻게 했어요?"

하진이 커피를 머그컵에 따라 맞은편에 앉았다.

"이게 내 꿈이었어. 처음 사랑하고 나서 아내에게 손수 만든 아침 먹이는 거."

저 기특하고 낭만적인 남자가 내 거. 내가 저 남자 거. 영채는 자몽 주스를 마시며 실실 웃었다.

하진이 눈을 가느스름하게 떴다.

"뭐야, 그 웃음은?"

"어제 지수 씨가 한 말이 생각나서. 하진 씨 별명이 얼음인간이었다는 말, 유언비어였네."

"한눈 팔 여유 없었어."

"얼음 아니던데요?"

"음?"

"뜨겁기만 하더라. 입술도, 거기도."

영채는 양손을 모아 입을 가렸다. 손가락 사이로 웃음이 삐져나오는 동안 하진이 조용했다. 눈을 슬쩍 치뜨니, 하진의 얼굴이 상기

되어 있었다.

"어어, 얼굴 빨개졌다."

영채는 손가락으로 하진을 가리키며 놀렸다. 하진이 방울토마토를 하나 집어 획 던졌다. 토마토가 그녀의 가슴팍을 치고 굴러 내렸다.

"뭐예요?"

인상을 쓴 영채는 딸기잼을 손가락으로 찍어 하진의 뺨에 쓱 발랐다.

"너야말로 뭐야, 이거?"

하진이 황당해하며 냅킨으로 뺨을 닦았다.

"그걸로 닦으면 어떡해? 핥아주려고 했는데."

영채는 손가락에 다시 잼을 묻혔다. 하진이 그녀의 손을 잡아채 손가락을 입에 넣었다. 잼을 쪽 빨고 나더니 능청스럽게 말한다.

"핥는 건 싫어."

"싫어?"

"원하면 핥아줄 수는 있어."

"어디를 어떻게 핥아줄 건데요?"

"어디든."

온몸이 발간 잼 범벅이 되어 누워 있고 하진이 그녀를 핥는 상상.

으음.

"사후 처리는 누가 하는데?"

하진이 그녀를 멀뚱히 바라봤다.

"세탁기가."

"뭘 생각한 거예요? 난 내 몸을 어떻게 씻을까 말한 건데. 진득거릴 거잖아요."

이 남자는 시트 걱정부터 한 거잖아. 낭만성 항목 감점!

"내가 잘 씻겨준다고 하면 해볼 의향은 있고?"

하진의 눈동자가 뭉근히 빛났다. 영채는 다시 상상의 나래를 펼치다 콧등을 찡그렸다.

"징그러워."

"해보지도 않고 어떻게 알아?"

"그래서 해보자고요, 지금? 여기서?"

영채는 주방을 두리번거렸다.

"침대로 다시 갈 수도 있고."

하진이 목소리를 깔았다. 영채는 하진을 힐긋 보고는 고개를 숙였다.

"그럼 핥는 거 말고 그거 해줘."

"뭐?"

"그거 있잖아."

"그거, 뭐?"

하진의 은근한 다그침에 영채는 발가락을 곰지락거렸다.

"비비는 거."

"으음. 그거. 그게 좋았어?"

하진이 이를 드러내며 활짝 웃었다.

"또 삐긴다."

영채는 새치름하게 눈을 흘기고 하진에게 토마토를 휙 던졌다.

"너."

하진이 일어나 식탁을 돌아와 그녀를 어깨에 들쳐 맸다.

"꺄악!"

"이것도 해보고 싶었어."

"날 짐짝처럼 다루는 거?"

"아니. 수컷이 맘에 드는 암컷 납치하듯 다루는 거."

영채는 다르르 웃었다.

"이 암컷도 이 수컷이 마음에 들어. 말하고 나니까 아가씨와 젊은 이보다 더 낫네. 젊은 암컷과 젊은 수컷. 어때요? 이거 우리 애칭으로 정할까?"

하진이 그녀의 엉덩이를 툭 쳤다. 영채는 또 웃음을 터트렸다. 온몸을 가득 채운 웃음이 팡팡, 솟구쳐 나왔다.

침실 문을 발로 밀어 연 하진이 그녀를 침대에 내려놓았다.

"영채야, 비밀 하나 알려줄까?"

"뭔데요?"

"비비는 거. 사실은 들어가는 게 잘 안 돼서 그런 거거든. 그런데 네가 좋아하는 것 같아서, 들어갈 수 있을 때도 자꾸 비볐어."

영채는 킥 웃으면서 하진의 셔츠를 올렸다.

"이제는 한 번에 파고들 수 있을 것 같아."

하진이 칭찬을 바라듯이 말했다.

"난 비비는 게 좋은데."

영채는 하진의 드러난 맨살에 입술을 갖다댔다.

영채를 침대에 눕히면서 하진은 생각했다. 나의 영채는 빼기는 남자를 싫어하고 비비는 남자를 좋아한다. 많이 빼고 길게 비벼야겠다. 그래야 새치름하고 애다는 영채를 보면서, 오래오래 사랑받지 싶다.

영채가 바지 단추를 조급하게 풀었다. 하진은 고개 숙여 영채에게 입 맞췄다. 깊어지는 입맞춤에 몸이 달아오르는데, 휴대전화가 울렸다. 충전기에 연결해 둔 그의 전화기였다.

인태의 번호에 지정해놓은 벨소리가 볼륨을 키워갔다. 하진은 이마에 주름이 잡히도록 눈을 감았다.

영채가 그의 가슴을 쓸며 한숨 쉬었다.

"받아봐요."

인태는 하진이 서울에서 올린 보고서를 검토하고 싶어 했다. 영채는 '내조하는 암컷'과 '돈 잘 버는 수컷' 타령을 하며 하진을 본채로 떠밀었다. 혼자 남으니 달콤한 꿈결을 헤매다 현실로 돌아온 듯 기분이 급격히 우울해졌다. 시간이 하진과 사랑을 나누기 전으로 돌아가, 도희의 참담한 사연이 의식을 잠식하기 시작했다.

영채는 오믈렛을 먹고 주방을 정리했다. 설거지를 한 후에 거실로 나와 TV를 켜니, 위성으로 한국의 뉴스 채널이 잡혔다.

[예술계 단신입니다. 서주미술관이 뉴욕 소더비 경매에서 한국 예술가들의 작품을 몇 점 구입했습니다.]

흠칫 몸을 떤 영채는 소파에 앉아 화면에 집중했다.

[유화 '독거미'와 세라믹상 '어미닭의 병아리를 훔치려는 흑고양이' 등 모두 우리나라 신진 예술가들의 작품입니다. 한국 예술의 차세대를 담당할 뉴웨이브를 후원하는 의의가 있다고, 서주미술관 측은 밝혔습니다.]

미술관 정원을 배경으로 차연의 상반신이 잡혔다.

[예술은 경제적인 잣대로만 가늠할 수 없는 가치입니다. 서주미

술관은 재능 있는 아티스트들을 발굴하고 후원하여 한국의 예술을 세계에 알리는 데 이바지하고자 합니다. 문화 후원은 기업이 사회적 책임을 짊어지는 것이기도 하며⋯⋯.]

화면을 지배하는 차연의 얼굴 위로 도희의 얼굴이 겹쳤다. TV 화면을 칼로 긁고 싶은 충동이 신물처럼 올라왔다.

주방으로 달려간 영채는 냉수를 들이켰다. 간신히 구토기를 진정시키는데, 초인종이 울렸다.

현관문 밖에 지수가 서 있었다. 영채는 현관 문가에 서서, 검은 탱크톱에 반바지를 입은 지수를 물끄러미 보았다. 화장기 없는 얼굴로 생글거리는 모습이 맑게 갠 하늘 같았다.

"어쩐 일이세요?"

묻고 나니 우스웠다. 이곳은 지수 아버지의 별장이고, 신세를 지는 것은 이쪽인데.

"제 말은⋯⋯."

영채는 분위기를 바꾸려고 했지만, 지수가 선수를 쳤다.

"뭐 필요한 거 있나 해서요. 어제 냉장고를 채우긴 했는데. 게스트 룸이나 욕실에 부족한 거 없었어요?"

"아뇨."

영채는 고개를 젓고 옆으로 비켜섰다. 지수는 안으로 들어오고 싶어 하는 기색이었고, 잡상객을 물리치는 집주인처럼 굴어선 안 될 것 같았다.

"사실은 하진 오빠가 가보라고 부탁해서요. 혼자 있으면 심심할까 걱정하는 눈치던데요."

그랬구나. 신발을 벗고 들어와 주방으로 향하는 지수를 뒤따르는 동안 영채는 속이 부걱거렸다.

커피메이커에서 커피를 따른 지수가 식탁에 앉았다.

"하진 오빠, 수마트라 좋아해요."

"네?"

"커피 원두요. 수마트라 만델링 좋아한다고요. 무거운데, 한여름에도 꼭 이것만 마셔요. 블랙으로 진하게. 이걸 무슨 맛으로 먹는지 몰라."

지수가 머그컵에 담긴 커피를 한 모금 마시고 으윽, 소리를 냈다.

"너무 써요, 내겐."

영채는 지수의 맞은편에 앉았다. 김지수. 하진이 멸치 볶음을 좋아하는 것을 알고, 그가 즐겨 마시는 원두를 꿰고 있는 여자. 하진이 여동생처럼 대한다고 했지만, 기실 하진과 피 한 방울 섞이지 않은 여자. 그래, 두 사람이 닮은 구석이 있긴 하다. 잘 뻐기는 거. 하진이 뻐기면 귀엽기라도 하지. 아침부터 쳐들어와 권하진을 잘 안다고 우쭐거리는 이 여자를 어쩜 좋아. 대놓고 가시를 세울 수도 없고.

"두 사람, 어떻게 만났어요?"

영채는 어제부터 궁금하던 것을 물었다.

지수가 긴 머리카락을 포니테일로 묶고는 하진과 만난 사연을 들려주었다. 일본 후지 산. 비바람을 헤친 하산. 하진의 변호사와 지수의 아버지가 등장하는 드라마틱한 이야기였다. 영채는 하진과 석영의 오랜 우정과 하진이 오디세이에서 승승장구하게 된 내막에 대해 알게 되었다.

이야기를 마친 지수가 영채를 지그시 바라봤다.

"영채 씨, 얼어붙은 강이 하나 있다면 어떻게 할래요?"

"그 강의 정체가 뭐냐에 달렸죠."

영채는 지수의 시선을 똑바로 받아냈다.

"그 강이 권하진이면 난 뛰어들 거예요."

지수의 눈이 동그래졌다.

"얼음물에 뛰어들면 죽을 텐데?"

"그러니까 강의 정체가 중요하단 거예요. 그 강은 반드시 권하진 이어야 해요. 아님, 얼음물에 뛰어드는 미친 짓을 왜 해요?"

영채는 하진이 지수와도 얼어붙은 강에 대하여 이야기했음을 직 감했다. 가시에 찔린 심정이어야 할 텐데, 묘하게 마음이 평온해졌 다.

운명이란 만남이었다. 수많은 어긋남을 견딘 후에, 도저히 어긋 날 수 없고 어긋나선 안 되는 어떤 사람에게 가닿는 것. 김지수가 권하진을 좋아했을 수도 있다. 여자의 눈으로 그를 바라보면서, 얼 어붙은 강 이야기를 들었을 수도 있다. 하진이 멸치 볶음에 밥을 먹 는 걸 수십 번 지켜보았을 수도 있고, 하진이 쓰디쓴 커피를 마시는 걸 수백 번 보았을 수도 있다. 하지만 지금 권하진의 곁은 서영채의 것이다. 권하진에게 김지수는 엇갈림이고, 서영채는 운명이다. 흔 들릴 필요 없고, 의심할 필요 없다. 불안과 질투에 내어주기엔 지금 누리는 사랑이 너무 귀하니까.

"권하진이라는 강. 김지수 씨가 그 강가에 서 있네요. 그렇죠?"

당황했는지, 지수가 머그컵을 떨어뜨릴 뻔했다. 영채는 지수의 손에서 컵을 빼들고 커피를 한 모금 마셨다.

"난 이게 맛있는데."

지수가 물기 어린 눈동자로 그녀를 바라보았다. 영채는 컵을 테이블에 조용히 내려놓았다.

"강가를 거니는 건 좋아요. 강이 흐르는 거 보세요. 해 뜨는 것도 보고 별 뜨는 것도 보세요. 노을도 구경하고 바람도 맞으세요. 그런데 강에 지수 씨를 담그진 마세요. 손도 담그지 말고, 발도 담그지 말고, 마음도 담그지 말고, 아무것도 담그지 마세요. 무엇을 띄우지도 말고 무엇을 낚으려 하지도 마세요. 그러면 시누이로 존중해드리죠."

커피처럼 진한 침묵이 불어들었다. 영채는 커피를 한 모금 더 들이켰다. 깊은 맛이 일품인 커피였다. 하진처럼 강인하고 기품 있는 커피라 마음에 꼭 들었다.

지수의 의자가 삐걱거렸다. 미세하지만 불안한 흔들기림이 멎었을 때 화창한 목소리가 건너왔다.

"영채 씨는 나를 좋아하게 될 거예요. 나는 하진 오빠가 사랑하는 것들 중에 하나니까요. 영채 씨는 하진 오빠가 사랑하는 거라면 뭐든지 사랑할 사람으로 보여요. 우리도 사랑으로 엮일 수 있을 거예요."

영채는 고개를 들어 지수를 바라보았다. 지수가 팔을 뻗고 손을 내밀었다.

"영채 씨, 첼로 했다면서요? 석영 오빠가 피아노 좀 치는데. 내가 바이올린 맡고, 우리 언제 삼중주 해요."

영채는 지수의 손을 맞잡고 구김 없는 미소를 날렸다.

"하진 씨에게 좋은 선물이 되겠네요."

조심스레 얽힌 두 손 사이로 그윽한 커피 향이 흘러들었다.

본채로 건너간 하진은 서재에서 인태와 마주 앉았다. 테이블에는 서울에서 작성해 올린 보고서가 놓여 있었다.

"서주화진 지분을 인수하겠다고?"

"네."

"왜 하필 서주화진이냐?"

"전신인 화진식품은 1963년에 설립된 한국 최초의 축산 회사였습니다. 닭오리 가공 식품을 처음으로 시장화시켰고 전통 식품인 삼계탕으로 수출 길을 뚫었습니다. 그런 유서 깊은 기업을 서국철이 헐값에 인수했습니다. 조류 독감이 터져 매출이 급감했을 때, 돕겠다고 접근해서 내부 정보를 빼낸 후 먹은 겁니다. 잘 아실 겁니다."

하진은 인태에게 의미심장한 눈길을 던졌다. 서주화진을 서국철이 인수할 때 인태는 500억 원을 지원했고, 그 대가로 서주해명의 지분을 요구했었다. 그렇게 인태가 확보한 서주해명의 지분이 이제 그의 수중에 있었다.

인태의 입가에 묘한 미소가 떠올랐다.

"가치가 하락한 기업을 싼값에 인수하는 것은 범죄가 아니다."

"목표물의 약점을 파고드는 것이 범죄는 아닙니다. 하지만 백기사를 연극하며 사냥하는 것, 인수 대상 회사의 임원들을 이간질하거나 매수하는 것, 인수한 회사의 전통을 서주그룹의 공적인 양 광고하는 것, 모두 편법입니다."

"그래서 서국철의 편법에 너도 편법으로 맞서겠다고?"

"회장님."

하진은 대답하는 대신 질문을 던졌다.

"왜 하필 해명의 지분을 달라 하셨습니까?"

"그게 왜 궁금해?"

"서국철이 해명의 지분 50%를 가져오며 지불한 액수가 50억이었습니다. 그런데 회장님께선 그 절반의 지분을 500억에 가져오셨습니다. 서국철이 해명을 말도 안 되는 가격에 먹었다는 걸 증명하고 싶으셨던 거 아닙니까?"

"내가 왜?"

"회장님 깊은 뜻을 제가 다 헤아릴 수는 없습니다. 하지만 서국철은 회장님과의 딜에 응하면서 스스로 인정한 꼴이 된 겁니다. 최소한 그 거래의 셈법에 따르면 서주해명 50%의 지분이 1000억 가치였다는 것을요. 그걸 단돈 50억에 삼켰다는 것을요. 세상을 속인 자가 스스로 편법을 인정하는 것을 보고 싶으셨습니까?"

"보고서를 올려놓고는 나더러 과거를 보고하라는 거냐, 지금?"

인태의 말에 뼈가 숨어 있었다. 하진은 머쓱한 미소를 지었다가 이내 진지해졌다.

"서국철이 화진을 인수하는 과정에서 저지른 편법들에 언론은 침묵했습니다. 정부 기관 또한 불법에 가까운 행위들을 묵인했습니다. 서국철의 수중으로 들어간 화진은 세를 급격히 키웠습니다. 군과 관공서, 병원과 학교, 교도소에 이르기까지 단체 급식 계약을 싹쓸이했죠. 서국철의 로비가 먹힌 겁니다. 품질이 의심스러운 메뉴가 병사들과 아이들의 식단에 올랐다는 의혹이 불거질 때마다 흐지부지 덮었습니다. 서주그룹의 권력 앞에선 언론도, 시민 단체도 무용지물이었으니까요. 서주그룹의 권력은 로비에서 나옵니다. 서주화진의 지분을 확보하는 건 서국철의 뒤를 봐줘온 자들에게 날리는 경고탄입니다."

"앞으로 네가 서주그룹을 상대로 한 복수극에 끼어들지 말라고?"

"섣불리 서국철을 챙겼다간 그들의 비리가 드러날 수 있다는 메시지를 보내고 싶습니다. 서국철의 정계 인맥을 무력화시키는 것이 중요하니까요."

"자금은 충분하고?"

"서국철이 해명을 먹으면서 던진 50억을 조금 불렸습니다."

인태가 껄껄 웃었다.

"조금 불렸다. 50억을 받은 것이 열여덟 살 때였다고 했지? 거기에 영을 하나 더 붙었어, 두 개 더 붙었어?"

하진은 웃지 않았다.

"국민연금이 보유한 지분과 서주그룹 경영진에 반감을 갖고 있는 직원들의 지분을 확보하기엔 충분합니다. 하지만 서류상 지분만으로 서국철의 세를 판단할 수는 없습니다. 차명을 이용한 위장 지분이 있을 테니까요."

"경고용이면 경고를 날리는 것에서 끝내. 과욕 부리지 말고."

인태가 지엄하게 이르고 덧붙였다.

"서주는 일본, 러시아 기업들과 긴밀한 관계를 유지해왔다. 일본과 러시아에 물고기만 많은 게 아니잖니?"

"야쿠자와 마피아가 있죠."

"다치지 마라."

"프로젝트 허락하시는 겁니까?"

"네 돈 네가 쓰는데 왜 내 허락이 필요해?"

"앞으로 한바탕 전쟁을 치러야 할 텐데, 회사에 돌아오는 것 없이 저 혼자 치고 나가면 이런저런 말들이 나올 겁니다."

잠시 생각에 잠겼던 인태는 보고서를 하진 쪽으로 밀었다. 프로젝트를 승인하겠다는 제스처였다.

"서주가 휘청거리면 오디세이 앞으로도 떨어지는 것들이 있을 거야. 회사 차원에서 자금 지원하는 방안에 대해서 차차 얘기하도록 하자."

하진은 인태의 프로젝트 승인이 정에 이끌린 결정이 아님을 직감했다. 오디세이는 서주그룹 계열사들의 지분을 보유하고 있었다. 주가가 하락하면 단기적으로 손해를 볼 텐데, 지금 인태는 더 큰 그림을 그리고 있는 듯했다.

"하진아."

인태의 손이 그의 어깨에 묵직하게 얹혔다.

"네."

"후지 산에서 네가 그랬지. 산이란 오르기보다 내려가는 것이 더 힘들다고. 여기까지 힘들게 올라왔으니, 무사히 하산하길 바란다. 다치지 마라."

하진은 고개를 들어 인태를 우러러보았다. 비바람이 휘몰아치던 그 차가운 산에서, 딸을 구하기 위해 애원하던 눈빛이 아른거렸다. 아버지를 떠올리게 해, 차마 외면할 수 없었던 슬프고 비장한 눈. 그 눈동자가 바로 눈앞에 있었다. 그때처럼, 인태는, 지금, 그의 앞에서, 아버지였다.

"무사히 내려가겠습니다."

하진이 떠나자 인태는 비서에게 전화를 걸었다.

"서주그룹 동향은 어떤가?"

— 수산 시장 인수 쪽으로 가닥을 잡은 이후 자금 확보에 주력하고 있는 것 같습니다.

"서주그룹 주거래 은행 은행장과 자리 마련하게."

— 서울로 직접 가시겠습니까?

"그래."

통화를 끝낸 인태는 서재 구석 벽에 감춰진 스위치를 눌렀다. 벽이 옆으로 밀리며 비밀의 방이 모습을 드러냈다.

어둡고 서늘한 방으로 들어간 인태는 낡은 옷장 앞에 섰다. 옷장을 열자 행거에 걸린 원피스가 눈을 찔렀다. 순백의 천에 물든 핏자국을 어루만지는 손이 떨렸다.

자해하는 심정으로 원피스 자락을 쓸어내린 인태는 옷장 바닥에 누운 상자를 열었다. 기다란 상자 안에 장도가 잠들어 있었다. 손잡이에 섬세한 꽃문양이 새겨진 칼은 날에 혈의 흔적을 머금었다. 지울 수 없고 지워서도 안 되는 핏빛 기억이었다.

인태는 처연한 은색 칼날을 손으로 쓸며 기원했다.

하진아, 너무 멀리 가지 마라. 너를 막기 위해 이 칼을 쓸 일은 없기를 바란다.

별채에서 나온 지수는 본채로 이어지는 정원을 거닐다 먼발치로 하진을 보았다.

"오빠……."

여느 때 같았으면 큰 소리로 하진을 부르고 뛰어갔을 텐데, 목이 메어버렸다.

하진이 나무 둥치에 핀 들꽃을 향해 몸을 숙였다. 꽃을 꺾으려다 마음을 바꾸었는지 두어 걸음 물러서 휴대전화로 사진을 찍고 전화기 화면을 톡톡거렸다. 고개를 갸웃하다가 머리를 긁적이다, 전화기 화면을 다시 몇 번 두드리고는 전화기를 바지에 넣었다.

하진이 그녀 쪽으로 걸어오자 지수는 나무 뒤에 몸을 숨겼다. 그녀 앞을 지나친 하진이 본채에 딸린 차고 쪽으로 갔다. 하진이 차고 너머로 사라진 후, 지수는 하진이 서 있던 나무로 갔다. 둥치 옆에 발간 들꽃이 흐드러지게 피어 있었다. 저무는 태양이 대지에 떨어뜨리고 간 빛 부스러기들 같아, 눈물이 왈칵 솟았다.

지수는 고개를 뒤로 젖히고 눈을 깜박였다. 말간 하늘에 뜬 해가 다정했다. 맨 얼굴에 내리쬐는 햇살이 더없이 온후한 아침이었다.

본채로 들어온 지수는 거실 미니바에서 칵테일을 만들고 있는 인태를 보았다.

"아침부터 칵테일이에요?"

"아침에 마시는 칵테일이 더 낭만적인 거야."

인태가 셰이커에서 칵테일을 잔에 따라 지수에게 내밀었다. 지수는 크림색 블렌딩에 레몬 조각이 꽂혀 있는 칵테일을 받아들고 바에 앉았다. 인태가 그의 몫으로 따른 칵테일을 들고 옆에 앉았다.

"하진이 결혼식에서 연주할 축가는 정했니?"

"아직요."

"축가 연주해주겠다고 큰소리쳤으니, 약속은 지켜야지."

지수는 칵테일을 홀짝이고 푸르르 숨을 내쉬었다.

"저, 지금 서영채 씨 만나고 오는 길이에요. 그 여자보다 제가 하진 오빠에게 더 어울리는 이유를 찾으러 갔는데, 그 반대 이유를 듣고 왔어요."

인태가 허허 웃었다.

"그랬어?"

"후지 산에서 하진 오빠를 만난 날을 자꾸 생각해요. 하진 오빠는 저를 업고 나서 이름부터 물어봤어요. 폭우를 뚫고 가야 할 상황에서, 예의 바르게 통성명부터 하는 사람은 하진 오빠밖에는 생각할 수 없어요."

지수는 발로 스툴의 다리를 톡톡 쳤다.

"제가 하진 오빠를 먼저 만났고, 더 오래 알아왔어요. 먼저 좋아했고, 제가 하진 오빠를 더 많이 웃게 했을 거예요. 그래서 힘들었어요. 왜 내가 아니고 그 여자일까? 생각해보세요. 절체절명의 상황에서도 제 이름을 물었던 오빠가 영채 씨하고는 서로 이름도 모른 채 사랑에 빠졌다는 게 말이 되냐고요? 통성명만 했어도 영채 씨가 서주그룹 사람이라는 걸 알았을 텐데. 그럼 영채 씨와 사랑에 빠지는 일 따윈 없었을 텐데."

인태는 지수의 넋두리가 마음껏 흐르도록 두었다.

"그런데 이젠 그런 생각 못 하겠어요. 영채 씨요, 하진 오빠가 얼어붙은 강이라면 그 속으로 뛰어들겠대요. 전 얼음 위에서 스케이트 탄다고 했는데. 서영채의 사랑이 더 무거웠던 거죠. 단단한 얼음 같았던 하진 오빠를 깨뜨릴 만큼."

"그래서 두 사람 축복해주기로 했니?"

"정말이지 사랑은 투자 대비 효용 가치가 바닥이에요. 그걸 알면서도 사랑을 하는 건 우리 인간들밖에 없을 거예요."

지수는 눈가에 맺힌 물기를 손등으로 닦고 웃었다.

"그런데 전 이 비효율적이고 비논리적인 종족의 일원이란 게 자랑스러워요. 눈물이 막 나오는데, 행복한 아침이에요."

인태는 지수의 어깨를 다독거렸다.

"난 네가 내 딸이란 게 자랑스럽다."

"이제 와서요? 진작에 하진 오빠랑 이어지게 도와주셨으면 좋았잖아요."

"그건 낭만적이지 못하잖니? 젊은 사랑은 젊은이들이 알아서 해야지, 어른들이 끼어들면 안 예뻐진다."

풋 웃은 지수는 인태의 뺨에 입을 맞췄다.

"낭만에 살고 낭만에 죽는 아빠. 그런 아빠는 왜 아직 혼자이실까요?"

"혼자가 아니라고 몇 번을 말해."

"아하, 삶과 죽음의 경계를 넘어 함께하는 엄마가 계시니까. 그럼 아침 칵테일은 엄마랑 마저 즐기세요. 전 비효율적이고 비논리적인 종족의 일원들로 살아가는 걸 축하하러 가봐야겠어요."

잠시 후, 2층 지수의 방에서 '사랑의 기쁨' 선율이 흘러나왔다. 달콤해서 코끝을 찡하게 하는 연주였다.

인태는 지수가 두고 간 칵테일 잔에 그의 잔을 부딪쳤다. 예쁘고 예쁜 나의 딸. 너도 언젠가는 너만을 사랑해줄 멋진 사람을 만나렴.

지수를 보내고 해변을 산책하던 영채는 하진의 메시지를 받았다. 소담스레 핀 발간 꽃들의 사진이 첨부되어 있었다.

– 오늘 아침 내가 본 두 번째 꽃. 첫 꽃은 바로 너.

가슴이 벅차올라 미소 지은 영채는 다음 줄에 침울해졌다.

– 볼일이 있어. 점심 같이 못 먹을 수도 있겠다. 저녁은 외식하자.

보스를 만나더니 급한 일이 생겼나? 하진의 업무 특성상 보안을 요하는 사항들이 많을 테고, 일일이 행선지를 밝히긴 힘들겠다는 생각이 들었다.

아무튼 두어 시간이 빈 셈이었다. 별채로 온 영채는 지수에게 전화를 넣었다. 조금 전 헤어질 때 지수와 번호를 교환했었다.

지수가 숨이 조금 가쁜 목소리로 전화를 받았다.

– 네, 영채 씨.

"바쁜데 제가 방해한 거예요?"

– 아뇨. 예식 때 연주할 축가 연습 중이었어요. 뭐 필요한 거 있어요?

"아, 저, 괜찮으면 차를 쓸 수 있을까 해서요. 요양원에 다시 가고 싶은데……."

– 차 준비시킬게요.

영채는 운전을 직접 한다고 해야 할지 망설였다. 다행히 지수가 고민에 종지부를 찍었다.

– 기사도 대기시킬게요. 아빠랑 오래 지낸 분이니까, 편하게 다녀와요.

"고마워요."

전화를 끊고 외출 준비를 하는 내내 영채는 알 수 없었다. 왜 지금 도희를 보고 싶은지. 핏줄의 끌림인 건지. 사랑은 헛것이 아니란 말을 해주고 싶은 일종의 오기인지.

흰 블라우스에 레몬색 치마를 입은 영채는 엷게 화장을 했다. 도희를 만날 때마다 매번 예쁘고 싱싱한 모습을 보여주고 싶었다. 그렇게라도, 도희의 남은 시간을 치장해주고 싶었다.

10분쯤 후에 현관 앞으로 차가 들어왔다. 몸이 날렵하고 머리가 희끗희끗한 남자가 운전석에서 내려 인사했다. 영채는 이름을 밝힌 후 인사를 건네고 뒷좌석에 앉았다.

차가 조용하고 매끄럽게 달려 10여 분 만에 요양원에 도착했다. 영채는 요양원 1층에 입점한 꽃집에서 바이올렛을 한 다발 사서 도희의 병실로 향했다.

노크를 했는데, 안에서 응답이 없었다. 영채는 도희가 잠든 거라 생각하며 문을 조용히 열었다.

"사랑이 아니더라도 해줄 수 있는 따뜻한 말은 있지 않겠습니까?"

깊은 목소리가 익숙해 멈춰 서 보니 하진의 뒷모습이 눈에 들어왔다. 하진은 아침에 별채를 나섰던 흰 와이셔츠에 면바지 차림으로 도희의 침대맡에 서 있었다. 영채는 병실 안으로 더 들어가지 못하고 벽 귀퉁이에 몸을 숨겼다.

"보고 싶어 하지 않으셨습니까?"

하진의 목소리가 온몸에서 울려나오는 것 같았다.

"사랑한단 말씀이 힘드시면…… 보고 싶었다는 말씀도 힘드시면…… 가끔 궁금했다고 해주십시오. 그것조차 마음에 힘드시면, 축복이라도 해주십시오. 예쁘게 컸다거나. 오래오래 행복하라거나. 그 정도는 해주실 수 있는 거 아닙니까?"

"영채는 믿지 않을 거예요."

도희의 목소리가 떨렸다.

"내가 내뱉는 축복의 언어를 의심하다가 경멸할 거예요. 사랑이란 말. 그리움이란 말. 그렇게 아름답고 사무치는 말들을 나는 할 자격이 없어요. 앞으로 권 본부장이 많이 해줘요."

하진이 침대맡에 무릎을 꿇고 앉았다.

"지금 뭐하는 거예요, 권 본부장! 일어나요."

"아버지를 잃었을 때 그것처럼 큰 고통은 없을 거라고 생각했습니다. 저를 사랑해주었던 아버지를 잃는 것, 그것 이상의 아픔을 상상할 수 없었습니다. 하지만 이제 알겠습니다. 자신을 사랑해주지 않는 어머니를 잃는 아픔이 훨씬 더 크리라는 것을요. 제 아버지가 떠나신 자리에 사랑이 남았습니다. 저는 그 사랑에 기대 버렸습니다. 그런데 홍 여사님이 그냥 떠나시면 영채에겐 아무것도 남지 않을 겁니다."

"권 본부장이 남잖아요. 모르겠어요? 난 권 본부장이 영채에게 유일한 사랑이 될 기회를 주고 있는데."

"여사님이야말로 왜 모르십니까? 제가 아무리 애써도 영채의 빈 곳을 전부 채워줄 순 없다는 걸. 무엇이든 좋으니, 영채가 간직하며 버틸 수 있게, 남겨주십시오. 말씀이 힘드시면, 한 번 꼭 안아주십시오. 홍 여사님 가시고 나면, 영채 한동안 어두운 터널을 걷는 기분일 겁니다. 얼마나 긴 터널일지 알 수 없지요. 그 터널을 무사히 빠져나갈 수 있도록 등 하나쯤은 밝혀주실 수 있는 거 아닙니까? 이렇게 부탁드리겠습니다."

"원하는 게 그거였나요? 서 회장의 아킬레스건이 아니라."

"네."

"의외네요. 나를 구한 목적이 있었을 텐데."

"있었지만, 영채를 두고는 거래하지 않겠습니다."

영채는 손으로 입을 틀어막았다. 치솟는 울음을 억누르려니 어깨가 속절없이 떨렸다.

"나 젊을 때를 보는 것 같았어요. 만나서 좋았어요. 그 아이, 잘 지켜줘요. 세상에 다치지 않게. 나는 그거면 됐어요. 그 아이에게 좋은 기억으로 남겠단 욕심은 없어요."

도희의 목소리가 물기를 머금고 갈라졌다.

"결혼식 때 모시겠습니다. 제 부탁 꼭 들어주십시오. 제가 오늘 다녀간 건 비밀로 해주시고요."

하진이 일어나 도희의 손을 잡는 것이 보였다. 영채는 눈물을 훔치고 앞으로 나섰다. 도희에게 고개를 숙였다가 돌아선 하진이 그녀를 보고 얼어붙었다.

"영채야."

영채는 하진에게 다가가 그의 팔을 톡 쳤다.

"새 신부 내팽개치고 여기서 이런 음모나 꾸미고. 뭐야, 정말?"

일부러 대차게 말했는데, 눈물이 주륵 흘러버렸다. 하진이 엄지로 그녀의 젖은 눈가를 쓸었다.

"울지 마."

"무슨 벌 받을지 생각하고 있어요."

영채는 울먹임 사이로 투정하고는 도희에게로 갔다. 도희가 당황한 얼굴을 감추고 일으켜달라는 몸짓을 했다. 하진이 도희를 일으켜 헤드보드에 등을 기대게 했다.

영채는 바이올렛 다발을 도희에게 내밀었다. 도희가 꽃잎을 어루만지면서 미소 짓다가 물기 가득한 눈동자로 영채를 보았다.

"예쁘구나."

영채는 침대에 걸터앉아 도희의 얼굴을 어루만졌다. 내가 정말 당신 젊었을 때를 닮았나요? 잔혹하게 짓뭉개진 당신의 젊음은 이제 무엇으로 보상받을 수 있을까요?

"영채야."

도희가 떨리는 손을 내밀었다. 영채는 도희의 손을 꼭 잡았다.

"노래 한 곡 불러주겠니? 네 목소리가 그렇게 좋다고 권 본부장이 올 때마다 칭찬했어."

"자기가 찍은 여자라 삐긴 거죠. 저 사람 말은 곧이곧대로 믿으시면 안 돼요."

도희의 외눈이 반달 모양으로 이지러졌다.

"뭐든 하나 불러다오. 네 노래 꼭 한 번 듣고 싶었다."

영채는 혀로 입술을 축이고 나직이 소리를 밀어냈다.

먼 옛날 어느 별에서 내가 세상에 나올 때
사랑을 주고 오라는 작은 음성 하나 들었지.
사랑을 할 때만 피는 꽃 백만 송이 피워 오라는
진실한 사랑 할 때만 피어나는 사랑의 장미.
미워하는 미워하는 미워하는 마음 없이
아낌없이 아낌없이 사랑을 주기만 할 때
수백만 송이 백만 송이 백만 송이 꽃은 피고
그립고 아름다운 내 별나라로 갈 수 있다네.

목이 메어 노래가 끊겼을 때, 도희 눈에 그렁그렁하던 물기가 뺨을 타고 흘렀다.

"그 노래, 내가 예전에 좋아했는데. 신기하구나. 네게서 듣다니."

영채는 도희의 눈물을 닦아주고 앙상한 몸을 안았다. 당신도 어느 시절에 꽃 같고 별 같은 사랑을 꿈꾸었겠지요? 그 꿈을 짓밟아버린 사람의 피가 내 안에 흐르고 있어서 미안합니다. 그 사람의 피를 품고 이토록 아름다운 세상을 누리고 있어서 정말 미안합니다.

그렇지만 나는 감사합니다. 당신이 나를 낳고, 그들이 나를 키우게 하고, 나를 여기로 불러주어서요. 그렇게라도 한 당신 덕에 내가 이렇게 살아, 사랑하고 사랑받으니까요.

어머니이지 못했으나, 당신은 그렇게라도 나를 사랑했습니다. 딸이지 못했으나, 저는 이렇게라도 당신께 감사합니다. 그렇게라도 당신이 나를 품었고, 이렇게라도 내가 당신을 안을 수 있어서, 진심으로 감사합니다.

사랑을 하면 장님이 된다고 한다. 그것은 틀린 말이다.

사랑하는 이에게 전부와 절대를 서약한 순간부터, 내가 줄 수 없는 것들이 보이기 시작한다. 사랑은 우리를 장님으로 만들지 않는다. 우리의 미약한 실체를 적나라하게 드러내고 우리의 한계를 또렷이 보게 할 뿐이다.

늘 운명을 원망했었다. 사람이 사람을 낳고, 사람을 만나고, 사람을 사랑하는 일. 그 쉬워 보이는 일들이 왜 영채와 나에겐 힘겹기만 했을까?

누구나 숨쉬듯 하는 일들을 우리는 왜 큰 병 치르듯 앓아야만 했을까?

하지만 그 아침, 영채의 노래를 들으면서 확신했다. 우리의 상처들이 언젠가는 밤하늘의 별들처럼 빛날 것을.

우리를 에워싼 어둠이 짙을수록 그 어둠을 헤치며 얻은 상처들이 찬란할 것을.

그리고 깨달았다. 희망이란 내 한계를 초월하여 쟁취하는 희열이 아니란 걸. 태생적인 한계와 화해하고 그것을 우리 안에 담는 선택이라는 걸. 우리의 한계를 도화지 삼아 사랑을 그리는 결기라는 걸.

내게 행복이란, 잡초 뽑듯 불행을 제거하고 꽃을 피우는 것이 아니었다. 불행의 씨앗을 품고서도 영채와 함께 있는 것이었다. 우리의 여정이 가시밭길일 것을 알았다. 때로 상처 입고 피 흘리리라는 것도 알았다. 그럼에도 그 여름, 영채와 함께여서 행복했다. 영채를 마주 보고 영채의 낮과 밤을 나누는 것으로, 그 계절이 춥지 않았다.

그해 여름, 우리는 서로에게 꽃이었다.

– 하진이 다 하지 못한, 언젠가는 영채에게 들려줄 이야기 中

11

"참 곱다, 고와."

웨딩드레스를 입은 영채의 자태에 미정은 감탄했다. 키가 크고 늘씬한 것은 알았지만 어찌 이리 아리따울까. 허리선을 강조하고 풍성하게 퍼지는 드레스를 입은 영채는 싱그럽고 고혹적이었다. 완만히 팬 네크라인 위로 드러난 어깨가 날렵하고도 단정했으며, 섬세한 목선과 매끈한 팔은 붓으로 그려놓은 듯 맵시 있었다.

몸뿐인가. 결 고운 피부며, 총총한 눈매며, 상큼한 콧날에 야무진 입매까지. 얼굴 어느 구석도 흠잡을 데가 없었다. 맨 얼굴도 저리 화사한 것을, 제대로 단장하면 얼마나 빛이 날까.

"하진 씨가 좋아할까요?"

영채는 어깨를 틀면서 수줍게 물었다. 뉴욕 집 살림살이를 바꾸겠다는 핑계로 쇼핑을 가자 미정에게 애교를 부린 것이 사흘 전이었다.

「어머니는 제가 하진 씨를 공부할 수 있는 최고의 교재잖아요. 많이 가르쳐주세요.」

말은 그렇게 했지만, 함께 시간을 보내며 미정의 마음을 얻고 싶었다. 미정의 말투가 편해지고 두 사람 사이의 서먹함도 가셨다 싶었을 때 영채는 미정에게 웨딩드레스를 골라달라고 부탁했다.

「내가 유행을 아나? 드레스는 젊은 사람들 감각에 맞춰야지.」

짐짓 사양하면서도 미정은 거듭되는 영채의 청에 신나했다. 딸 있는 친구들 혼수 준비할 때 부럽더니, 이참에 원을 풀겠다고.

"좋아할 거야. 내 가슴도 두근댄다."

"너무 치렁치렁하진 않아요?"

"그렇지는 않은데. 불편하니?"

"간소하게 식 올릴 건데 과한 거 아닌가 해서요."

"신부가 예식의 꽃인데, 이 정도가 어때서. 그런데 얘, 이 드레스는 조명이 좋아야 반짝거려서 예쁘겠어. 예식을 해 진 다음에 한다니 조명에 신경 써라."

미정은 드레스에 박힌 비즈들을 살폈다. 인태의 별장 정원에서 예식을 올리기로 한 것이 마음에 걸렸다. 가족과 친구들만 참석하는 식이라 거기로 정한 것인데, 신부 스타일이 제대로 살까 싶었다. 바다에 가까워서 바람이라도 세게 불면 어쩌나.

"그렇게 할게요."

영채가 생글거리고 물었다.

"이걸로 정하고 피팅 들어갈까요?"

"급할 거 뭐 있어. 몇 벌 더 입어보자."

미정이 손을 내젓고는 옆에 서 있는 숍 매니저를 돌아봤다.

"우리 애한테는 참한 것보단 여성스러운 스타일이 어울리네요."

매니저가 행거에서 어깨와 소매가 시스루로 처리된 드레스를 빼들고 왔다.

"그래요, 이런 거. 한 번 입어봐라, 영채야."

영채에게 드레스를 건넨 미정이 피팅 룸을 나서 소파에 앉았다.

매니저가 피팅 룸 커튼을 치자 영채는 드레스를 갈아입었다. 가슴 부분이 시스루로 처리되고 소매가 팔에 달라붙는 드레스는 힙 라인을 감싸고 떨어졌다.

"신부님이 어머니 닮으셔서 몸이 예뻐요. 선도 곱고, 비율도 좋고."

매니저가 지퍼를 올려주며 칭찬했다. 친정 엄만 줄 아나 보네. 닮긴 뭘 닮아. 피 한 방울 안 섞였는데. 매니저의 사탕발림이란 걸 알면서도, 영채는 천연덕스럽게 웃었다.

"그렇죠? 제가 어머니 많이 닮았죠?"

매니저가 지퍼 고리를 걸고 치맛자락을 쓸어주었다. 피팅 룸 커튼이 젖혀질 즈음 영채는 허리를 곧추세웠다. 양손을 앞으로 단정히 모은 순간 두꺼운 검은 커튼이 좌르르 열렸고, 입꼬리를 올리던 영채는 얼어붙었다.

정면으로 마주한 소파에 하진이 앉아 있었다. 흰색 반소매 티셔츠에 인디고 청바지. 이발했는지 짧고 단정한 머리카락. 깍지 낀 양손으로 얼굴을 받치고 있다 시선을 올린 하진이 굳어버렸다. 이성이 휘발해버린 듯, 입을 꾹 다문 채 곧은 시선으로 그녀를 바라보고 있었다.

저런 표정을 전에 본 적이 있다. 영채는 4년 전 '연어와 해파리'에서 노래를 부르다 하진과 눈이 마주친 밤을 떠올렸다. 그때는 노래가 맘에 안 든 건지, 무엇 때문에 화라도 난 건지 종잡을 수 없었다. 하지만 이제는 안다. 권하진의 저 표정은 분노의 발현이 아니란 걸.

"마음에 들…… 어!"

피팅 룸에서 폴짝 내려서다 영채는 휘청했다. 하진이 냉큼 달려와 그녀의 허리를 안았다.

"조심해야지."

가슴이 쿵! 영채는 하진의 팔을 붙들었다. 든든한 온기가 손바닥에 물들어왔을 때, 하진이 매니저에게 눈짓했다.

"자리 좀 비켜주시겠습니까?"

"네. 두 분이서 천천히 보세요."

매니저가 눈치껏 물러났고, 피팅 룸엔 그녀와 하진 둘만 남았다.

"언제 왔어요? 어머니는요?"

영채는 피팅 룸 너머를 두리번거렸다.

하진은 말없이 돌아서 커튼을 치고 영채에게 다가가 얼굴을 양손으로 감쌌다. 고개가 숙여지고 입술이 영채의 귓불에 내려앉았다. 동그랗게 모아진 입술이 귓불에 잔 입맞춤을 수놓다 연한 살을 머금었다.

영채야, 너는 모르지. 그 봄. 그 밤. 그 골목 귀퉁이 라면집에서 너에게 반했던 나를. 빛줄기가 물들이던 너의 사랑스러운 귀. 만져보고 싶고, 입 맞추고 싶고, 삼켜보고 싶던 너의 말간 살. 그 밤, 나의 몸이 처음 동해버린 너의 몸. 그 순간 운명처럼 흘러나온 오페라 아리아. 북소리처럼 날 흥분시킨 이국의 언어. 그리하여 이름도 가르쳐주지 않고 청혼해버린 치기. 외로운 밤이면 들춰보던 그 젊음의 속살을 너는, 아직도 모르지.

"정말 마음에 드나 보네."

영채가 그의 가슴을 쓸었다.

"완벽해."

하진은 영채를 품에 안았다.

"다른 것도 입어볼게요."

"이걸로 해."

"더 예쁜 게 있을 수도 있잖아요."

"원래 중요한 건 처음 봐서 예쁜 걸로 찍는 거야."

우리가 서로를 선택한 것처럼.

"어머니는 어디 가셨어요?"

"중요한 미팅에."

"거짓말. 어머니랑 친해지던 참이었는데. 어디 가시라고 떠밀었죠?"

영채는 하진을 밀쳐내며 콧등을 찌푸렸다.

"지금 가시라고 떠민 건 맞는데, 미팅이 있는 것도 사실이야. 드레스는 이걸로 하고, 옷 갈아입어. 우리도 갈 데 있어."

"어디요?"

"많아서 일일이 말 못 해. 가보면 알아."

하진이 그녀의 손을 잡고 의미심장한 미소를 지었다.

도희는 침대맡 의자에 앉은 석영에게 일렀다.

"유언장을 변경하고 싶어요."

"제가 할 일이 아닌 것 같은데요."

도희의 부름을 받고 달려오긴 했지만 석영은 망설였다. 도희의 유언장은 하진이 선임한 변호사가 따로 작성한 것으로 알았다.

"연 변호사가 수정해줬으면 해요. 유언 집행인도 되어주고."

하지만 도희의 눈빛과 목소리에 깃든 간곡함을 뿌리칠 수가 없었다. 환자의 심신을 편히 해주는 것이 가장 중요하다고, 하진은 말했었다.

도희가 침대 옆 탁자 서랍을 눈짓으로 가리켰다. 석영은 서랍을 열고 안에 든 봉투를 꺼냈다. 밀봉된 봉투를 뜯자 유언장이 나왔다. 도희 명의의 재산을 조목조목 짚고 장례 절차와 시신 처리 방법을 명시한 서류였다.

"어떤 부분을 수정하고 싶으십니까?"

"은행 예금과 주식, 부동산을 전부 영채에게 상속하고 싶어요. 서 회장에게서 받았던 돈, 권 본부장 조언으로 불렸으니 권 본부장에게 주는 게 맞다고 생각했어요. 그런데 권 본부장은 내 도움이 필요 없는 사람이니까. 권 본부장하고 상관없이 영채가 생활하는 데 어려움이 없었으면 해요."

"영채 씨에게 가는 것으로 처리하겠습니다."

"영채에게 남기고 싶은 것이 또 있어요. 내가 언제 죽을지 모르겠지만……."

도희의 말을 마저 들은 석영은 충격에 빠졌다.

"여사님, 그건……."

"그런 표정 지을 것 없어요. 나, 정신 말짱하니까. 오래 생각한 일이에요. 영채를 만나기까지 결정을 유예한 것뿐이에요. 당분간은 말이 나면 안 되겠기에 연 변호사에게 부탁하는 거고요."

"영채 씨에게 가혹한 짐이 될 수도 있습니다. 영채 씨는 하진이의 아내지만 서국철의 핏줄이기도 하니까요."

"그래서 그 아이에게 주어야 해요. 왜요, 권 본부장을 배신하는 것 같아요?"

"하진이도, 영채 씨도, 여사님도 모두 걱정됩니다."

"내 걱정은 하지 마요."

도희가 초연히 웃고 의미심장하게 덧붙였다.

"이렇게 망가진 몸도 언젠가 쓸모가 있을 거예요."

석영은 등줄기를 훑는 한기에 숨을 죽였다. 도희의 외눈이 그를 응시했다. 어둠 속에서 빛나는 고양이의 눈처럼, 기묘하고 선득한 눈동자였다.

석영이 도희의 방을 떠난 지 얼마 후, 문이 똑똑 울렸다. 잠시의 고요가 흐르고 문이 열렸다. 도박도박. 단정한 걸음 소리를 앞세워, 흰 블라우스와 연파란 치마 차림의 중년 여인이 모습을 드러냈다.

"안녕하세요, 하진이 엄맙니다."

"영채……."

엄마라 차마 말하지 못하고 도희는 입술을 깨물었다. 찾아오고 싶다는 미정의 의사를 전해 듣긴 했지만, 만남의 순간이 이리 빨리 올 줄 몰랐다.

미정이 침대로 두어 걸음 다가섰다.

"보기 흉하시죠?"

도희는 자조적으로 물으며 시선을 떨구었다. 미정의 낡은 망사 구두가 가까워지더니, 살가운 목소리가 내려앉았다.

"고맙습니다."

도희는 고개를 들었다.

"영채를 낳아주셔서 정말 고맙습니다. 식장에서 뵙기 전에 이 말씀을 꼭 드리고 싶어서 왔습니다."

미정이 조곤조곤 말하고 덧붙였다.

"영채 어머니."

"흑!"

도희는 울먹임 같은 숨결을 토해냈다. 미정이 다가와 손을 잡아주었다. 도희는 미정의 손에 얼굴을 묻었다.

"아, 마음이 놓여요. 이렇게 너른 분이어서."

감겨진 눈 밑으로 눈물이 왈칵왈칵 쏟아졌다.

미정은 도희의 앙상한 몸을 끌어안고서 눈물을 삼켰다. 도희의 눈물이 그녀의 옷깃을 적셨다. 흐르는 눈물과 삼켜지는 눈물을 안은 채, 미정은 아주 오래 도희를 품어주었다.

하진이 영채를 데리고 간 곳은 펜 스테이션이었다. 열차 운행 일정이 뜬 거대한 안내판 아래 섰을 때 영채는 하진의 의도를 짐작했다. 먼발치에서 하진이 그녀를 바라보고 있었다. 인파 사이로 오롯이, 그녀에게 향해 있는 시선이 뜨거웠다. 하진은 사과를 하고 싶은 거다. 외로움으로 점철된 나날의 잔영에 행복을 덧씌우고 싶은 거다.

영채는 하진에게 다가가 손을 잡고 역사를 빠져나왔다. 쨍쨍한 햇살과 후텁지근한 바람이 거리를 점령한 오후였다. 8번 애비뉴를 따라 걷던 두 사람은 웨스트 42번가로 접어들었다. 브라이언트 파크에서 쉬었다가 그랜드 센트럴로 향했다. 그녀가 하진을 찾으러 뉴욕에 왔던 날의 여정이었다. 그녀를 뒤따르며 하진이 걸었던 길이기도 했다.

무채색이었던 거리가 다채롭게 반짝거렸다. 더운 바람이 손바닥에 땀이 배게 하는데도 둘은 손을 꼭 붙들고 걸었다. 그들이 따로,

그러나 함께 견뎌낸 외로움을 씻어 내리는 의식을 치르는 것처럼.

걸음이 그랜드 센트럴 맞은편 디저트 카페 앞에서 멎었다. 수제 초콜릿과 커피, 아이스크림을 파는 카페였다.

"나, 그날 여기서 젤라토 먹었는데."

영채는 푸른 차양이 드리운 가게의 윈도 앞에서 감회에 젖었다. 안다는 듯이 하진이 고개를 끄덕였다.

영채는 카페로 들어가 젤라토를 주문했다. 피넛버터 젤라토 한 스쿱. 캐러멜 젤라토 한 스쿱. 두 덩이를 빨간 종이컵에 담아 나와 노변 테이블에 앉았다. 그녀와 함께 가게 안으로 들어갔던 하진이 계산을 마치고 테이블로 왔다.

두 사람은 젤라토 컵을 사이에 두고 이마를 맞댔다. 한 스푼씩 떠 먹으며 미소를 짓다가 서로에게 먹여주기도 했다.

"맛이 그대로야."

영채는 하진이 떠먹여준 피넛버터 젤라토를 먹고는 눈웃음 지었다. 혼자 처량하게 젤라토를 우걱우걱 넘기던 기억 때문에 뉴욕으로 이사 온 후에도 들르지 않던 곳이었다. 4년간 맺혀 있던 서러움이 젤라토 한 스푼에 녹아내렸다.

"어떻게 그대로야? 내 입술 닿은 스푼으로 먹는데."

하진이 다시 확인해보라는 듯 한 스푼 더 내밀었다. 날름 받아먹은 영채는 눈을 삼박거렸다.

"스푼 말고 다른 걸로 먹여주면 더 맛있겠다."

하진의 눈썹이 쓱 올라갔다. 영채는 입술을 동그랗게 말아 뽀뽀 하는 시늉을 했다.

"영채야, 여기 공공장소거든."

"뉴욕이잖아요. 서울하고 같은 기준을 적용하면 안 되죠."

권하진은 예의 바른 젊은이라고. 길거리에서 진한 키스를 하겠어? 이렇게 한 번 놀려보는 거지. 영채는 실실거렸다. 하진을 곤혹스럽게 하는 게 왜 이리 재미난지. 큭큭, 웃음에 사레마저 들릴 것 같았을 때 하진이 젤라토를 한 스푼 떠 입에 넣었다.

하진이 벌떡 일어나자 영채는 어깨를 뒤로 뺐다.

"그냥 해본 말인데."

눈을 댕그랗게 뜨고 손사래 치는 그녀가 우스웠는지, 하진의 입술이 곡선을 그린다. 그리고 다가오는 커다란 손.

영채는 얼어붙었다. 하진이 긴 손가락으로 그녀의 머리카락을 귀 뒤로 넘긴다. 귀를 슬쩍 어루만지고는 멀어져간다. 그리고 의자에 앉으며 태연히 중얼거린다.

"상상은 자유니까."

여지없이 올라가 있는 한쪽 입꼬리. 영채는 하진을 쨍 흘겨보았다.

"하여튼 뻐기는 데 뭐 있어. 한 번을 안 져주지."

"둘만 있을 때 해줄게."

하진이 눈웃음에 약속을 담았다. 영채는 금세 생글거리면서 젤라토를 한 스푼 떠먹었다. 땅콩 맛이 고소했다. 여름처럼. 젊음처럼. 그들이 지켜온, 싱그러운 사랑처럼.

젤라토를 서서히 녹여먹던 영채는 가게 윈도에 늘어선 피겨들을 보았다. 신데렐라. 백설공주. 미키 마우스와 도널드 덕. 올망졸망한 디즈니 캐릭터 피겨들 중에서 백설공주가 유독 눈에 띄었다. 공주 옆에 계모 왕비 피겨가 있었다. 구부정한 몸에 검은 망토를 걸치고 사과 바구니를 든 마귀할멈의 모습이었다. 갑자기 속이 얹힌 듯 답답해졌다.

"왜 그래?"

하진이 걱정스럽게 물었다.

"마귀할멈을 보니까 강차연 씨 생각이 나서. 거울아, 거울아, 세상에서 누가 제일 예쁘니? 그 사람이 밤마다 거울 앞에서 그렇게 물어볼 것 같아. 그 사람은 우아하고, 치밀하고, 아름다워. 그런데 자신만이 아름다워야 하고 아름다운 것들은 독차지해야 하는 사람이야. 아름다운 것들을 가질 수 없으면 파괴해버리는 사람. 그래서 그 사람의 아름다움은 차갑고 공허해. 그래도……."

영채는 빈 종이컵을 스푼으로 콕콕 찍었다.

"그래도 기회를 주고 싶어요."

"무슨 기회?"

"내 생모에게 용서를 구할 기회."

희망에 매달리는 영채를 보면서 하진은 슬퍼졌다. 강차연과 서국철은 용서를 빌 사람들이 아니었다. 죄가 무엇인지, 참회가 무엇인지 아는 인간들이었다면, 수많은 사람들의 삶을 가시덤불로 만들면서 그들의 제국을 쌓아올리지 않았을 것이다.

영채의 희망은 결석 같은 것이었다. 구현되지 못하고 가슴에 쌓이기만 하는 희망은 결석처럼 단단해져, 종내는 극심한 고통을 유발한다.

강차연이 천선할 거란 희망은 빨리 부숴버리는 게, 차라리 영채에게 덜 잔인했다.

"영채야, 용서는 가해자가 구할 수 있는 게 아니야."

서국철이 용서를 구한다. 강차연이 용서를 구한다. 문법적으로 맞는 문장들이다. 하지만 존재가 불가한 문장들이었다. 용서는 가해자를 주어로 두어선 안 되니까.

"그 말, 하진 씨 심정이죠?"

"너한테도 해당하는 말이야. 홍 여사님께도."

"나는 다르지. 잊으라거나 용서하라거나 말할 권리가 나한테도 없어요. 내가 아버지, 어머니로 여기고 살아온 사람들, 그들이 비열한 방법으로 쌓아올린 서주그룹 그늘에서 많은 것을 누리고 살았으니까, 나도 아주 결백하다고는 못 해. 하지만 이거 하나 말할 권리는 있어요."

영채는 하진의 손가락에 손가락을 얽었다.

"다치지 마요. 몸이든, 마음이든, 어디 한 군데도 다치지 마. 이제 하진 씨는 내 거야."

"약속할게. 안 다친다고."

하진의 눈동자가 짙고 단단하게 뭉쳤다. 흔들림 없이 정교한 눈빛에 빠져들며 영채는 하진을 불렀다.

"하진 씨."

"음."

"하진 씨는 거울아, 거울아 세상에서 누가 제일 예쁘니? 이렇게 물었는데, 거울이 딴 사람을 말하면 어떻게 할 거예요?"

"제발 딴 사람을 말했으면 좋겠다. 예쁘단 말은 듣기 싫어."

"퀴즈의 핵심을 그렇게 비껴가는 법이 어딨어요? 심리 테스트였는데."

"넌 어떡할 건데?"

"거울을 유혹해야죠."

"뭐?"

"거울이 나한테 푹 빠지도록 공을 들여요. 그리고 거울이 나한테 반했다 싶으면 물어보는 거예요. 거울아, 거울아, 세상에서 누가 제일 예쁘니? 그럼 거울은 바로 너, 서영채 하고 말해주는 거죠."

하진은 하하하, 큰 소리로 유쾌하게 웃었다.

"난 그 거울 찾았어요."

영채의 맑은 눈이 그를 곧게 마주했다.

"권하진."

웃음이 뚝 멈췄다. 영채의 맑음이 불쑥 가여웠다. 결국엔 저 맑음을 지켜주지 못할 것 같은 예감이 가슴을 후볐다.

"영채야."

"네."

"서울 돌아가면 한동안 바빠질 거야."

영채는 애써 담담히 고개를 끄덕였다. 하진이 바빠지는 이유는 서주그룹일 테고, 한동안이란 서주그룹과 권하진 중 한쪽이 무너질 때까지일 것이다. 그 싸움에서 그녀가 어느 쪽을 응원할지 이제 자명했다.

하진은 영채의 손을 끌어올려 손등에 입 맞췄다.

"그러니까 지금은 우리 둘만 생각하자."

지금은. 여기서는. 우리만 생각하자. 오늘 밤은, 영채야, 긴 기다림을 견디고 여기까지 온 우리에게 우리가 주는 선물이야.

"하진 씨."

영채가 그를 조용히 불렀다.

"음."

"나, 생각하는 중이야. 서주그룹을 무너뜨려달라는 생모의 말에 대해서."

"다른 누구 생각할 것 없어. 네가 하고 싶은 거 하면 돼."

"하진 씨는 나보다 더 어렸을 때 복수의 길을 택해서 그 길을 쭉 걸어왔잖아. 나는 있지, 잘 모르겠어. 복수도 꿈이 될 수 있는 건지. 산다는 게, 찬란하게 빛나다 어느 순간 허무하게 사라지는 것들로 에워싸인 것 같아. 그래서 남들이 따르는 빛을 향해 무작정 달려가진 않을 거야. 내가 선택한 것들이 빛나는 길을 만들어가며 살 거야. 열심히, 찬찬히 생각한 다음에, 작은 길이라도 내 길을 후회 없이 갈 거야. 같이 가줄 거지?"

"그럼."

하진은 다정히 약속했다. 영채의 눈에 물기가 어렸다. 햇살빛 물기가 그윽해질 무렵, 영채가 말했다.

"그래도 나한테 무조건이 하나는 있어."

"뭔데?"

"내 인생 불멸의 정답, 권하진."

하진은 영채의 손을 그러쥐었다. 영채의 눈가에 얼비치는 눈물이 미소보다 더 찬란했다.

열기가 빠져나가는 거리에 오후의 마지막 햇살이 늘어졌다. 주홍 비단을 펼친 듯한 하늘을 새들이 수놓고, 거리의 가로등이 하나둘씩 빛을 밝히며 밤맞이 채비를 했다.

영채와 하진은 지하철을 타고 콜럼버스 서클 근처로 이동했다.

지하철역에서 조금 걸어 서점 '책벌레들의 연옥' 앞에 이르렀을 때 영채는 색색거렸다.

"여기 오니까 다시 화가 돋네. 어떻게 내가 그 쇼를 했는데도 보고만 있었어요? 얼음인간 아니라고 한 거 취소."

"그러니까 맺힌 거 풀어주려고 온 거잖아."

싹싹 빌어도 모자랄 판에 하진은 도도하기 그지없었다.

"그 목에서 힘이나 빼죠."

"들어가자."

그녀의 손을 잡고 앞장서는 하진을 따라 영채는 종종댔다. 하진이 한국어 서적 코너로 향했다. 작년에 그가 사다리에서 떨어지는 그녀를 받아주고, 서가 바닥에 트렌치코트를 깔아준 곳이었다.

책들 앞에 선 영채는 가슴에 팔짱을 낀 채 꼿꼿이 서 있었다. 하진이 그녀의 옆구리를 손가락으로 찔렀다. 하진을 흘겨보던 영채는 못 이기는 척 사다리를 타고 올라가 책 한 권을 꺼내 왔다.

'우리들의 사랑꽃', 강재문 시집.

바닥에 앉아 무릎을 세우자 하진이 옆에 앉았다.

수국
너의 시간과 나의 시간이 마주했다.
길고 혹독한 기다림을 우리는 견뎌냈다.
열매가 없어도, 씨앗이 없어도
그리하여 다음을 기약하지 못해도
지금 이 순간 다정하게 피어오른 진심.
세상에 흩뿌려진 무수한 변덕 속에서

시들지 않고 반짝이는…….

영채는 오른손 검지로 밑줄 긋듯 행을 짚었다. 느리게 움직이는 그녀의 손가락을 하진의 오른손 검지가 따라왔다. 말간 종이를 타고 미끄러지는 두 손가락. 나란한 손가락들 위로 떨어지는 살뜰한 불빛.

시들지 않고 반짝이는…….

말줄임표에 손을 얹은 채로 영채는 하진을 돌아봤다.

권. 하. 진.

소리 죽여 입술을 움직이자 하진이 입술을 머금어주었다.

서영채. 서영채. 서영채. 하진의 따뜻한 숨결 속에서, 그녀의 이름이 소용돌이쳤다.

서가를 둘러보던 서점 주인 석주는 한국어 서적 코너 입구에 안내판을 세웠다.

[공사 중이어서 입장하실 수 없습니다. 불편을 드려 죄송합니다.]

안내판 너머에서 입을 맞추고 있는 연인들을 뿌듯하게 보고 돌아서는데, 딸 실비가 허리춤에 손을 올린 채 서 있었다.

『공사 중이요? 요즘 매출도 별론데, 아빠 장사를 하실 거예요, 말 거예요?』

『서점이 책만 파는 곳이면 너무 팍팍하잖아.』

석주는 실비의 팔을 잡고 서가 반대쪽으로 걸었다.

『넌 젊은 애가 왜 그리 드라이해? 사랑을 이룬 사람들은 상을 받아야지.』

『사랑을 이룬 사람들? 잠깐만, 아까 그 사람들, 그럼 그때 그 사람들?』

영채와 하진의 정체를 간파한 실비가 뒤로 고개를 뺐다. 석주는 서가 쪽으로 가려 낑낑대는 실비를 앞으로 떠밀었다.

『아빠, 나도 좀 보게요.』

『네가 앞에서 무슨 짓을 해도 지금 저 사람들 눈엔 안 보여. 사랑 중이거든.』

하진이 입술을 거두자 영채는 '장미'라는 시를 펼쳤다.

사랑의, 사랑에 의한, 사랑을 위한 사랑.
그런 사랑이 여기 하나 피어났네.
이 사랑을, 사랑만의 사랑을
언제나 언제나 언제까지나
너에게 너에게 너 하나만에게.

하진의 어깨에 고개를 기댄 채, 영채는 몇 번이고 시를 손으로 읽었다. 하진의 손이 그녀를 따라왔다.

너 하나만에게.

마지막 행이 끝나는 곳에서 두 손이 서로를 얽었다. 소리 높여 사랑을 외칠 수 없는 입술들이 맞닿아 숨결을 나누었다.

천장에 난 사각 유리창을 통해 노을빛이 쏟아져 내렸다. 빛의 부스러기에 에워싸여, 영채와 하진은 서로에게 스며들었다. 눈빛으로, 손짓으로. 다사로운 숨결과 눈물겨운 미소로.

몇 번째였을까, 이 밤의 입맞춤이. 하진의 숨결이 멀어지자 영채는 하진의 손바닥에 손가락을 얹고 또박또박 움직였다.

권.

간질임을 피우듯이,

하.

한결같은 마음을 담아,

진.

하진은 영채의 손을 쥐었다. 손가락을 하나씩 곡진히 어루만지다 손바닥을 엄지로 쓰다듬었다. 영채가 피아노 건반을 두드리듯 손가락을 굽혔다 폈다 했다.

하진은 영채의 손바닥에 입 맞추고 숨결이 남은 자리에 손가락을 얹었다.

서.

온 세상이 빛으로 가득한 밤,

영.

너로 가득한 내 마음을 여기에 두고,

채.

영채가 소중한 것을 쥐듯, 손가락을 오므리려 했다.

하진은 영채의 손가락을 슬쩍 밀치고 다시 손바닥에 글씨를 썼다.

사랑해.

영원…….

영원히, 라고 쓰려는데 손끝이 떨렸다. 그의 휴대전화가 진동하고 있었다.

하진은 바지 주머니에서 휴대전화를 꺼냈다. 새 메시지에 가슴이 덜컹 내려앉았다.

"영채야……."

"왜요?"

그가 대답하기 전에 영채의 휴대전화가 울렸다. 쇼팽. 이별의 곡. 감미롭고 애잔한 피아노 선율이 서가에 번져갔다.

영채와 하진은 도희의 병실로 뛰어들었다. 침대맡을 지키고 있던 미정이 두 사람을 맞았다.

"어떻게 된 거예요?"

영채는 침대에 누운 도희를 살폈다. 산소마스크를 쓰고 잠든 도희의 얼굴이 창백했다.

"나랑 말씀을 나누시다 숨이 가빠지셔서는……. 응급 처치를 했어. 한 고비는 넘겼대."

미정은 도희의 병세가 위중해진 게 그녀 탓인 것 같았다. 결혼식 전에 인사를 나누는 것이 도리지 싶어 병문안을 왔다. 얼굴만 비추고 가려 했는데, 도희를 대면하니 발길이 쉬이 떨어지지 않았다. 도희가 먼저 살아온 이야기를 꺼냈고, 두 어머니는 서로의 지난한 세월을 눈물로 나누었다.

「영채를 사랑해주세요.」

미정의 손을 붙들고 부탁하던 도희가 숨을 할딱였다. 의료진을 부른 미정은 응급 처치가 진행되는 동안 하진과 영채에게 연락을 한 것이었다.

긴장이 풀린 영채는 병실 바닥에 주저앉아버렸다. 수화기 너머에서 들린 '위독'이라는 말에 죽음을 떠올렸다. 도희의 병세가 호전될 거란 희망이 크진 않았다. 그래도 오랜 기다림 끝에 상봉한 생모와 나누고 싶은 것들이 많은데. 죽음의 그림자가 이리 기습적으로 들이칠 줄이야.

하진이 그녀를 부축했다.

"나, 오늘 여기서 자고 갈게요."

영채는 후들거리는 다리에 힘을 주어 일어서며 말했다. 하진이 그러라는 듯 고개를 끄덕였다.

"뭐 필요한 거 없어?"

"갈아입을 옷가지 좀……."

영채는 도희 곁에서 며칠 보내게 될지도 모른다 생각했다.

"어머니 모셔다드리고 챙겨 올게."

하진이 그녀를 소파에 앉히고 미정과 함께 병실을 나섰다.

적적한 밤이 깊어 새날의 경계를 넘었다. 영채는 침대맡에서 의식 없는 도희를 물끄러미 바라보았다.

「봄을 넘기시기 힘들 거라고 생각했는데, 벌써 7월 중순입니다. 삶에 대한 집착이 고요하게 질긴 분입니다.」

도희의 담당의가 전한 말이었다. 살아 있을 이유가 확고한 사람은 죽음의 맹공 앞에 요새처럼 버틴다. 홍도희에게 살아남아야 하는 이유가 서영채였을까?

삶에 대한 애착이 복수심보다는 그리움에서 비롯된다고 믿고 싶었다. 도희의 삶이 아름답게 갈무리되길 바랐고, 그녀가 살아갈 시간이 증오가 아닌 사랑으로 물들길 바라서였다.

미워하는 미워하는 미워하는 마음 없이
아낌없이 아낌없이 사랑을 주기만 할 때
수백만 송이 백만 송이 백만 송이 꽃은 피고
그립고 아름다운 내 별나라로 갈 수 있다네.

영채는 노래를 읊조리다 침대 가장자리에 누웠다. 도희에게서 온기가 전해져왔다. 신산한 세월에 메말라 늘어진 살결에서 스며 나오는 온기가 서러웠다.

영채는 옆으로 돌아누워 도희의 팔을 쓸었다.

"엄마. 엄마……."

아득한 유년 시절, 어둡고 적요한 방을 울리던 꼬마 영채의 목소리가 귀에 쟁쟁댔다. 그때처럼 엄마는 대답하지 않는다. 기척조차 내지 않고, 그녀의 공허한 부름을 거둬들일 뿐이다.

영채는 앙상한 도희의 손에 손을 겹쳤다. 당신의 가여운 외눈이 한 번만 더 열리기를. 우리가 미소 지으며 이별할 수 있기를. 이별당하지 않고, 이별할 수 있기를. 이별의 의례를 치르고 나면, 당신 육신에 죽음이 잠처럼 스며들기를. 가시덤불 같았던 삶, 저물 때라도 꽃잎 같기를. 부디, 그러하기를.

눈을 감고 얼마나 기도했을까. 나무토막 같던 도희의 손가락이 파릇 전율했다. 영채는 눈을 번쩍 떴다. 도희의 어깻죽지가 떨렸다.

영채는 도희를 와락 끌어안았다.

"엄마!"

이슬이 맺혀가는 새벽, 하진은 요양원 정원의 벤치에 누워 하늘을 올려다보았다. 어둠에 돋아난 시허연 별들이 불우를 염탐하는 운명의 첩자들 같았다. 지금 영채도 저 별들을 올려다보고 있겠지. 어둠 속에서 홀로 별들에게 기도하겠지. 여기서라도, 불면으로 영채의 기도를 응원하고 싶었다.

가장 크고 매서운 별에 아버지의 얼굴이 어룽거렸다. 아버지, 서주를 무너뜨리고 나면 아버지처럼 살게요. 아버지가 채 누리시지 못한 늙음의 나날이 와도 푸른 사랑을 할게요. 그러니 아버지, 영채 어머니가 이곳에 조금만 더 머물게 도와주세요. 저희 젊은 사랑이 너무 빨리 흐무러지지 않도록. 이 싱그러운 계절에, 싱그러운 사랑일 수 있도록.

어둠은 기도에 응답하지 않는 신처럼 무심했다. 하진은 팔을 접어 이마에 얹고 눈을 내리감았다. 닫힌 눈꺼풀 아래로 밀밀한 물기가 고여갔다.

가시 같은 눈물이 살갗을 찔렀을 때, 잔디를 밟는 발걸음 소리가 들렸다. 하진은 벌떡 일어났다. 어둠이 영채로 가득했다.

"하진 씨."

벤치로 온 영채가 무릎을 굽히고 앉아 그의 손을 잡았다.

"엄마, 깨어나셨어."

하진은 영채를 안았다.

"다행이다."

"고마워. 정말 고마워."

도희가 의식을 회복한 것이 그의 덕분이기라도 한 것처럼, 영채가 울먹거렸다.

하진과 영채의 결혼식 날짜가 이틀 후로 정해졌다. 원래 예정보다 일주일 이상 빠른 날이었다. 도희의 불안정한 상태를 고려해 하진과 영채는 최소한의 준비로 예식을 치르기로 했다.

식장은 인태의 별장 잔디 정원이었다. 꽃과 촛불만 동원된 장식이 간결하고 소박했다. 하객도 단출했다. 양가 모친과 석영, 인태와 지수가 참석자의 전부였다. 청첩장도 없고, 축하 파티도 뒤따르지 않을 예식. 오로지 신랑과 신부의, 그들에 의한, 그들만을 위한 예식이 될 것이었다.

결혼식 전날 밤, 하진과 석영은 달랑 두 개뿐인 하객 테이블 중 하나에 마주 앉아 맥주를 마셨다. 총각 파티를 하겠다는 석영에게 쌍심지 선 눈길을 날린 지수가 영채를 대변해 허락한, 두 친구의 결혼 전야제였다.

"뭐냐, 이게? 진짜 비루하고 처량하다."

석영이 빈 맥주 캔으로 테이블을 틱틱 두드렸다.

"그러게 먹히지도 않을 총각 파티 이야기는 왜 해가지고. 가만있었으면 둘이 겨루기 한판 뛰고 빵빵한 만찬은 할 수 있었잖아."

하진은 석영을 타박했다.

"빵빵한 만찬. 홍 여사님 상태로 보나, 뜬금없이 신부 측 하객이라고 우기는 지수 성격으로 보나, 오늘 밤 우리 둘이 어디로 새는 건 애초에 불가능이었어. 불가능한 꿈인데, 크게라도 꿔야지."

맥주를 한 캔 더 따면서 투덜대다 석영이 불쑥 물었다.

"축가는 뭘로 불러주랴?"

"축가 부르게?"

"그럼 내가 축가도 없이 널 보낼까 봐? 헤어지는 날, 바로 오늘. 뜨거운 안녕. 그대 떠나가도. 산뜻하게 뽑아줄 테니까 한 곡 찍어."

하진은 눈을 가느스름하게 떴다.

"그러고 싶냐?"

"다 별로야? 너무 아픈 사랑은 사랑이 아니었음을. 그걸로 할까?"

석영이 꿋꿋이 너스레를 떨었다. 하진은 핏 웃었다. 절절한 이별 노래 몇 곡을 더 늘어놓고 잠잠해진 석영이 맥주 캔을 손가락으로 톡톡거렸다.

"너하고 나는 정말로 남남이잖아. 피를 나눈 형제도 아니고, 법이 인정하는 부부도 아니고, 이해타산으로 연합한 파트너도 아니고, 나는 너 좋아, 너도 나 좋아? 우리 같이 놀자, 이렇게 엮인 건데 어쩌다 보니 25년째 놀고 있잖아. 징그럽지?"

"징그럽고 경이롭지."

하진은 맥주 캔을 들어 올렸다. 석영이 캔을 그의 캔에 부딪쳐왔다.

"되돌아보니 감개무량한 세월이네. 영채 씨 보겠다고 '연어와 해파리' 들락거리던 때가 엊그제 같은데."

"그러게."

"어쩌 영채 씨는 그대로인데, 우리만 변한 것 같지 않냐?"

"그래?"

"그때는 파릇했는데, 이젠 익었잖아."

"젊음이 김치냐? 익게?"

"카메라 앞에서 김치, 김치, 순진무구하게 웃던 시절이었잖아. 그런데 이제는 똥폼 잡으면서 살고 있잖아. 야, 그러고 보니 우리 같이 찍은 사진이 별로 없다."

"그러네."

"그래서 준비했지."

석영이 일어나더니 식장 구석에 세워둔 삼각대와 카메라를 들고 왔다. 단상 앞에 삼각대를 설치한 석영이 하진에게 맞은편을 손짓했다.

"거기 서봐."

하진은 멋쩍게 웃으면서도 석영이 가리키는 곳에 섰다. 렌즈를 조절한 석영이 타이머를 누르고 옆으로 달려왔다. 누가 먼저랄 것도 없이 두 사람은 어깨동무했다. 어둠 속에서 플래시가 찰칵, 터졌다.

카메라로 가서 저장된 이미지를 확인한 석영이 탄식했다.

"슬프도다, 우리 젊음의 가장 어두운 밤이여."

"결혼식 전야에 악담을 해라, 아주!"

하진은 석영의 등을 내려치고 이미지를 보았다. 나란히 서서 싱그럽게 웃는 그와 석영이 형제 같았다.

"연석영."

"왜?"

"사랑한다."

"아, 씨발."

석영이 고개를 뒤로 젖히고 눈을 껌벅거렸다. 하진은 팔꿈치로 석영의 팔을 툭 쳤다.

"우냐?"

"울긴 누가 울어? 앞으로 쭈욱 계속될 우리 우정이 징글징글해서 그러지."

"고맙다, 연석영."

석영의 시선이 하진에게로 옮겨 왔다.

"하진아."

"음."

"내가 사슴과 거북이와 물고기들에게 한 맹세 기억하냐?"

"음."

"아무리 세월이 흘러도, 그 마음은 그대로다. 절대 안 삭아."

하진은 석영을 안았다. 석영의 팔이 그의 등을 단단히 감쌌다.

"행복해라."

"그럴게."

"행복하지 않으면 나한테 맞는다."

"그렇게 덤비다 항상 네가 더 맞았잖아."

"야, 뭣같이 말하면 뭣같이 알아들어라, 쫌."

곰살가운 투닥거림이 한참 오고, 유쾌한 웃음소리가 바람을 울렸다. 겹겹 꽃잎 같은 우정 위로 끈끈한 별빛이 쏟아져 내렸다.

본채 거실에서 통유리창 너머로 하진과 석영을 감시하던 지수는 옆에 선 영채에게 일렀다.

"봤죠? 영채 씨가 진짜 경계해야 할 사람은 석영 오빠라니까요."

"두 사람 진짜 쇼를 하네요."

영채도 아까부터 창에서 눈을 떼지 못하고 있었다.

"두 사람이 어찌나 찰떡궁합인지, 그렇고 그런 사이일 거란 소문이 한때 월가를 주름잡았죠."

"정말요?"

"하진 오빠가 워낙 여자들 앞에서 돌처럼 구니까 나온 소리이긴 하지만요."

지수는 그녀와 하진이 맺어질 거란 소문이 파다했던 사실은 생략했다.

"연 변호사님은 애인 없어요?"

"뭐라고 해야 하나? 하진 오빠가 고고히 빛나는 달이라면 석영 오빠는 대지를 비추는 태양. 여자들에 둘러싸여 있긴 한데, 실속은 없어. 하진 오빠는 찌든 가난. 석영 오빠는 풍요 속의 빈곤."

영채는 큭, 웃었다. 혼전 계약서를 가지고 왔을 때나 병실에서 대화를 나눌 때, 석영이 범상치 않은 인상을 풍기긴 했다.

"그런데 지수 씨. 연 변호사님, 장미 좋아해요?"

"석영 오빠가 제일 싫어하는 꽃이 장민데."

장미를 싫어하는 사람도 있나?

"하진 오빠랑 뭔가 얽힌 사연이 있나 봐요. 둘이 술 마시면 나오는 레퍼토리 있어요. 석영 오빠의 장미를 하진 오빠가 빼돌렸다느니. 뒤통수를 쳤다느니. 건강한 장미와 상처 있는 장미가 어쩌고. 눈물 없인 회고할 수 없는 음모와 배신의 드라마가 있다는데, 두 사람만 아는 암호 같은 얘기예요. 암튼 석영 오빠는 장미 싫어해요. 장미 향수도 싫고, 장미 좋아하는 여자도 싫대요."

영채는 4년 전 '연어와 해파리'로 배달되던 장미 두 송이를 떠올렸다. 하진이 보낸 것이라 확신했지만 하진이 보내지 않은 것으로 판명된.

잠깐!

영채는 라면집 '푸치니'에서 오간 대화들을 되살렸다. 하진이 장미들을 보내지 않았다고 말했던가? 장미 두 송이를 주었느냐는 질문을 부정하긴 했는데. 그녀가 질문을 제대로 못 한 것이 아닌지.

창 너머에서, 석영이 하진의 어깨에 손을 얹었다. 석영이 뭐라고 하자 하진이 미소 짓고 손가락을 정수리에 갖다대며 손경례를 했다. 그런 하진을 마주 보며 석영도 손경례를 했다. 거울에 비친 듯 마주 선 두 남자가 늠름했다.

「나한테 장미 안 보냈어요? 정말, 정말, 안 보냈어요?」

「안 보냈는데.」

오래된 호기심이 세월의 먼지를 안고 푸덕거렸다.

수백 개의 촛불들이 타오르는 잔디 정원에 슈베르트의 '아베마리아' 선율이 울려 퍼졌다. 지수가 바이올린을 켜고 석영이 피아노 반주를 했다.

영채는 인태가 내민 손에 손을 얹었다. 인태가 그녀의 손을 감싸 쥐었다. 영채는 인태에게 눈인사를 건네고 단상을 바라보았다. 턱시도를 입은 늠름한 하진이 저만치에서 그녀를 기다리고 있었다.

"준비 됐어요?"

"네."

붉은 카펫에 발이 올랐다. 조심스러운 걸음걸이, 순백의 드레스

자락이 붉은 주단을 스쳤다. 한 걸음. 또 한 걸음. 하진에게로 가까워지는 것을 심장이 먼저 알고 두근거렸다.

카펫 양쪽으로 빨간 종이 랜턴들이 줄에 매달려 있었다. 장미. 자전거. 라면 그릇과 맥주 캔. 꽃잎들과 멸치 떼. 랜턴들을 장식한 추억의 문양들은 하진이 붓으로 직접 그려 넣은 것이라고 했다.

카펫 양쪽에 하객 테이블이 하나씩 배치되었다. 하얀 테이블보를 쓴 테이블을 지나니, 하진이 앞으로 나서 인태가 건넨 그녀의 손을 감아쥐었다.

권하진이 서영채를 본다. 서영채가 권하진을 본다. 그들이 헤쳐 온 가시밭 같은 시간이 아득하다. 다가가지 못하고, 알아채지 못하고, 기다림을 앓던 시절. 그 시절이 눈맞춤으로 씻겨 내린다. 서로의 손을 다시는 놓지 않으리라 다짐한다.

영채는 하진의 인도로 주례 앞에 섰다.

"오늘 우리는 이 두 사람이 사랑의 결실을 맺는 것을 축하하기 위해 이 자리에 모였습니다."

주례가 식을 시작했다. 예물 반지가 교환되고, 지수가 축하 음악을 연주했다.

성혼 선서가 끝나자 주례가 하진에게 일렀다.

"신랑은 신부에게 키스해도…….."

"잠깐만요."

영채는 주례의 말을 고요히 잘랐다. 하진의 손에 순간 힘이 들어갔다.

영채는 주례에게 물었다.

"신부가 신랑에게 키스하면 안 되나요?"

"아…… 뭐. 안 될 거야 없지만……."

주례가 말을 더듬는 동안, 하진의 손에서 긴장이 빠져나갔다.

"그럼 말해주세요. 신부는 신랑에게 키스해도 좋습니다, 라고."

"신부는 신랑에게 키스해도 좋습니다."

주례가 어색하게 선언했다.

영채는 하진을 돌아보며 생긋 웃었다.

"겁낼 것 없어요, 신랑. 내 키스를 받아주기만 하면 돼요."

향긋한 바람을 가르고 하진에게 가닿는 그녀의 입술. 하진의 입술이 곡선을 그리는 게 느껴졌다. 관습에 지배받지 않는 결합이었다. 사랑만의, 사랑만에 의한, 사랑만을 위한 입맞춤이었다.

단상에서 왼쪽에 위치한 테이블에 미정과 도희가 앉아 있었다. 미정은 오슬오슬 떨리는 도희의 어깨를 껴안았다. 식장으로 들어설 때만 해도 빛나던 도희의 얼굴이 밤보다 더 어두웠다.

"유 여사님, 눈앞이 흐려서 애들이 보이지 않아요. 영채, 많이 예쁜가요?"

"예쁩니다. 제 평생 저리 고운 신부는 처음 봅니다."

"마음에 드신다니 다행이에요. 어미 복 없는 아이, 시어머니 복은 있나 봐요."

도희는 성혼 선언을 아득하게 들었다. 영채와 하진이 희고 검은 물덩이처럼 눈앞에서 풀어졌다. 또렷이 그녀 안으로 스며드는 것은 소리뿐이었다.

"이로써 두 사람이 남편과 아내가 되었음을 선언합니다."

주례의 목소리와 하객들의 박수 소리. 바이올린 선율이 귓가에 쟁쟁대더니, 바람 소리가 커져갔다. 파락. 파락. 촛불 일렁이는 소리 사이로 아이의 울먹거림이 바람에 실려 왔다.

엄마아…… 엄마아아아아아……

"유 여사님, 영채가 절 엄마라고 불러줬어요."

"엄마이시잖아요."

"엄마가 못 되어주었는데. 미안해서 빨리 떠나주려고 했는데. 그랬는데, 영채의 목소리를 들었어요. 엄마, 엄마. 영채가 불러주었을 때, 정말 엄마가 된 것 같았어요. 그래서 돌아왔나 봐요. 저 아이 예쁜 모습을 보고 가려고."

도희는 숨이 이지러지는 것을 느꼈다.

"신부는 신랑에게 키스해도 좋습니다."

신부와 신랑조차 바뀌어 들리는 것을 보니, 이제 정말 떠나야 할 때인가 보다.

"유 여사님, 영채를 살펴주세요. 영채를……. 내 아기…… 내 가엾은 아기를……."

도희는 무거운 손을 미정에게로 내밀었다.

사랑하며 살고 싶었는데. 사랑받고 살고 싶었는데. 증오로 지탱해온 허망한 삶의 끝에서 소원을 이루네요. 저 아이들을 만나게 해주셔서 감사합니다. 꿈꾸었던 사랑보다 훨씬 더 아름다운 사랑을 볼 수 있게 해주셔서 감사합니다.

미정의 손이 따뜻했다. 도희는 미정의 손을 꼭 붙들었다. 하루만, 하루만 더 허락해주세요. 오늘 말고 내일 데려가세요. 해가 뜨면 기꺼이 가겠습니다. 오늘 밤은 온전히 저 아이들의 시간일 수 있게. 나의 떠남이 아이들 사랑에 얼룩이 되지 않도록.

하루만. 제발, 하룻밤만 더…….

저만치서 커다란 빛 덩이가 다가왔다. 눈이 부셔서 눈이 감겼다. 점멸하듯 다가온 빛이 몸을 에워쌌다.

바람 소리 사이로 박수 소리가 들렸다. 아니, 새소리인가? 물소리인 것도 같고, 불꽃 사위는 소리 같기도 했다. 이렇게 생동스러운 소리의 어우러짐인 것을. 모든 소리들을 온몸으로 맞아들이며 가벼워지는 것인 것을.

죽음이란…… 이별이란…….

도희의 고개가 옆으로 스러졌다. 미정은 입술을 깨물어 울음을 삼켰다. 도희의 헛헛한 육신이 더없이 무거웠다.

하진과 영채가 손을 맞잡고 입 맞추고 있었다. 영채의 손에 들린 순백의 부케가 희부옇게 흐려졌다.

저 고운 것이. 가장 고와야 할 밤에, 마음껏 곱지도 못하고.

미정은 도희의 야윈 몸을 제 살인 양 안았다.

"영채를 제 새끼처럼 아껴주겠습니다."

생명이 빠져나간 몸에서 대답이 없었다. 바다 냄새 머금은 바람만 하염없이 불어들어, 기어코 울음이 터져 나왔다.

하객 테이블을 향해 돌아선 영채는 얼어붙었다. 미정이 도희를 안고서 울고 있었다. 죽음의 그림자가 온몸으로 느껴졌다. 하필이면 오늘 밤, 죽음은 그녀의 행복 정중앙을 관통했는가.

"하진 씨. 나, 지금 예뻐요?"

"예뻐."

"다행이네. 엄마가 마지막으로 본 게 내 예쁜 모습이어서."

도희의 모습이 부옇게 흐려져 영채는 그녀가 울고 있음을 알았다. 눈물로 빚어진 몸이 녹아내리는 것처럼 눈물에서 이질감이 느껴지지 않았다.

도희는 음영이 어린, 멍울 같은 실루엣이었다. 생의 끝에서 저 사람은 무엇을 생각했을까? 입어보지 못한 웨딩드레스. 지켜내지 못한 사랑. 누려보지 못한 행복. 아주 짧은 순간이나마, 도희가 그 모든 것들을 꿈결처럼 겪어보았길 바랐다. 살아보지 못하고 짓밟혀버린 시간을 상상 속에서나마 그려보았기를.

"하진 씨, 지금 장례식 치르자."

"영채야……."

"꽃도 있고, 등도 있고. 촛불도 있네. 조문객들도 다 왔잖아. 지금 치르자."

하진은 영채를 와락 안았다. 영채가 그의 품에 얼굴을 묻었다.

"아무리 예쁜 장례식이 욕심났어도 그렇지, 왜 하필이면 오늘 밤이야? 어, 왜 하필이면……. 자기 할 말은 다 했다 이거야? 보고 싶은 건 다 봤다 이거야? 난 할 말 아직 시작도 못 했는데. 어어…… 어억……. 엄마라는 사람이 딸 결혼식을 이렇게 망칠 수 있어. 어!"

오열하며 몸부림치는 영채를 하진은 끌어안았다. 영채가 부케로 그를 때려댔다.

"더 행복한 모습 보여줄 수 있었는데. 너무 행복해서 천년만년 살고 싶어지게 해줄 수 있었는데. 이건 아니잖아. 이렇게 가버리는 게 어딨어, 정말. 어억……."

홀홀히 흩어지는 꽃잎처럼, 영채의 절규가 바람 속에 난사됐다.

하진은 그의 심장에 대고 영채를 내리눌렀다. 함께 아프도록. 함께 절망하도록. 아파도, 이 밤이 이별이 아니라 시작이도록. 절망의 구렁텅이 가장 깊은 곳에서도, 둘이서 함께, 기어이, 사랑하도록.

도희의 시신을 수습하려던 하진과 영채는 뜻하지 않은 암초에 부닥쳤다. 석영이 제시한 도희의 유언장이었다. 짤막하게 두 가지 바람이 담긴 유언장.

첫째, 도희는 사후 자신의 시신이 특수 시설에 냉동 보관되기를 원했다.

도희의 의도를 헤아릴 수 없어 하진은 혼란스러웠다.

"너한테 특별한 말씀 없으셨어?"

영채에게 물었지만, 눈물범벅이 된 영채는 멍하니 고개만 저었다.

석영이 나서서 설명했다.

"홍 여사님이 최근에 유언장 고치셨어. 영채 씨를 보시고 어떤 결심을 하신 것 같더라. 네가 선임한 변호사가 유언장 초안 작성했는데, 굳이 날 부르신 데도 이유가 있을 것 같고. 내가 확실히 말할 수 있는 건 홍 여사님이 맑은 정신으로 유언장 수정하셨다는 거야. 그분의 대리인으로서, 나는 이 유언장을 집행할 의무가 있어."

석영이 도희의 목에서 뭔가를 빼서 영채에게 건넸다.

"홍 여사님이 영채 씨에게 남기신 거예요."

"이게 뭔가요?"

영채는 손바닥에 얹힌 작은 은색 열쇠를 내려다봤다.

"뉴욕 은행 비밀 금고 열쇠예요. 서 회장과 관련된 자료들이 금고에 있다고 하셨어요. 그 자료들의 사후 처리를 영채 씨에게 모두 맡기겠다고 하셨습니다."

석영이 유언장에 명시된 도희의 두 번째 바람을 밝혔다.

영채는 하진을 바라보았다. 하진은 복잡한 눈빛을 하고도 침착하게 고개를 끄덕였다. 하진에게 이 열쇠가 무엇을 의미하는지 도희도 알았을 텐데, 굳이 그녀에게 맡긴 이유는 뭘까? 너무 많은 생각들이 한꺼번에 밀려들어 영채는 아무 생각도 할 수 없었다.

석영이 냉동 보관 시설에 연락하고 엄숙하게 말했다.

"곧 픽업 직원들이 도착한답니다. 시신을 단정히 하는 게 좋겠습니다."

하진이 테이블보를 잔디밭에 깔고 그 위에 도희를 눕혔다. 팔다리가 곧게 펴진 도희 앞에 영채가 무릎을 꿇었다.

영채는 도희의 가슴에 부케를 올려놓고 도희의 손을 잡았다. 뼈만 남은 앙상한 손이 식어가고 있었다.

미안해요, 엄마. 엄마는 나한테 생명도 주고, 엄마를 닮은 얼굴도 주었는데. 나는 엄마 가시는 길에 드릴 게 부스러진 꽃다발밖에 없네. 이제는 다 내려놓으세요. 가슴에 재운 앙금들 훌훌 날려버리고, 편히 쉬어요.

영채는 면사포를 벗어 도희의 얼굴에 펼쳤다. 면사포가 창백한 얼굴을 덮자, 하얀 원피스를 입은 도희가 신부처럼 보였다.

하진은 도희 앞에 무릎을 꿇고 앉아 영채의 손을 잡았다. 슬플 때나 기쁠 때나, 가난할 때나 부유할 때나, 병약할 때나 건강할 때나, 한결같이, 이 여자를 아끼고 사랑할 것을 맹세합니다. 성혼 서약을 수정해야 할 것 같았다.

"나, 권하진은 죽음 앞에서도, 죽음을 넘어서서, 나의 아내 서영채를 흔들림 없이 믿고, 사랑하고, 보호할 것을 당신의 영혼 앞에 서약합니다."

영채의 눈동자에 눈물이 그렁그렁 맺혀갔다. 하진은 영채의 눈물에 입 맞췄다.

"슬퍼할 거 없어. 조금 더 특별한 결혼식일 뿐이야."

영채가 젖은 속눈썹을 떨면서 애써 미소 지었다.

"정말 달콤하다. 너무 달아서 온몸이 다 시려."

"해 뜨면, 너무 달아서 코끝이 시리는 케이크 먹으러 가자."

"그래요. 꼭 먹으러 가요."

하진은 영채를 부둥켜안았다.

바람이 휘몰아쳐 촛불이 몇 개 꺼졌다. 어둠이 듬성듬성 꽃처럼 피어난 자리에 별빛이 쏟아졌다. 소금내 머금은 바람이 불어들어 랜턴들을 흔들었다. 랜턴 밑에 다소곳이 누운 도희의 치맛자락이 하늘거렸다. 순백의 치맛자락에 발간빛이 꽃물처럼 들어 일렁였다. 신이 운명이라는 붓에 죽음이라는 물감을 찍어, 삶이라는 도화지에 그려낸 그림이었다, 오늘 밤은.

영채는 하진의 심장 박동을 느끼며 눈을 감았다. 바람 속에서 노랫소리가 들려왔다.

먼 옛날 어느 별에서 내가 세상에 나올 때
사랑을 주고 오라는 작은 음성 하나 들었지.
미워하는 미워하는 미워하는 마음 없이
아낌없이 아낌없이 사랑을 주기만 할 때
수백만 송이 백만 송이 백만 송이 꽃은 피고

그립고 아름다운 내 별나라로 갈 수 있다네.

별에서 온 사람이 별로 돌아가는 밤. 떠나는 이, 사랑받아, 외롭지 않기를. 남은 이들, 사랑하여, 슬프지 않기를. 사랑 앞에 죄 지은 자들, 단죄받기를. 사랑 없이, 텅텅 빈 헛것으로, 소멸해가기를. 반드시 그러하기를.

다음 날 아침, 하진은 밤을 새우다시피 한 영채를 데리고 이스트 빌리지의 디저트 카페로 갔다. 영채가 냉장 전시대에서 케이크를 고르고 테이블에 앉았다. 직원이 테이블로 가져다준 대형 생크림 케이크에는 'HAPPY BIIRTHDAY'라고 선홍색 크림으로 쓰여 있었다. 직원은 영채가 부탁한 대형 초와 성냥도 놓고 갔다.
"생일 케이크?"
하진은 혼란스러웠다. 케이크에 초를 꽂은 영채가 성냥을 그었다.
"지금쯤이면 엄마가 천국에 도착하셨을 거야. 나처럼 예쁜 딸을 낳았으니, 천국 입주 심사는 당연히 합격! 그러니까 천국에선 오늘이 엄마 생신이잖아. 축하해야지."
생글거리는 영채가 불안해 보였다.
영채는 몸에 달라붙는 검은 탱크톱에 검은 미니스커트를 입고 있었다. 애도가 아닌 유혹을 작정한 여자 같았다. 화장은 또 어떻고. 평소보다 한 톤 밝은 얼굴 화장을 하고, 장밋빛 립스틱을 발랐다. 아이라인을 그리고 마스카라까지 했다. 오기스럽게 연출한 요염함이 처연했다. 깊어서 차라리 투명한 눈동자 때문에. 금방이라도 울음을 쏟아낼 것 같은 입술과 창백하게 뻗은 가녀린 목선 때문에.

영채가 빨간 초에 불을 붙이고 눈을 감았다. 소원을 빌듯 입술을 옴질거린 영채가 눈을 뜨고 촛불을 불었다.

하진은 테이블 위에서 영채의 손을 잡았다.

"무슨 소원 빌었어?"

대답을 하려던 영채가 그의 어깨 너머를 보더니 움칠했다. 먼 곳을 응시하는 것 같은 영채의 눈동자에 그늘이 졌다.

하진은 뒤를 돌아보았다. 벽에 걸린 코르크판에 뉴욕 필하모닉의 라흐마니노프 피아노 협주곡 3번 공연 포스터가 붙어 있었다.

"저거, 보고 싶어?"

"오늘 밤 공연인데, 표가 있을까요?"

"구해볼게."

하진은 지수에게 전화를 걸었다. 줄리아드를 졸업하고 바이올리니스트로 활동 중인 지수는 뉴욕 필하모닉에 지인들이 꽤 있었다.

"지수야, 오늘 저녁 뉴욕 필 좌석 구할 수 있을까?"

― 오늘 저녁이면, 라흐마니노프?

"음."

― 그 공연 취소됐는데.

"뭐?"

― 피아니스트 건강 문제로 취소됐어. 이틀 전에 발표 났는데, 몰랐나 보네?

"어, 그래. 알았어."

전화를 끊은 하진은 영채에게 상황을 설명했다.

"할 수 없지."

쓴웃음을 지은 영채가 어쩐지 안도하는 것처럼 보였다.

"라흐마니노프 좋아해?"

"뭣 좀 테스트 해보고 싶었어요."

"무슨 테스트?"

"강차연이 클래식 음악광이거든. 어렸을 때 음악에 얽힌 이야기를 많이 해줬어. 철들고 되새겨보니까 섬뜩한 이야기들. 오페라 '투란도트'도 그중 하나였어. '공주는 잠 못 이루고' 들을 때마다 소름이 돋았어. 그런데 하진 씨와 라면집에서 같이 듣고 나서부턴 행복한 아리아가 됐어. 그게 다른 음악에도 가능한지 테스트 해보고 싶었어."

"강차연이 라흐마니노프를 놓고도 끔찍한 말들을 지껄였어?"

"뭐, 그냥."

영채가 어깨를 으쓱하고 억지 미소를 밀어냈다.

케이크에서 초를 뺀 영채가 케이크를 한 조각 잘라 그의 접시에 놓았다. 하진은 케이크를 건성으로 한입 먹고 영채를 살폈다. 영채는 인생이 달콤하다는 것을 증명하려는 사람처럼 생크림을 입안으로 욱여넣고 있었다. 자학하듯 케이크를 우걱거리는 영채를 보고 있자니 숨통이 조였다.

그 잔인한 여자가 어린 영채에게 무슨 짓을 한 걸까? 장례를 치를 수 없는 것만으로 충분히 힘겨운 날인데. 영채의 기억은 지금 어느 아픈 시간을 헤매고 있는 걸까?

하진은 포크를 놓고 일어났다.

"가자."

영채가 멍하니 그를 올려다보았다.

"라흐마니노프 듣고 싶다며?"

하진은 영채의 손을 잡고 카페를 나섰다.

그들이 떠난 테이블에 케이크가 덩그러니 남았다. 가운데가 옴폭 파여 'BIRTH' 부분이 사라지고 'HAPPY DAY'만 남은 케이크였다.

영채와 함께 5번가의 펜트하우스에 들어선 하진은 엔터테인먼트 룸으로 영채를 데리고 갔다. 그가 머리를 식히기 위해 마련한 방에는 대형 스크린과 프로젝터, 음향 기기와 컴퓨터가 구비되어 있었다.

"앉아 있어."

영채에게 소파를 가리킨 하진은 창의 블라인드를 모두 내렸다.

인터넷에서 라흐마니노프 피아노 협주곡 3번을 검색한 하진은 노트북을 스크린에 연결했다. 메인 조명을 끄자, 어두컴컴해진 방에서 콘서트홀 영상이 스크린에 떴다.

하진은 스피커를 켰다. 영상을 재생하자 몇 초 후 비장한 오케스트라 선율이 흘러나왔다. 피아노가 뒤따랐다. 장중한 피아노 선율이 유려해지며 오케스트라 연주에 녹아들었다.

소파에 앉은 영채가 허리를 곧게 세운 채 영상을 응시했다. 두 손을 무릎에 모으고 인형처럼 앉은 모습이 어쩐지 애처로웠다. 하진은 영채 옆에 앉았다. 겨울바람을 연상시키던 멜로디가 격렬한 피아노 파트로 전개되었을 때 영채가 입을 열었다.

"저 곡을 처음으로 콘서트에서 들은 게 런던이었어. 영국에 있는 기숙학교에 입학하고 얼마 되지 않았을 때. 새벽에 생리가 시작돼서 서울에 전화를 했거든. 말로만 듣던 일을 겪으니까 기분이 이상

했어. 좀 무섭고 속이 울렁거렸어. 누군가에게 알리고 싶었는데 생각나는 사람이 강차연밖에 없었어.

생리가 시작됐다고 하니까, 그 사람이 아무 말도 안 했어. 아주 오래, 숨소리도 들리지 않을 만큼 잠자코 있다가 이랬어. 영채, 엄마랑 콘서트 가자. 순간 멍했어. 전화하면서 뭘 기대했을까? 칭찬이나 축하, 내가 정상으로 자라고 있으니까 아무 걱정 말라는 다독임? 그런 거였겠지. 그런데 그 사람이 콘서트 가자고 뜬금없는 말을 하는 거야. 이미 결정된 사항을 통보하는 투여서 그냥 네, 했어. 우습지? 생리를 시작한 딸과 엄마의 대화가 콘서트 가자, 네, 였다니.”

하진은 웃을 수 없었다.

“그 사람이 며칠 후에 학교에 왔어. 사전 신청을 해야 외출을 할 수 있는 기숙 학교였는데, 주말도 아닌 평일에 나타나 날 데리고 런던 중심가로 갔어. 부티크에서 드레스랑 구두를 사줬어. 가격이 어마어마한 보석 세트랑 핸드백도 사주고, 조향사한테 가서 맞춤 향수도 제작해줬어. 나, 그날 처음으로 화장도 해봤어. 숍에 가서 머리 하고 풀 메이크업을 했는데 거울에 비친 내가 인형처럼 보였어. 흠잡을 데 없이 완벽한데 살아 있는 것 같지 않아서 좀 무섭더라. 일어나보라는 말에 의자에서 일어났는데, 굽 높은 구두가 익숙하지 않아서 넘어져버렸어. 고급 숍이라 그랬나? 바닥 타일이 어찌나 반들반들한지 얼음판에서 미끄러지듯 쫘당 넘어졌다니까. 손바닥 까지고, 나중에 보니까 무릎에는 시퍼런 멍까지 들고, 난리도 아니었어.”

억지 단장을 하고 바닥에 널브러져 호기심 어린 시선들을 견뎠을 영채. 화려함의 무게에 짓눌려 떨었을 어린 소녀. 하진은 화가 치밀었다.

서정적이던 멜로디가 절정으로 치달았다. 영채가 불안스레 손을 만지작대는 동안, 오케스트라 협주가 웅장해지고 피아노의 묵직한 울림이 오케스트라에 녹아들었다. 기대와 여운을 남기며 1악장이 끝났다.

오보에 독주가 2악장을 열었다.

"콘서트는 굉장했어. 마음속에서 뜨거운 것이 꿈틀거려서 몸이 들썩였어. 그런데 내가 얌전히 있기 위해 애쓰는 동안 그 사람은 조각상처럼 앉아 있었어. 감정도 없고 숨도 안 쉬는 것처럼, 콘서트 내내 꼼짝없이 있었어. 연주가 끝나자 사람들이 기립 박수를 쳤어. 환호성도 지르고. 나도 일어나려고 했어. 뭐라고 외치고 싶었는데, 몸을 일으키려는 순간 그 사람이 내 팔을 잡았어. 그 사람과 눈이 마주쳤을 때 얼어버렸어. 너무 차갑고 섬뜩한 눈동자였거든."

영채가 어깨를 흠칫 떨었다. 하진은 영채의 어깨에 팔을 둘렀다.

"그 사람이 말했어. 서영채가 여자가 되었구나. 그 독한 표정을 잊을 수가 없어. 네가, 도 아니고, 내 딸이, 도 아니고, 그냥 영채도 아니고. 그 사람은 경멸하듯이 날 서영채라고 불렀어. 서영채가 여자가 되었구나. 박수 소리로 가득한 콘서트장에서 그 소리만 귀에 박혔어. 뾰족한 가시가 손톱 밑을 파고드는 기분이었어."

장엄한 피아노 연주가 느리게 흘러갔다.

"그땐 내가 이상한 상상을 하는 줄 알았는데, 이제 다 이해가 돼. 그때 그 사람은 내 생모 생각을 했을까? 그래서 표정이 그렇게 끔찍했을까? 그 사람이 미워. 어제만 해도 멍했는데, 오늘은 그 사람이 미워서 온몸이 부들거려. 당장 서울로 가서 그 아름다운 얼굴을 처참하게 망가뜨리고 싶어. 내 엄마가 견뎠을 고통을 그 사람도 느끼게 똑같이 되갚아주고 싶어. 어떡하지, 나? 나도 그 사람처럼 되어가나 봐. 안 닮으려고 했는데. 이미 그 사람에게 물들어버린 거면. 하진 씨, 나 어떡하지? 나도 강차연처럼 되면? 그런 괴물이 되긴 싫은데."

하진은 영채를 와락 안았다. 강이 바다에 합류하듯 연주가 웅장해졌다. 검은 머리카락을 길게 늘어뜨린 피아니스트가 건반을 격하게 두드려댔다. 타건이 격해질수록 영채의 어깨도 심하게 흔들렸다.

강차연. 죄 없는 어린 마음에 꼭 독을 심어야 했을까? 극악무도의 시간을 견뎌온 영채가 가여워 분노가 치밀었다.

피아노 음이 얼음 위를 구르는 구슬처럼 울렸다. 빠빠밤. 빠빠밤. 관악기와 현악기의 화음이 이어져 나오자 하진은 영채를 일으켜 세웠다.

"테스트 해보자."

영채가 젖은 눈망울로 그를 올려다보았다. 하진은 소파 옆 벽에 영채를 세우고 돌아서서 영상을 처음으로 되돌렸다. 시간을 되돌릴 순 없었다. 하지만 음악을 되돌릴 순 있었다. 기억을 지울 순 없겠지만, 하나의 기억에 다른 기억을 덧칠할 수는 있었다.

바바 바바 바바바. 스산한 겨울바람 같은 선율이 어둠 속에 너울댔다.

시험해보자, 어디. 우리 사랑이 증오보다 더 독한지.

영채는 다가오는 하진을 바라보았다. 하진이 그녀를 벽과 그의 품 사이에 가두었다.

비장한 오프닝에 피아노 선율이 더해지는 동안 하진이 그녀의 얼굴선을 어루더듬었다. 목선을 쓸어내리고 어깨를 쥐었다. 맨살을 파고들던 손이 탱크톱 끈을 밀치자 브라톱이 내려와 한쪽 가슴이 절반쯤 드러났다.

하진이 가슴을 움켰다.

"아."

영채는 신음을 흘렸다.

"아파?"

아팠다. 마음이.

괜한 얘기를 꺼내서 하진의 기분을 상하게 했나 보다. 이렇게 우울한 신부를 원하는 남자는 없을 텐데.

"하진 씨."

"아프면 나와."

가슴이 쿵, 내려앉았다.

"나와. 네 안에 웅크리고 있지 말고."

카페 밖에서 그녀를 기다리던 하진이 떠올랐다. 그때도 이 사람은 말했지. 나오라고. 내가 유년의 껍데기를 깨뜨리지 못하면, 이 사람이 오래 기다리겠구나. 해가 지도록. 빗속에서 홀로.

영채는 하진의 손을 잡았다.

"침실로 가요."

하진이 그녀의 손목을 낚아챘다. 몸이 다시 벽에 밀쳐지고 하진의 품에 갇혔다.

"여기서 해. 저거 들으면서."

"말도 안 돼."

라흐마니노프라니. 라흐마니노프에 맞춰 사랑이라니. 영채는 고개를 저었다.

"우리가 언제 말이 되는 걸 하는 사람들이었어?"

하진이 그녀의 입술을 거칠게 삼켰다. 피아노 선율이 현란하게 쏟아져 내렸다. 치마가 올라갔다. 속옷을 잡아 내린 하진이 수풀을 헤집었다.

"어."

허리를 뒤틀었을 때, 하진의 손은 다리 사이에 가 있었다. 건반 위를 미끄러지듯, 건반 위에서 튀어 오르듯, 하진의 감질 나는 손놀림이 그녀를 흥분시켰다.

연한 살이 쓸리고 희롱당했다. 도발과 자극이 이어져, 부풀어 오른 살이 촉촉해졌다. 심장은 달아올랐고 머릿속은 들끓었다. 온몸이, 온 맘이 흐느적거리며 휘청댔다.

하진이 그녀를 지탱하며 손놀림에 격정을 더했다. 아픔과 희열의 경계 사이에서 교성이 터져 나갔다.

"다 비워내."

강건한 손가락이 그녀 안으로 들어왔다. 그녀의 공허를 점령하고 낙인을 찍어댔다.

1악장이 종반을 향해 치닫는 동안, 하진은 쉼 없이 그녀를 공격해왔다. 더 빠르고, 더 격하게. 그녀 안에 도사린 괴물과 끝장을 보겠다는 듯.

영채는 헐떡였다. 숨이 턱밑까지 차올라 머릿속이 비었다. 고개를 뒤로 젖히고 소리를 내질렀을 때, 뜨끈한 체액이 허벅지를 타고 흘렀다.

서영채, 네가 여자가 되었구나. 휘몰아치는 선율 사이로 차연의 목소리가 소용돌이쳤다.

영채는 눈을 감아버렸다.

"눈 떠."

하진이 거칠게 속삭였다.

"눈 뜨고 봐."

영채는 멈칫멈칫 눈을 떴다. 하진의 눈동자가 그녀를 녹일 듯 타올랐다.

"보고, 듣고, 느껴. 네가 나로 가득 찰 때까지."

하진이 바지 버클을 풀고 치마를 밀어 올렸다. 어둠이 현란하게 파동 치는 방에서, 하진은 침입자였다. 그녀를 태우는 불이었고, 그녀를 삼키는 늪이었다.

하진이 그녀의 다리를 들어 올렸다. 단단한 남성이 연한 살을 헤집고 들었다. 활짝 열린 몸이 하진을 빨아들였다.

하진은 그녀를 부러뜨릴 것처럼 파고들었다. 파고들어 채우고, 채우고, 또 채웠다.

"나만 보고 나만 들어."

하진의 들고 남에 따라 몸이 열렸다 조이기를 반복했다. 끝을 모르고 덮쳐드는 격정에 현기가 일었다.

차랑차랑. 차랑차랑.

젖은 살끼리 격하게 부딪칠 때, 몸과 몸의 부대낌 너머에서 콘서트는 계속되었다.

다르르르.

흑백의 건반 위로 손가락이 굴렀다.

쟁쟁쟁쟁. 둥둥둥둥.

현과 활이 마찰하고 타악기가 울어댔다.

소리의 도가니 속에서 빛이 날아들었다.

"사랑이야, 영채야."

눈가에 물기가 맺혀 하진의 얼굴이 흐려졌다. 눈. 코. 입. 강인한 턱 선과 남성적인 목울대. 차오르는 눈물이 하진을 커다란 빛 덩이로 만들어버렸다. 비에 젖은 유리창 너머로 보는 도시의 야경처럼, 무수한 빛들이 한데 어룽졌다. 물에 풀린 색색의 물감처럼, 하진이 어둠 속에 녹아들었다.

"사랑이라고."

현아 선율이 웅장해졌다. 현과 활의 마찰처럼, 하진의 남성이 그녀의 벽을 쓸어댔다. 더 깊숙이. 더 밀밀히. 더 열렬히.

피아노 선율이 화산처럼 폭발할 때, 뜨거운 돌기가 그녀 안에서 타올랐다. 한 치 빈틈도 없이, 그녀를 점령한 불꽃.

영채는 고개를 뒤로 젖혔다. 숨이 쉬어졌다. 종일 턱턱 막히던 숨통이 이윽고 트였다. 살 것 같았다. 살아 있다는 걸 느낄 수 있었다. 온몸이 저릴 만큼, 생생히, 느낄 수 있었다. 이렇게 살아 있어, 사랑받는다는 걸.

온몸이 녹아내리며 울어댔다. 절정의 순간에 하진이 속삭였다.

"서영채, 네가 사랑을 하는구나."

귓전에 울리는 선언은 소리가 아니라 빛이었다. 지금 이 순간, 하진은 빛이었다. 차마 마주 볼 수 없을 만큼 강렬한 빛.

하진의 열기가 결결했다. 연한 속살 구석구석 아로새겨지는 곧고 빈틈없는 열기였다. 불꽃의 도가니에서 한숨 소리와 기침 소리가 들렸다. 옷깃 부스럭거리는 소리와 악보 넘어가는 소리도 들렸다.

사락사락. 스럭스럭.

그리고 차랑차랑.

살과 살이 다시 부딪쳤다. 조금 전보다 더 농밀하고 더 감질 나는 접촉이었다.

영채는 어린 시절 좋아했던 한강을 떠올렸다. 바람에 흔들리던 물결. 물이랑에 내려앉던 햇살. 고운 햇살의 입자를 머금고 춤추던 강. 지금, 그녀는 강이었다. 한여름의 태양을 품고 춤추는 강이었다.

다리를 타고 흐르는 체액. 흐르고 또 흐르는 눈물. 부서져 녹아내리는 유년의 상처들. 몸 구석구석을 찔러대는 상처의 파편들. 그 파편들을 삼키는 이 독한 사랑.

권하진. 권하진. 권하진.

빰빰빰! 오케스트라 연주가 끝났다.

박수갈채가 쏟아졌다. 브라보!

다시, 절정이었다.

영채는 눈을 감았다. 그녀는 열세 살 소녀로, 콘서트장에 앉아 있었다. 연주가 끝났을 때 자리를 박차고 일어나고 싶었다. 손바닥이 얼얼하도록 박수치고 싶었다. 휘파람을 불며 환호하고 싶었다. 하지만 소녀는 아무것도 하지 못하고, 자리에 못 박힌 듯 앉아서 차연의 섬뜩한 미소를 견뎠다.

악몽처럼, 차연의 얼굴이 떠올랐다.

「서영채…….」

어깨가 바르르 떨렸다. 어둠의 나락으로 떨어지는 것 같았을 때, 하진의 숨결이 그녀를 건져 올렸다.

"서영채, 네가 내 여자가 되었구나."

영혼을 움켜쥐는 견고한 선언에 영채는 눈을 떴다. 하진의 눈동자가 정교하게 이글거렸다. 내 여자. 단 하나의 단어를 더했을 뿐인데, 섬뜩한 저주가 황홀한 축복이 되어버렸다. 엄숙한 헌정의 언어가 되어버렸다.

하진의 눈동자에 눈물로 빚어진 몸을 가진 소녀의 환영이 얼비쳤다.

"네가 내 여자가 되었다고."

소녀가 웃었다. 해묵은 족쇄를 끊어내고 마침내 해방된 듯, 팔짝팔짝 뛰며 열광했다. 더 이상 음악이 들리지 않았다. 격정의 선율을 뿜어내던 스피커가 잠자듯 조용했다.

영채는 떨리는 손으로 하진의 얼굴을 만졌다.

"앞으로 저 음악을 들으면 날 생각하는 거야. 내가 너에게 얼마나 미쳐 있는지, 기억하는 거야."

거역할 수 없는 눈빛이 다가와 그녀를 삼켰다.

영채는 하진의 목을 안고 키스했다. 다시는 저 선율을 두려워하지 않을 거야. 아파하지 않을 거야. 그리고 누군가 물어보면 대답할 거야. 내가 제일 좋아하는 라흐마니노프 피아노 협주곡 3번은 권하진이 연주하는 버전이라고.

앙코르 곡이 시작되었다. 달콤한 멜로디는 쇼팽인가? 슈만이나 엘가일지도. 상관없었다. 지금 그녀가 느끼는 모든 것이 권하진이니까.

하진이 그녀를 지그시 내려다봤다.

아, 어떡해! 영채는 손으로 얼굴을 가렸다. 화장이 다 망가졌을 거란 생각이 이제야 든다.

"그렇게 보지 마요. 나, 지금 엉망진창일 거야."

하진이 그녀의 손을 잡아 내렸다.

"무슨 상관이야?"

영채는 서서히 고개를 들었다. 시린 달콤함이 코끝에 고였다. 그래. 무슨 상관이야. 이렇게 사랑받는데.

하진이 그녀 앞에 무릎을 꿇었다. 치마가 올라가고 말캉한 혀가 꽃잎을 쓸었다. 낯선 느낌에 놀라 영채는 허리를 뒤틀었다. 하진이 그녀의 엉덩이를 붙들고 입술로 꽃잎을 빨아들였다.

섬세하게 흐르는 피아노 선율에 맞춰 혀놀림이 은밀해졌다. 라흐마니노프와는 다른 감미로움이었다.

영채는 하진의 머리카락 속으로 손을 밀어 넣었다. 몸의 중심을 데우는 자릿함에 미칠 것 같았다. 온몸이 감전된 듯 아찔했다. 전류 같은 희열이 피를 타고 치달릴 때, 말캉한 것이 그녀 안으로 쏙 들어왔다.

숨이 멎고 소름이 돋았다. 그녀 안에 담기는 하진의 혀가 너무나 생경하고 야릇했다.

"하진 씨."

하진의 들고 나기가 계속됐다. 현란하고 광기 어린, 그럼에도 지독히 절제된 탐닉.

영채는 눈을 감았다. 더 이상 그녀의 몸이 느껴지지 않았다. 이대로 녹아 사라져버릴 것 같았다.

터질 듯 부푼 꽃잎에 하진이 입 맞추었다. 묵직하고도 예리한 어떤 것이 몸에서 뭔가가 빠져나가는 것 같았다. 탈진한 듯 몸이 가라앉았다.

하진의 어깨에 체중을 실은 채 영채는 무너져 내렸다. 하진의 품이었다. 세상 그 무엇보다 든든한.

"하진 씨."

하진은 영채를 받아 안았다. 꼭 보듬고서 머리카락을 쓸어내렸다.

영채야. 나의 영채. 이제는 알겠어. 너를 처음 본 밤에, 네 붉은 입술이 왜 그리 비애스러웠는지. 너의 화려함이 왜 그리 처연했는지. 너의 밝음. 너의 활기. 그것들이 네 안의 어둠과 공허를 감추는 가면이었구나. 아주 오래 써온 그 가면이 너의 또 다른 얼굴이 되어 버렸구나. 그래서 그 밤, 네 눈동자에서 피 흘리는 물고기를 보았구나. 내 서러웠던 열여덟을 네게서 보았구나. 그 밤에 이미 넌 내게 가시였구나.

영채가 그의 가슴에 얼굴을 묻고 숨을 할딱였다. 하진은 영채의 얼굴을 들어 올렸다. 땀과 눈물로 범벅이 된 얼굴에 마스카라 자국이 얼룩덜룩했다. 손을 들어 젖은 눈가를 쓸었다. 영채가 웃는다. 입술 언저리까지 번진 립스틱 자국을 손으로 지웠다. 한 번, 두 번. 고집스러운 핏빛 얼룩이 옅어질 때까지. 영채가 또 웃는다.

하진은 영채의 얼굴을 양손으로 감싸고 입 맞췄다.

영채야. 그래, 그렇게 웃어. 네 안에 웅크리고 있던 유년의 슬픔. 그 장례식이 이제 끝났으니. 가면 따위는 벗어 던지고 너 그대로의 너로 살아. 너답게 웃고, 너답게 빛나.

네 안에서 괴물이 자랄 일은 없을 거야. 서국철의 피가 흐르는 네 몸에 날 쏟아부을 테니까. 강차연이 증오로 물들인 마음을 나는 사랑으로 물들일 거야. 피에는 피. 눈에는 눈. 손에는 손. 혀에는 혀. 그들이 사용했던 모든 것들에 난 같은 것들로 맞서줄 거야.

너는 나를 사랑하고 내게서 사랑받아 그 사랑의 증거로 나의 핏줄을 품게 될 거야. 그렇게 내 여자로 살 거야. 해가 뜨나, 해가 지나. 바람이 가볍거나, 무겁거나. 어느 하늘 아래, 어느 도시에서도, 넌 오롯이 내 여자로 살다가 내 여자로 죽을 거야.

그러니 영채야, 이제부턴 마음껏 행복해라.

나의 가시[1], 나의 아내.

언제까지나 젊을, 나의 사랑 영채야.

잠에서 깬 영채가 처음 눈에 담은 것은 하진이었다. 하진이 침대 헤드보드에 등을 기대고 앉아 태블릿을 보고 있었다. 티셔츠와 면바지를 입고 다리를 길게 뻗은 자세에서 나오는 여유. 화면에 집중한 표정에서 느껴지는 권위. 야누스적인 매력의 완벽한 공존이었다.

영채는 숨을 죽인 채 하진을 관찰했다. 반듯한 이마. 이지적인 콧날. 감각적이고도 이성적인 입술. 하진의 신체 부위 하나하나가 심장으로 스며들었다. 심장이 얇디얇은 수만 겹인 듯 팔랑거리고, 환락감이 온몸에 번져갔다. 이런 것이었어. 여자가 된다는 건.

하진이 오른손 검지로 태블릿 화면을 쓸었다. 보기 좋게 솟아오

---

1 '아내'를 이르는 순 우리말.

른 손등 뼈가 고요한 자신감의 표상 같았다. 자신이 원하는 것들과 원하는 것들을 쟁취하는 방식을 완벽하게 이해하고 있는 남자의 손이었다.

저 사람은 어떻게 저런 남자가 되었을까? 영채는 시트를 잡은 손가락을 옴질거렸다. 소년 하진이 궁금해졌다. 키가 크고 수염이 돋고 목울대가 굵어지고 목소리가 깊어졌던 하진의 시간들을 알아가고 싶어졌다. 하진이 살아온 서른두 해. 그중 어느 한 계절도 온전히 함께하지 못했다. 그럼에도 하진에게 이토록 강렬한 일체감을 느끼는 것이 경이로웠다.

하진이 미간을 찌푸렸다. 굳게 다물렸던 입술이 벌어지고 잔 한숨이 새어나왔다. 영채는 목젖이 따끔거렸다. 하진의 미미한 움직임에도 몸이 예민하게 반응했다. 라흐마니노프의 선율에 맞춰 그녀를 지배하던 열정. 그 여운으로, 몸이 여전히 들끓었다.

영채는 숨을 꼴깍 넘겼다. 재채기처럼 탓, 소리가 터져 나가고 하진이 고개를 돌렸다. 무심하던 눈동자에 온기가 번져갔다.

방금 전까지 얼음처럼 빛나던 눈이었는데. 그 차갑던 눈동자가 나를 향해 웃는다. 하진과 눈길만 맞대고 있는데도, 손끝이 떨렸다. 살갗이 따끔거리더니, 다리 사이에 열기가 뭉쳤다. 사랑을 한 번 더 나눴을 뿐인데, 하진이 달라 보이고 그녀가 다른 사람이 된 것 같았다. 친밀함이 지나치면 생경함이 되는지, 하진이 발산하는 묘한 생소함에 속이 울렁였다.

"무슨 생각 해?"

"권하진……."

영채는 몽롱한 정신으로 속삭였다. 하진의 입술이 유유히 휘어

오르더니, 그의 고개가 내려왔다.

다정한 입맞춤을 하고 하진이 물었다.

"배 안 고파? 일어나. 밥 먹게."

"몇 시예요?"

영채는 일어나 앉으며 창가 쪽을 보았다. 희번한 하늘이 저녁 하늘인지 아침 하늘인지 구분되지 않았다.

"저녁때 다 됐어."

"여태 아무것도 안 먹었어요?"

"점심은 대충 먹었지. 저녁은 너 일어날 때까지 기다리는 중이고."

정말이지, 이게 아닌데. 영채는 침대에서 빠져나와 욕실로 달려갔다.

"조금만 기다려요. 금방 씻고 나올게요."

결혼식을 마친 후 하진에게 멸치 볶음이 올라간 상을 차려준다는 계획을 세웠었다. 그런데 그녀의 신혼은 오프닝부터 무자비하게 틀어지고 있었다.

잠시 후, 발코니 테이블에 나란히 앉은 하진과 영채 앞에는 컵라면이 하나씩 놓여 있었다.

"나가자니까."

하진은 컵라면에 얹은 나무젓가락을 떨떠름하게 보았다. 샤워를 마치고 나온 영채에게 인근 레스토랑 목록을 읊어주고 선택권을 주었다. 그런데 영채가 선택한 건 집에서 먹는 컵라면이었다. 신혼부부를 위한 비상식량이라며 결혼식 전에 석영이 주방 캐비닛에 몇 개 쑤셔 넣고 간.

"귀찮다니까요."

영채는 새침하게 대꾸하고 라면 덮개를 열었다.

"다 됐어요. 먹어봐요."

하진이 마지못한 듯 젓가락을 들어 쪼갰다.

정확하게 절반으로 가른 젓가락을 든 하진을 영채는 물끄러미 바라보았다. 길고 단정한 손가락. 힘차게 뻗은 손등의 푸른 혈관. 건장한 손목과 팔. 시선이 하진에게 박혀 빠져나올 줄을 몰랐다. 셔츠의 브이네크라인 사이로 내비치는 맨살. 맨살에서 풍겨 나오는 은은한 비누 향. 라면 가닥을 빨아올리는 붉은 입술. 감질나게 흔들리는 올찬 목울대. 저게 다 권하진. 권하진. 권하진. 저 남자를 데리고 어딜 나가? 꽁꽁 숨겨놓고 독차지하고 싶은 이 밤에.

"권하진……."

한숨처럼 빠져나간 소리에, 하진이 고개를 돌렸다. 그녀를 눈동자 가득 담고서 말갛게 웃었다.

"다른 여자가 그렇게 불렀으면 발칙했을 거야."

심장이 팡, 터지는 것 같다.

"그런데 네가 부르니까 열이 난다, 자꾸."

바람에 녹아드는 무심한 고백. 일순간 짙어진 눈동자. 영채는 갈증을 참지 못하고 하진의 볼에 촛 입을 맞췄다. 하진이 그녀의 턱을 붙들고 입술을 겹쳤다.

"우리 말이에요……."

영채는 하진의 입술에 대고 웅얼댔다.

"처음 만난 날 같이 잤어야 했어. 그랬음 4년을 견디기가 쉬웠을 거야."

"그 반대였을걸. 이러다 죽지 싶었을 거야."

하진이 그녀의 볼을 톡 건드리고 고개를 돌렸다. 젓가락으로 라면 가닥을 능숙하게 집어 올리는 하진을 보면서 영채는 말했다.

"고마워요, 하진 씨."

"뭐가?"

"엄마 앞에서 한 약속. 안심하고 편히 떠나셨을 거예요."

"진심이었어."

"그래서 나도 약속해요. 컵라면을 먹을 때나 스테이크를 먹을 때나, 권하진의 행복한 여자겠다고."

하진의 젓가락이 허공에 붕 떴다. 한동안 그렇게 하진이 얼어붙은 듯 있었다.

"말문이 막힐 정도로 감격했어요?"

"내 옆에서 행복해줘서 다행이라고 생각하는 중이었어. 사실은…… 걱정했었다. 많이."

걱정했단다. 세상 무엇에도 흔들리지 않을 것 같은 이 남자가. 그것도 많이.

영채는 하진을 보듬었다. 하진이 그녀의 어깨에 얼굴을 얹었다.

"무섭기도 했어. 이렇게 예쁜 널 망가뜨릴까 봐."

후텁지근한 바람이 목덜미를 쓸고 갔다. 바람에 머리카락이 흔들리는 동안, 팔랑거리던 심장이 차분히 가라앉았다.

"결혼 선물 있어요."

영채는 주머니에서 뭔가를 꺼내 들었다. 석양을 받고 반짝이는 은색 열쇠. 도희가 남긴 비밀 금고 열쇠였다.

"이제 권하진이 서영채와 함께할 이유는 없어."

하진의 눈동자에 미세한 균열이 일었다. 영채는 하진의 손바닥에 열쇠를 올렸다.

"사랑을 빼면."

하진이 그녀를 와락 안았다.

하진의 어깨 너머로 펼쳐진 노을을 보면서 영채는 미소 지었다. 하진 씨가 서약하는 동안, 나도 엄마에게 약속한 게 있어. 행복하겠다고. 우리가 다치거나 넘어지는 날에도, 함께 있는 것으로 행복하겠다고. 그러니 우리 앞에 어떤 길이 놓였대도, 당신에게 안긴 걸 후회하지 않을 거야.

"하진 씨, 나한테 오느라고 애썼어요."

오는 길이 힘들었을 텐데. 헤매지 않고, 포기하지 않고 와줘서, 고마워요.

하진의 팔에 힘이 들어갔다.

"영채야, 언제나 거기 있느라고 애썼어."

해가 저물고 밤이 내려앉고 있었다. 홀홀 불어드는 바람이 가슴 시리도록 달콤한 밤이었다.

그날 저녁, 하진과 영채는 현실적인 문제들을 상의했다. 영채는 가을 학기를 휴학하고 하진과 서울에 있기로 했다. 하진은 그가 서주그룹을 공격하면 영채가 표적이 되리란 것을 알았다. 서 회장은 그의 아킬레스건인 영채를 노릴 것이고, 양가의 관계가 알려지는 대로 언론이 영채를 흔들어댈 것이다. 그가 휴학을 제안하자 다행히 영채가 순순히 그러겠다 했고, 두 사람은 서울에서 기거할 집을 구하기 시작했다.

"어머니, 우리 집으로 모셔요."

"어머니가 오신다고 할까?"

"아들이 뭐 이래? 어머니는 당연히 사양하시겠지. 그치만 열심히 설득해야지. 휴학하면 난 집에서 손가락 빨아요? 어머니랑 찜질방도 가고, 쇼핑도 부지런히 다닐 거야. 운동도 같이 하고, 하진 씨 집안 요리법도 몽땅 전수받을 거야. 하진 씨 조련하는 비법도."

"내가 말이니? 조련하게."

"말은 아니지만, 말을 하자면 그렇다는 얘기지."

두 사람이 달콤한 미래를 꿈꿀 때, 영채의 휴대전화가 울렸다. 발신인을 보고 머뭇거리던 영채는 결국 전화를 받았다.

"공 대표님. 네. 그러세요? 그건 어떻게 아셨죠? 네에……. 내일 저녁엔 선약이 있어요. 차 한잔할 시간밖에는 못 내겠는데요. 그건 공 대표님 사정이고요. 장소는 제가 정하죠."

월스트리트 금융가에 있는 레스토랑 이름을 대고 영채가 통화를 끝냈다. 전화를 끊은 영채에게 하진은 물었다.

"내일 약속 있었어?"

"네."

"누구랑?"

"권하진."

영채가 당연한 걸 묻느냐는 표정으로 대꾸하고 생글거렸다.

"오늘 컵라면으로 때웠으니까 내일은 스테이크 먹어야죠. 내가 쏠 테니까 근사하게 차려입고 나와요."

"누구 전화였어?"

"갤러리 예성 대표. 서주미술관의 주거래 상대. 강차연 씨가 보낸 결혼 축하 선물을 전하겠대요."

하진은 손으로 이마를 짚었다. 조만간 서주그룹 측에서 영채에게 접근할 거라 예상했다. 그런데 메신저가 갤러리 예성의 대표라니. 미술품을 이용한 대기업들의 비자금 조성을 지휘하는 보이지 않는 손. 왜 하필이면 그 여자인가?

"받으려고?"

"선물 핑계 삼아 서주그룹에서 나한테 접근하는 거잖아요. 나가야죠. 피하지 말고."

영채가 그의 어깨를 톡톡 다독였다.

"걱정 마요, 젊은이. 이 아가씨에게 다 생각이 있으니까."

"사람들 붙일게."

"그렇지 않아도 자기 사무실로 오라는 걸 내가 공개된 장소를 고집했어요. 예감이 좋지는 않아서."

하진은 영채의 볼을 쓸었다.

"잘했어. 그런데 서영채 씨."

"네?"

"이제부터 아가씨 행세는 내 앞에서만 하는 겁니다."

"네, 존경하고 사랑하는 남편님. 남편님의 명을 받들겠나이다."

과장된 연극 톤으로 말한 영채가 허리 굽혀 인사했다. 유쾌하게 웃는 하진의 품에 안기면서, 영채는 알지 못했다. 그녀가 '주의 요망'이란 안내판을 지나쳐 어수선한 공사 현장에 뛰어드는 아이의 처지라는 것을.

다음 날 오후, 영채는 뉴욕 증권거래소 근처의 레스토랑에서 갤러리 예성의 대표 공예성과 마주 앉았다. 50대 초반의 공예성은 깡마른 체구에 사교성이 좋은 여자였다. 플라워프린트가 들어간 블라우스를 입고 활기찬 음성으로 근황을 전하는 예성을 영채는 담담히 주시했다.

"강 교수님의 이번 경매는 대성공이었어요. 눈여겨보고 있던 작품들을 만족스러운 가격에 가져가셨으니까요."

"뉴욕에 직접 오셨어요?"

"손수 구입하고 싶으신 작품이 있으셨대요. 그런데 그게 영채 씨 결혼 선물이었네요."

예성이 포장지에 감싸인 사각형의 물건을 내밀었다. 액자에 담긴 그림일 것이다. 10호 정도 될까?

"영채 씨, 너무했어. 아무리 사랑의 도피를 했다지만, 어떻게 부모님도 초대하지 않고 결혼식을 올려요? 강 교수님이 얼마나 서운해하시던지. 한 번 봐요. 영채 씨 결혼 선물로 강 교수님이 직접 고르신 거니까. 브러시워크며, 색감이며, 역시 강 교수님 안목은 명불허전이지 뭐예요? 호호호."

예성이 잔망스럽게 수다를 떨다가 포장을 풀었다. 강렬한 블랙이 캔버스를 지배한 그림은 흑거미를 클로즈업한 것이었다.

"'블랙 위도'예요, 제목이."

예성의 설명에 영채는 실소했다. 가는 다리를 길게 뻗은 거미의 등에서 붉은 반점이 반닥였다. 블랙과 레드의 강렬한 조화. 배경으로 깔린 골드 톤의 화려한 음울함. 불길함이 생생해 차라리 관능적으로 느껴지는 작품이었다.

블랙 위도라.

"어떤 거미인지 알아요?"

예성의 물음에 실소마저 증발했다.

"블랙 위도. 교미한 후 수거미를 잡아먹는다는 거미잖아요. 새끼를 위해 파트너까지 먹어치우며 영양분을 끌어오다니, 지독한 모정이지 않아요? 대단한 작품 선택이라고, 강차연 씨께 전해주세요. 뼛속 깊이 사무치는 그분의 사랑을 절대 잊지 않겠다고."

예성의 얼굴이 굳었다.

"어머. 실망하셨나 봐요, 공 대표님. 어떻게 이런 끔찍한 그림을 보내실 수 있어요? 꺄악, 하면서 부들부들 떨어야 했나? 제 얼굴이 하얗게 질렸다고 보고하는 게 임무셨을 텐데, 어쩌나요? 미션 실패하셔서. 어? 한 번 해본 말인데, 정말인가 보네. 공 대표님, 얼굴 펴세요. 누가 보면 제가 공 대표님 잡아먹는 줄 알겠어요."

천연덕스레 생글거린 영채는 서서히 웃음을 시웠다.

"지랄을 하세요."

"영채 씨, 이건 그냥……."

예성이 말을 잇지 못하고 땀을 뻬질뻬질 흘렸다. 영채는 예성 쪽으로 몸을 숙였다.

"강차연 씨께는 제가 금방 울 것 같은 표정이었다고 전해주세요. 그럼 공 대표님도 미션 성공하신 게 되고, 그림 고르신 분도 만족하실 거 아니겠어요? 그림은 그냥 가져가시고요."

"그래도……."

"제가 너무 겁먹은 나머지 그림 받을 생각도 못하고 도망가버리더라고 하시면 되잖아요. 취향에 안 맞아서 도저히 받을 수 없는 그림이에요. 그건 그렇고…….."

영채는 예성을 탐색하다가 목소리를 낮췄다.

"이 참에 서주그룹 손 놓고 제 손 잡으시는 건 어때요? 월스트리트의 거물들과 연결시켜드릴 수도 있는데."

예성의 눈동자가 여지없이 흔들렸다.

"물론 대가 없이 공 대표님을 밀어드린다는 얘기는 아니에요. 지금까지 서주그룹이 사들인 미술품 내역, 그러니까 공식적인 기록과는 다른 은밀한 진실을 제게 주세요. 커넥션 수수료 지불하는 셈 치고."

"그건 왜……?"

"호기심이죠."

"호기심 때문에 다 같이 죽자는 얘기예요?"

"왜 다 같이 죽어요? 제 배경은 더 이상 서주그룹이 아닌데. 제 남편이 속한 세계에 대해 공 대표님도 알고 계실 거예요. 산전수전 다 겪으신 분이 고작 그림 심부름이나 하자고 오신 건 아닐 테고. 서영채와 강차연을 저울질해보고 싶으셨죠? 잘 생각해보세요, 어떤 배경을 두고 서야 할지. 그림 하는 분이니 아실 거예요. 배경에 따라 사람이 살기도 하고 죽기도 한다는 걸. 제 제안, 유효 기간이 길지 않아요. 너무 오래 고민하진 마세요."

입만 뻐금거리는 예성을 두고 영채는 일어섰다.

레스토랑을 나서니, 한낮의 열기가 누그러진 도시에 아련한 노을빛이 드리워지고 있었다. 월스트리트를 따라 배터리 파크 방향으로 걷던 영채는 꽃집 앞에서 멈춰 섰다. 노변에 나와 있는 붉은 장미꽃 다발들 위로 흑거미의 잔영이 아른거렸다.

「서영채, 네가 여자가 되었구나.」

차연의 음산한 목소리가 귓가를 찔러댔다. 더 이상 두렵지 않은 저주는 공허한 울림에 불과했다.

이런 거였군요, 여자가 된다는 건. 누군가의 아내가 된다는 건. 강차연 씨, 내가 당신을 향해 가시를 세우는 건 공격하기 위해서가 아니에요. 나와 내 사람을 지키기 위해서예요. 넋 놓고 있다가 당신의 독가시에 찔릴 수는 없잖아요.

다시는 오늘처럼 나를 찌르지 마세요. 당신과 내가 싸운다면 그건 전쟁일 테고, 이기는 쪽은 나예요. 나는 이제 사랑이라는, 세상에서 가장 강력하고 아름다운 무기를 지녔으니까요.

우리가 전쟁을 하면, 나는 그저 살아남지 않을 거예요. 당신을 철저히 파멸시킬 거예요. 사랑은 세상에서 가장 맹독한 무기이기도 하니까요. 그러니 강차연 씨, 제발, 다시는, 나를 찌르지 마세요.

기도하는 심정으로 눈을 감았다 뜬 영채는 장미 옆에 진열된 빨간 풍선 하나를 샀다.

배터리 파크에 노을빛 바람이 불고 있었다. 바람에 하늘거리는 풍선을 들고 영채는 경쾌하게 걸었다. 멀리 자유의 여신상이 보였다. 섬과 바다에, 하늘과 땅에, 하루의 끝자락이 발갛게 내려앉고 있었다. 아련한 그림 속으로 빨려드는 기분이었을 때, 근사한 슈트 차림의 남자가 눈에 들어왔다.

심장이 세차게 뛰었다. 노을을 처음 보는 것처럼. 난생처음 사랑에 빠진 것처럼. 아니, 이제 막 태어나 온 세상의 공기를 한꺼번에 들이켜는 것처럼.

영채는 들썩이는 숨을 가누지 못하고 뛰었다. 저만치서 하진이 웃는 것이 느껴졌다. 보이지 않아도, 온몸으로 생생히 느껴졌다.

젊음의 이름으로, 권하진.

희망의 이름으로, 권하진.

사랑의 이름으로, 권하진.

내 심장이 외치는 유일한 언어.

나의 깊고 기쁜 사랑.

권하진. 권하진. 권하진.

하진의 이름을 울려내는 가슴을 안고 영채는 바람을 갈랐다.

뉴욕 은행 비밀 금고실. 하진은 금고에 열쇠를 밀어 넣었다. 동행한 직원이 나머지 열쇠를 밀어 넣고 돌리자 금고가 열렸다.

직원을 물리고 혼자 남은 하진은 금고에서 내용물을 꺼냈다. 밀봉된 대봉투를 여니 몇 가지 서류가 나왔다. 서주미성이 출시한 음료수들의 레시피 성분표. 이해할 수 없는 화학 기호들이었지만, 이성학이 작성한 레시피 기획안에 서국철의 확인 서명이 있는 점은 의미심장했다.

도희가 서주그룹 비서로 재직하던 시절 서국철의 여행 기록도 있었다. 목적지는 카리브 해 연안의 리버타라는 작은 섬. 서국철이 수행 비서 홍도희 외에 이성학을 대동한 것이 특이했다. 서국철이 리버타의 실세와 면담한 기록에는 두 사람이 함께 찍은 사진과 서주그룹이 리버타 정부로부터 희귀 식물을 구입한다는 계약서가 첨부되었다.

마지막 서류는 도희의 병상 일지였다. 하진이 그녀를 미국으로 옮긴 이후 그녀가 무엇을 먹었고 어떤 약물을 투여받았는지에 대한 세세한 기록. 이것들이 어떻게 서국철의 아킬레스건이 될 수 있는지.

한숨을 내쉬며 서류를 덮으려 했을 때 작은 메모지가 톡 떨어졌다.

: 서주미성 이성학 연구원을 찾아갈 것.

퇴직한 서주미성의 연구원이 교통사고를 당했다는 뉴스가 기억나 뒤통수가 쩽했다. 도희는 그 사고에 대해 알지 못했다.

홍도희와 이성학. 머릿속에서 퍼즐 조각 두 개가 맞춰진다. 그런데 어떤 그림의 일부인지 알 수 없다. 도희의 유품은 실마리가 아닌 물음표를 더하며, 그를 미궁에 빠뜨리고 있었다.

뉴욕 은행을 나선 하진은 하늘을 올려다보았다. 지금부터 그가 걸어야 할 길을 암시하듯, 하늘에 붉은 빛이 작열했다. 등등하게 타오르는 노을을 마주 보면서 하진은 휴대전화를 꺼냈다.

"어떻게 됐습니까?"

— 서주화진의 지분 16% 매입했습니다. 귀국하실 때쯤이면 공시 뜰 겁니다.

"해양수산부 쪽 사람들과 다음 주에 약속 잡으십시오. 서주그룹 재무 투자자들도 접촉하시고요."

— 작전 개시하시는 겁니까?

"네. 지금부터 움직입니다."

통화를 끝낸 하진은 배터리 파크 쪽으로 걸었다. 영채와 저녁을 하기로 한 레스토랑으로 가는 루트는 공원을 통할 때 가장 짧았다. 이제부터 생이 마감하는 순간까지, 그는 영채에게로 향하는 가장 곧고 빠른 길만을 택할 것이다.

바람이 부는 공원에서 노을이 기세를 올리고 있었다. 갈망을 벼리는 짙은 노을에 취해 있다 하진은 멀리서 하늘거리는 붉은 풍선을 보았다. 풍선이 폴짝 뛰어 오르는가 싶더니 바람을 가르며 가까워졌다.

새하얀 치맛자락이 바람에 나부꼈다. 발간 하늘을 업고서, 하늘보다 더 붉은 풍선을 들고서 뛰어오는 영채. 심장 박동이 빨라지고 걸음이 빨라졌다. 호흡이 빨라지고 시간의 흐름조차 빨라졌다. 하지만 그 어떤 것도 영채보다 빠르지 못했다.

"하진 씨!"

바람을 가른 영채가 그의 품에 답삭 안겼다. 하진은 영채의 허리를 붙들고 번쩍 들어 올렸다. 영채가 꺄악, 행복한 비명을 내질렀다가 웃었다. 영채의 웃음소리가 꽃물처럼 바람을 물들였다.

하진은 영채를 한 바퀴 휘 돌린 다음 내려주었다.

"아가씨, 남자 품에 이렇게 겁 없이 안기는 거 아니라고 아무도 안 가르쳐줬어?"

"노을 때문이에요. 노을 등진 하진 씨가 너무 멋있어서 뛰지 않고는 배길 수 없었어."

가쁜 숨을 색색거리는 영채가 햇살을 받고 반짝였다.

"그렇게 멀리서 날 알아봤다고?"

"심장이 빨리 뛰기 시작해서 알았어. 하진 씨라는 거."

"뛰다가 넘어지면 어쩔 뻔했어. 그리고 네가 뛰어오는 동안 남자들이 몇 명이나 고개를 돌렸는지 알아? 그 녀석들 지금쯤 옆에 있던 애인한테 된통 혼나고 있을걸?"

"나같이 예쁜 아가씨가 뛰어드는데, 어떻게 한눈을 팔 수가 있어? 난 하진 씨밖에 안 보였는데. 남편님, 잔소리는 그만하고 키스나 하사해주시죠."

하진은 영채의 얼굴을 양손으로 감싸고 입술을 머금었다. 두 눈이 스르르 감겼다. 심장이 영채만을 담고 닫혔다. 서영채. 서영채. 서영채. 이름만 불러도 가슴이 벅차오르는 나의 가시, 나의 아내.

입맞춤이 깊어질 즈음, 영채의 숨결이 흔들렸다.

"왜?"

"풍선……."

영채가 잡고 있던 풍선이 동실, 바람에 날려 멀어지고 있었다. 하진은 펄쩍 도두뛰어 풍선 줄을 잡아챘다. 손 안에 들어온 풍선을 영채에게 건네자 영채가 앙증맞게 한숨을 내쉬었다.

"어쩜 좋아? 풍선까지 잘 잡는 권하진이란 남자를."

하진은 영채의 턱을 들어올리고 다정히 눈을 맞췄다.

"키스나 더 해주지."

영채가 발돋움을 하고 그의 목을 안았다. 입술이 만나고 숨결이 섞였다. 노을처럼 깊고 뜨거운 입맞춤이었다.

결혼식 이후, 하진은 내게 다시는 사랑한다고 말하지 않았다. 우리가 조금 더 젊었던 봄에 하진이 영채 씨를 낚아챘듯이, 그 여름에 영채 씨가 하진을 낚아채 갔다. 나에게는 하진과 찍은 사진 한 장과, 사슴과 거북이와 물고기들에게 한 맹세가 남았다.

그 여름 내내 지수는 '사랑의 기쁨'을 연주했다. 뜨거운 여름이었다. 가을은 아직 멀었고, 우리는 여전히 젊었다. 두려워해야 할 것이 많았으나 기어이 당당했고, 슬퍼해야 할 것이 많았으나 꿋꿋이 행복했다. 폭풍처럼 우리를 할퀴고 간 상처를 뒤로하고, 우리는 여전히 사랑스러웠다. 사랑하기 위해 사랑한다 말할 필요가 없다는 것을 배웠고, 말할 수 없는 사랑조차 사랑하는 법을 배웠다.

그해 여름, 사랑 앞에서 우리는 모두 승자였다.

– 석영이 다 하지 못한, 언제까지나 가슴에만 묻어둘 이야기 中

12

복수의 시간이 왔고 나는 너를 사랑한다[2]

서주그룹 사옥 집무실 책상 앞에 앉은 서 회장은 쿠바산 고급 시가를 손에 쥔 채 눈앞에 피어오르는 연기를 노려보았다. 계열사 중 하나인 서주화진의 지분 변동 공시가 떴다. 영국령 버진아일랜드에 주소지를 둔 투자 펀드 KY가 서주화진의 지분을 16% 확보해 대주주로 등극했고, 국민연금의 보유 지분이 14%가량 줄었다. 우호 세력으로 분류했던 국민연금에 발등을 찍힌 것도 불쾌했지만, 유령처럼 등장한 투자 펀드의 정체가 짐짐했다.

서주화진은 주식 총액가가 크지 않았지만, 그룹의 비자금 조성과 정계 로비의 핵심이었다. 마치 그 사실을 알고 있는 양 주식을 사간 놈들이 누굴까. 회계 장부를 들쑤시거나 로비의 꼬투리를 잡기라도 한다면.

투자 펀드. 페이퍼 컴퍼니. 암만 생각해도 오디세이를 등에 업은 권하진이었다. 내가 이 새끼를, 그냥!

서 회장은 휴대전화를 집어 들었다. 주소록에서 찾은 하진의 번호를 눌렀는데 신호가 꽤 오래 갔다. 시가 연기를 입에 머금었다 내뱉기를 세 번이나 했을 때야 통화가 연결됐다.

---

2 파블로 네루다의 시 '한 여자의 육체' 中.

― 권하진입니다.

절도 있는 목소리가 들려왔다.

"권 서방, 잘 있었는가?"

서 회장은 뻣뻣한 혀를 유들유들 굴렸다.

― 저를 그렇게 부를 사람은 없는 걸로 압니다. 누구시죠?

이 녀석 봐라. 혼인 신고 한 걸 빤히 아는데.

"고이 키운 딸내미 데려가놓고, 서운하게 왜 이러나?"

― 서국철 회장님이셨네요. 안녕하셨습니까?

"안부 전화 한 통 없는 막내딸과 사위 때문에 안녕하지 못하네. 마누라가 예쁘면 처가 말뚝을 보고도 절한다는데, 영채가 별로 안 예쁜가 보구나."

― 제겐 처가가 없습니다. 씨를 뿌려댔다고 다 아버지가 아니니까요.

서 회장은 손을 흠칫 떨었다.

"뭐라?"

― 한 여자를 짓밟아 밀어낸 생명이 영채 아닙니까? 태어나기도 전에 없애려 하신 것도 모자라, 생모의 존재를 철저히 감추고 평생 감시하셨죠. 그러면서 가여운 고아를 입양한 자비로운 기업인 연극을 하셨고, 입양과 관련해 강연과 인터뷰도 꽤 하셨던데, 이제 곧 세상이 당신의 실체를 아는 날이 올 겁니다.

"네놈이 오디세이를 등에 업었다고 뵈는 게 없나 보구나. 어디서 그런 얼토당토 않은 이야기를 지껄여? 서주화진 건드린 것이 너냐?"

― 증거, 있으십니까?

하진의 음성에 흔들림이 없었다. 서 회장은 분했지만 이를 갈 수밖에 없었다.

— 그동안 편법으로 건실한 기업 뺏으면서 수많은 사람들 눈에서 피눈물 나게 하셨죠. 당하는 입장이 되어보니 기분이 어떠십니까?

"감히 누구한테 훈계야? 네까짓 게 흔든다고 서주가 무너질 것 같으냐?"

— 서주는 무너집니다. 당신이 부렸던 사람들. 로비로 주무르던 사람들. 모두 등을 돌릴 겁니다. 그다음은 가족. 가문의 명예. 목숨. 당신은 그렇게 하나씩 잃어갈 겁니다.

"권하진, 네 이놈!"

— 흥분하지 마십시오. 심장에 안 좋습니다. 회장님께 드릴 선물을 여러 가지 준비했는데, 포장도 뜯기 전에 회장님이 쓰러지시면 아깝잖습니까? 그리고 마지막으로 경고하는데, 하대하지 마십시오. 당신이 그렇게 함부로 부를 이름이 아닙니다.

딸깍. 칼날 떨어지듯 신호가 끊어졌다.

이 새끼가 제대로 미쳤구나. 서 회장은 비서실의 구승조를 호출해 하진과 오디세이를 겨냥한 언론 플레이를 지시했다.

"검은 머리 외국인의 토종 기업 공격. 그렇게 방향 잡아서 보도자료 돌려."

승조가 제동을 걸었다.

"신중하셔야 합니다. 권하진이 투자 펀드 뒤에 있다는 증거가 없습니다. 게다가 권하진은 한국 국적 보유자입니다. 검은 머리 외국인이라고 하시면 오디세이 김 회장을 겨냥하는 건데, 오디세이 영향력 아래 있는 은행들을 적으로 돌리시는 겁니다."

"나한테도 다 생각이 있어. 시키는 대로 해."

서 회장은 시가를 깊이 빨았다. 하진이 정말로 투자 펀드 뒤에 있느냐의 진실 따위는 중요하지 않았다. 언론에서 떠들어대면 하진의 개인사에 관심이 쏠릴 것이다. 하진을 장인의 회사를 공격하는 패륜아로 몰아가야 한다. 죽은 제 아비의 무능함을 끄집어낼 수도 있고, 아직 서주해명에 몸담고 있는 숙부를 진흙탕 싸움에 끌어들일 수도 있었다. 그리고 영채. 영채가 있지. 손에 쥔 패는 여럿이었다. 서주그룹의 주요 계열사는 복잡한 구조를 통해 경영진 일가가 장악하고 있으니, 제아무리 날아봤자 하진이 그룹의 경영권을 위협할 일 따윈 없었다. 결국 다치는 건 그놈이지.

"알겠습니다. 그런데 회장님……."

물러나려던 승조가 신경 긁는 소식을 전했다.

"서재익 이사가 공시 의무 위반으로 고발당했습니다."

"뭘 어쨌는데?"

"주식을 담보로 자금을 대출받은 것 같습니다. 대주주의 지분에 변동이 있는 것으로 간주되어 금감원에 신고를 해야 했는데, 하지 않았습니다."

"무슨 돈이 필요해서?"

"저번에 회장님께서 보류 지시하셨던 수산 시장 경매 참여 말입니다. 계속 추진하는 모양입니다."

"이 자식이. 기어코……."

서 회장은 책상을 내려쳤다.

"회장님, 서 이사님 연락할까요?"

승조가 그의 안색을 살펴왔다.

"당장……. 아니야, 잠깐."

일갈하던 서 회장은 손을 내저었다.

"수산 시장 확보하는 것도 괜찮아."

"자금 사정이 좋지 않습니다."

"인수 성공하면 주가는 오를 거야. 그때 주식 조금 처분하면 되는 거고. 그때까진 은행 대출 받아 메우면 되는 거고. 그동안 로비에 투자한 거 이럴 때 써먹어야지. 나가봐."

"알겠습니다."

승조가 고개를 조아리고 집무실을 나갔다.

아들이 사고 치면 아비가 받쳐주는 거지. 아비가 받쳐주지 못하면 아들놈이 무너지는 거고.

시가를 마저 태우고 나서 서 회장은 휴대전화를 집어 들었다.

김인태.

주소록에서 찾은 번호를 누르는 손에 힘이 꾹꾹 실렸다.

"재무 투자자들은 우리 쪽으로 넘어온 것 같지?"

석영은 집무실 책상에 창을 등지고 앉은 하진에게 물었다. 방금 서주그룹에 투자한 인사들을 극비리에 만나고 온 참이었다.

"옵션 행사해주면 분위기는 잡히는 거지."

하진은 손깍지를 낀 채 머리를 굴렸다. 서주의 지분을 보유한 투자자들 상당수가 풋 옵션 행사 권한을 갖고 있었다. 풋 옵션은 보유한 지분을 특정 가격에 서주에 되사가라고 요구할 수 있는 권리였다. 현재 주가와 재무 투자자들이 요구할 수 있는 가격의 차액을 따져보면 풋 옵션이 발동됐을 때 서주가 손해 볼 금액이 대략 900억.

공격적으로 중소기업을 인수해온 탓에 현금 보유가 바닥인 서주에 겐 타격이었다. 서주의 자금 유동성에 문제가 있다는 말이 돌면 주 가가 떨어질 것이다. 2단계 작전을 펼칠 판으로 충분했다.

"떨어지는 주식 담을 거야?"

석영은 하진의 책상에 엉덩이를 걸치고 앉으면서 물었다. 하진이 고개를 저었다.

"칼날을 잡을 필요까진 없어."

"그럼?"

석영은 대답하지 않는 하진을 바라봤다. 이 녀석, 서주를 깡통으 로 만든 다음 그대로 침몰시킬 작정인가?

경영권을 손에 넣어 서주를 재정비하거나 매각하는 것이야 얼마 든지 그럴싸하게 포장할 수 있었다. 하지만 서주를 공중분해시켜버 리는 건 다른 차원의 문제였다. 성공한다 해도 후폭풍이 거셀 것이 다. 하진이 그걸 모를 리 없는데 녀석의 눈은 서주를 산산조각 내버 리겠다는 결의로 가득했다. 오랜 시간 치밀하게 준비한 복수극. 하 진은 서국철의 완벽한 파멸을 꿈꾸는 것이다. 그렇게 착한 애를 건 드리면 더 무섭다니까.

"지금 가장 중요한 건 서주로 자금이 유입되는 걸 막는 거야."

하진이 손가락을 책상에 두고 굴렸다.

"은행 쪽은 힘들 거다."

석영은 어깨를 으쓱했다. 최근 불거진 은행 대출 사기 건으로 금 융계가 경직되어 있었다. 대기업들의 방만한 문어발식 경영이 도마 에 오른 참에, 아무리 서주라도 큰 자금을 단시간에 대출로 끌어들 이기는 어려웠다. 그런데 그걸 꿰뚫고 있을 하진의 표정이 밝지 않았다.

"무슨 걱정 있냐?"

"내 아킬레스건이 뭔지 서주에서 너무 잘 안다는 게 마음에 걸려."

"넌 네 아킬레스건이 영채 씨라고 생각하냐?"

그럼 아냐, 되묻듯 하진이 눈을 가늘게 떴다.

"자식, 제 아킬레스건이 뭔지도 몰라. 넌 그게 매력이야. 이러니 내가 안 반해?"

석영은 몸을 앞으로 숙여 하진의 어깨를 툭툭 쳤다. 하진이 질겁하며 그의 팔을 쳐냈다.

"간지럽게. 그리고 앞으로 말조심해. 특히 영채 앞에서."

"꽉 잡혔구나. 영채 씨 같은 아내 집에 두고, 회사에선 나같이 멋진 놈이랑 밀월을 즐기고. 권하진, 복도 많지."

느물거린 석영이 책상에서 일어났다. 석영이 휘파람을 불며 집무실을 나서자 하진은 닫힌 문을 향해 설핏 미소 지었다. 심장에 퍼런 독기가 든 계절, 실없는 농으로 그를 웃게 하는 석영의 실다운 우정이 고마웠다.

다음 날 오전, 서주화진의 대주주로 등극한 투자 펀드에 관한 기사가 주요 일간지의 경제면을 장식했다. 조세 피난처로 유명한 영국령 버진아일랜드가 주소지라는 것. 국민연금을 움직일 정도의 로비력을 보유했다는 것. 기사들의 초점은 두 가지에 맞춰졌다. 인터넷 기사들은 더 공세적이었다. 투자 펀드 뒤에 검은 머리 외국인이 있을 거란 추측을 깔고, 토종 기업을 공략하는 검은 머리 외국인들과 그들의 앞잡이들을 성토했다.

오디세이 한국 본부 본부장실에 앉은 석영은 신문을 되작거리면서 너스레를 떨었다.

"한국계는 검은 머리들이란 고정 관념, 촌스럽지 않냐? 우리 회장님 실버헤어가 얼마나 멋있는데. 이 참에 빨간 머리로 바꿔보시라고 해볼까? 돈을 쓸어 담는 화끈한 마이더스. 어때?"

작정하고 헤죽거렸건만 맞은편 소파에 앉은 하진은 굳은 표정이었다.

"이 정도는 예상했잖아. 얼굴 좀 펴라."

"문제는 이게 시작일 거라는 거지."

하진은 깊은 한숨을 내쉬었다. 투자 펀드 뒤에 그가 있음이 드러나면 서주그룹의 경영권을 놓고 싸우는 장인과 사위라는 소리가 나올 거다. 영채는 아버지를 거스른 모반자쯤으로 묘사되겠지. 영채를 태풍의 눈에 세우지 않으려면 일찌감치 언론에 다른 먹잇감을 던져주어야 했다.

"받은 게 있으니 우리도 돌려줘야겠지?"

그의 속내를 읽은 것처럼 석영이 말했다. 하진은 고개를 깊게, 한 번 까딱했다.

"서주그룹 비서실에 근무하다 성추행당하고 퇴직한 여성의 인터뷰. 선원들을 노예처럼 다루는 서주그룹 원양 어선의 조업 실태. 서주그룹의 노조 탄압. 서주그룹 후계자 서재익의 여성 편력과 해외 원정 도박. 어떤 걸 먼저 터트릴까?"

언론 플레이를 위해 준비해둔 아이템들이 몇 있었다.

"원양 어선 조업 실태로 하자. 뉴질랜드가 정부 차원에서 조사팀을 꾸린 거라 서주에서도 틀어막지 못할 거야."

"넵, 본부장님. 바로 움직이겠습니다."

석영이 손경례를 하고 집무실을 나갔다.

석영이 나가자 비서실에서 인터폰이 울렸다.

— 본부장님, 해양수산부 장관님과 약속 잡혔습니다.

"수고했어요."

하진은 수화기를 내려놓으며 다음 작전을 머릿속에 그렸다.

하진을 출근시킨 영채는 주방을 정리하고 컴퓨터 앞에 앉았다. 뉴욕에서 돌아온 후 며칠 호텔 생활을 하다 잠실 석촌호수 부근 아파트에 입주한 것이 사흘 전이었다. 당장 필요한 살림살이만 들여온 아파트는 휑했다. 주방 기기와 가구, 인테리어 소품 등 구입할 물건들이 산더미 같았다.

인터넷에서 소파와 식탁 모델을 둘러본 영채는 샤워를 하고 외출 준비를 했다. 폴로 티셔츠에 면 반바지를 입고 났더니 초인종이 울렸다. 오늘 함께 쇼핑을 가기로 해준 미정이 현관문 앞에 서 있었다.

"이 주소로 배달해주시면 돼요."

침구용품 숍에서 시트 세트를 구입한 영채는 생긋 웃었다. 소파 세트 완료. 커피 테이블 완료. 하진 씨 책상이랑 책장 완료. 침구 세트 완료. 목록에 있는 품목들이 하나씩 지워질 때마다 하진과의 한집 살이가 점점 실감났다.

이제 뭐가 남았나? 김치 냉장고. 와인 냉장고. 거실에 양탄자……. 아, 몰라. 내일 해.

"어머니, 오늘은 이 정도로 하고 어디 가서 뭐 먹어요. 점심때 한참 지났어요."

"그래, 제발 뭐 좀 먹고 하자. 무슨 쇼핑을 하루에 다 하려고 해. 내일도 날인데."

옆에 있던 미정이 고개를 절레절레 저었다.

"빨리 집 정리하고 싶어서 그러죠. 엘스 백화점 중식당 어때요?"

영채는 미정의 팔에 매달리면서 헤헤 웃었다.

"좋지."

숍에서 나온 두 사람은 인도를 걸어 엘스 백화점으로 들어갔다. 중식당은 백화점 8층에 있었다. 1층 엘리베이터 쪽으로 움직이던 영채는 향수 코너에서 걸음을 멈췄다. 투명한 사각 병을 집어 들어 손목에 분사하자 싱그러운 비누향이 퍼졌다.

"얘, 그거 남자 향수 아니니?"

옆에서 미정이 물었다.

"네. 하진 씨가 뿌리는 거예요."

"그걸 네가 뿌려?"

"향이 깔끔해서 여자가 뿌려도 이상하지 않아요. 평소에도 가끔 훔쳐 뿌리는걸요. 그럼 하진 씨 출근하고 혼자 집에 있을 때 하진 씨랑 같이 있는 것 같아요."

아릿한 표정을 지은 영채는 미정과 팔짱을 끼고 엘리베이터로 갔다.

중식당에 도착해 주문을 마쳤을 때 미정이 영채에게 물었다.

"영채야, 너는 하진이가 그렇게 좋으니?"

"네."

주저 없이 대답해놓고 영채가 한숨을 푸욱 내쉬었다.

"좋대놓고 왜 한숨을 쉬어?"

"꼭 사춘기 소녀처럼 구는 것 같아서요. 어머니, 이사한 후에 집 안 풍경이 어땠는지 아세요? 하진 씨는 일하고 저는 책을 읽는데 요, 하진 씨는 절 앞에 두고도 일에 너무나 열중하는 거예요. 전 하진 씨 신경 쓰여서 같은 문장 읽고 또 읽고 그러는데."

미정은 빙그레 웃었다.

"노트북 보고 있던 하진 씨가 고개를 들어서 눈이 마주쳤거든요. 씨익 한 번 웃어주고는 노트북으로 시선 복귀. 완전 진지해져서 일에 집중. 그런 하진 씨 보면서 저는 넋 놓고 있고. 하진 씨 고개 들었다 그런 저 보면서 또 한 번 웃고. 그리고 다시 진지 모드. 저요, 눈 높은 여자거든요. 그런데 하진 씨 앞에선 눈사람이라니까요. 그냥 스르르 녹아요. 어머니, 하진 씨도 남잔데 이러다 저한테 싫증나면 어쩌죠?"

재재거리던 영채가 눈매를 찡그렸다.

"새 신부가 별 걱정을 다 하는구나."

"원래 제 작전은 밀당을 해서 하진 씨 애달게 하는 거였다고요. 그런데 그 작전이 통한 적이 없어요. 처음 만난 날부터 작전 실패의 연속이었죠. 꽝도 이런 꽝이 없다니까요."

"애, 꽝이라니. 난 하진이 속 깊고 한결같은 아이로 키워서 넘겨 줬다. 이제는 네 소관이야. 관리 잘해."

미정은 영채를 살갑게 핀잔했다.

영채가 미정의 눈치를 봤다.

"저 지금 속없다고 생각하시죠?"

"네가 왜 속이 없어?"

"날마다 서주그룹 관련 기사가 언론에 뜨잖아요. 조만간 하진 씨도 언론에 오르내릴 것 같은데, 전 쇼핑 다니면서 이런 소리나 하고 있으니까요."

"이런 때일수록 네가 집에서 밝게 대해줘. 맛있는 거 많이 해주고."

"네."

"아침에 출근할 때는 잘 다녀오라고 안아주고, 퇴근하면 고생했다고 안아주고. 남자들은 그런 것들에 감동해."

잔에 재스민 차를 따르다 영채는 미정을 물끄러미 바라보았다.

"어머니."

"왜?"

미정이 눈웃음 지었다. 미정의 온후한 눈을 들여다보다가 영채는 입술을 깨물었다. 어머니는 꼭 엄마 같아요. 불쑥 든 생각이었는데, 어쩐지 말하면 안 될 것 같았다. 그녀가 서 회장 핏줄인 걸 미정도 아는데, 하진이 서 회장과 대립하는 상황에 속이 오죽할까. 든 생각이라고, '엄마'라는 말을 밀어냈다가 미정의 속을 후비게 될까 두려웠다.

"아니에요. 차 드시라고요."

"사람 불러놓고 빤히 쳐다보고. 왜 그러냐 물으면 딴 말 하고. 너도 하진이 닮아가니?"

미정이 호호 웃고는 차를 들이켰다. 영채도 미정을 보면서 웃었다. 꾹꾹 누르려 할수록 '엄마'라는 말이 자꾸 가슴에 번져갔다.

영채가 미정과 보낸 오붓한 시간의 여운을 깨뜨린 것은 한 통의 전화였다. 귀가해 저녁 준비를 하던 영채는 휴대전화로 걸려온 서 회장의 전화를 받았다.

– 아무리 출가외인이기로 어떻게 안부 전화 한 통 없어?

영채는 하얗게 비어버린 정신으로 서 있었다. 도희를 만나고, 그녀의 사연을 듣고, 그녀의 죽음을 지켜보고. 지금 전화기 건너편에 있는 사람을 아버지라 여기기엔 너무나 많은 일들이 일어나버렸다. 그런데 이 사람은 과거에 대한 어떤 죄책감도 느끼지 않는 듯, 천연스럽고 당당하다.

이 사람에겐 두 얼굴 놀음쯤이야 일도 아니겠지. 더 잔인한 일들도 눈 하나 깜짝 않고 벌일 수 있는 거겠지.

"제가 누구 씨인지 알았거든요. 이런저런 계획을 세우다 보니까, 시간이 좀 흘렀네요."

영채는 이를 악물었다가 천천히 내뱉었다.

"아버지."

싸늘한 심장과 달리, 다행히 목소리가 사근사근 나가주었다.

– 어디서 무슨 소리를 들은 거냐?

"뉴욕에서 생모를 만났어요."

– 그래서?

그래서? 할 수 있는 말이 고작 그거야? 영채는 손이 아프도록 전화기를 움켜쥐었다.

"그래서 아버지와 조만간 머리를 맞대야 할 것 같아요. 서주그룹의 미래를 의논하기 위해."

- 뭐라?

"제가 아버지의 친딸인 것을 알았는데, 지금까지처럼 회사 일에 무심할 수는 없죠."

- 누구 사주를 받고 얼토당토않은 소리를 하는 거냐?

"걱정하실 것 없어요. 저는 강차연 씨와는 다르니까요. 친정을 배신하고 남편에게 올인하지 않을 거예요. 서주그룹과 권하진 사이에서 저울질할 거예요. 어느 쪽에서 무엇을 어떻게 챙길지 고민할 거라고요. 그러니 아버지도 절 무작정 부정하지 마시고 어떻게 이용할지 고민하세요. 물론 이용하신 대가는 잘 쳐주셔야겠죠."

- 왜, 권하진이 너한테 소홀히 해? 좋아 죽겠다고 한 지가 언제라고 벌써 마음이 식었어?

"식고 말고 할 게 뭐 있어요? 어차피 결혼은 사업인데. 설마 제가 번듯한 인물 하나 보고 그 난리를 친 줄 아셨어요? 서주가에 있어봤자 제 앞으로 떨어질 게 별로 없을 것 같으니까 나왔죠. 그런데 이제 제 몫을 챙겨야겠어요. 친딸인데, 서주해명 지분 5%는 너무 약소하잖아요."

- 네가 원하는 게 뭐야?

서 회장의 목소리에 비로소 균열이 일었다. 당신이란 사람은 정말. 우리가 핏줄이란 사실에 대해선 한 마디도 하지 않네. 내 생모가 어찌 살다 어찌 죽었는지 궁금하지도 않아!

"권하진에 흠집 내지 마세요. 제 사람이에요. 권하진 움직여보겠다고 저 건드리지도 마세요. 아버지께 유용할 수 있는 카드, 섣불리 망가뜨리지 마시라고요."

- 결국 하고 싶은 말은 그거로구나. 영채야, 싸움을 거는 건 그

녀석이다. 너 다치게 하기 싫으면 서주를 흔드는 일은 그만두라고 전해라. 젊은 혈기에 세상이 만만해 보이겠지만, 인생사 그리 간단하지 않다. 너 데리고 조용히 살면 지금까지 무례하게 군 건 애교로 봐줄 테니, 철없이 날뛰지 말라고 해. 그리고 너. 권하진부터 길들이고 나서 네 몫을 달라 말라 해.

영채는 숨을 죽였다.

─ 속는 셈 치고 당분간은 널 지켜보마. 그런데 권하진 너무 믿지 마라. 비정한 놈이다. 이럴 줄 알았으면 널 독하게 키우는 건데. 세상이 얼마나 험한지 가끔 맛을 보여줄 걸, 너무 고이 키웠어.

협박 같은 말을 남기고 서 회장이 전화를 끊었다.

영채는 숨 쉬는 것이 힘들어 색색거렸다. 보이지 않는 손이 목을 조르는 것 같은 착각 속에서 도희의 부탁이 귓가에 쟁쟁댔다.

「서주그룹을 무너뜨려다오.」

엄마. 서주를 무너뜨리려면 얼마나 더 많은 가면을 써야 하는 걸까요? 얼마나 더 많은 간계를 부리고서야 그 작자들의 파멸을 보게 될까요?

떨리는 가슴을 쓰다듬은 영채는 허리를 세웠다. 이제, 시작일 뿐이었다. 의심하지 말고, 흔들리지 말고 그녀가 걸어야 할 복수의 길은.

7시가 조금 넘어 영채는 하진의 메시지를 받았다.

─ 집에 들어가 저녁 먹으려고 했는데, 급히 만날 사람이 생겼어. 먼저 저녁 먹어.

─ 술 마시면 꼭 대리 운전 불러요.

답신을 보냈더니, 기특한 답신이 왔다.

– 술 안 마실게.

그 한 마디가 뭐라고, 영채는 혼자 저녁을 먹는 내내 설레었다.

저녁을 먹고 주방 정리를 하는데 또 하진의 메시지가 들어왔다.

– 저녁 먹었어?

– 씩씩하게 먹었어요.

– 필요한 거 있어? 아직 마트 문 열었네.

– 권하진.

– O!

휴대전화 화면에 뜬 대문자 O와 느낌표를 영채는 뚫어지게 쳐다
보았다. 아리송한 메시지의 의미는 하진이 퇴근한 후 밝혀졌다.

"정말 술 안 마셨네. 그런데 아까 그 메시지는 뭐예요?"

영채는 현관으로 들어선 하진의 셔츠를 킁킁거리면서 물었다.

"뭐가 뭐야?"

"O하고 느낌표."

"부푼 마음. 부푼 몸."

서늘한 음성에 은밀한 시선. 아우, 열나. 영채는 하진의 타이를
잡아당기고 얼굴을 들이밀었다.

"권하진 씨, 퇴근해서 어떤 멘트 날릴까 종일 연구한 사람 같네
요."

하진이 그녀의 볼을 툭 쓸었다.

"씻을 동안 맥주 준비해줄래? 시원하게 한잔하자."

영채는 맥주 두 병과 유리잔을 아일랜드 식탁에 놓았다. 안주를

뭘로 할까 생각하고 있는데 하진이 주방으로 들어왔다. 흰 티셔츠에 연회색 트레이닝 바지 차림인 하진에게서 은은한 비누향이 전해져왔다.

"안주로 뭐 할래요? 믹스 너츠랑 감자칩 있는데. 아님 과일?"

"그냥 맥주만 있으면 돼."

하진이 스툴에 앉더니 옆자리를 툭툭 쳤다. 영채는 하진 옆 스툴에 앉아 맥주병을 땄다.

"오늘 서 회장한테서 전화 왔었어요."

하진의 표정이 굳었다. 공연한 말을 꺼냈나 싶었지만 하진에게 비밀을 만들고 싶지 않았다. 걱정거리를 안고 혼자 끙끙 앓고 싶지도 않았다.

"그 사람을 아버지라고 불렀어요. 부르고 싶지 않았는데, 불렀어요. 우리를 위해서."

통화 내용을 전해들은 하진이 화가 난 것처럼 잠자코 있었다.

"다른 뜻이 있어서는 아니고. 서국철과 강차연, 무슨 짓이든 할수 있는 사람들이잖아요. 날 납치하는 것쯤이야 아무 일도 아닐걸? 멍청하게 인질이라도 돼봐. 하진 씨 작전이 다 틀어질 거잖아요. 그래서 그랬어요. 시간을 조금이라도 벌려고."

하진이 돌아앉아 그녀를 와락 안았다.

"미안해. 그런 짓이나 하게 만들고."

"뭐가 미안해요? 우리 이제 부분데. 그런데 하진 씨."

영채는 하진의 팔을 쓸었다.

"음."

"조만간 한남동에 가보고는 싶어."

"그 사람, 보고 싶어?"

"엄마가 어떻게 살다 어떻게 가셨는지 전해주고 싶어요. 짓밟힌 사람은 평생 고통 속에 살았는데, 짓밟은 사람이 여생을 편히 보내면 불공평하잖아. 사람이라면, 어떤 죄를 지었는지는 알고 있어야 한다고 생각해."

하진은 이를 악물었다. 영채야, 그 작자는 절대 깨닫지 못해. 깨달을 인간이었으면 우리 모두 여기까지 안 왔어. 하지만, 네가 원한다면. 기어이 가서 할 말이 있다면…….

"조금만 기다려줄래? 상황이 정리되면, 너랑 같이 가줄게. 같이 가서 따지자."

말해놓고 나니 미안해졌다. 나의 한이 너의 한보다 깊으니, 내 마음에 맺힌 응어리를 먼저 풀겠다는 소리로 들릴 것이다. 그런데도 영채는 미소를 지었다.

"기다리는 건 할 수 있으니까, 다치지만 마요."

"그래."

"너덜너덜해지지 마요."

"그래."

하진은 영채의 어깨에 턱을 얹었다. 영채의 순한 살 냄새를 들이마시는데, 퇴근 후 만난 전 서주미성 연구원과의 대화가 생각났다.

「현재 판매 중인 음료수들의 레시피 같은데요. 이성학 연구원께서 디자인하신 레시피죠.」

「서국철 회장의 사인은 무슨 의미입니까?」

「회장님은 전문가가 아니니 화학 기호를 속속들이 이해하시진 못했을 겁니다. 하지만 개발부의 보고를 받고 레시피대로 음료를 출시하도록 승인했다는 뜻이죠.」

「레시피에 문제가 있다면 서 회장도 알고 있다는 뜻입니까?」

「그렇다고 봐야죠. 개발부에서 뭔가를 의도적으로 감추지 않았다면 말입니다.」

도희가 뉴욕 은행 비밀 금고에 보관한 서류 중 하나를 두고 오간 대화였다. 공교롭게도, 최근까지 서주미성의 제품개발부 수석연구원으로 있던 이성학은 의문의 교통사고를 당해 의식 불명 상태다.

"영채야, 어머님 돌아가시기 전에 너한테 특별히 하신 말씀 같은 거 없어?"

"어떤 특별히 한 말?"

영채가 고개를 들고 의아한 표정을 지었다.

"몸 상태에 관해서. 특이한 약물이나 민간요법을 테스트했다거나, 담당의 외에 도움을 받은 의사가 있었다거나."

"그런 말씀 없으셨는데. 잠깐!"

고개를 젓던 영채가 멈칫했다.

"요양원에 처음 간 날, 이런 말씀을 하셨어. 내 몸이 증거가 될 거다."

"내 몸이 증거가 될 거다?"

"확실친 않아. 그때는 너무 놀라서 경황이 없었거든요."

하진은 도희의 병상 일지를 분석해야겠다고 생각했다. 이성학의 주변 인물도 수소문해야겠고.

"뭐가 잘못됐어요?"

영채가 그의 안색을 살폈다. 하진은 복잡한 생각을 털어내듯 고개를 저었다. 지금은 그저 영채가 주는 평화에 잠기고 싶었다. 짧은 밤 영채와 나누는 달콤한 순간들이 힘겨운 싸움에서 그를 지탱해줄 것이다.

그의 품에서 빠져나온 영채가 병을 잔에 기울여 맥주를 따랐다. 연황금빛 맥주와 조밀한 거품이 유리잔에 차올랐다.

"영채야. 너, 어디 가서 맥주 따르지 마."

"내 솜씨가 그렇게 형편없어요? 이 정도면 봐줄 만하지 않나?"

영채가 발끈하면서 잔을 그에게 밀었다.

"이렇게 섹시하게 거품을 내면, 맥주가 아니라 널 마시고 싶어지잖아."

하진은 영채의 시선을 잡아챘다. 그가 잔을 들어 맥주를 들이켜는 동안 영채의 볼이 발그레해졌다. 부드러운 첫 모금을 넘긴 하진은 잔을 내려놓고 영채의 목을 끌어당겨 키스했다.

"내가 가장 좋아하는 안주는 네 입술이야."

영채는 하진의 가슴팍을 주먹으로 톡 때렸다.

"어떻게 그런 말을 눈 하나 깜짝 않고 해요? 난 떨려 죽겠는데. 4년 동안 다른 여자들 상대로 연습한 거 아니야?"

하진이 그녀를 번쩍 들어올려 주방 바닥에 눕혔다.

"불안해? 내가 한눈팔까 봐?"

"한눈만 팔아보셔. 죽음이야."

열감 어린 손이 치마 속으로 들어와 허벅지를 쓸어 올렸다.

"영채야, 내 몸이 증거야."

하진이 그녀의 속옷을 끌어내렸다. 부풀어 오른 남성이 꽃잎에 와 닿자 영채는 가쁜 숨을 들이켰다. 연한 살이 끈적해지고, 하진의 뜨거운 욕망이 그녀 안으로 고요히 밀려들었다.

"권하진이 서영채에 속해 있다는 증거."

열병 같은 이 사랑. 그래, 이 몸들이 증거야. 우리가 서로에게 속해 있어 하나라는 것. 이 젊고 뜨거운 몸들이 증거하면, 그것으로 충분한 거야.

다음 날 아침, 출근 후 책상에 올라온 서류를 확인한 영빈은 곧장 서주그룹 회장실로 향했다.

"서주미성 서영빈 상무님 오셨⋯⋯."

비서가 전갈을 넣기도 전에 그녀는 회장실 문을 열고 있었다.

"뭐야, 아침부터?"

책상에 앉아 신문을 읽던 서 회장이 고개를 들었다.

"올봄에 출시된 건강 음료와 다이어트 음료 부작용 보고가 올라왔습니다."

"나도 봤어."

"네, 회장님께서 보셨다고 하더라고요. 구토와 두통, 기타 알러지 증세가 지속적으로 접수됐는데, 리콜 조치 들어가야 한다는 보고서를 퇴짜 놓으셨다면서요."

"그랬어. 왜?"

"리콜 조치해야 합니다. 거둬들여서 뭐가 잘못됐는지 조사해야죠."

"식약처에서도 잠자코 있는 걸 왜 긁어 부스럼 만들어?"

"아, 정말."

답답한 듯 머리를 쓸어 올린 영빈은 책상을 손으로 짚고 서 회장을 똑바로 바라봤다.

"문제가 있는 걸 알았을 때 조치하셔야 합니다. 대충 넘어가고, 문제 생기면 로비로 덮고. 그렇게 사업하시니까 회사가 어려워지는 겁니다."

"너, 잘리고 싶어?"

"아버지!"

"재떨이 날아가기 전에 나가! 딸이라고 오냐오냐 했더니, 내뱉으면 다 말이야!"

서 회장은 신문지를 거칠게 밀치며 호통 쳤다.

"아버지, 제발요. 지금 호미로 막을 걸 나중에 포크레인으로도 못 막는 수가 있다고요."

"너야말로 별것 아닌 일에 파르르 떠는 버릇 고쳐."

"아버지, 회장님……."

뭐라 더 말을 하려던 영빈은 손을 내젓고는 인사도 없이 회장실을 나섰다. 천상천하 유아독존의 똥고집, 하루 이틀 겪어보나. 입씨름해봤자 시간 낭비일 뿐이었다.

회장실을 나온 영빈은 비서실 밖에서 대기하고 있는 서주미성 부장에게 가서 일렀다.

"리콜 들어가세요."

"회장님 결재가 났습니까?"

"안 났어요. 그래도 리콜하세요."

"하지만 상무님……."

애초에 리콜을 제안했던 부장은 목이 달아날까 겁내는 눈치였다.

"문제 있는 음료 팔다가 일 키우고 싶으세요? 제 자리 걸고 책임질 테니까 전량 회수하시라고요."

영빈은 바짝 마른 입술을 혀로 축이고 한숨을 푹푹 내쉬었다. 레시피에 문제가 있었던 거야? 이성학 이 양반, 이럴 걸 알고 미리 내뺀 거 아니야?

"혹시 퇴사한 이성학 연구원님이랑 연락하세요?"

"아, 그게, 연구원님이 얼마 전에 교통사고를 당하셔서…….."

교통사고라니?

"그래서 연락이 돼요, 안 돼요?"

"의식이 없는 상태로 병원에 계셔서요. 딱히 연락이 된다고 말씀드리기가…….."

급작스러운 퇴사 후에 교통사고로 의식 불명이라. 영빈은 찜찜한 느낌을 지울 수 없었다.

"계시는 병원이 어디죠?"

"저도 그것까진 모릅니다. 근황을 이 차장에게 들어서요."

"이 차장에게 물어서 좀 알려주세요."

"네."

다음 날, 서 회장은 머리끝까지 화가 나 회장실을 서성거렸다. 출근하자마자 영빈이 음료수 리콜 조치를 강행했단 보고가 올라왔다. 영빈을 호출하려 했을 때, 더 심각한 문제가 불거졌다. 주거래 은행의 대출금 만기 연장 불가 통보였다. 추가 대출을 위해 은행장과 약속을 잡으려 했는데 자꾸 불발되던 것이 꺼림칙했었다. 그런데 기존 대출금마저 얼른 갚으라니. 인척지간인 부행장이 귀띔한 바에 의하면, 오디세이 김인태가 은행장을 만나고 갔고 그 후 추가 대출을 재고하라는 은행장의 지시가 떨어졌단다.

이 작자가 무슨 억하심정으로.

서 회장은 휴대전화에서 인태의 번호를 찾아 눌렀다. 그리도 연락이 닿지 않던 인태가 단 세 번의 신호 끝에 전화를 받았다.

— 서 회장님, 어쩐 일이십니까?

청담동의 퓨전 일식 레스토랑 담연. 레스토랑 안쪽 조용한 방에 서주그룹 서국철 회장과 오디세이 김인태 회장이 마주 앉았다.

먼저 입을 연 것은 서 회장이었다.

"김 회장님께 죄송한 마음이 들어서 뵙자고 했습니다."

"서 회장님께서 제게 미안하실 게 뭐 있습니까?"

"듣자하니, 김 회장님 따님과 권하진 본부장 사이에 결혼 이야기가 오갔다던데요. 제 딸이 철없이 나서는 바람에 김 회장님 사윗감을 가로챈 모양새가 되어버렸습니다. 면구스러워 말입니다."

인태는 슬그머니 웃었다. 그와 하진을 이간질시키려는 서 회장의 의도가 유치하다 해야 할까, 안쓰럽다 해야 할까.

"제 딸아이와 권 본부장 사이에 혼담이 오간 적 없습니다. 제가 권 본부장을 후계자로 생각하고 있다는 말을 종종 했더니, 그 말이 와전된 모양입니다."

서 회장은 허를 찔린 기색이었다.

"허면, 아직도……?"

"권 본부장에 대한 제 신임은 변함이 없습니다."

"한 집안 식구가 아닌데도 후계자로 키우시려고요?"

"서 회장님은 그저 한 집안 식구라고 회사를 덥석 물려주시려고요?"

비꼬는 인태의 어투에 서 회장은 자존심이 상했다.

"하진이 그 아이를 후계자감으로 생각하시는 특별한 이유가 있으십니까?"

"권 본부장은 밑바닥에 떨어져본 경험이 있습니다. 나무에서 떨어진 새가 길고양이들에게 잡아먹히지 않았다면 그 새는 높이 날게 되어 있습니다. 권 본부장은 정상에 오르기 위해서라면 뭐든 할 사람입니다. 재능과 감각과 의지, 모든 것을 갖췄어요. 그런 인재를 찾기란 지푸라기 더미에서 바늘 찾는 것보다 어렵지요."

"재능만 있으면 뭐 합니까? 됨됨이가 엉망인데. 그 아이가 이 장인의 회사를 노리면서 꼼수를 부리고 있답니다. 아십니까?"

"부하 직원이 뭘 하는지도 모를 까막눈으로 보이십니까, 제가?"

인태는 뼈 있는 말을 던지고 덧붙였다.

"권 본부장의 서주 프로젝트는 제가 승인한 사항입니다."

서 회장이 들고 있던 찻잔을 상에 탁, 내려놓았다.

"김 회장님, 저와의 정리를 봐서 이러실 수는 없는 거 아닙니까?"

"비즈니스니까요. 저는 비즈니스를 정리로 하지 않습니다."

"하진이를 밀어주시는 게 정리가 아니고 뭡니까?"

"왜 이러십니까, 아마추어같이? 이 바닥에서 가장 어려운 게 유능한 인재를 내 사람으로 묶어두는 겁니다. 다 머리 쌩쌩한 놈들이라, 더 좋은 조건에 언제든 움직이게 되어 있어요. 마음에 드는 녀석들을 오래 붙잡아두려면 빵빵한 보너스를 쥐여줘야 하는데, 권하진이 원하는 보너스는 서주그룹입니다."

인태는 차를 한 모금 들이켜고 서 회장을 바라보았다.

"서 회장님이 고양이고 권 본부장이 아기 새였던 시절이 있었지요. 아비 새가 죽고 나무가 흔들려 새가 둥지에서 떨어졌습니다. 고양이는 배가 고프지 않더라도 새의 숨통을 끊어놓아야 했습니다. 참새 새끼라고 얕보았던 것이 사실은 매였으니까요. 이제는 매가 고양이를 잡아먹게 생겼습니다."

서 회장은 대놓고 자신을 조롱하는 인태를 노려보았다.

"서주가 잘못된다고 해서 오디세이가 얻을 게 뭡니까? 검은 머리 외국인으로 한국에 적만 만드시는 겁니다."

"오디세이가 서주그룹을 눈여겨본 지 꽤 됩니다."

인태는 말을 끊었다가 의미심장하게 덧붙였다.

"구조 조정이 필요하겠지만, 경쟁력 있는 계열사는 살릴 수 있을 겁니다. 제가 그리 하라 하겠습니다."

서 회장은 등골이 서늘했다.

"지…… 지금 서주를 먹기라도 하겠다는 겁니까?"

인태의 눈빛이 날카롭게 번득였다가 쓸쓸해졌다.

"서주는 그렇다 치고, 서 회장님 남은 생은 어쩌실 겁니까?"

"남은 생이라니요?"

"서주그룹의 경영권을 잃고 난 후의 삶 말입니다. 아직 늦지 않았습니다. 권하진 본부장은 복수를 하는 것보다 더 가치 있는 것이 무엇인지 아는 젊은입니다. 그 젊은 마음에 호소하십시오."

"뭐라?"

서 회장은 불쾌감에 일갈했다.

"지금 회장님이 쓰실 수 있는 카드는 두 개입니다. 해명과 영채양. 체면 잃지 않고 해명을 권 본부장에게 돌려줄 방법을 찾아보시죠. 개인적으로 자리 마련해 해명을 편법으로 인수하셨던 것 사과

하시고, 영채 양과 권 본부장을 진심으로 축복해주십시오. 영채 양에게 사과할 일이 있으시다면, 모든 것 내려놓고 사죄하십시오. 그것만이 회장님이 편해지는 길입니다. 같이 늙어가는 입장에서 드리는 말씀입니다. 제가 서 회장님께 베풀 정리는 여기까지인 것 같군요."

인태가 서늘한 눈인사를 건네고 일어섰다.

혼자 남은 서 회장은 미적지근해진 차를 벌컥벌컥 들이켰다. 해명과 영채. 그래, 내가 쓸 수 있는 카드가 맞다. 권하진, 네 이놈. 네가 아끼는 것들에 흠집이 나봐야 정신을 차릴 테지. 비빌 언덕이 생겼다고 앞뒤 분간 못 하고 날뛰는 애송이 같으니라고. 세상 무서운 맛을 보여주마.

하진은 서 회장을 만나고 나온 인태에게서 전화를 받았다.

"공연한 걸음 하셨습니다."

─ 금융계 인사들 면담할 일이 있어 서울 왔다가 서 회장 연락을 마침 받았다. 분위기나 파악할까 싶어 만난 거지.

"저녁이라도 같이 하셔야죠."

─ 그랬으면 좋겠는데, 바로 홍콩으로 가봐야 한다. 뉴욕 돌아가는 길에 들를 테니, 그때 석영이랑 같이 보면 어떠냐?

"스케줄 비워놓겠습니다."

─ 하진아.

인태의 목소리가 묵직해졌다.

"네. 회장님."

─ 서주를 무너뜨리는 일 말이다, 쏟아붓는 것에 비해 네게 돌아

올 실익은 별로 없다. 싸우지 않고 해명을 되찾을 수 있으면, 그 선택을 배제하진 마라.

"전쟁은 이미 시작됐습니다. 제가 적의를 품은 걸 서 회장이 아는데, 지금 머뭇거리는 건 그쪽에 시간을 주는 것밖에 되지 않습니다."

— 정 싸워야겠거든 마무리까지 확실히 해라. 늙은 호랑이도, 호랑이는 호랑이다.

"무슨 말씀이신지 알겠습니다."

하진은 통화를 끝내고 소파에 털썩 앉았다. 테이블에 쌓인 주요 일간지들을 보고 있자니 한숨이 나왔다. 동남아 국적의 선원들을 노예처럼 다루는 서주그룹 원양 어선의 조업 실태. 꽤나 자극적인 먹잇감이었건만 언론은 물지 않았다. 뉴질랜드 정부에 선원들의 고발이 접수되었다는 조그만 박스 기사가 달랑 두 개 실렸을 뿐이다. 서국철이 언론을 상대로 로비를 꾸준히 한다는 것은 알고 있었지만, 이 정도로 뉴스를 틀어막을 줄은 몰랐다.

늙은 호랑이도, 호랑이는 호랑이다. 인태가 이른 말을 곱씹고 있는데, 석영이 집무실로 뛰쳐 들었다.

"본부장님, 내일 주가 장난 아니겠습니다."

그가 이유를 묻기도 전에 석영이 TV를 켰다. 벌건 불길이 치솟는 해안 풍경이 화면을 채웠다.

— 북한, 연평도 포격.

붉은 자막을 본 하진은 리모컨을 낚아채 볼륨을 키웠다.

— 2010년 11월 발생한 폭격의 악몽이 생생한 가운데 연평도 주민들은 곡사포로 추정되는 포탄 120여 발의 공격을 받았습니다. 이번

도발로 해병대 4명이 사망하고 21명이 중경상을 입은 것으로 알려졌습니다. 현재 전군에는 최고 경계 태세를 의미하는 진돗개 하나가 발령 중이며…….

"석영아, 이거 전시 상황으로 해석할 수 있는 거지?"

"그렇지."

"서재익이 주식 담보로 빌린 금액, 당장 회수 들어가."

다음 날 오후, 서주그룹 전략기획실 서재익 이사가 돌진하는 투우처럼 회장실로 들이닥쳤다.

"아버지."

집무 책상에 앉아 있던 서 회장은 상기된 얼굴로 씩씩거리는 재익을 못마땅하게 쳐다보았다.

"회사에선 직함으로 부르라고 몇 번을 일러. 무슨 일이야?"

"아버지, 저 한 번만 살려주세요."

재익은 서 회장의 책상 앞으로 달려가 무릎을 꿇었다.

"수산 시장 인수해보려고 제가 자금을 끌어왔는데 말입니다."

"그 말은 들었어. 주식 담보로 내놓고 신고를 안 해서 벌금 물게 생겼잖아."

서 회장은 혀를 끌끌 찼다.

"그게 문제가 아니라……."

말을 더듬던 재익이 머리를 감싸 쥐었다.

"끌어온 자금을 당장 회수해 가겠다고 합니다."

"무슨 소리야?"

"주식 담보로 대출한 자금 말입니다. 만기일이 한참 남았는데, 일주일 내로 변제하지 않으면 담보 설정된 주식을 빼앗길 판이에요."

"어떻게 그렇게 돼?"

"대출 계약서에 국가 비상사태 등 재해가 있으면 즉각적인 자금 회수를 할 수 있다는 조항이 있어서……. 그런데 북한 놈들이 연평도를 공격하는 바람에……."

"누구야, 그딴 계약서로 돈을 빌려준 새끼가!"

"친분이 있는 사채 시장 큰손이 연결을 시켜줬는데, 믿을 만한 사람이라고 했거든요. 그런데 그 자식은 중간에 이름만 빌려준 건지, 채권이 어떤 투자 펀드로 넘어갔어요. 버진아일랜드에 주소를 둔 KY라나 뭐라나."

KY. 서 회장은 눈앞이 아찔했다.

"빌린 돈이 얼마야?"

"처…… 천이백억이요."

하진의 얼굴이 떠올랐다. 물론 이 꼼수 뒤에 하진이 있다는 증거는 없었다. 하지만 서주화진을 채간 투자 펀드가 재익의 지분을 노린 것은 우연의 일치일 수 없었다. 애송이라 얕잡아 보았던 권하진. 녀석의 발톱이 생각보다 깊고 치밀하게 서주를 파고들고 있었다.

"수산 시장 경매 일정에 아직 여유 있지?"

"한 달 가까이 남았죠."

"어디 가서 낙찰 예상가 같은 거 떠들지 말고, 조용히 찌그러져 있어."

"어떻게 하시려고요?"

재익이 멍한 얼굴을 들어 서 회장을 보았다.

"살려달라 하지 않았어! 사고 친 아들 살리려는 게지! 멍청한 녀석. 당장 꺼져! 꼴도 보기 싫어."

호통을 내리친 서 회장은 재익을 등지고 돌아앉았다. 커다란 창을 통해 내다보이는 하늘이 흐렸다. 비가 쏟아질 듯 먹장구름이 가득한 하늘을 올려다보며 서 회장은 주먹을 쥐었다. 어디서든 추가로 자금을 끌어와야 했다. 대규모 대출을 받는 것은 수월치 않을 것이다. 투자자를 찾아내는 것은 더 어렵겠지. 하지만 국적, 성분 불문하고 찾아내야 했다. 찾지 못한다면, 만들기라도 해야 했다.

그리고 주식은……. 승자의 저주라 했던가. 권하진, 네놈이 이 막장극을 조종하고 있다면, 지분을 가져간대도 고이 먹을 수는 없을 게야.

비틀비틀 일어선 재익이 벌게진 얼굴로 회장실을 나섰다. 혼자 남은 서 회장은 휴대전화를 집어 들어 '검찰'로 분류된 주소록을 살폈다. 이런 상황에 써먹을 만한 인사들이 몇 있었다.

서 회장은 번호 하나를 누르고 넥타이를 풀어젖혔다.

"윤 검사. 나요, 서주 서국철. 허허, 별일 있나. 돈 벌어 애국하느라 바쁘지. 그나저나 차장검사 되더니 왜 이리 연락이 뜸해. 어어, 그랬어? 쯧쯧쯧. 욕보는구만. 그런 짓거리를 하는 녀석들 때문에 정직한 땀을 흘리는 사람들까지 손가락질받는 거 아니겠소. 거 참, 요즘 내 앞에도 파리 한 마리가 얼씬거리는데 말이야……."

태풍의 눈처럼 잠잠한 일주일이 흘렀다. 8월의 셋째 월요일, 오전 장 내내 서주그룹 계열사 주들이 고전했다. 서주그룹의 유동성 문제가 불거지면서 투자자들의 불안감이 높아갔다.

재익이 담보로 건 서주그룹의 지분을 확보한 하진은 최측근들과 회의를 했다.

"서재익에게서 받은 지분은 전량 매도할 겁니다. 타이밍이 중요해요. 시장에 미치는 파장이 크면 클수록, 서주의 주가가 떨어지면 떨어질수록 좋습니다."

작전을 지시하던 하진은 휴대전화의 진동에 말을 멈췄다. 서주그룹 관련 뉴스 보도에 걸어놓은 알람이었다.

재킷에서 전화기를 꺼내 인터넷 뉴스를 확인한 하진은 표정이 굳었다. 서주그룹의 주가가 갑자기 폭등하고 있었다. 서주그룹이 외국계 투자 기관의 대규모 현금 투자를 받는다는 뉴스에 따른 시장의 반응이었다. 경영권 분쟁이라는 말이 조심스레 돌고 있는 판에, 눈치 빠른 투자자들이 어떤 신호를 받은 양 움직이고 있었다.

하진은 측근들을 물리고 석영만 남겼다. 뉴스를 확인한 석영이 고개를 갸웃거렸다.

"지금 서주에 투자할 놈이 누굴까?"

"아무 생각 없는 놈이겠지."

아무 생각 없는 놈. 계산 없는 놈. 다칠 것도, 잃을 것도 없는 놈. 그런 놈은…….

하진은 회심의 미소를 지었다.

"서국철스럽네."

"뭐야? 감이 왔어?"

"잠깐 나갔다 올게. 오늘 오후 일정 취소시켜줘."

"내가 네 비서야?"

투덜대는 석영을 남겨두고 하진은 재킷을 집어 들었다. 재킷을 입고 복도를 걸어 나오는데 휴대전화가 울렸다.

"권하진입니다."

– 무슨 일 있나요?

전화를 건 이는 서 회장 자택 집사 경선이었다. 회의에 들어가기 전, 경선에게 신변을 정리하란 메시지를 남겼었다.

"거기서 나오시는 것이 어떨까 해서요."

– 아직은 여기서 듣고 볼 수 있는 게 있을 거예요. 그것보다, 영채는 어떻게 하고 있어요?

"잘 지냅니다."

– 도희 사연 알고 나서 힘들어했죠?

하진은 쉬이 대답을 못 했다.

– 도희가 내 원망은 하지 않던가요?

경선의 숨결이 떨렸다.

"그런 마음 갖지 않으셨습니다. 걱정하지 마세요."

– 언젠가 영채에게…….

뭐라 말할 것 같던 경선이 다급하게 통화를 마무리했다.

– 이만 끊을게요.

한남동 서주그룹 본가 지하실. 은은한 조명이 밝혀진 작업실에 강차연과 예성 갤러리 대표 공예성이 마주 앉아 있었다. 뉴욕에서 돌아온 차연이 예성을 초대해 마련된 자리였다.

"영채가 그림을 보더니 겁을 내더란 말이죠?"

차연이 레드 와인이 든 잔을 빙빙 돌리며 물었다.

"얼굴이 하얗게 질리더니 말을 제대로 못 잇더라고요."

예성은 와인보다 붉은 차연의 입술을 바라보았다. 립스틱이 진하게 발린 입술이 도도하게 휘어 올랐다.

"공 대표, 서운한데요."

"네?"

"영채가 정말 겁을 먹었나요?"

"어지간한 배짱으로 소화할 수 있는 작품이 아니……."

"감히, 어디서!"

차연의 앙칼진 일갈에 놀란 예성은 어깨를 웅크렸다. 순식간에 평정을 되찾은 차연이 와인을 한 모금 들이켜고 차가운 미소를 머금었다.

"공 대표. 나, 강차연이에요. 지금 내 앞에서 내 딸이 고작 그림 하나에 겁먹는 아이라고 말하는 건가요?"

"그런 뜻이 아니라, 교수님……."

"내 딸 그리 나약하게 키우지 않았어요. 바른 대로 말해요. 서영채가 그림을 보고 뭐라 했는지."

"표정이 굳은 건 사실입니다. 불쾌해 보였어요. 취향에 맞지 않아 받을 수 없는 그림이라고 하더라고요."

예성은 떨리는 손을 맞잡으며 차연의 시선을 피했다. 차연이 생각에 잠겨 와인 잔을 어루만졌다.

블랙 네일 컬러가 발린 차연의 손톱을 보면서 예성은 영채가 거절한 그림을 떠올렸다. 교미 후 수거미를 잡아먹는다는 거미, 블랙 위도. 불길하고 화려하여 차라리 관능적으로 느껴지는 생물. 그 그림을 가장 잘 소화해낼 사람은 바로 강차연이었다.

"공 대표."

차연의 나직한 음성이 날아들었다.

"네, 교수님."

"그 그림, 영채가 받은 것으로 해줘요."

"네?"

"오늘 내 앞에서 내 딸을 모욕한 걸 만회할 기회를 주죠. 공 대표는 영채를 뉴욕에서 만나 『블랙 위도』를 건넸어요. 그게 서류에 적힐 공식 기록이에요."

"하지만…… 그 그림은 제가 가지고 와서 갤러리에……."

"그림 하나 숨기는 것 정도야 쉬운 일 아닌가요?"

"어렵진 않지요. 하지만 제가 뒤집어쓰는 일이 없을 거라고 약속해주셔야 합니다."

예성은 거미줄에 걸린 날벌레가 된 것 같았다.

"공 대표도 나이 드니 소심해지네, 재미없게. 그림을 받았다는 증거는 쉽게 만들 수 있어요. 그런데 그림을 받지 않았다는 건 증명할 수 없는 법이죠. 아무리 내가 가르친 딸이라 해도."

거래가 성립되었다는 듯이 차연이 와인 잔을 들어 올렸다. 붉은 와인 너머에서 피어오르는 차연의 미소를 보면서 예성은 그녀 앞의 잔을 들어 올렸다. 허공에서 두 와인 잔이 쟁, 부딪쳤다.

영채는 반찬가게 입구에 진열된 포장 반찬들을 둘러봤다. 계란말이와 오징어 젓갈을 집어 들고 계산대로 가자 주인 여자가 반갑게 인사했다.

"왔어요?"

"네."

아파트 단지 상가 1층에 위치한 반찬가게는 '욱이 엄마네'라는 이름을 달았다. 담백하고 깔끔한 반찬처럼 주인은 아담한 체구에 맑은 인상의 여자였다. 30대 중후반쯤 되었을까, 올 때마다 레시피에 관한 이야기를 나누다 보니 어느새 살가운 이웃이 되었다.

"무침 종류는 안 가져가요?"

"어제 장 봐다가 나물은 직접 무쳤어요. 어, 저건 뭐예요?"

영채는 지갑을 꺼내다가 계산대 너머에 널린 노란 것들을 가리켰다.

"말린 레몬이에요. 남편 술안주."

"저것도 좀 주세요."

"팔려고 만든 게 아닌데……."

"조금만 주세요. 가격 잘 쳐드릴게요."

머뭇거리는 주인을 설득해 영채는 말린 레몬 한 통을 샀다. 하진의 맥주 안주로 좋을 것 같았다.

반찬거리가 든 에코백을 들고서 영채는 풋풋한 걸음을 내딛었다. 자비롭게 깔린 구름이 따가운 햇살을 다독이는 오후, 바람에 비 냄새가 고여 있었다. 비가 오려나. 토도독. 토도독. 단지 내 보도블록을 밟는 걸음걸음, 귓가에 빗소리의 환청이 쟁쟁거렸다. 풍선들이 비상하던 푸른 봄날. 청춘처럼 쏟아지던 빗줄기. 요트 안에서 겹쳐졌던 젊은 몸들.

뺨을 쓰는 바람에 하진의 숨결이 배어 있었다.

「안녕, 아가씨.」

그의 달콤하고 느른한 고백도.

「내가 가장 좋아하는 안주는 네 입술이야.」

그런 대사는 어떤 남성 잡지에서 주워 담아가지고. 입술을 비죽거려보지만 이내 실실 웃음이 나온다.

샌들 안에서 민트색 컬러가 발린 발가락이 곰지락거렸다. 페디큐어 해달라고 할까? 하진이 그녀의 발톱에 컬러를 칠하는 장면을 상상하다가 영채는 목덜미를 떨었다. 으으. 생각만으로도 어색하다. 입술로 안주 삼는 것까지만. 담백하게.

가방을 바꿔 쥐고 걸음을 떼는데 전방에서 부르릉 소리가 들렸다. 그녀를 향해 돌진하는 빨간 오토바이를 보면서 영채는 흠칫 굳었다. 뒤에서 누군가 팔을 홱 잡아챘다. 어깨가 홱 돌아가고 몸이 너른 가슴에 폭 안겼다. 오토바이가 거센 바람을 일으키며 지나갔을 때, 성난 목소리가 머리 위에서 떨어졌다.

"정신을 어디다 두고 있는 거야? 오토바이가 달려드는데!"

고개를 드니 하진의 상기된 얼굴이 보였다.

"달려든 게 아니라 그냥 달려서…… 지나간 거지. 그런데 여기서 뭐해요?"

하진의 홀연한 등장에 영채는 멍했다.

"일찍 퇴근했어."

"왜요?"

"내가 일찍 퇴근한 게 불만인 것처럼 들린다."

"불만은. 무슨 일 있나 걱정돼서 그렇죠."

"오랜만에 너랑 시간 좀 보내려고. 주말에도 사람들 만나느라 같이 못 있었잖아."

설핏 미소 지은 하진이 오토바이가 달려간 쪽을 돌아보았다.

"주민센터에 항의를 하든가 해야지. 단지 내에서 마구 달리면 어쩌자는 거야."

"배달 오토바이들 저렇게 많이 다녀요. 우리가 배달의 민족이잖아."

웃자고 한 이야기에 하진의 얼굴이 더 굳었다.

"너, 외출할 때마다 오늘 같은 일 당한단 말이야?"

"당하기는. 그냥 오토바이도 지나가고, 자전거도 지나가고 그러는 거지."

영채는 모처럼 같이 보내는 오후가 망가질까 얼른 하진의 손을 잡았다.

"차는 어디다 두고 걸어와요?"

"주차해두고 집에 들어갔는데 네가 없어서 나왔어. 마침 상가 쪽에서 걸어오는 게 보여서 따라왔고."

하진이 에코백 손잡이를 잡았다. 영채는 반찬거리가 든 가방을 순순히 넘겨주었다.

"봤으면 부르죠."

"옛날에 서영채 따르기 하던 생각이 나서. 오랜만에 해보니까 좋더라고."

사는 게 그런 건가 보다. 아팠던 시간도 지나놓고 돌아보면 예쁜 추억일 수 있는 거.

"상가에서 뭐 했어?"

"반찬 몇 가지 샀어요."

"사람 쓰자니까. 그럼 네가 일일이 안 나와도 되잖아."

"반찬 핑계라도 대고 안 나오면, 난 집순이 해요? 상황이 상황이니만큼 혼자 있을 때 낯선 사람 집에 드나드는 거 불안하기도 하고.”

영채는 이마를 찡그렸다가 금세 생글거렸다. 집에만 있으려니 갑갑한 나날이었다. 하진이 출근하고 나면, 미정이 걸어주는 전화 붙들고 수다 떠는 게 다였다. 이사 오시라 졸라도 미정은 번잡한 강남 생활이 내키지 않는다면서 과천 살이를 고집했다.

요리는 좋아해서 그런가, 손만 몇 번 움직이면 뭔가가 뚝딱뚝딱 나왔다. 단지 내 피트니스 센터에서 운동도 하고, 휴학기 동안 석사 논문을 쓸 계획으로 책도 보지만, 하진이 퇴근하도록 시간은 참 더디게 흘렀다. 하진이 저녁을 밖에서 먹고 오는 날은, 결승점까지 완주했는데 상을 받으려면 몇 킬로 더 뛰어야 한다고 통보받은 마라토너라도 된 기분이었다. 그런데 하진이 대낮에 나타나니 마음이 붕붕 뜰 수밖에.

집에 도착한 영채는 반찬거리를 냉장고에 넣고 냉오미자차를 준비했다. 샤워를 하고 나온 하신이 차를 마시고 발코니로 나갔다. 그녀가 빈티지 소품들로 북 카페처럼 꾸며놓은 공간이었다.

아직 많이 빈 책장을 보면서 영채는 하진에게 물었다.

“어머니가 그러시는데, 하진 씨 책 전집으로 사는 거 싫어한다면서요?”

“다 읽지도 못할 책 꽂아두자고 사는 거 딱 질색이야.”

하늘을 올려다본 하진이 창가 의자에 앉았다.

“초등학교 1학년 때였어. 아버지가 양복을 사야 한다며 외출 준비를 하셨어. 어머니 쪽 친척 결혼식이 있었는데, 어머니가 양복이 변변한 게 없다고 한 벌 장만하라고 그러셨거든. 아버진 됐다고 하시면서도 어머니 성화에 떠밀려 집을 나서셨지. 그때 아버질 따라 나섰어. 백화점 가는 길에 아버지랑 여기저기 구경을 했어. 장난감 세트도 보고, 제과점에 들어가 빵도 먹고. 회사일 때문에 늘 바빴던 아버지랑 모처럼 보내는 시간이 좋았어."

영채는 하진의 옆자리에 앉으려 했다. 하진이 그녀를 무릎에 앉히고 말을 이었다.

"서점을 지나가게 됐는데, 아버지가 읽고 싶은 책 없냐고 물으셨어. 많다고 했더니 아버지가 다 사주시겠다잖아. 서점으로 들어가서 책을 고르는 동안 얼마나 행복했는지 몰라. 이거요, 저거요, 제목을 가리키기만 하면 직원이 내 손에 책을 탁탁 안겨줬거든. 열 권 좀 넘게 골랐나? 아버지가 그만하면 됐다고 하실까 봐 겁이 나기 시작했어. 한 권이라도 더 사고 싶어서 제목을 막 훑는데, 아버지가 내 손을 잡으며 물으시더라. 하진아, 이 책 다 사가지고 갈까?"

"그래서 그 책 다 샀어요?"

"음, 세계아동문학 전집. 백 권 넘는 세트를 아버지가 정말로 사주셨어."

"좋았겠네요."

"꿈꾸는 기분이었지. 집에 와서 일이 터질 때까진."

"무슨 일이 있었는데요?"

"빈손으로 들어온 아버지를 보시고 어머니가 화를 내셨거든. 양복은 어쩌고? 아버지가 허허 웃으시면서 잊어먹었다고 하셨어. 그때 내 손을 잡은 아버지 손이 굳었어. 코끝이 매워지더라. 애들이 그렇잖아. 누가 말해주지 않아도 눈치로 제가 잘못했다는 걸 아는 거. 그날, 아주 못된 짓을 저지른 것 같아서 밤이 늦도록 계속 코끝이 시렸어."

"아버님이 양복 사야 할 돈으로 책을 사버리신 거였구나."

"그날 저녁에 잠이 안 와서 거실에 나왔다가 큰 방에서 새어 나오는 말소리를 들었어. 어머니는 당신 양복 해주려고 모은 돈인데, 그러셨고, 아버진 입을 옷 많다고 하셨어. 결혼식이잖아, 번듯하게 하고 가야지, 어머니가 그러시니까 아버진 새 옷 아니라도 단정하게 하고 가면 된다고 하시고. 하진이가 책 보면서 얼마나 좋아했는지 알아? 아버지가 웃으시는 동안 어머니는 계속 속상해, 속상해하셨어."

"그 돈 어머님 비자금이었나 봐요."

"그래. 우리 부모님 양가에서 반대하는 결혼 하셨거든. 친척 결혼식에서 남편 자랑하고 싶으셨을 거야, 어머니. 그래서 비자금까지 털었는데 눈치 없는 아들이 세계문학전집을 사버린 거지. 남편은 그 사고를 쳐놓고도 허허거리고. 속 많이 상하셨을 거야. 책 배달되어 왔을 때 어머니 표정이 얼마나 험악했다고. 나, 그날부터 한 달 넘게 멸치 볶음 못 먹었다."

"어머님의 복수?"

"음. 어머니, 화나면 무서우셔. 뒤끝도 있으시고. 너도 조심해."

영채는 가슴이 먹먹한 채로 큭, 웃어버렸다.

"그래서 아버님 뭐 입고 결혼식 가셨어요?"

"나중에, 아버지 돌아가시고 한참 있다 어머니한테서 들었는데…… 친구분 양복 빌려 입고 가셨대."

하진의 눈동자에 물기가 팽그르 돌았다.

"아버지 그 마음, 이젠 갚을 길도 없다, 영채야. 양복이 아니라 뭐든 해드릴 수 있는데. 좋은 거 사드리고, 좋은 데 모시고 다닐 수 있는데. 아버지가 너무 멀리 계셔."

영채는 하진의 얼굴을 감쌌다.

"하늘에서 아버님이 하진 씨 많이 자랑스러워하실 거예요. 이렇게 반듯하고 근사한 어른이 되었잖아요. 아버님 투자가 헛되지 않았구나 싶으실 거야."

하진이 고개를 틀어 헛웃음을 흘렸다.

"그때 그 책들 다 읽었으면 말을 안 해."

"안 읽었어요? 살 때 좋았다면서요?"

"재미가 없는 거야. 아버지가 양복도 포기하면서 사주신 책이라 어지간하면 참고 읽으려는데, 너무 재미가 없더라. 이딴 걸 써서 애들보고 읽으라고, 하면서 작가를 엄청 욕했어."

"무슨 책이었는데요?"

"어린 왕자."

"어린 왕자…… 재미없었어요?"

"초등학교 1학년이었잖아. 소행성이 어쩌고, 사막여우가 어쩌고. 지루하고 답답했어."

영채는 어깨를 들썩이며 킥킥거렸다. 그녀를 무릎에서 내려놓은 하진이 일어나 책꽂이 앞으로 갔다. 책꽂이에 꽂힌 책들을 둘러보다가 구석에서 『로미오와 줄리엣』 원서를 빼더니 목소리를 벌컥 높였다.

"기억나. 그 전집에 이것도 있었어. 읽다가 기가 차서, 정말. 서로 좋으면 어떻게든 같이 살 궁리를 해야지, 죽긴 왜 죽냐? 앞뒤 상황 제대로 따져보지도 않고. 여자가 숨 안 쉬고 누워 있으니까 죽은 줄 알고 독을 마신 남자나, 남자가 죽었다고 덥석 따라 죽는 여자

나. 생각들이 있는 건지 없는 건지."

평소답지 않게 흥분한 하진을 보며 영채는 웃음을 멈출 수 없었다.

"웃자고 하는 이야기 아니다."

정색한 하진이 화살을 그녀에게로 돌렸다.

"웃고 싶어서 웃는 줄 알아요? 웃음이 나오는데 어떡하라고?"

"넌 전공자로서 어떻게 생각해? 이런 위험하고 어리석은 작품이 명작으로 칭송받는 것에 대해서."

"완성도로 따져 셰익스피어 최고작으로 분류되진 않아요."

"그렇지?"

의기양양하던 하진이 책을 휘릭 넘기더니 미간을 찌푸렸다.

"밑줄투성이네. 너는 꽤 좋아하는 것 같은데."

"석사 논문 주제라 그래요. 로미오와 줄리엣의 죽음에 담긴 남성성과 여성성."

영채는 하진의 손에서 책을 빼들어 책꽂이에 꽂았다. 손때가 타 너덜너덜해진 책, 지금 하진의 기세로 보아 상하지나 않을까 조바심 났다.

"죽음에도 성별적 특성이 있나?"

"줄리엣은 칼로 자살하고 로미오는 독을 마시잖아요. 보통 칼은 남성성의 상징이고, 독은 여성들이 자주 사용하는 죽음의 수단이거든요. 근데 바뀌었어요. 작품에 나타난 줄리엣의 여성성과 로미오의 남성성이 클라이맥스에서 바뀐 거죠. 그걸 논해보려고요."

"하필이면 로미오와 줄리엣이야."

하진이 이마에 주름이 지도록 얼굴을 찌푸렸다.

"우리가 로미오와 줄리엣 같다고 생각해서 그래요?"

"그런 기분이 아주 안 드는 건 아냐."

"남편님, 얼굴 펴요. 우린 그 커플하고 다르니까."

"다른가?"

"로미오가 등장하는 첫 장면 대사가 대충 이렇게 흘러가요. 슬픈 시간이 길기도 하지. 나는 사랑 안에 있지만, 그녀의 환심 밖에 있구나. 여기서 그녀는 누구일까요?"

영채는 퀴즈를 내듯 말꼬리를 올렸다.

"줄리엣이겠지."

하진이 무덤덤히 답했다.

"땡. 로미오와 줄리엣 제대로 안 읽은 티 너무 낸다. 첫 장면이라고 했잖아요. 줄리엣과 만나기 전이라고요."

"그럼 다른 여자겠지."

"물론 다른 여자지. 실없어."

영채는 깔깔거리며 하진을 놀렸다.

"그래서 누구라는 건데?"

"보통 로미오와 줄리엣 하면 두 연인들만 생각하는데, 잊힌 여자가 한 명 있죠. 이야기 초반에 로미오가 반해서 가슴앓이하는 여자, 로잘린."

"로잘린?"

"로미오는 로잘린이라는 여자에게 빠져 있는데, 로잘린이 로미오의 마음을 받아주지 않아요. 로미오는 아픈 마음을 달래려고 파티에 갔다가 줄리엣을 만난 거고요. 줄리엣을 보자마자 눈에 하트 뿅뿅. 진실한 사랑을 별에다 맹세하니, 달에다 맹세하니. 웃기잖아요. 불쌍한 줄리엣, 그런 지조 없는 남자를 믿고 목숨까지 걸다니. 그에 비하면 권하진 씨는 4년이나 한 아가씨만 바라본 순정파지. 바라보기만 한 건 비겁했지만, 난 로미오보다 권하진에 한 표!"

생글거리는 영채를 말끄러미 보다가 하진은 불쑥 말했다.

"고마워, 영채야."

"뭐가요?"

뜬금없이 나타나 차갑게 구는 날 보고도, 마음 접지 않아줘서.

"다."

"진짜 실없어."

우리 정겹거나 서러운 이야기들, 뜬금없고 실없는 이야기까지도 하나씩 풀어내며, 오래오래 같이 살자.

영채 너머로 책꽂이에 꽂힌 유럽 문학 서적들이 눈에 들어왔다. 엘뤼아르. 릴케. 헤세. 하이네. 주로 시집이었다.

그의 시선을 읽은 영채가 놀아서서 책들에 얽힌 사연을 설명해주었다.

"처음엔 영어로 번역된 불어나 독어 시를 읽었는데, 시는 번역이 불가능한 예술이라고 고등학교 때 문학 선생님이 그러셨거든요. 한 편의 시를 감상하는 가장 바른 방법은 원어로 읽는 거라고. 불어하고 독어는 학교에서 배운 과목이라 그쪽 책들이 많아요."

하진은 구석에서 스페인 어 책을 꺼내들었다. 두께가 얇팍한 게 시집인 듯했지만, 제목조차 이해할 수 없었다.

"스페인 어는?"

"이제부터 배워보려고요. 꼭 원어로 읽고 싶은 시가 있어서."

책장을 넘기다 보니 책갈피를 끼워놓은 페이지가 있었다.

"이건가?"

"파블로 네루다의 시. 영어판으로 알게 된 건데, 말문이 막힐 정도로 좋아."

"제목이 뭔데?"

"한 여자의 육체."

한 여자의 육체. 하진은 제목을 되뇌었다. 기억해두었다가 번역본을 찾아보고 싶었다.

"하진 씨."

영채가 나직이 그를 불렀다.

"음."

"나랑 같이 사니까, 좋아요?"

"난센스 퀴즈야?"

"말 그대로예요. 좋냐고요?"

하진은 책을 책꽂이에 얹고서 영채를 책꽂이에 밀어붙였다. 그의 가슴과 책꽂이 사이에 갇힌 영채의 볼이 발그레해졌다. 하진은 영채의 귓불을 살짝 물었다 놓았다.

"난 아주 좋아. 넌?"

"문득문득 그런 생각이 들잖아요. 헤어져 있는 동안 서로가 너무 절실했는데, 같이 있으니까 긴장이 풀려버리는 건 아닐까. 그동안 너무 힘들어서, 같이 있게 된 순간 주저앉아 쉬고 싶은 건 아닌가."

"넌 그래?"

영채가 고개를 저었다.

"그런데 뭐가 불안해?"

"사랑이란 게 순도 100% 사랑일 수는 없는 거니까. 내가 서주그룹과 연관 없었으면, 우리 더 빨리, 더 쉽게 같이 있었을 테고. 지금도 이렇게 마음 졸이지 않아도 될 텐데. 가끔은 하진 씨에게 미안해. 내가 나라서."

"네가 서 회장 딸이 아니기를 바란 적 있었어. 그런데 이젠 그런 생각 안 해."

하진은 영채의 손을 그러쥐었다.

"널 보면서 네가 너 아닌 다른 것이길 바라는 거, 반칙이잖아."

코끝이 찡해진 영채는 잡히지 않은 손을 하진의 가슴에 얹었다. 우리 처음 사랑하던 날, 당신이 그랬죠. 내가 사랑하지 않는 나까지도 당신은 전부 사랑한다고. 당신의 그 마음이 나를 다시 태어나게 해줬어요.

고민하고 방황했던 시간들이 아직도 당신 안에 흐르는 거 알아요. 영혼 밑바닥에 쌓인 슬픔에도 불구하고, 봄날 햇살처럼 나를 비추는 당신. 너무나 고맙고 미안해요.

"어떡하지? 이렇게 근사한 남자랑 사는데, 아직 부부가 된 건 실감이 안 나."

"아직도?"

"부부싸움을 안 해서 그런가 봐요. 우린 치약 짜는 방식도 같고, 야행성인 것도 닮았어. 무슨 남자가 반찬 투정도 안 하고, 속옷도 반듯하게 내놔요? 싸울 건덕지가 없잖아요. 스릴 없게."

"아버지가, 어머니가 해주시는 음식이 세상에서 제일 맛있다고 하시며 사셨거든. 객관적으로 평가해서 어머니 요리 솜씨가 그 정도는 아니었는데. 아버지가 맛있다 하실 때마다 웃는 어머니가 행복해 보였어. 그래서 나도 결혼하면 아내가 해주는 음식 뭐든 잘 먹어야지 생각했어."

"내 요리 솜씨가 좋다는 말은 왜 쏙 빼요? 빨래는? 아버님이 빨래도 반듯하게 내놓으셨어요?"

"아니. 양말은 꼭 뒤집어놓고, 수건이랑 속옷이랑 여기저기 놔두셔서 어머니가 늘 잔소리를 하셨어. 그걸 보면서 난 결혼해서 저러지 말아야지 생각했어."

영채는 하진을 기특하게 바라보았다.

"신이 어지간히 미안했나 봐."

"무슨 소리야?"

"나 세상에 내보낼 때 환경 설정하면서 말이에요, 얽힌 사연이 안 됐다 싶어서 권하진이란 위로품을 끼워준 것 같잖아요. 그런데 그 위로품이 대박이야."

"내가 위로품이야?"

하진은 유쾌하게 웃으면서 영채의 머리카락을 쓸었다. 무참히 잘려나갔던 머리카락이 어느새 꽤 자라 있었다. 영채야, 이 뜨거운 계절이 물러가고 바람이 선선해질 즈음이면, 우리 상처도 다 아물 거야. 내가 꼭 그렇게 만들 거야.

영채가 셔츠 네크라인 사이로 드러난 그의 맨살을 검지로 쓸었다.

"이쯤 되니까 심히 궁금해진다. 우리 첫 부부 싸움의 주제는 뭘지."

"로미오와 줄리엣이 오래오래 살았으면 뭘 가지고 싸웠을까?"

"순대에 소금을 찍어 먹나 초장을 찍어 먹나 싸웠을 거야."

"이탈리아에 순대가 어디 있어?"

영채, 너도 참.

"그런가? 그럼 바삭한 쿠키를 사느냐, 촉촉한 쿠키를 사느냐를 두고 아웅다웅했을 거야. 진짜 기대되지 않아요? 우리가 뭘 가지고 싸우게 될지?"

"시시콜콜하고 시답잖은 것들 때문이겠지."

"이를테면?"

"남편이 일찍 퇴근한 날 둘이 집에 있을 건가, 외출을 할 건가 같은 문제?"

하진은 숨겨두었던 콘서트 티켓을 꺼내 영채 앞에 내밀었다. 영채가 반색하며 눈을 빛냈다.

"어? 라흐마니노프 피아노 협주곡 3번!"

"나갈래?"

하진은 영채의 콧등을 톡톡 두드렸다. 영채가 그의 목에 팔을 두르고 안겨오며 속삭였다.

"하진 씨, 난 아무리 화나는 일이 있어도, 멸치 볶음은 언제든 해 줄게요."

타월로 젖은 머리카락을 털던 하진은 손놀림을 멈추고 영채를 바라보았다. 함께 샤워를 마친 영채가 욕조에 다리 한쪽을 올린 채 보디로션을 바르고 있었다. 종아리를 문지르는 고운 손. 허벅지와 엉덩이로 이어지는 매끈한 곡선. 허벅지 사이에 돋은 은밀한 숲에 시선이 닿자 열기가 다리 사이에 뭉쳤다. 후우, 뜨거운 숨이 밀려나갔을 때 영채가 고개를 돌렸다. 시선이 마주쳤다. 황급히 눈길을 피한 영채가 옹얼거렸다.

"나가 있어요."

"왜?"

"외설스럽잖아요."

"뭐가 외설스러워? 부부지간에. 넌 나 출근 준비하는 거 매일 아침 보잖아."

"그거랑 같아요? 출근 준비야 면도하는 것뿐이잖아. 지금 하진 씨 눈빛은 말이지………. 보디로션 바르는 여자 처음 봐요? 그렇게 집중해서 보면 말이지, 으으으, 도저히 말로 표현 못 하겠어."

어깨를 부르르 떤 영채가 그를 기어코 욕실 밖으로 밀어냈다. 닫힌 문을 사이에 두고 하진은 영채에게 말을 걸었다.

"영채야."

"조금만 기다려요."

"나, 보디로션 바르는 여자 처음 봤어."

돌아오는 건 침묵.

"네가 안 보여주면 평생 못 보는데."

역시 침묵. 아, 영채의 침묵은 수다보다 더 앙큼하다.

"영채야아."

애태우는 망설임 끝에 문이 살짝 열리고 영채가 얼굴을 내밀었다.

"기특한 고백이긴 한데, 부끄럽단 말이에요."

"네 손이 닿지 않는 부분도 있잖아. 구석구석 꼼꼼히 발라야지."

한참 만에 영채의 손이 문밖으로 쓰윽 나왔다. 영채의 손끝에서 보디로션 통이 대롱거렸다. 하진은 얼른 통을 받아들고 욕실로 들어갔다.

귓불까지 발개진 영채가 그를 등진 채로 서서 말했다.

"다리는 다 발랐어요."

하진은 손바닥에 짜낸 로션을 영채의 엉덩이에 바르고 영채의 등을 앞으로 밀었다.

순순히 등을 굽힌 영채는 하진을 가만히 불렀다.

"하진 씨."

"음."

"이 자세 되게 야해."

등을 숙이고 보니 튀어나간 엉덩이가 하진의 허벅지 사이에 닿아 있었다. 등뼈 부분에 로션을 문지르던 하진의 손길이 멈췄다. 미세한 떨림이 전해오는가 싶더니 하진이 그녀를 일으켜 세웠다.

목덜미와 어깨에 로션을 바르고 하진이 그녀의 몸을 돌렸다. 허리와 복부에 로션을 바르는 손길이 뜨겁고 느렸다. 하진의 시선이 내려앉은 곳마다 맨살이 발갛게 익어가는 것 같았다.

"팔."

하진의 속삭임에 영채는 한 팔을 앞으로 들었다. 로션을 묻힌 하진의 손이 그녀의 팔을 따라 부드럽게 움직였다. 위에서 아래로. 팔꿈치에 원을 몇 번 그리고, 손목을 감질나게 어루만지면서. 다른 쪽 팔에도 같은 손길이 내려앉았다.

"손."

영채는 양손을 얌전히 내밀었다. 손등과 손가락에 로션을 발라준 하진이 돌아서서 로션 통을 닫았다.

"가슴은?"

"생략할 거야. 콘서트 갔다 와서……."

하진이 유두를 손가락으로 톡 건드렸다.

"보디로션 먹는 건 싫거든."

가슴에 화락 불꽃이 번졌다.

영채는 고개를 들어 하진을 보았다. 짙은 하진의 눈동자가 갈망으로 촉촉했다.

"영채야."

"네?"

"조금 전에 네가 야하다고 했던 자세, 우리 아직 안 해봤는데……."

그래요. 우리는 늘 마주 보는 사랑만 했어요. 눈앞에 두고 볼 수 없으면 서로를 잃어버릴까 두려운 사람들처럼.

"오늘 밤에, 해볼래요?"

하진이 그녀를 돌려세우고 뒤에서 안았다. 맨살을 물들이는 하진의 숨결을 느끼며, 영채는 떨리는 목소리로 물었다.

"아니면, 하고 나갈까요?"

"오늘 밤."

하진은 더운 속삭임을 영채의 목덜미에 쏟아냈다. 영채야, 나는 뭔가에 쫓기듯 허겁지겁 사랑하기 싫어. 세상에서 가장 귀한 악기 다루듯 널 사랑하고 싶어. 단 한 번의 생. 단 하나의 사랑. 세상에 존재하는 모든 빠르기와 셈여림으로, 너만을 오래오래 사랑하고 싶어, 영채야.

영채가 그의 손에 손을 겹쳤다. 가슴에 기대오는 영채의 몸이 따뜻하고 향기로웠다. 한 여자의 육체. 내 여자의 육체. 그의 사랑이 시가 되지 못한대도, 언제나 욕심내어 안고 싶은 단 하나의 몸이었다.

　예술의전당 콘서트홀. 프라하 챔버 오케스트라가 라흐마니노프 피아노 협주곡 3번을 연주했다. 2악장 후 쉼 없이 3악장이 시작되었을 때 영채는 손등을 덮는 온기를 느꼈다.

　하진의 엄지가 그녀의 손바닥으로 미끄러져 들어오고, 나머지 네 손가락이 손등을 덮었다. 긴 손가락이 내뿜는 열기가 묵직했다.

　엄지가 손바닥으로 이어지는 도톰한 부분을 하진이 쓸었다. 현란하지만 엄격한 선율을 닮은 손놀림이었다. 열정과 절제. 피아니스트의 타건이 하진의 손을 통해 전해지는 것 같았다.

　영채는 사랑을 나누는 환각에 빠져들었다. 눈은 무대를 향하고 있지만, 심장은 하진을 담고 녹아내렸다. 혈관을 타고 치닫는 열기. 감각을 빨아들이는 관능의 늪. 달아오른 숨결이 입술 새로 흘러나왔다.

　영채는 옆으로 고개를 돌렸다. 하진의 시선이 이미 그녀를 향해 있었다. 어둠 속에서 쏟아져 내리는 눈빛에 세상 그 어떤 음악보다 유려하고 격정적인 갈망이 가득했다.

　한 남자의 육체. 나를 온통 휘젓는 이 남자의 육체. 세상 어떤 시보다 더 황홀한 내 남자의 육체. 이제부터 그녀가 배워갈 언어는 사랑이라고, 하진의 눈빛이 말했다.

　영채는 하진의 엄지를 감싸며 미소 지었다.

　권하진, 권하진, 권하진.

　절정으로 치달은 연주가 끝나고, 객석의 관중들이 일어나 박수를 쳤다.

박수갈채의 숲에서, 하진은 미동도 없이 영채만을 눈에 담았다.
영채야, 너를 처음 봤을 때 박수치는 것조차 잊어버렸던 내 마음을
이제는 알겠지? 너는 언제나 나를 압도하는 아름다움이었어. 아름
다운 너는 날 아프게 해. 이렇게 너와 하나인 채로 있어도, 내 몸과
마음은 여전히 너에 주려서 아프다.

내가 건너온 방황의 시간을 지금 네가 건너고 있겠지. 가시덤불
같은 시절을 맨발로 걸어내는 너. 약속할게. 어떤 경우에도, 넌 결
코 혼자이지 않을 거라고.

느껴봐. 우리 숨통을 조이던 사랑이 이제 얼마나 우리를 자유롭
게 하는지. 우리는 사랑하기 위해 발가벗을 필요 없고, 호젓한 방에
우리를 가두지 않아도 돼. 군중들의 숲 한가운데서도 우리는 충분
히 단둘일 수 있어. 악기들이 울부짖고 환호성이 쏟아지는 속에서
도, 서로만을 또렷이 들을 수 있어.

우리, 언젠가 시답잖은 것들 때문에 다투게 되면 지금 같은 순간
을 떠올리자. 우리를 하나이게 하는 마법 같은 순간들을 되살리며,
기억하자. 우리가 얼마나 오롯하고 무결하게 서로에게 속해 있는
지.

하진은 몸을 숙여 영채의 이마에 입 맞추었다.

이 사랑을, 사랑만의 사랑을

언제나, 언제나, 언제까지나,

너에게, 너에게, 너 하나만에게.

살갗을 물들이는 온기에 영채는 미소 지었다. 어떡하지, 하진
씨? 왜 하필이면 당신일까, 늘 그 생각에 사로잡혀 있었어. 그 생각
을 버려내느라 정작 중요한 말을 못 했어. 당신이라서, 세상 다른

누구도 아닌 당신이라서 감사하다고.

계약서에 당신 이름만 써 넣은 내 마음을 이제는 알겠죠? 외로웠던 지난 4년. 당신의 부재로 암울하고 막막하던 나날. 그날들에 나를 위로해준 것도 역시 당신과의 추억이었어.

하진 씨. 나 이제, 아파하고 의심하고 흔들리던 시간을 다 건너온 것 같아. 지금부턴 아프지 않을게. 그 어떤 것에도 흔들리지 않고, 하진 씨를 믿을게.

우리는 사랑하기 위해 세상의 모든 행운을 거머쥐지 않아도 되고, 사랑받기 위해 완벽할 필요도 없어. 어느 날 우리는 비겁할 수도 있고, 또 어느 날엔 옹졸할 수도 있어. 하지만 시답잖은 것들로 다투는 그 어느 날에도 당신은 나의 권하진이고, 나는 당신의 서영재일 거야. 서로를 가졌다는 것 하나로 우리는 세상의 모든 가시덤불을 헤쳐 나갈 수 있을 거야.

영채는 하진의 입술에 입술을 얹으며 고백했다.

"사랑해요, 하진 씨."

"사랑해, 영채야."

하진이 속삭이는 그녀의 이름이 입술을 적셨다. 고백을 되돌리고도 하진의 입술이 끝없이 움직였다. 차마, 더 이상, 소리 내어 말하지는 못하고, 사랑해, 사랑해, 간절한 숨결만 그녀의 입술에 쏟아냈다.

박수 소리가 잦아들고 앙코르 곡이 시작되었다. 쇼팽 피아노 협주곡 1번 2악장.

하진 씨와의 추억을 덧씌울 수 있는 또 하나의 음악이 생겼어. 영채는 하진의 입술 위에서 미소 지었다. 하진의 입술이 그녀의 입술을 따라 움직였다. 행복한 웃음을 터트리며 서로를 머금는 한 쌍의 입술 사이로 고요한 확신이 흘렀다. 변하지 않고, 지치지 않고, 사랑할 거야. 세상 모든 음악에 권하진이란 제목을 붙이도록, 오래오래.

  콘서트홀 로비로 나온 차연은 누군가 그녀를 부르는 소리를 들었다.
  "강 교수님."
  걸음을 멈추고 옆을 돌아보니 재성그룹 신태란 회장이 서 있었다. 목선을 따라 스팽글이 대담하게 붙은 신 회장의 진분홍 투피스를 훑으며 차연은 생각했다. 경박하기는. 하긴 일개 비서 출신의 비루한 안목이 어딜 가나.
  신 회장이 영빈에게 눈인사를 하고 차연에게 말했다.
  "큰따님이랑 콘서트 보러 오셨나 봐요."
  "네."
  "영채 결혼 소식은 들었어요."
  "그러셨어요?"
  "그런데 결혼식 소식은 없데요."
  "미국에서 조용히 치렀어요. 번잡하게 식 올리는 거 촌스럽잖아요."
  "그럼요. 지도층이 검소한 결혼 문화 정착에 모범을 보여야죠. 영채한테 안부 전해주세요. 식장에서 뛰쳐나갔단 말이 없는 걸 보면 이번엔 얌전히 식 올린 모양인데, 잘 살라고."
  "그러죠. 감사합니다."

차연은 경직된 입 근육을 휘어 올리고 신 회장 옆에 선 젊은 여자에게로 눈길을 돌렸다.

"누구?"

"아, 우리 큰며느리예요. 아가, 이쪽은 한강대학교에서 미술을 가르치시는 강차연 교수님. 서주그룹분이시다."

신 회장의 소개에 젊은 여자가 고개를 숙였다.

"처음 뵙겠습니다. 말씀 많이 들었습니다."

아담한 체구에 유순한 인상의 여자는 맞지 않는 옷을 입은 듯 불편해 보였다.

"나도 말 많이 들었어요. 반가워요."

여자를 위아래로 훑은 차연은 신 회장을 향해 회심의 미소를 날렸다.

"큰아드님이 세영건설 차녀와 갈라선 게 작년 초였죠? 너무 오래 외로워하지 않고 짝을 만나 다행이네요."

"그…… 그렇죠."

신 회장의 얼굴이 일그러졌다. 차연은 고개를 작위적으로 끄덕거리며 미소를 키웠다.

"유치원 교사였다고 들었는데, 소박하고 생활력 있는 며느리를 맞으셨어요. 하긴 배경 짱짱한 며느리 들이면 회사는 키울지 몰라도 집에선 신경이 쓰이죠. 자고로 아랫사람은 내 말 고분고분 잘 듣는 사람이 최고예요. 유치원에서 쌓은 경험을 살려 장손 육아도 프로페셔널하게 시킬 테고. 탁월한 안목이에요, 신 회장님."

"좋은 음악 듣고 뜻하지 않은 칭찬까지 들으니 아주 유쾌한 밤이네요."

신 회장의 눈이 적대적으로 번득였다.

"전 신 회장님의 파격적인 행보를 평소에 존경하고 있답니다. 사돈의 연은 맺지 못했지만, 앞으로도 늘 신 회장님과 재성그룹 일가가 평안하시길 빌겠습니다."

"강 교수님 그 마음, 고이 간직할게요. 그럼 또 뵙죠. 아가, 가자."

싸늘한 눈빛을 던지고 돌아선 신 회장과 며느리가 멀어지자 영빈이 차연의 팔을 확 붙들었다.

"엄마, 왜 그래, 정말? 듣는 귀 많은 데서."

"들으라고 한 소리야. 영채 약혼식장에서 뛰쳐나간 걸로 나한테 얼마나 훈계를 해댔는데, 그걸로 또 속을 긁잖니? 그리 예의범절 중히 여기는 집안에서 아들이 바람피워 이혼을 당한다니? 저 며느리 하청 업체 사장 딸이라던데, 돈으로 사 왔겠지. 어느 번듯한 집안 부모가 제정신으로 그런 망나니에게 딸을 내주겠니?"

"그만해요, 엄마. 우리 집에도 심란한 인간 하나 있어. 우리 자신을 알자고."

"그래, 그만하자."

차연은 도도하게 목을 세우고 출구 쪽으로 움직였다. 차연과 나란히 걷던 영빈은 구두굽이 삐긋하여 잠시 멈췄다가 사람들 틈에서 낯익은 얼굴을 발견했다.

"저기 영채 아니에요, 엄마?"

고개를 돌리고 영채를 발견한 차연은 표정이 굳었다. 흰 레이스 원피스를 입은 영채가 화사하게 웃고 있었다. 강보에 싸인 작고 조용한 아이. 서늘한 눈빛 하나에 주눅 들던 아이. 세상을 포기한 것처럼 어두운 방에 웅크리고 있던 아이. 영채는 더 이상 그 어떤 아이도 아니었다. 생기 가득한 얼굴과 우아한 자태가 만개한 꽃을 닮았고, 그 아름다움이 사람들 속에서 도드라졌다.

"서영채 맞구나."

차연은 영채 옆에 선 하진에게로 시선을 옮겼다. 노타이에 셔츠 단추 하나를 연 슈트 차림에서 여유와 절제가 풍겼다.

영채의 손을 잡고서 걷던 하진이 영채에게로 고개를 숙였다. 영채의 말을 듣던 그가 웃음을 터트리고, 영채를 사랑스러운 눈빛으로 바라보았다.

"저 남자가 영채 남편이야? 스타일 좋네."

하진을 감상하던 영빈이 감탄했다. 차연은 언짢은 눈빛을 영빈에게 내리꽂았다.

"왜? 스타일 좋아서 좋다고 하는데."

"네 안목이 그것밖에 안 됐니?"

"엄마도 참, 객관적으로 인정할 건 인정하며 삽시다. 영채야 늘 스타일 좋은 애였고, 저렇게 있으니 선남선녀구만. 돈 보고 솥뚜껑 같은 남자한테 간 것보다 훨씬 낫잖아요. 엄만 왜 그리 영채를 못 잡아먹어 안달이우?"

"넌 왜 그리 영채를 감싸고돌지 못해 안달인 거니?"

"동생이라 남들보다 더 예쁘다고 하면 대답이 되나?"

"동생이라 더 경계해야 한다는 생각은 안 드니?"

차연의 목소리에 돋친 가시가 영빈은 싫었다. 하지만 언쟁을 할 자리가 아닌 만큼, 최대한 가볍게 구는 수밖에 없었다.

"인사를 해, 말아? 영채한테 가서 반갑게 굴면 나, 엄마 배신하는 건가?"

영빈이 어깨를 으쓱하는데, 영채가 고개를 돌렸다. 차연과 눈이 마주치자 영채의 안색이 변했다. 냉랭한 표정으로 서 있는 영채에게 차연이 다가갔다.

"안녕하세요?"

영채가 차갑게 인사했다.

"안녕하지, 그럼. 날도 좋고 음악도 좋았는데. 넌 어떠니? 부모 등지고 사는 게 행복하니?"

가시 돋친 어투로 묻는 차연을 영채는 물끄러미 바라보았다.

"안녕하실 수 있는 거네요."

"내가 안녕하지 못할 이유라도 있니?"

"홍도희 씨 만났어요."

경고처럼 내민 이름에 차연의 도도한 눈빛이 흔들렸다.

"누구?"

"누군지 아시잖아요. 돌아가셨어요. 돌아가시기 전에 지난 이야기 다 들려주셨고요. 이제 전 더 이상 당신을 엄마라 부를 수 없어요. 제가 뭐라고 불러드리건 신경 안 쓰시겠지만요. 안녕하시다니, 더 드릴 말씀이 없네요."

고개를 세운 채 지나치려는 영채의 팔을 차연이 붙들었다.

"네 행복, 오래 못 갈 거다."

영채는 입술을 꼭 다문 채로 차연의 팔을 떼어냈다. 고까운 눈길로 영채를 위아래로 훑은 차연이 하진에게로 눈길을 돌렸다.

"권 본부장, 화목한 집안에서 자랐다고 들었어요. 아이 때 엄마가 좋으니, 아빠가 좋으니 하는 질문 많이 들었나요? 산다는 거, 별거 없어요. 소년이 자라 남자가 되면 아내가 좋으니, 엄마가 좋으니 하는 질문을 두고 고민하게 되니까. 궁금한데요. 누가 물으면 권 본부장이 어떤 대답을 할지."

"현명한 남자는 애초에 그런 상황을 만들지 않죠."

하진은 주위를 의식해 침착하게 대응했다.

"현명한 여자 손에 자란 남자는 현명한 아내를 맞으니까요. 남자의 어머니는 아내를 잘 챙기라 이르고, 남자의 아내는 어머니에게 잘하라 말합니다. 그게 좋은 어머니와 좋은 아내가 살아가는 방식인데, 이해가 되실지 모르겠습니다."

"영채가 행복한 모양이네요. 오래오래 사랑받으면서 살면 좋겠는데, 어쩌나? 아무리 현명한 남자라도 지독히 불운할 수 있는데."

안타까운 표정을 가식적으로 지어놓고 차연이 영채에게 귀엣말했다.

"넌 아이를 갖지 못할 거다. 권씨 집안의 대를 잇지 못할 거야."

하진은 차연의 팔을 휘어잡았다.

"그 입, 다물어!"

차연은 팔을 잡힌 것에 아랑곳하지 않고 영채에게 표독한 미소를 날렸다.

"버림받고 오갈 데 없어지면 찾아오너라. 키운 정을 생각해서 거둬줄 테니."

하진은 차연의 팔을 비틀었다. 거센 악력에 차연의 미소가 일그러졌다.

"강차연, 여자인 걸 감사해. 당신이 사내였다면, 머리통을 날려버렸을 테니까."

하진은 차연의 팔을 밀치듯 놓고 영채를 에스코트해 돌아섰다.

한남동으로 오는 차 안에서 운전석에 앉은 영빈은 뒷좌석의 차연에게 물었다.

"엄마, 홍도희가 누구예요?"

착하디착하던 영채가 못 보던 새 독해진 것 같았다. 엄마를 엄마로 부르지 않겠다던 표정이, 짓밟히던 지렁이가 마침내 꿈틀하는 태였는데, 그때 밀어낸 이름이 홍도희였다.

창 밖의 푸른 어둠을 바라보던 차연이 미러 속에서 영빈과 눈을 맞췄다.

"영빈아, 영채가 너와 피가 섞였다면 어떡할 거니?"

끼익! 급정차를 한 영빈은 갓길에 차를 댔다.

"무슨 소리예요, 그게?"

"너와 영채가 배다른 자매면 어떡하겠냐고 물었다."

"사실이에요?"

영빈은 어깨를 틀어 차연을 보았다. 차연의 얼굴은 밀랍으로 만들어진 것처럼, 어떤 감정도 드러내지 않았다.

"영채, 아빠가 밖에서 낳아 온 아이라도 되냐고요!"

영빈은 소리를 바락 내질렀지만, 차연은 초연하기 그지없었다.

"서영채. 예쁘고 똑똑한 아이지. 그 애가 날개까지 달았다. 경계해라."

영빈은 머릿속이 뱅글뱅글 돌았다.

"재익이는 가망 없다. 네 아버진 조만간 무너질 테고. 엉망진창이 된 서주를 책임질 사람은 너야. 서주의 이름으로 남는 게 있다면 말이다."

차연의 예언이 음산했다.

"엄마까지 왜 이래? 회사에 대한 이런저런 말들이 도는 건 나도 알아. 오빠는 사고만 쳐대고, 아빠는 폭주 기관차처럼 달리셔. 그런데 엄마까지 왜 이래요? 정신 차리고 긴장해야 할 판에. 영채는 또 뭐야? 영채가…… 세상에…….."

영빈은 가쁜 숨을 몰아쉬다가 차연을 다그쳤다.

"엄마, 아직 내 질문에 대답 안 했어요. 홍도희가 누구야?"

차연은 묵묵부답이었다. 영빈은 더 이상 묻지 않았다. 대답을 듣지 않아도 홍도희가 누군지 짐작할 수 있었으니까.

집으로 돌아온 영채는 거실 창가에 섰다. 하진이 다가와 뒤에서 그녀를 안았다.

"속상했지? 강차연이 한 말 마음에 두지 마."

"영빈 언니 생각하고 있었어요. 그거 알아요? 영빈 언니 아니었으면, 우리 못 만났다."

"누구? 너하고 나?"

"네."

영채는 눈을 내리감았다. 기억 속에서 잠자고 있던 영빈과의 추억이 머릿속에 펼쳐졌다.

TV에서 피자 광고가 나왔다. 다채로운 토핑이 얹힌 피자를 보면서 영채는 입맛을 다셨다. 소파 옆자리에 앉아서 잡지를 팔락이던 영빈이 물었다.

「영채야, 피자 먹고 싶어?」

「엄마가 피자 먹지 말랬는데.」

영채는 영빈을 쳐다봤다. 지금 그녀와 영빈은 둘이서 집을 지키는 중이었다. 지킨다기보단 집에 버려졌다는 표현이 맞겠지만.

엄마 아빠와 오빠 재익은 큰집에서 올리는 제사에 참석하러 갔다. 손녀들이 오면 부정 탄다는 할머니의 뜻에 따라 그녀와 영빈은 집에 남겨졌다. 영채는 적적한 집에 혼자가 아니어 다행이라 생각하며 영빈에게 동지감을 느끼던 참이었다. 게다가 늘 새침하던 대학생 언니 영빈은 아까부터 곁에서 이런저런 말을 걸어주었다. 하지만 영빈이 엄마가 먹지 말란 걸 먹고 싶으냐고 물으니 어찌 대답해야 할지 알 수 없었다.

「엄마가 먹지 말라고 한 건 나도 알아. 그런데 넌 어때? 먹고 싶어?」

영빈이 잡지를 밀쳐두고 다시 물었다. 영채는 고개를 까닥였다.

「토핑 어떤 걸로?」

영빈이 불쑥 묻자 머릿속이 비었다. 피자는 애초에 먹을 수 없는 음식이라 생각해서 그런가, 어떤 토핑을 먹고 싶은지 생각해본 적이 없었다.

「너, 불고기 좋아하지? 고구마도 좋아하고. 버섯은 잘 안 먹고.」

영빈이 그녀가 좋아하거나 싫어하는 것들을 술술 읊었다. 영빈이 자신의 식성을 잘 안다는 것에 놀라고 기뻐하면서 영채는 고개를 또 끄덕였다.

영빈이 전화기를 집어 들어 피자를 주문했다.

「불고기 피자 라지 사이즈, 아니다, 불고기랑 고구마랑 반반씩 해주세요. 엑스트라 치즈 얹어서요.」

영채는 영빈의 팔을 답삭 잡았다.

「언니, 콜라도.」

영빈은 끝내 콜라를 시키지 않고 주문을 완료했다.

「콜라도 먹고 싶다니까.」

영채는 입술을 비죽였다.

「콜라는 진짜 먹지 마. 그게 얼마나 몸에 안 좋은지 아니?」

영빈이 타박하고는 주방을 향해 외쳤다.

「집사님!」

경선이 앞치마 차림으로 달려 나왔다.

「네.」

「과일 뭐 있어요?」

「파인애플이랑 딸기, 키위 있는데요.」

「그럼 바나나 사 와서 우리 스무디 좀 만들어주세요.」

「네.」

경선이 물러가자 영빈이 영채에게 일렀다.

「피자 오면 스무디랑 먹어.」

영채는 엷은 미소를 지었다. 피자에 콜라를 먹었다는 친구들의
자랑이 생각나 콜라를 주문하고 싶었는데, 스무디도 맛있을 것 같
았다.

「우리가 피자 먹은 거 엄마가 알게 되면, 피자는 내가 시켰고 너
는 옆에 있다가 한 조각 먹었다고 해. 알았어?」

「음.」

「말해봐.」

「엄마, 피자는 언니가 시켰고 저는 옆에 있다가 한 조각 먹었어요.」

영채는 영빈이 이른 말을 기계적으로 더듬거렸다. 지켜보던 영빈이 휴, 한숨을 내뿜었다.

「야, 거짓말인 거 티 나. 그냥 아무 말 하지 말고 있어라. 내가 알아서 할 테니까.」

잠시 후, 피자가 도착했고 영채는 불고기 피자와 고구마 피자를 번갈아 뜯으며 신나했다.

「영채야, 그렇게 맛있어?」

피자엔 손도 대지 않고 잡지를 들추던 영빈이 물었다. 영채는 피자를 입에 가득 넣고 오물거리느라 고개만 끄덕였다. 입에서 살살 녹는 치즈의 쫄깃하고 고소한 맛이 참말로 신세계였다.

혼자서 피자를 세 조각이나 먹었을 때 영빈이 또 말을 걸었다.

「영채야, 너 기타 배우고 싶다고 했다며?」

「그랬는데 엄마가 기타 배우지 말래.」

「왜?」

「기타 하지 말고 첼로나 열심히 하래. 영국 가기 전까지 승마랑 발레 하려면 시간도 없어.」

「넌 어때? 정말로 기타 많이 배우고 싶어?」

고개를 든 영채는 아무 말도 못 하고 영빈을 바라봤다.

「몰래 배워.」

영빈이 고개를 낮추고 속닥이자 가슴이 콩닥 뛰었다.

「몰…… 래?」

「정말 하고 싶은 건 몰래라도 하는 거지. 영국 가면 엄마가 일일이 너 지켜볼 수 없어. 기타도 배우고, 춤이든, 연극이든, 그림이든, 엄마가 하라는 거 말고 네가 하고 싶은 거 해. 하고 싶은데 엄마가 하지 말라면 몰래 배워.」

「어떻게 그래?」

엄마 몰래 뭘 한다는 건 상상조차 할 수 없다.

「오늘 피자 먹으니까 맛있었지?」

「어.」

「그런데 엄마는 먹지 말랬지?」

「어.」

「그래서 앞으로도 피자는 절대 안 먹을 거야?」

영채는 판에 남은 피자 조각들을 보았다. 보기만 해도 입안에 침이 고이는데, 다시 못 먹는다고 하면 죽을 것 같아.

영빈이 그녀 곁으로 바짝 다가앉으며 일렀다.

「기타는 나쁜 거 아니니까 배워도 돼.」

영채는 영빈을 바라보며 눈만 깜박거렸다.

「에휴, 내가 애 데리고 뭐하는 짓인지 모르겠다. 네 인생, 네가 살지 내가 사니? 알아서 해라.」

영빈이 영채의 머리카락을 쓸고 일어서 잡지를 들고 거실을 나섰다. 소파에 혼자 남은 영채는 피자 조각들을 진귀한 보물이라도 되는 듯 보았다.

「정말 하고 싶은 건 몰래라도 하는 거지.」

조막막 한 주먹이 천천히, 굳게 말리고 콩닥이던 심장이 차분히 가라앉았다.

영채는 돌아서 하진을 마주했다.

"그날 피자 안 먹었으면, 기타 배울 생각 못 했을 거예요. 기타 배우지 않았으면 하진 씨 못 만났을 거잖아."

"피자에서 기타. 기타에서 권하진. 기타와 권하진 사이에 또 뭘 몰래 했나, 서영채 씨?"

하진이 도발적으로 묻는데 그의 휴대전화가 울렸다. 발신인이 석영임을 확인한 하진은 미안하단 표정을 짓고는 전화를 받았다.

— 하진아, BNN 뉴스 틀어봐.

석영의 목소리가 다급했다.

하진은 TV를 켜고 BNN을 찾았다. 24시간 방송되는 비즈니스 뉴스 네트워크에서 2차 세계 대전 당시 일본군에 협조한 사람에 관한 뉴스를 보도하고 있었다.

[……군수 공장에서 근무한 경력이 문서로 확인됐습니다. 일제는 태평양 전쟁 당시 필로폰을 제조하여 전선의 병사들에게 지급했습니다. 서장근 씨는 공장에서 감독관으로 일하며 필로폰 제조 공정을 습득한 것으로 보입니다. 서 씨는 해방 후 일본 도쿄대 의학부에서 필로폰의 주 성분인 메스암페타민에 대한 연구를 이어갔고, 연구 실적을 바탕으로 이학박사 학위까지 취득했습니다.]

서장근. 서국철의 조부가 되는 사람이었다. 만석꾼 갑부에 일본을 드나들며 지하 항일 운동을 한 인사로 포장된 인물. 이럴 수가.

— 하진아. 너냐, 이거 터트린 사람?

석영의 목소리가 상념을 깼다.

"아니."

— 그럼 뭐야?

"나 말고 서주그룹을 노리는 사람이 또 있다는 얘기지."

누굴까? 무엇을 노리고, 하필 지금 터트렸을까? 정보의 출처는? 수많은 생각이 소용돌이치는 와중에 다음 뉴스가 나왔다.

[영화배우 이은석 씨가 위경련으로 쓰러졌습니다. 최근 크랭크인한 영화의 지방 촬영을 마치고 귀가하던 이 씨는 차 안에서 복통을 호소하였고, 곧장 병원으로 이송되었다고 합니다. 소식이 알려지자마자 인터넷과 소셜 네트워크는 이 씨의 쾌유를 기원하는 메시지로…….]

하진은 얼어붙었다. 대어가 미끼에 걸린 것처럼 몸이 팽팽해졌다.

이은석. 서주그룹 음료수의 광고 모델.

이성학. 교통사고를 당한 전 서주그룹 연구원.

영채를 미행하던 사내들. 장미꽃. 장미 가시에 긁혀 난 생채기.

현기증을 일으켜 쓰러졌던 이은석이 이번엔 위경련. 그가 장미에 상처를 입은 후 겪은 것과 같은 증세인데.

「내 몸이 증거다.」

냉동 보관된 도희의 시신이 생각났다. 이 모든 것들이 하나의 그림을 이루는 거야. 이 조각들을 어떻게 맞춰야 할까?

"석영아, 내가 다시 걸게."

하진은 통화를 종료하고 옆에 선 영채에게 물었다.

"내가 카페 거리에서 쓰러진 날 네가 갖고 있던 장미, 누가 파는 걸 샀다고 했지?"

"호숫가 벤치에 앉아 있다가 어떤 할머니한테서요."

그 장미를 버리는 게 아니었어. 중요한 줄도 모르고 쥐고 있던 퍼즐 조각을 내팽개친 꼴이었다.

뭔가를 생각하던 영채가 물었다.

"하진 씨, 혹시…… 내가 신사동 오피스텔에 있을 때 나한테 뭐 보낸 적 있어요?"

하진은 고개를 저었다. 영채가 정체불명의 남자가 두고 간 봉투에 대해 이야기했다. 봉투에는 서주그룹이 편법으로 인수한 기업들에 대한 자료가 들어 있었다고 했다. 서국철을 겨눈 복수의 칼을 갈면서 그가 조사한 기업들과 일치했다.

"정말 하진 씨 말고 서주그룹을 노리는 사람이 또 있는 걸까요?"

뭐지, 이 상황은? 하진은 석영에게 전화를 걸었다.

"석영아, 내일 잡힌 미팅들 연기해야겠다."

– 무슨 일 있어?

"광주에 다녀와야겠어."

– 광주에는 왜?

"서주그룹 식품 연구원이었던 이성학이 교통사고 당한 후 의식 불명 상태로 광주의 한 병원에 있어."

– 같이 갈까?

"혼자 다녀올게. 넌 평소대로 자리 지켜. 내가 광주 갔다는 건 비밀에 부치고.

– 조심해.

"그래."

통화를 끝내는 순간 후두둑, 빗줄기가 창을 그었다. 우르릉 쾅. 천둥소리가 들리고 이내 거센 비가 쏟아져 내렸다. 먼 길 떠나는 날, 날씨가 사나울 모양이었다.

"정말 혼자 가게요?"

영채가 불안스럽게 물었다. 하진은 걱정 말라는 듯이 미소를 짓고 영채를 안았다. 영채의 몸에서 미세한 떨림이 전해졌을 때, 서슬 퍼런 비가 어둠에 잠긴 도시를 때려대기 시작했다.

다음 날 저녁, 서울은 이틀째 계속된 폭우에 잠겨 있었다. 이성학을 찾아갔다 귀경한 하진은 7시가 조금 넘은 시각, 광주발 KTX 열차에서 내려 용산역으로 들어섰다. 대합실로 나오니 석영이 그를 기다리고 있었다.

"별일 없었지?"

"있었지. 영진하고 삼화가 수산 시장 입찰에서 손떼기로 했어."

둘은 석영이 인근 주차장에 세워둔 차에 올라탔다. 운전석에 앉은 석영이 상세한 소식을 전했다. 영진과 삼화는 어패류 식품 제조 유통 회사들로, 수산 시장 경매에 공동으로 참여해서 서주의 경쟁자가 될 것으로 주목받았다. 그런데 갑자기 입찰전에서 발을 뺐단다.

"그럼 서주 단독 입찰이야?"

"아니. 성원산업이라고 조그만 회사 하나가 입찰 의사를 밝혔어."

생소한 회사명에 하진은 고개를 갸웃했다. 수산 시장 경매는 조그만 회사 하나가 끼어들 판이 아닌데. 그의 생각을 읽은 듯 석영이 말을 이었다.

"이상해서 조사를 해봤지. 회사 등기부 떼보니까 성원은 청소 용역 업체고 자본금은 1억밖에 되지 않아. 재미있는 건 최근까지 회사

주소지가 중구 충정로 1가의 한 빌딩이었다는 거. 이틀 전에 주소가 서초동으로 바뀌었더라."

"중구 충정로면……."

"정확히는, 서주그룹 사옥 빌딩 지하."

하진은 실소했다. 위장 계열사를 경매에 참여시키려 하다니, 너무 빤한 수가 아닌가. 현금 유동성과 채권 문제를 해결하기도 벅찰 텐데. 서국철, 코너에 몰려 난타당하는 와중에 KO를 노리는 복서 같다 할까. 이미 삼킨 떡 덩어리에 체할 판에 떡을 또 움키려는 아이와 같다 할까. 그자의 망상과 탐욕엔 한계가 없나 보다.

"이성학 쪽은 어땠어?"

석영이 화제를 돌렸다.

"찾아간 보람이 있었어."

하진은 웃음을 지웠다.

이성학은 광주의 한 대학 병원에 입원해 있었다. 교통사고로 뇌사 상태였고, 아들과 아내가 병상을 지켰다. 이성학의 아내 박선영은 체구가 여리고 소박한 인상의 여자였다. 50대 중반쯤 되었을 테지만, 병구완에 초췌해져 나이가 부쩍 들어 보였다. 이성학의 아들 이민재는 대학원생이라는데 체구가 건장하고 의젓한 인상의 젊은 이였다.

처음에 박선영과 이민재는 냉랭했다.

「서주그룹에서 이미 사람이 다녀갔습니다. 회사 일이라면 아무 말도 하지 않겠어요.」

「누가 다녀갔습니까?」

「서주미성 상무 서영빈 씨요.」

서영빈이라면 서국철의 장녀 아닌가.

「와서 뭘 묻던가요?」

「최근 출시한 음료수들에 관해 묻던데, 저희 양반한테 뭘 뒤집어 씌우려는 수작 같아서 불쾌했어요.」

「저는 서주그룹에서 온 사람이 아닙니다. 서주그룹 비서실에 재직했던 홍도희 여사의 장례를 최근 치렀는데, 유품 중에 이 연구원님과 찍은 사진이 있었습니다. 소식이나 알려드리려고 보니 사고를 당하셨더군요.」

도희의 이름이 나오자 박선영의 안색이 변했다. 하진은 리버타에서 도희가 이성학과 서 회장과 함께 찍은 사진을 꺼내들었다.

「제 남편이 해외 출장을 많이 다녔어요. 해외 출장지 중 하나였던 것 같은데, 전 아는 게 없어요. 업무에 관련된 이야기를 원체 하지 않았고, 해줘도 이해 못 하는 말이 많았으니까요. 정말 오래된 사진이네요. 이렇게 곱던 사람이…….」

「홍도희 씨와 연구원님이 가까우셨습니까?」

「사제지간이었어요.」

미성식품이라는 중소기업의 연구원이었던 이성학은 서주가 미성을 인수하면서 서주로 적을 옮겼는데, 이 무렵 서울 소재 한 대학에 강의를 나가게 되었다. 당시 학부생이었던 도희를 눈여겨보다가 서주그룹에 입사할 수 있도록 도와주었다. 이성학은 도희에게 학업을 계속할 것을 권유했지만, 가정 형편이 어려웠던 도희가 취업을 원했기에 서주그룹 특채에 추천해주었다는 것이다.

「도희 씨, 저희 집에 몇 번 인사를 왔었어요. 사제지간이라고는 하지만 나이 차도 많지 않고 해서 우리 식구랑 잘 어울렸어요. 싹싹하고 총명한 사람이었지요. 행복했으면 좋았을 텐데, 도희 씨가 퇴사한 후로 이런저런 소문이 돌았어요. 남편에게 물었지만, 입조심하라고만 하더군요.」

「홍도희 씨 유품 중에 연구원님이 개발한 레시피가 있었습니다. 짐작 가시는 거 없으신가요?」

「아뇨.」

아무것도 모른다는 박선영의 말은 진실인 듯했다. 도움이 되지 못해 미안하다고 그녀가 말했을 때, 아들 이민재가 대화에 끼어들었다.

「마음에 걸리는 게 있는데…….」

「뭡니까?」

「아버지가 개발하신 건강 음료가 히트를 쳤거든요. 출시되자마자 인기 품목이 돼서 저도 신이 났죠. 그런데 그 음료수를 사서 친구들에게 돌려야겠다고 했을 때 아버지가 정색을 하셨어요. 그거 절대 먹지 말라고. 평소답지 않게 언성을 높이셔서 당황했던 기억이 나요.」

「그 음료수를 마시지 말라고 하셨다고요?」

「네. 돌아가신 분이 갖고 계셨다는 레시피와 관련이 있는지는 모르겠지만요. 그리고…… 아버지가 서주에서 퇴사하시겠다고 결정을 하신 날 제게 전화를 하셨어요. 그날 통화 내용이 마음에 걸려요.」

「뭐라고 하셨습니까?」

「제게 부끄럽지 않은 아버지가 되고 싶다고 하셨어요. 우리가 가진 것들을 잃을지도 모르겠다, 그런데 너한테 부끄럽지 않은 아빠가 되고 싶구나, 하셨어요. 식품 일을 사랑하는 분이셨어요. 죽을 때까지 일하고 싶다고 평소에 말씀하셨기 때문에 전 아버지 퇴사 결정이 의아했어요. 그런데 사표를 제출하신 직후 사고를 당하셨죠.」

이민재는 사고 후 처리에 미심쩍은 부분이 많다고 했다. 박선영도 아들 의견에 동조했다. 모자가 들려준 이야기를 조합하니 사고 정황이 과연 의심스러웠다. 신고를 받고 출동한 경찰관의 미적지근한 반응이며, 사고 차량이 정체가 불분명한 공업사에 의해 견인되어 중요한 증거가 인멸된 점, 목격자들의 진술이 사고 후 조사 과정에 전혀 참고가 되지 않았으며, 이성학의 차를 들이받았다고 하는 트럭의 행방이 묘연한 점 등등, 누군가가 사고를 조작하고 덮으려 하는 냄새가 났다.

하진은 아버지가 사고사한 후 어머니와 견뎠던 시간을 회상했다. 식물인간이 된 이성학을 지키는 모자의 상황이 남의 일 같지 않아, 명함을 꺼내들게 되었다.

「무엇이든 제 도움이 필요하면 연락 주십시오.」

이민재가 명함을 살피는 동안 박선영이 어렵사리 말을 꺼냈다.

「혹시…… 구승조 비서를 아시는지요?」

구승조라면 서주그룹의 비서실장이자 서국철의 가신이었다.

「누군지는 압니다. 그 사람이 연구원님과 가까웠습니까?」

「딱히 그런 건 아니지만…… 도희 씨와 구승조 비서…… 가까운 사이였어요.」

가까운!

하진은 벼락을 맞은 것 같았다.

「사랑하는 사람도 있었다면서. 같이 떠나지.」

도희의 삶을 더듬던 영채의 울먹거림이 생각났다.

「감사합니다. 혹시 연구원님께서 깨어나면 알려주세요.」

하진은 마음의 동요를 감추고 병실을 나섰다.

이야기를 들은 석영이 목소리를 높였다.

"구승조와 홍 여사님이 가까운 사이였다고?"

"그래."

"그럼, 혹시?"

"그런 것 같아."

하진은 영채에게 전화를 걸었다.

– 어디쯤 오나 궁금했었는데. 갔던 일은 잘됐어요?

"잘됐어. 영채야, 서주그룹 비서실장 말이야, 그분이 널 잘 돌봐
주셨댔지?"

– 어렸을 때 많이 놀아주셨고 곤란한 일이 있을 때마다 바람막이
되어주셨어요. 왜요?

"네 어머님 약혼자가 구승조 비서였던 것 같다."

– 뭐요?

영채의 숨이 넘어갈 듯했다.

"자세한 이야기는 들어가서 할게. 일단 구승조 비서 개인 전화번
호 좀 알려줘."

– 아저씨 만나려고요?

"연락이 되면. 오늘 저녁에 약속이 잡히면 늦을지도 모르겠다."

– 약속 잡히면 알려줘요. 나도 나갈게요. 아니, 내가 연락해볼게요. 하진 씨, 내가 할게.

"오늘은, 영채야, 나 혼자 만나볼게."

하진은 그와 영채의 관심사가 다르다는 것을 알았다. 영채는 구승조와 홍도희의 지난 이야기가 궁금하겠지만, 그는 두 사람의 과거가 현재에 어떤 영향을 미칠지에 더 신경이 곤두섰다. 지금까지 영채를 보살펴주었다고 해서 구승조가 그들의 아군이라 단정 지을 수 없었다. 직접 보고 적인지, 아군인지 파악해야 했다. 그 탐색전에 영채를 합류시키고 싶지 않았다.

다행히 영채가 그를 이해해주었다.

– 알았어요. 늦게 되면 연락해줘요.

"그래."

하진은 수화기에 입술을 가까이 가져가 츗, 소리를 냈다. 영채가 조심해요, 라고 속삭이고 전화를 끊었다.

"이 와중에도 키스는 꼭 하지. 원격으로라도 안 하면 입에 가시가 돋냐?"

석영이 놀리는데, 영채의 문자가 도착했다. 액정에 뜬 구승조의 번호를 하진은 한참 들여다보았다. 서국철 조부의 친일 행적 뉴스는 공개적으로 서주를 공격하는 자들에게 보내는 구승조의 신호라는 생각이 들었다. 연합 제의일까? 서국철의 오른팔로 일하면서 그는 무엇을 노렸을까? 이미 홍도희를 잃은 마당에.

하진은 창 밖으로 시선을 돌렸다. 도시를 흠뻑 적시고도 비는 모질게 쏟아졌다. 가로수와 상점의 불빛들과 인도의 사람들이 물에 번진 그림처럼 아롱지는 가운데, 영채의 약혼식장에서 본 구승조가 떠올랐다. 서국철과는 다른 족속의 냄새를 풍기던 사내. 눈빛이 깊고 비범하던, 그래서 위험하게 감지되던 적병.

기다렸구나.

독한 사람. 영채가 자라 홀로 설 때까지 복수를 유예한 거였어. 이제 서주그룹의 비리를 폭탄처럼 몸에 두르고 서국철에게 뛰어들려는 건가. 동지애와 두려움이 동시에 엄습했다.

하진은 심호흡을 하고 액정을 터치했다. 010. 번호 앞자리를 눌렀을 때, 벨이 울렸다. 그의 주소록에 저장되지 않은 낯선 번호가 액정에 떴다.

하진은 미간을 찌푸렸다가 전화를 받았다.

"권하진입니다."

- 권 본부장. 나, 정신율이네.

과거에서 날아든 목소리에 신경줄이 팽팽해졌다. 쏴라락. 쏴라락. 거센 빗줄기가 창에 부딪쳐왔다. 하진은 빗줄기가 남기는 칼자국 같은 빗금을 보면서 무감히 대꾸했다.

"오랜만입니다."

- 미국에 있다고 들었는데, 서울에는 언제 들어왔나?

아버지 밑에서 고문 변호사로 일하던 사람. 아버지 사후에 공개된 유언장에 그가 이의를 제기했을 때 화를 내며 떠나버린 자. 그 후로 소식이 끊겼고 그와의 인연도 끝나는 듯했다. 서주그룹과의 관련을 의심해서 한동안 뒤를 캤지만, 정신율은 친구와 함께 차린 조그만 변호사 사무실을 운영하며 조용히 살아갔다.

- 언제 술 한잔 같이 하지. 연락이 된 김에 오늘 밤 어떤가?

"오늘 밤은 다른 일이 있습니다."

― 하긴 오디세이 본부장 자리가 그리 한가한 자리는 아니지.

그의 근황을 파악하고 있음을 암시한 정 변호사가 말투를 바꾸었다.

― 하진아, 긴히 할 말이 있다.

하진은 미간을 찌푸렸다.

― 네 아버지 유언장과 관련된 일이다.

정 변호사가 덧붙인 말에 숨이 멎었다. 그가 침묵하는 동안 칼자루를 잡았다고 생각했는지, 정 변호사가 느슨해진 목소리를 굴려냈다.

― 내가 무덤까지 가지고 가려고 했던 비밀이 있지. 그런데 네가 요즘 하는 일들을 보니 걱정이 되어서 말이다. 지금 혼자 한잔하고 있는데, 이쪽으로 와라.

전화가 끊기고, 문자가 날아들었다. 삼성동 소재 바의 이름과 주소였다.

하진은 전화기 액정을 한참 내려다보다 운전석을 향해 말했다.

"석영아, 삼성동으로 가자."

하진은 위스키 바 '오드비'의 룸에서 정신율과 마주 앉았다. 연회색 체크무늬 셔츠를 입은 정 변호사가 고급스러운 무테안경 너머에서 예리한 눈동자를 반득였다. 기억 속 마른 체구는 여전했지만 살이 제법 붙은 얼굴과 늘어진 턱 선이 50대 후반인 그의 나이를 여지없이 드러냈다.

"한잔 하지."

정 변호사가 스카치위스키 병을 들자 하진은 앞에 놓인 잔을 엎었다.

"들어보죠. 내 아버지의 유언장과 관련된 이야기."

정 변호사가 얇은 입술을 꿈틀거리며 병을 테이블에 내려놓았다.

"권 사장님 돌아가신 후, 유언장을 공개하던 자리에서 네가 한 말을 기억하니? 유언장이 조작되었을 거란 이야기 말이다."

"기억합니다."

"유언장이 조작되었다면 내부인의 소행이었을 거다."

하진은 잠자코 있었다. 정 변호사가 그의 잔에 위스키를 따르더니 스트레이트로 마셨다.

"누가 되었건, 친필을 흉내 낼 수 있을 만큼 사장님을 오래 지켜봐온 사람이었을 거다. 부부는 오래 살다 보면 서로를 닮아간다고 하지. 피를 나눈 형제는 닮는 것이 숙명이고, 어렸을 때부터 함께 자란 친구는 형제보다 막역할 수도 있겠지. 어느 쪽일 것 같니? 아내와 동생과 친구."

하진은 눈을 천천히 감았다 뜰 뿐, 동요하지 않았다.

"하진아."

정 변호사가 어린애 달래듯 말했다.

"서주그룹 흔드는 거 그만둬라. 서 회장은 사장님 일까지 끄집어낼 테고, 넌 다시 누군가를 의심하겠지. 과거는 과거로 덮어둬. 집안 일이 밖으로 새어나가면 모두가 구정물 뒤집어쓰는 거야."

하진은 입꼬리를 올렸다 내리고 몸을 앞으로 숙였다.

"구정물은 이미 뒤집어썼습니다. 아버지의 유언장을 조작한 자에 대한 의심, 14년째 하고 있으니까요."

잔을 쥔 정 변호사의 손에 힘이 들어갔다.

"열여덟에 말입니다. 유언장을 공개하는 자리에 모였던 사람들을 하나씩 의심해봤습니다. 어머니는 아버지가 회사를 팔고 편히 살길 바랐고, 숙부는 나이 차 많은 아버지를 늘 어려워했고, 덕재 아저씨는 잘나가는 친구와 비교하는 주위의 시선을 견뎌야 했습니다. 어머니일까? 아버지 돌아가시고 경황없는 상황에서 현금을 주겠단 서주의 제안에 넘어갔을까? 아버지의 그늘에 가려 늘 2인자였던 숙부가 회사를 팔았을까? 아니면 덕재 아저씨가 아버지의 성공을 시기하고 있었을까? 아버지가 목숨처럼 여겼던 사람들을 두고, 열여덟 소년이 그런 생각들을 했단 말입니다. 그리고 또 한 사람⋯⋯."

하진은 나직이 흘려내던 목소리를 칼처럼 날렸다.

"너냐?"

텅! 정 변호사의 손에서 잔이 떨어졌다.

하진은 벌떡 일어나 정 변호사의 멱살을 잡았다.

"내 아버지 유언장을 조작한 새끼, 너야!"

"하⋯⋯ 하진아."

"아버지 일기장에 적혀 있더라고. 너는 리스크가 큰 금융 상품에 해명이 가입하도록 했지. 널 믿었던 아버지는 그 대가로 회사가 휘청이는 것을 지켜봐야 했고. 해명의 주가를 곤두박질치게 한 도화선이 너였어. 서 회장의 사주였나? 아버지를 위해 일하는 척하면서 서주의 스파이 노릇을 한 건가? 해명의 기밀을 얼마나 서주에 넘겼었지? 유언장을 조작한 대가로는 뭘 받았고!"

"그⋯⋯ 그건."

"조용히 살지 왜 다시 나타났어! 나에게 가서 그 간사한 혓바닥을 놀리라고 하던가, 서 회장이? 멍청한 새끼. 오늘 나를 만난 걸로 서국철에게 네 이용 가치는 다했어. 이용 가치가 다했으니 서국철은 널 제거하겠지. 그리고 나는, 내 아버지를 배신한 자를 살려둘 만큼 자비롭지 못해. 선택해. 서국철 손에 죽을지, 내 손에 죽을지."

"하진아, 사장님을 생각해서라도……."

정 변호사가 사색이 되어 애원했다.

"그 더러운 입에 내 아버지 이름 올리지 마!"

하진은 정 변호사의 면상에 주먹을 날렸다. 정 변호사의 얼굴이 홱 돌아가고 안경이 날아갔다. 초점을 잃은 눈을 하고 정 변호사가 벌벌 떨었다.

"해명은 어차피 서주에 넘어갔을 거다. 그 유언장이 아니었다면, 사모님이랑 네가 길거리에 나앉았을 수도……."

퍽! 하진은 정 변호사의 턱을 가격했다.

"쥐새끼. 끝까지 변명이야."

정 변호사가 입가에 피를 흘리며 바닥에 나동그라졌다.

하진은 정 변호사 앞으로 가 목을 손으로 졸랐다.

"아버지로 모자라 나까지 팔아넘기려고."

정 변호사는 팔다리를 허위댔다. 숨통이 막히고 온몸의 피가 얼어붙는 것 같았다. 손아귀에 힘이 들어갈수록 이글거리는 하진의 눈동자가 공포스러워졌다. 공기가 희박해지는 고통과 맞서며 정 변호사는 헉헉댔다.

"할 말이…… 할 말이 있다. 사고가…… 사고가 아니었다."

하진의 눈동자에 균열이 일었다. 정 변호사는 하진의 손길이 느슨해진 틈을 타 필사적으로 입을 뻐끔거렸다.

"권 사장님 돌아가신 거, 사고가 아니었다. 서 회장의 사주였다."

"이 자식이 끝까지."

하진은 정 변호사의 멱살을 붙들고 일으켜 세워 벽에 밀어붙였다.

"유언장이 먹히지 않으니, 내 아버지 목숨을 가지고 장난인가."

"증거가…… 증거가 있다. 서 회장의 지시를 녹음한 것이 내게 있다."

정 변호사가 달달 떨리는 손으로 재킷에서 녹음기를 꺼냈다.

"제주도로 떠나는 권 사장님을 살해하라고 지시했다, 서 회장이. 야쿠자를 동원했다."

하진은 가슴에 칼을 맞은 듯했다. 텅 빈 정신으로 얼어붙어 있는 동안 정 변호사가 녹음기를 재생했다.

[해명을 손에 넣어야겠는데, 주인이 주지 않으니 어쩐다. 덮어두고 뺏자니 보는 눈들이 많고…….]

서 회장의 목소리였다.

[주인을 없애면 되겠지. 해명 사장이 낚시 여행을 떠났다는구만. 바다로 보내주게. 영영 바다에서 살라고.]

아버지!

허옇게 물에 불어 있던 아버지. 시신 앞에서 오열하던 어머니. 장례식 내내 심장을 후비던 의심의 파편들. 애써 세월에 띄워 보낸 참담한 생각들.

그런데, 그런데……. 서 회장, 이 악마 같은 새끼.

[잔금은 작업이 완료된 후에…….]

하진은 녹음기를 잡아채 바닥에 내동댕이쳤다. 강차연의 저주가 머릿속을 흔들었다.

「권씨 집안의 대를 잇지 못할 거다.」

영채야. 우리 아이에게 내 아버지를 죽인 자의 피가 흐를 거래.

「세상에. 서 회장 딸을 며느리로 맞으라고.」

어머니, 당신께는 뭐라고 해야 하나요?

영채와 엮인 운명을 저주했던 시간이 되살아나고, 다 건너왔다고 믿었던 증오의 강이 다시 마음 깊은 곳에서 흘렀다.

영채야. 다음 생에선 널 만나지 않겠다고 다짐했는데. 그러니 이번 생에선 널 지키겠다고 서약했는데. 그것조차 너무 큰 욕심인 걸까? 너는 끝내 내게 가시로 남는 걸까?

"이 사실을 또 누가 알지?"

"아무도 모른다. 나밖엔."

정 변호사가 무릎을 털썩 꿇고 그의 바지 자락을 붙들었다.

"제발 살려다오. 네가 하라는 건 뭐든지 할 테니."

"죽기 싫으면……."

하진은 바닥에 나뒹구는 녹음기를 발로 짓이겼다.

"내 아버지 일에 대해선 앞으로 입 다물어. 그 주둥아리 역겨우니까."

"그래, 그래."

"서주와 연락 끊고 조용히 지내. 설치는 날이 제삿날일 줄 알고."

"약속하마."

고개를 끄덕인 정 변호사가 비틀거리며 일어나 룸을 뛰쳐나갔다.

문이 닫히고 싸늘한 정적만 남자 하진은 부서져 내리듯 바닥에 주저앉았다.

「겁낼 것 없어요, 젊은이. 강 건너까지 데려다주기만 하면 돼요.」

벌써 4년 전이 되었나. 그 봄날, 영채가 천진스레 웃은 것이.

「이제 권하진이 서영채와 함께할 이유는 없어요. 사랑을 빼면.」

하진은 떨리는 손에 얼굴을 묻었다.

「내 새끼, 얼마나 아팠어?」

어린 시절로부터 아버지의 울부짖음이 들려왔다. 고작 손가락 하나 베인 것을 두고 서럽게 자책하던 아버지.

「하진아, 미안해. 아빠가 미안해.」

아버지, 어떡하면 좋을까요? 사랑하는 사람을 잃는 거, 다시는 하기 싫은데. 아무 준비 없이 아버지 보내야 했던 것 하나로 충분히 아팠는데. 사랑하는 사람을 놓치고 아무것도 할 수 없는 시절을 두 번은 살기 싫은데.

욱신거리는 가슴에서 울음이 솟구쳤다. 하진은 영채를 떠올렸다. 순백의 웨딩드레스를 입고 그에게 다가오던 영채를. 여름밤을 밝히며 평생을 서약하던 영채를.

「나, 권하진은 죽음 앞에서도, 죽음을 넘어서서, 나의 아내 서영채를 흔들림 없이 믿고, 사랑하고, 보호할 것을 당신의 영혼 앞에 서약합니다.」

입안 가득한 울음이 헛웃음으로 터져 나왔다. 허연 아버지의 얼굴과 면사포에 가렸던 도희의 얼굴이 눈물에 어룽졌다.

"나의 아내 서영채를…… 흔들림 없이 믿고, 사랑하고, 보호할 것을……."

먹먹한 숨결이 꺽꺽 올라왔다.

"죽음 앞에서도…… 영채를……."

뱉어낼수록 영채의 이름이 가슴에 가시처럼 박혔다.

"죽음을 넘어서서…… 나의 아내를…… 흔들림 없이……."

하진은 눈가를 훔치며 고개를 뒤로 젖혔다. 눈가를 짚은 손 아래로 눈물이 주룩 흘렀다.

'오드비'를 허겁지겁 뛰쳐나온 정 변호사는 택시를 잡아 올라탔다. 안경을 잃은 눈으로 비에 젖은 거리를 바라보자, 빛과 어둠이 뒤엉킨 야경에서 서 회장과의 대화가 스며 나왔다.

「권하진 애비 유언장을 미끼로 던져야겠어. 내가 말하면 믿지 않을 테니, 자네가 가서 일러주게. 권기욱을 이용해. 제 에미를 팔아도 좋고. 적당히 암시만 하면 알아서 넘겨짚을 게야. 똑똑한 놈들 약점이 그거거든. 생각을 너무 많이 하는 거.」

서 회장의 개가 될 생각은 애초에 없었다. 서 회장의 지시를 따르면서 하진에게도 손을 내밀 생각이었다. 만약 어느 한쪽에만 패를 걸어야 한다면 하진에게 걸 생각이었다. 최소한 하진은 서 회장처럼 비열한 종자는 아니니.

그런데 이 꼴이 뭔가. 이제 그는 서 회장에게도, 권하진에게도 제거 대상이 되어버렸다.

정 변호사는 초조하게 머리를 굴렸다. 서 회장이 제 아비의 죽음을 사주했다는 것을 알고 나서 하진은 분노했다. 하지만 분노만의 분노가 아니었다. 맹수가 허를 찔린 듯, 녀석은 당혹했다. 살얼음 맺힌 듯 차가운 눈동자가 흔들리는 것을 똑똑히 보았다.

서 회장이 잘못 짚었어. 권하진의 아킬레스건은 제 아비가 아니라 마누라였어. 서 회장, 애써 키운 딸년을 제대로 써먹지도 못하는군.

서영채. 권하진의 아내. 서국철의 딸.

숨쉬고 움직이는 생명체는 숨통을 조이거나 가둘 수 있다는 것을 의미했다. 눈에 보이지 않고 손에 잡히지 않는 추억이란 것보다 훨씬 더 공격하기 수월한 약점이었다.

권민욱의 죽음을 사주한 서 회장. 제 아비를 죽인 자의 딸과 결혼한 권하진. 두 사람의 비밀을 팔자. 두 사람의 파멸을 동시에 바라는 자에게.

정 변호사는 부은 입가를 어루만지며 이를 갈았다. 서국철과 권하진의 비밀에 권하진의 아킬레스건을 보너스로 얹어 거래할 사람이 하나 떠올랐다.

영채는 휴대전화를 들고 거실을 서성였다. 11시가 다 되어가도록 하진은 감감무소식이었다. 구 비서 아저씨를 만난 건지, 만나서 어떤 말이 오갔는지 궁금해 죽겠는데. 잘못했어. 내가 먼저 아저씨를 만나야 하는 거였어. 상황이 아무리 꼬였어도, 엄마 이야기는 내가 묻는 게 도리였어. 후회로 발을 구르는데, 도어록 누르는 소리가 들렸다.

영채는 현관으로 달려 나갔다. 석영의 부축을 받은 하진이 문을 열고 들어서자 술 냄새가 확 덮쳐들었다.

"술 마셨어요?"

영채는 하진에게 물었다가 석영을 쳐다보았다.

"서주그룹 구 비서님 만나셨어요?"

"아뇨."

"그럼 두 분이서 드신 거예요?"

"자세한 이야기는 하진이한테 들으세요. 전 배달 완료했으니까 가보겠습니다."

석영이 하진을 그녀에게 넘기는 와중에 하진이 꽉 잠긴 음성으로 우겼다.

"안 취했다는데도, 저 녀석이 기어코 따라온 거야."

"야야, 이런 날 혼자 올라오다 엘리베이터에서 꽃뱀이라도 만나 봐. 인생 좆 되는 거야. 아, 죄송합니다, 영채 씨. 다음부턴 언어 순화 하겠습니다. 좋은 밤 되십시오."

하진을 타박한 석영이 능청스러운 미소를 남기고 떠났다.

"아저씨 만난 것도 아니면서 어디 있다 온 거예요? 술은 또 왜 마셨어요?"

영채는 하진을 부축해 침실로 데려갔다. 비틀거리긴 했지만 제 발로 걸은 하진이 재킷을 벗고 침대에 털썩 누웠다.

영채는 침대맡에 앉아 하진을 내려다보았다.

"무슨 일 있었어요?"

하진이 말없이 그녀를 올려다봤다. 금세라도 눈물을 쏟아낼 것처럼, 충혈된 눈동자에 물기가 그렁했다. 하진이 이렇게 흐트러진 모습을 본 적은 없었다.

영채는 하진의 뺨에 손을 갖다댔다. 그녀의 손을 감아쥐고서 하진이 허한 웃음을 흘렸다.

"어쩌냐, 서영채? 신혼 기분도 못 내고 가슴 졸여서. 남편 잘못 만나 고생한다."

"왜 그런 말을 해요?"

"사실이잖아. 매일 피가 바짝바짝 마르지?"

영채는 가슴이 덜컹했다. 이 사람이 매일 피가 마르나 보다. 늘 담담한 얼굴이어 몰랐는데, 속이 타들어가나 보다. 그런데 내가 도와줄 게 아무것도 없다.

"잠깐 있어요."

영채는 일어서려 했다. 하진이 그녀의 손목을 잡아챘다.

"어디 가?"

"모과차 있는데 갖다줄게요."

"하, 모과차."

하진이 그녀의 팔을 홱 잡아당겼다. 중심을 잃고 하진의 가슴에 답삭 안겼을 때, 독한 술 냄새가 풍겨왔다.

"정말, 무슨 일 있었어요?"

조심스레 물었지만 하진은 대답하지 않았다. 날랜 동작으로 돌아누워 그녀를 아래에 두고 바라볼 뿐이었다.

"서영채."

그녀의 얼굴을 쓰는 손에 힘이 잔뜩 들어가 있었다. 그녀의 맨살을 누르는 손가락이 금세라도 부서질 듯 위태로웠다.

"너 도대체 무슨 생각으로 그런 짓을 한 거냐?"

영채는 숨만 삼켰다.

"네가 뺏어간 내 첫 키스."

하진이 그녀의 입술을 짓이기듯 문질렀다.

"두 번째 키스. 세 번째 키스. 날 흔든 한 마디. 숨이 쉬어진다고. 하, 숨이 쉬어졌어, 나 때문에?"

"하진 씨, 취했나 봐."

영채는 불안해 견딜 수 없었다.

"양주 몇 잔에 취하진 않아."

하진이 날카롭게 부정하고 그녀의 치마를 들췄다.

"서영채 때문이라면 몰라도."

속옷이 내려지고 바지 버클 풀리는 소리가 났다. 곤두선 남성이 허벅지 사이를 비집고 들었을 때, 그녀의 몸은 이미 젖어 있었다.

"서영채. 너, 정말 내 여자 다 됐다. 안기만 해도 날 받을 준비를 하고."

하진의 눈동자에 어린 야생의 기운에 영채는 전율했다. 하진이 단 한 번의 동작으로 그녀를 차지했다.

"숨을 쉬었지. 너하고 나. 그게 뭐 그리 큰 잘못이라고. 살고 싶어서 숨을 쉬었던 건데."

어둠 속으로 거칠게 난사되는 숨결. 마치 어둠이 흐느끼는 것 같았다.

하진 씨, 울어요?

영채는 하진의 눈가를 만지려 했다. 하진이 그녀의 손을 잡아 내리고 울부짖었다.

"숨 좀 쉬자고, 숨 좀!"

극심한 고통을 견디듯 일그러지는 하진의 얼굴을 보면서, 영채는 하진의 팔을 붙들었다. 하진의 단단한 몸이 밀려들어 등허리가 휘었다. 가쁜 숨결이 교성으로 변한 순간, 올가미가 목에 씌워진 것처럼 숨이 탁 막혔다.

하진은 눈을 감은 채 영채 안에 낙인을 찍어댔다. 마음이 폭풍우를 뚫고 후지 산에서 내려오던 새벽에 가 있었다. 생명의 무게가 온

몸을 짓누르던 새벽, 그날 그가 업은 것은 아버지의 삶이었고, 아버지의 죽음이었다. 거기서부터, 아버지는 곧 그의 삶의 전부였다.

이 여자를 만나기 전까지는.

"하진 씨."

그가 세상의 전부인 것처럼 불러대는 이 여자.

하진은 영채의 엉덩이를 안아들었다. 운명 앞에 몸부림하듯 여린 살을 휘몰아대자, 영채가 등허리를 휘며 교성을 터트렸다.

이렇게 사랑하는데. 다른 것도 아니고 사랑인데. 왜 죄인이 되어야 해? 내 잘못도 아니고 네 잘못도 아닌데.

이 사랑이 만들 생명이 가엾어. 내 아버지의 피와 내 아버지를 죽인 자의 피를 담고 있을 그 생명이. 그러니 이 비밀은 영원히 묻을 거야, 영채야.

우리의 아이는 우리의 아이일 거야. 너와 내가 사랑한 증서. 그것뿐일 거야.

"하진 씨."

영채가 부르는 그의 이름이 가슴에 가시처럼 박혔다.

그래, 그렇게 날 불러.

나, 권하진은 이제

너, 서영채의 남자로 살 테니.

그의 젊음을 산산조각 냈던 아버지. 위태로운 청춘을 지탱해준 것 또한 아버지였다. 하지만 이제, 아버지의 기억을 넘어서야 했다. 온전한 심장으로, 이 여자 하나 사랑하기 위하여.

하진은 영채 안에 뜨거운 절망을 쏟아부었다. 울부짖던 욕망이 영채의 여린 몸 안에서 무너져 내렸을 때, 숨통이 트였다.

"서영채, 네가 내 산소통이다."

모진 폭우 속에서 날 지켜주던. 지니고 있는 것만으로 위안이어, 끝내 열지 않고 버틴 마지막 보루.

영채야, 네가 나한텐 그래. 너는, 언제나, 나를 숨쉬게 해. 숨이 막힐 만큼 외로우면, 널 생각했어. 이러다 죽겠다 싶으면, 널 훔쳐보고 왔어. 그렇게, 꾸역꾸역 견디면서 여기까지 왔어.

우리가 잃은 것은 아무것도 없어. 세상이 모든 빛을 앗아가도, 우리에겐 여전히 사랑이 있지. 그러니 사랑하자. 사랑하는 것도 죄가 되고, 사랑을 버리는 것도 죄가 되면, 이 사랑 그냥 하자. 죽도록 사랑하다, 같이 죽자.

아버지 영전에선 내가 이 사랑 우겼다고 할게. 놓아야 하는 줄 알면서도 네 손 끝내 못 놓았다고, 내가 못난 아들 될게.

영채야……

하진은 영채의 목덜미에 얼굴을 묻었다.

너 하나로 견딜게. 이 사랑 하나로.

온전하지 못해도. 사랑만의 사랑이 될 수 없다 해도.

질끈 내리감긴 눈에서 끈적한 눈물이 밀려나왔다. 가시처럼 살갗을 찌른 눈물이 영채에게로 흘러갔다.

다음 날 아침, 영채는 식탁에 마주 앉은 하진의 안색을 살폈다. 간밤의 폭음이 무색하게 단정한 얼굴이다. 하진은 여느 아침처럼 알람에 일어났고, 출근 준비를 했고, 아침을 먹는다. 해장하라고 준비한 콩나물국도, 익숙한 반찬들과 새로 시도한 반찬들도 모두 맛있다며 잘 먹는다. 모든 것이 여느 아침과 같고, 지극히 일상적이다. 그게 마음에 걸린다.

오늘 아침이 여느 아침과 다를 바 없다는 것에서 오는 조바심. 간밤에 하진이 사랑을 하며 그녀를 꼬박꼬박 '서영채'라 불렀던 것에서 비롯되는 불안감이라고 하면, 세상 사람들이 모두 비웃을 것이다. 하진이 강박적으로 불렀던 그녀의 이름이, 4년 전 벼락처럼 들이쳤던 이별의 기억을 불러 일으켰다고 하면, 행복에 찌든 과대망상일 것이다. 그래, 행복에 겨운 사람이 행복 한 귀퉁이에 내려앉은 먼지 하나에 현미경을 들이대고 수선 피우는 꼴이라고.

영채는 상념을 떨치고 밝은 목소리로 물었다.

"어제, 구 비서님 안 만났다면서요?"

"일이 생겨서 다른 사람을 만났어."

"별로 달갑지 않은 사람 만났나 봐요."

하진은 밥을 뜨다 말고 영채를 건너다보았다. 눈이 퀭한 것이 잠을 못 잤나 보다. 그렇게 격한 사랑을 하고, 아무 말도 없이 그가 나가떨어졌으니, 서운하기도 했을 거다. 술에 절어 들어온 꼴을 보고 가뜩이나 걱정했을 참에.

"아버지 회사에서 고문 변호사로 일하던 사람을 만났어."

하진은 정 변호사가 유언장을 조작한 이야기를 들려주었다. 별일 아니라고 하면 믿을 영채가 아니었다. 뭐든 이유를 대야 그의 폭음을 수긍할 것이다. 그래야 그가 가슴에 묻은 비밀의 존재를 의심하지 않을 것이다.

내친김에 광주에서 이성학의 아내가 해준 이야기도 했다.

영채가 숟가락을 놓았다.

"구 비서 아저씨, 내가 먼저 만날게요. 엄마의 약혼자가 아저씬지 확인하는 거, 내가 해야 해요. 그게 맞아요."

하진은 영채의 생각에 동의할 수밖에 없었다. 긴긴 세월 한을 품고 살았을 구승조의 입장을 존중해줘야 했다. 그가 아군이 되지 못하더라도, 사내 대 사내로 지킬 도리가 있다는 생각이 들었다.

"사람들 보낼 테니까, 같이 가."

"알았어요."

영채가 고맙다는 듯이 미소를 지었다.

"어머님 이야기만 해. 다른 이야기는 하지 말고. 혹시 날 만날 의향이 있는 것 같으면 바로 연락하고. 퇴근할 때까지 기다릴 것 없어."

하진은 밥을 마저 먹고 일어섰다. 양치질을 하고 옷을 갖춰 입고 나오자 영채가 현관에서 기다리고 있었다. 차 키를 확인하던 하진은 영채에게로 고개를 숙였다.

"너, 내 향수 뿌렸구나."

영채가 발그레한 볼을 하고 웃었다.

"들켰네."

"어쩐지 향수가 부쩍 줄더라."

"참, 돈도 많이 버는 사람이 향수에 목숨 걸어요? 하진 씨 출근하면 집에서 혼자 심심해 할 사람 생각도 좀 해주지. 떨어지면 내가 사줄게요. 에이, 치사하게 정말."

하진은 투정부리는 영채를 왈칵 안았다.

"뭘 또 감동하고 그래요?"

이 아침에 햇살처럼 웃는 영채가 눈물겹다.

"출근하기 싫다."

하진은 영채의 목덜미에 입술을 갖다댔다.

"출근하지 말고 나랑 놀래요?"

어림없는 소리란 걸 알면서도 영채는 물었다.

"출근을 안 할 수는 없고. 좀 놀다가 출근할까?"

하진의 끈적한 속삭임이 귓불을 간질였다. 하진의 손에서 브리프
케이스가 떨어지고, 그녀의 몸이 벽에 밀쳐졌다.

"하진 씨."

그녀가 어리둥절한 사이, 하진의 손이 가슴을 감쌌다. 목덜미에
키스가 내려앉는 동안 치마가 올라갔다. 간밤에 그의 욕망만 풀어
낸 것이 미안한 것처럼 하진이 그녀를 감질나게 애태웠다. 자릿한
열기가 온몸으로 번져가고, 비눗방울이 되어버린 것 같은 몸이 여
기저기 팡팡 터졌다.

영채는 하진의 품에 얼굴을 묻었다.

"무슨 생각 해?"

"아침에도 별이 떠요."

하진이 그녀의 얼굴을 들어올리고 키스했다.

"별 많이 먹어요, 아가씨."

영채는 하진의 가슴을 손으로 톡 때렸다.

"정말 어쩌면 좋아, 이 사랑을?"

"지켜야지. 사랑인데."

하진은 영채를 꼭 안았다. 영채야, 이 사랑 어떻게든 지켜낼게.
사랑으로 지은 죄는 내가 다 짊어질게. 그러니 너는 온전한 사랑이
되어라. 사랑만의 사랑이 되어라.

꽃 같은 나의 가시. 나의 아내, 영채야.

하진이 출근한 후 영채는 승조에게 전화를 걸었다.

"아저씨, 저 결혼했다고 연락 끊으신 거예요?"

일부러 응석부리듯 꺼낸 안부 인사를 승조가 나직한 웃음으로 받았다. 평화로운 웃음이었다. 깊은 웃음이 어찌나 명징한지, 승조의 평정이 차라리 서러웠다.

영채는 오늘 중으로 만났으면 좋겠다는 말을 꺼냈다. 승조가 스케줄을 확인하더니 점심시간 후에 보자고 했다.

점심을 간단히 먹고 영채는 승조가 정한 약속 장소인 선릉으로 갔다. 선릉 입구에 승조가 먼저 와 있었다. 흑색 정장 바지에 흰 셔츠를 입고, 바지와 같은 색의 재킷을 팔에 걸친 채였다. 여느 때처럼 진중한 얼굴이 야위어 날카로운 인상을 풍겼다.

"좋아 보이는구나."

눈인사를 건넨 승조가 매표소에서 입장권 두 장을 샀다. 매표소를 지난 승조가 왼쪽으로 방향을 잡아 걸었고, 영채는 승조와 걸음을 맞췄다.

홍살문이 나타났다. 두 개의 나무기둥으로 만들어진 붉은 문을 지나자 돌이 박힌 참도가 펼쳐졌다. 왼쪽에 신이 걷는다는 신도가, 오른쪽에 임금이 걷는다는 어도가 있었다. 승조가 그녀를 어도로 걷게 하고 어도 왼쪽의 흙길을 걸었다.

바람이 불어 흙먼지가 조금 날렸을 때 영채는 먼저 말을 꺼냈다.

"어떻게 지내셨어요?"

"바빴다."

"저도 바빴어요. 혼인 신고하고, 결혼식 하고, 상도 치렀어요."

"그래?"

"누구 상이었는지 안 물어보세요?"

승조는 끝내 묻지 않았다. 승조의 발치에 이는 흙먼지를 보다가 영채는 말했다.

"제 엄마의 상이었어요."

승조가 멈추지 않고 계속 걸었다. 비틀어진 것도, 비틀거릴 것도 없다는 듯이, 언제나 정도를 걸을 사람처럼 곧게 걷다가 한참 만에 물었다.

"어떻게 만났니?"

아저씨, 정말 궁금하신 건 엄마가 어떻게 돌아가셨는지 아닌가요? 영채는 앙상한 도희의 마지막 모습을, 사랑은 헛것이라던 그녀의 말을 그대로 전해야 할지 고민했다.

"뉴욕에서요. 제 결혼식 보고 가셨어요. 전 모든 이야기를 들었고요."

"모든 이야기란 없다, 영채야."

승조의 스산한 부정에 가슴이 시렸다. 한 사람의 이야기란 결국 그의 관점에 갇혀 있으니까. 같은 비극을 다른 사람은 저마다 다른 방식으로 견뎌내니까. 그런 마음인 걸까. 승조는 그녀가 묻고 싶은 것을 이미 알고 있는 듯했고, 언젠가는 이런 순간이 오리라 각오하고 산 사람 같았다.

먹먹한 가슴을 가누지 못하고 영채는 멈춰 섰다.

"아저씨."

승조는 걸음을 늦췄을 뿐, 멈추지 않았다. 영채는 앞서 걷는 승조의 등에 대고 물었다.

"엄마한테 약혼자가 있었다고 했어요. 아저씨가 그분이에요?"

승조의 어깨가 아주 잠시, 흐느끼듯 흔들렸지만 돌아서 그녀를 마주한 승조는 더없이 차분했다.

"오래전 약속이었다. 깨어진 약속이기도 하고."

"아저씨."

영채는 울먹임 같은 탄식을 흘려냈다. 전 상상도 못 했어요. 우리가 이런 인연으로 엮였을 줄. 아저씨는 정말 어떻게 그리 담담하세요? 외롭게 감내해온 세월이 무겁지도 않으세요?

"더 걷자. 오랜만에 너랑 데이트하려고 조퇴까지 했다."

승조가 안개 같은 미소를 띠고 돌아섰을 때, 그의 주먹이 굳게 말려 있었다. 승조는 깨진 사랑의 파편을 살에 박고 살아온 사람처럼 보였다. 돌출된 승조의 주먹 뼈에서 부러진 제 뼈에 찔려 죽어가는 자의 비련 같은 것이 느껴졌다.

승조와 나란히 정자각에 이르렀을 때 영채는 원망하듯 물었다.

"왜 진작 말씀해주시지 않았어요?"

승조가 두 갈래의 돌계단을 물끄러미 내려다보았다. 신이 오른다는 신계와 임금이 오른다는 어계. 어느 계단도 밟지 못하고 정자만 바라보는 승조를 영채는 오래 바라보았다. 바람이 불어들어 승조의 머리카락을 스칠 때, 단정한 머리카락에서 외로움이 배어나왔다.

"엄마한테 같이 떠나자고 하셨다면서요."

"오래전 일이다. 이제는 돌아보지 않는 시절이고."

"전 그렇게 생각할 수 없어요. 두 분이 떠나셨으면 아저씨가 제 아버지였을 테니까요."

아버지라는 말에 놀란 것일까. 고개를 돌려 그녀를 보는 승조의 눈동자에 미세하지만 깊은 파열이 일었다.

"따지고 보면 아저씨가 아빠 역할 하신 적 많았어요. 회장님이 오셔야 할 자리에 아저씨가 오신 적 많았고, 그분의 말씀을 전한 것도 아저씨였으니까요. 그거 아세요? 줄넘기를 가르쳐주신 것도, 운동화 끈 매는 법을 보여주신 것도 아저씨였어요."

"그랬나?"

승조의 입가에 아련한 미소가 돌았다.

"저 때문에 못 떠나신 거죠?"

"너를 보려고 안 떠난 거다."

승조의 대답엔 후회의 기척이 없었다. 너무 아파서 아픈 줄도 모르는 승조가 영채는 가여워 견딜 수 없었다.

"엄마도 저 때문에 아저씨랑 못 떠났고, 아저씨도 저 때문에 서주를 못 떠나신 거예요. 제가 뭐라고요."

"영채야, 너는……."

승조가 그녀를 부르다가 목이 메었다. 고통을 삼키듯 눈을 감았던 승조가 한참 만에 눈을 떴다.

"네 엄마가 떠나면서 뭐라고 했는 줄 아니? 다시는 사랑을 믿지 말라고 했다. 사랑은 헛것이라고. 그 말이 아팠다. 다른 건 다 견딜 수 있었지만, 그 말만은 견딜 수 없었다. 사랑이란 무도하거나 비겁할 수는 있어도, 절대 헛것이어선 안 되지 않니? 그런데 내가 모든 것을 바쳐 사랑한 여자가 사랑이 헛것이라고 하더구나. 사랑이 아무것도 아니라는 걸 받아들일 수 없었다. 그럼 내 삶이 아무것도 아닌 게 되니까. 그때 내 앞에 네가 있었다. 사랑은 지킬 수 없었지만, 너는 꼭 지키고 싶었다. 사람으로, 사람처럼, 산다는 걸 너를 통해 증명받고 싶었다. 그런 마음이었으니, 미안할 것 없다."

"엄마 이야기 해주실 수도 있었잖아요. 그럼 아저씨의 짐, 제가 나누어 받았을 거예요."

"널 지키고 싶었다. 서 회장으로부터. 강차연으로부터. 그리고 도희에게서까지. 네가 복수의 대상이 될까 두려운 만큼, 네가 복수의 도구로 전락하는 것도 싫었다. 너는 너로, 그냥 너로, 곱게 자라주기를 바랐다. 품은 비밀이 가끔 무거웠지만, 그래도 좋았다. 네가 크는 걸 지켜볼 수 있다는 게 더없이 좋았다, 영채야."

"제가 크는 세월이 원망스러우셨겠어요."

"영채야…… 나는……."

승조는 무거운 숨을 토해놓고 영채를 가만히 안았다.

"우리가 서로에게 빚이 아니라 빛이기를 바랐다."

맹세컨대, 세월이 원망스럽지 않았다. 사랑이 저문 자리에서, 기적처럼, 네가 자라고 있었으니까. 내 것이라 할 수도 없는 화분에서 자라는 꽃 같았던 너. 네가 무탈히 자라는지 지켜보는 것이 내가 찾은 새로운 사랑이었다.

도희. 내 유일한 사랑을 망가뜨린 것은 서 회장의 탐욕도, 강차연의 염산도 아니었다. 허망한 복수심이 그녀를 갉아먹었어. 그리고 내 영혼도 복수심에 점령당해버렸지. 영채야, 너는 내가 삶을 연명해가는 황무지에 피어난 꽃이었다. 무엇을 해서라도, 너 하나만은, 그들에게서 지켜내고 싶었다.

"고맙다. 예쁘게 자라주어서."

말라버렸다고 생각했던 눈물이 흘러나왔다.

영채는 승조의 눈물을 닦아주었다. 유년의 외로움을 달래주던 승조의 작은 친절들. 지금 이 눈물처럼, 그 친절 또한 첩첩이 쌓인 외로움의 결정이었음을 몰랐다.

"엄마, 편히 가셨어요. 사랑하고 사랑받아서 감사하다고 하셨어요. 아저씨에게 남기셨던 메시지였나 봐요. 그 말씀 드리려고 오늘 뵙자고 한 거예요."

미묘한 눈빛으로 그녀를 보던 승조가 선릉 쪽으로 걸음을 옮겼다. 심록이 무성한 묘역을 관조하는 승조를 영채는 또 오래 바라보았다.

"권하진 본부장, 너한테 잘해주니?"

"과분할 만큼요."

"다행이구나."

그것으로 대화가 끊겼다. 회한으로 가득 찬 승조의 마음은 언어로 풀어낼 수 없는 것인 듯했다.

승조가 바람을 홀홀히 가르며 정릉 쪽으로 향했다. 영채는 말없이 승조의 곁에서 걸었다. 바람마저 호젓한 내리막길에 이르렀을 때 승조가 의미심장하게 물었다.

"권 본부장이 요즘 힘들어하지 않니?"

하진의 동향을 발설해도 괜찮을지 확신이 서지 않아 영채는 대답을 망설였다. 이미 대답을 알고 있다는 듯 승조가 말을 이었다.

"며칠 전에 서 회장이 예전에 해명수산 고문 변호사로 있던 정신율을 만났다. 예감이 좋지 않았다."

영채는 입술을 깨물었다. 서국철 회장님, 당신은 알까요? 당신의 탐욕이 얼마나 많은 사람들의 삶을 가시덤불로 만들었는지. 여기서, 얼마나 더 잔인해지려고 하세요?

"아저씨, 이제 그만 서주에서 나오세요."

"지금이야말로 내가 거기에 있어야 한다. 서 회장이 꾸미고 있는 일들의 증거를 마저 확보하려면."

승조가 심장한 눈빛으로 바람을 읽다가 부탁했다.

"권 본부장과 만날 수 있도록 해주겠니?"

영채는 하진에게 전화를 걸었다. 승조와 하진 사이에 저녁 약속이 잡혔을 때, 바람이 무덕무덕 불어들었다. 부연 흙먼지가 일고 옷자락이 팔락거렸다. 무성한 바람 속에서 영채는 휘날리는 치맛자락이 전장의 깃발을 닮았다고 생각했다.

영채는 거짓말을 하고 있었다. 사랑받고 사랑할 수 있어서 행복했다고, 도희가 말했을 리 없었다. 그런 마음으로 눈을 감을 거였다면, 애초에 내 손을 놓지도 않았을 테니까.

진실보다 중요한 게 있다고 했을 때 아무 말도 하지 않던 아이. 그 아이가 날 위로하기 위해서 거짓말을 했다. 그리도 더디게 자라더니 한 계절 사이에 부쩍 커버린 아이. 어른들의 비뚤어진 욕망이 만든 가시 덤불을 헤치고 어른이 되어가는 영채에게 미안했다.

바람의 방향을 읽을 수 없던 날이었다. 발치에서 자꾸 흙먼지가 일었고, 왕의 무덤을 뒤덮은 잔디가 서럽게 푸르렀다. 그런 날에 감히 바랐다. 내 생이 종내는 무덤이 아니라 한 포기 잔디였으면 좋겠다고. 덧없는 바람이나 흙먼지가 아니라 푸른 잔디를 어루만지는 한 자락 햇살이 있으면 좋겠다고. 그리하여 내 목숨이 다한 그 어느 날에도, 영채를 통해 내 삶이 여전히 흘렀으면 좋겠다고.

- 승조가 다 하지 못한, 언제까지나 가슴에만 묻어둘 이야기 中

승조와 헤어져 집으로 온 영채는 서 회장에게 전화를 걸었다.

"서주그룹의 미래에 영향을 끼칠 정보를 드릴까 해서요."

– 뭔데?

"전화로 말씀드리기 곤란해요."

– 회사로 와.

"회사 근처 식당들이 마음에 안 들어요. 고급 정보 드릴 건데, 맛있는 거 사주셔야죠. 호텔 오아시스 레스토랑 한식당에서 봬요. 저녁 7시에."

그녀의 일방적인 통보가 못마땅한 듯 혀를 차면서도 서 회장은 제안에 응했다.

영채는 공들여 외출 준비를 했다. 검정 반소매 원피스를 입고, 머리카락을 차분히 드라이하고, 짙은 화장으로 맨얼굴을 감추었다. 장밋빛 립스틱을 바르는 동안, 화장대 거울에 서 회장의 얼굴이 아른거렸다.

엄마와 구 비서 아저씨 인생을 망가뜨린 걸로 부족하셨나요? 끝내 그 사람을 힘들게 하셨어요. 제 사람이라고 말씀드렸잖아요. 흠집 내지 말라고 부탁드렸잖아요. 이제 아무것도 부탁하지 않을 거예요. 부탁이 소용없다는 걸 알았으니까요.

핏빛 입술을 결연히 다문 여자가 거울 속에 있었다. 영채는 다이아몬드 귀고리를 걸고 향수를 차근히 뿌린 다음 일어났다. 현관으로 나가 힐을 신고 전신 거울 앞에 섰을 때, 조금은 낯선 여자가 그녀를 응시했다. 그녀가 이제부터 살아내야 할 어른의 모습이었다.

현관문을 열어젖히자 서늘한 공기가 덮쳐들었다. 또각또각. 영채는 허리를 곧게 세우고 걸어 나갔다. 높은 굽을 감당하지 못해 휘청였던 열세 살. 그 위태로운 유년의 그늘에서 한 발짝씩 벗어나는 것처럼.

호텔 오아시스 한식당 내실에서 영채와 서 회장이 마주 앉았다. 주문을 마쳐놓고 서 회장이 넌지시 물었다.

"결혼 생활은 어떠냐?"

"결혼 생활 상담해달라고 뵙자고 한 거 아니에요. 비즈니스를 제안하러 왔어요."

"네가 비즈니스에 대해 뭘 안다고?"

"남편 어깨너머로 좀 배웠어요. 아시잖아요. 저, 뭐든 빨리 배우는 거."

"말해봐."

"서주그룹 후계자 결정하셨어요?"

"그건 왜 물어?"

"영빈 언니가 사내로 태어났다면 좋았을 거예요. 그럼 장남이라는 이유로 능력 부족한 재익 오빠 키우려고 아버지 힘 빼실 필요 없었을 텐데."

"무슨 소리를 하려는 게야? 빙빙 돌리지 말고 말해."

영채는 찻주전자를 들어 서 회장의 잔에 차를 따랐다. 가득 찬 잔에 계속 차가 부어지고, 잔에서 차가 철철 넘쳤다.

"무슨 짓이냐?"

서 회장이 찻물이 흥건해진 상을 보면서 역정을 냈다. 영채는 찻주전자를 내려놓으며 속눈썹을 살짝 들어 올렸다.

"재익 오빠 친부가 누군지 아세요?"

서 회장의 표정이 굳었다. 영채는 무심한 얼굴을 하고 냅킨으로 상을 닦았다.

"죄송해요. 이미 찬 잔에 뭘 더 붓겠다고. 욕심을 부렸더니 상이 어수선해졌네요."

느긋한 그녀의 손길과 달리 서 회장은 좌불안석이었다. 입을 꾹 다물고는 있었지만, 앉은 자리를 바꾸었다가 연신 헛기침을 하는 태가 속이 바짝 마르는 모양이었다.

영채는 젖은 냅킨을 상 구석에 차곡차곡 쌓았다. 흰 냅킨 더미가 무덤처럼 봉긋해졌을 때에야 그녀의 붉은 입술이 열렸다.

"정신율 변호사를 해명에 스파이로 심어놓고 써먹으셨나 보던데, 한 사람을 속이는 사람은 두 사람, 세 사람도 속이는 법이죠. 그 사람, 아버지 명 받고 와서 저희 쪽에 고급 성보 흘리고 갔어요."

"대체 무슨 소리를 들은 게야!"

서 회장이 상을 탁 내리쳐 찻물이 튀겼다. 주름지고 피둥피둥한 서 회장의 손이 떨리는 것을 보던 영채는 잠자코 냅킨을 뽑아들어 서 회장 쪽 상을 다시 훔쳤다.

"역시 환경이 중요한가 봐요. 환경이 바뀌니까 세상 보는 눈이 달라지네요. 요즘 제가 인생 공부 많이 하고 있어요."

"말 돌리지 말고 하던 얘기 마저 해. 재익이가 누구 씨라는 게야?"

"정신율 변호사, 얼마나 믿으세요?"

영채는 시선을 내리깐 채 아리송하게 되물었다.

"정신율이냐?"

서 회장의 숨결이 거칠어졌다.

"집에 가서 물어보세요. 재익 오빠가 누구 아인지. 가장 확실한 대답을 해줄 사람은 재익 오빠를 낳은 사람이겠죠."

영채는 젖은 냅킨을 서 회장 앞에 무덤처럼 쌓아 올렸다. 당신 자존심에 친자 확인 검사 절대 못 해요. 집에 가서 물어보세요. 강차연은 당신의 아이라고 하겠죠. 서재익은 물론 서국철의 아들이니까. 그 진실이 당신 귀에는 들리지 않을 거예요. 의심의 덫에 걸려들면 진실 앞에 귀머거리가 되는 것. 그게 기만과 권모로 가득 찬 사람들의 맹점이죠.

사랑받은 사람은 사랑하며 살고, 믿음받은 사람은 믿으면서 살아요. 하진 씨가 어머니와 숙부를 의심하지 않았던 건 그의 삶이 사랑과 믿음에 기반을 두고 있기 때문이에요. 당신은 달라요. 그런 지혜를 지니기엔 당신 삶에 찌든 허위와 간계가 너무 깊어요.

"나한테 고자질하는 이유가 뭐야?"

"서주그룹이 욕심나기 때문이죠. 본처 소생은 아니지만, 저 그래도 서주그룹 회장의 친딸이잖아요."

"영채야, 너, 누구한테 무슨 말을 들었는지 모르겠지만…… 너는 엄마 아빠가 복지원에서 보고 너무 예뻐서……."

서 회장의 끈적한 목소리에 소름이 돋았다. 끝까지. 당신은 정말 사람이 아닌가요? 사람이라면, 그래도 당신 핏줄인 새끼를 앞에 두고, 어찌 이럴 수 있나요? 당신이 망가뜨린 사람들의 원혼이 두렵지도 않나요?

영채는 분노를 삼키고 침착한 목소리를 밀어냈다.

"뭐, 저한테도 그게 중요한 건 아니고요, 회장님. 제 남편 설득할 수도 있어요."

"뭐?"

서 회장의 노회한 눈빛이 흔들렸다.

"서주그룹 흔드는 거 그만두라고 말할 수도 있다고요."

"정말이야? 권하진이 네 말은 듣는 게야?"

영채는 한 치 흐트러짐 없는 손놀림으로 그녀의 찻잔에 차를 따랐다.

"서재익 이사 잘라내세요. 제게 실속 있는 계열사 지분 좀 주시고요. 회장님께서 성의를 보이시면, 저도 제 남편 움직여볼게요."

"널 어찌 믿고?"

"믿고 안 믿고는 회장님께 달렸죠. 하지만 어느 쪽이든, 제가 권하진을 움직일 유일한 카드라는 사실은 같아요. 그 카드를 쓰시려면 회장님께서 먼저 움직이셔야죠. 카드는 아쉬울 게 없답니다."

서 회장이 긴 한숨을 토해냈다. 영채는 서 회장 앞에 쌓인 티슈더미를 바라보며 차를 들이켰다.

당신이 스스로 팔 당신의 무덤을 위하여.

입안에 잔향을 남긴 차가 목구멍으로 부드럽게 넘어가고, 새하얀 찻잔이 소리 없이 상에 내려앉았다. 서 회장의 눈길이 닿지 못하는 찻잔 가장자리에 핏빛 립스틱 자국이 선명했다.

같은 시각, 한식당 구석 내실에서는 승조와 하진의 은밀한 만남이 이뤄지고 있었다. 서 회장을 단독으로 보좌한 승조는 식사를 해결한다는 자연스러운 핑계를 대고 입실할 수 있었다.

"서주그룹이 발표한 투자자는 실체 없는 유령이네. 그 투자자를 만들어내기 위해 엄청난 금액의 분식 회계가 이루어졌지. 지금까지 작성해온 이중 기록과는 비교가 되지 않아. 공개되면 서주그룹에는 치명타일 거야."

승조가 하진에게 기밀을 건넸다.

"증거가 필요합니다."

"증거를 넘기는 대가로 두 가지를 원하네."

"뭡니까?"

"영채를 부탁하네. 무슨 일이 있어도 그 아이를 곁에서 지켜줘야 하네."

"그건 누구에게 약속할 필요가 없는 일입니다."

하진은 고요한 확신을 담아 답하고 물었다.

"다른 한 가지 조건은 뭡니까?"

"서국철을 내 손으로 죽일 수 있게 해주게."

승조의 눈동자에 투명한 결의가 차올랐다. 하시라도 목숨을 던질 준비를 마친 자의 결의였다.

서 회장과 헤어져 귀가한 영채는 지하 주차장에 차를 주차시키고 엘리베이터를 탔다. 15층을 눌렀는데, 엘리베이터가 1층에서 멈추고 문이 열렸다.

문밖에 슈트 차림의 하진이 서 있었다.

"어?"

영채는 밀려든 반가움에 눈을 반짝 떴다. 생긋 웃으며 한 걸음 앞으로 나설 때 하진이 그녀의 손목을 움켰다.

"안 타요?"

"나와."

영채를 데리고 아파트 단지를 나온 하진은 석촌호수 산책로로 향했다. 가로등이 붉을 밝힌 어둑한 산책로는 인근 주민들로 붐볐다. 열감 어린 바람을 헤치면서, 하진은 영채의 손에 깍지를 낀 채 걸었다.

"아직 휴학계 안 냈지?"

"아직요."

"잘하면 다음 학기에 복학할 수도 있겠어."

영채는 가슴이 서걱거렸다. 다음 학기 복학이 가능하다는 건 하진의 복수가 예상보다 빨리 진행되고 있다는 것을 의미했다. 결전의 순간에 하진이 점점 더 가까워진다는 의미이기도 했다.

"상황 봐서 결정할게요. 그런데 하진 씨는 서울에 오래 있어야 해요?"

"글쎄."

하진은 확답할 수 없었다. 뉴욕에 있는 것이 그의 커리어에 더 도움이 된다는 걸 알면서도, 순전히 서주그룹과의 일전을 위해 서울에 왔다. 온 것은 마음대로였지만, 서국철을 무너뜨린 후에 마음대로 떠날 수 있을지는 미지수였다. 본부장 직함을 달았는데, 사적인 프로젝트를 완수하자마자 근무지를 변경하는 것은 모양새가 좋지 않았다. 그의 서울 체류가 길어지고 영채가 복학한다면, 장거리 신혼부부가 될 가능성이 다분했다.

"나는 지금은 다른 거 생각 안 할래요. 하진 씨랑 같이 있는 게 너무 좋아. 당분간은 하진 씨를 마음껏 누리고 싶어."

그의 고민을 읽은 듯 영채가 말했다.

"나 때문에 네가 희생하는 거 싫어."

"난 희생한다고 생각 안 하는데."

하진은 멈춰 서서 영채를 마주 보았다.

"나는, 영채야, 언제나 널 희생시킨 것 같아서 마음이 안 좋아. 복학할 수 있으면 해. 공부 마쳐야지. 그리고 우리 당분간 피임하자."

영채가 얼굴을 찡그렸다.

"무슨 소리예요?"

"너 공부 마칠 때까진 다른 부담 지우기 싫어."

"왜 부담이라고 생각하는데? 난 아이 빨리 생기기를 바란단 말이에요."

"너 아직 젊으니까 서두를 거 없잖아."

"걱정해주는 마음은 알겠는데요, 남편님, 내가 멀티태스킹에 재주가 있거든요. 아이 키우면서 공부 병행할 수 있다고요. 최고 보모 쓰려면 돈이 좀 들겠지만."

하진은 생글거리는 영채를 보는 것이 아팠다. 목이 메어와 아무 말도 못하고 있자니, 영채가 눈을 곱게 흘겼다.

"무서워서 돈 많이 벌어 오란 소리도 못 하겠네. 알았어요, 알았어. 내가 아끼면서 쓸게. 하진 씨가 육아 휴가 내도 좋고."

하진은 물기 어린 숨결이 삐져나오는 입을 손바닥으로 쓸었다가 영채에게 물었다.

"너, 왜 그랬어?"

"뭘요?"

"오늘 서 회장 만났다며?"

"어떻게 알았어요?"

"구 비서님에게 들었어. 우리 옆방에서 너랑 서 회장이 저녁 먹었다면서."

영채가 사고 친 아이처럼 고개를 숙이고 있다가 서 회장에게 한 이야기를 털어놓았다.

"왜 그런 거짓말을 했어?"

"거짓말한 적은 없어. 당연한 사실을 물었을 뿐이지. 서 회장이 거기에 걸려든 거고."

하진은 진흙탕 싸움에 영채를 끌어들인 것 같아 자신에게 화가 났다.

"그러니까 왜 그랬냐고?"

"어제 하진 씨가 만났던 변호사 서 회장이 보냈대. 최선의 방어는 공격이라고 생각해서 서 회장 만났어. 당분간 서주그룹 식구들, 서로 물고 뜯을 거야. 서국철과 강차연이 싸울 테고, 서국철이 서재익을 박대할 테고. 욱하는 서재익은 뭔기 또 사고 칠 테고. 그 틈에 하진 씨 일 빨리 끝내요."

"그런 일을 할 거면 의논했어야지."

"의논했으면, 하진 씨는 하지 말라고 했겠지."

"하지 말라고 하면, 안 하면 안 돼?"

"참을 수가 없었어. 하진 씨 힘들어하는데, 나는 아무것도 못 하고 지켜만 보는 거. 뭐라도 해야 했어."

하진은 영채를 와락 끌어안았다.

"네가 왜 아무것도 못 해? 이렇게 내 옆에 있어주는데."

"하진 씨 힘든 거, 덜어주고 싶었어. 걱정시켰다면, 미안해요."

영채는 하진의 허리에 팔을 둘렀다.

"내가 너 때문에 정말……."

하진의 숨결이 정수리를 쓸었다.

"하진 씨. 나, 그렇게 약하지 않아."

"누가 너 약하대? 다칠까 봐 그러지."

"다치지 않게 조심했어. 구 비서 아저씨한테 미리 계획 알렸고, 호텔 갈 때도 경호원들 붙였어."

영채는 하진의 등을 쓸어내렸다. 굳어 있던 하진의 몸이 풀릴수록 그의 포옹은 더 단단해졌다. 한 덩이로 있으면서도 그녀를 잃어버릴까 두려운 사람처럼, 하진은 그녀를 꼭 끌어안고 있었다.

"하진 씨, 더워."

"서방님이 안아주는데 그런 투정이 어딨냐? 내 이름도 모르고 기다리던 시절 따위는 다 잊었구나."

"행복에 겨워서 배가 불렀어."

영채는 배시시 웃으며 하진의 가슴에 고개를 기댔다.

"끈적끈적해."

"여름이잖아."

"날씨가 아니라, 하진 씨가. 봄처럼 산뜻한 젊은이였는데, 이젠 끈적끈적한 남자가 됐어."

"여름이라 그런다니까."

"그럼 가을 되면 가을 남자 되는 건가?"

하진은 영채의 목덜미를 안았다. 보드라운 살을 감싸고 있자니 코끝이 시근해졌다.

영채야. 우리는 봄에 봄사랑을 했고, 이제 여름사랑을 해. 가을이 오면 가을처럼 사랑하고, 겨울에는 겨울 닮은 사랑을 하자. 그렇게 사시사철 사랑하면서, 평생 같이 살자. 우리에게 허락된 삶의 모든 순간을 사랑으로 채우고, 숨을 놓자.

후텁지근한 바람이 불어들어 어깨를 치고 갔다. 바람을 받은 어깨가 흐느끼듯 떨었다. 영채를 안고 있어도, 슬픔이 속절없이 밀려드는 밤이었다.

"서영채의 남자지. 어느 계절이든."

하진은 결연히 고백하고 영채의 입술을 가졌다.

여름에 더운 것은 여름을 살기 때문이듯, 지금 그가 슬픈 것은 슬픔을 살기 때문이었다. 살아낼 수 있는 것은 견뎌낼 수 있는 것이었다. 견뎌낼 수 있는 것들은 결국 지나갈 것들이었다. 바람이 선선해질 무렵이면, 이 지독한 슬픔도 행복으로 영글 것이었다.

하지만 이 밤, 불어드는 바람이 너무 더웠다. 가을은 아직도 멀었다. 여름이 가장 깊은 달, 슬픔이 심록처럼 무성했다. 소리 없이, 무성했다.

13

슬픔이 심록처럼 무성하던 계절이었지

[노량진 수산 시장, 서주그룹에 낙찰]

[서주그룹, 수산 시장 경매에 위장 계열사 동원 의혹]

[검찰, 수산 시장 경매 의혹과 관련, 서주그룹 임원 소환 조사]

서주그룹을 둘러싼 굵직한 소식들이 연일 언론에 오르내렸다. 서주그룹 내부의 분위기가 뒤숭숭한 8월 둘째 주 토요일, 차연은 정신율 변호사와 자택 지하 작업실에서 마주 앉았다. 서주그룹의 미래와 관련된 중요한 정보를 갖고 있다는 신율의 전화를 받은 후 이뤄진 대면이었다.

"회장님께 연락드리지 않고요. 내가 사업에 대해 뭘 안다고."

1인용 소파에 앉은 차연은 맞은편의 신율을 탐색했다.

"회장님께선 이미 아시는 일입니다."

"회장님만 아시는 비밀을 나랑 나누러 왔다. 용감한 건가요, 무모한 건가요, 정 변호사님?"

"가장 위험한 자리가 가장 안전할 수도 있죠. 태풍의 눈이 가장 조용한 법이고요."

신율의 눈동자가 영악하게 해반닥였다.

"태풍의 눈이라. 그래, 그 비밀 한 번 들어보죠."

"오디세이의 권하진과 관련된 일입니다."

"그래요?"

"해명수산 사장 권민욱. 권하진의 아비는 사고사한 게 아닙니다. 회장님이 살해를 지시하셨습니다. 일본 수출을 통해 연이 닿은 야쿠자 조직의 한국계 교포를 사주하셨지요."

이런! 차연은 올라가려는 입꼬리를 얼른 다잡았다. 상대가 고급 정보를 흘릴 때 동요했다간 필요 이상으로 비싼 값을 치를 수 있었다.

"증거가 있나요?"

"증거 없이 제가 입을 열었겠습니까?"

신율의 입가에 간교한 미소가 어렸다.

"내가 왜 그 증거에 관심을 가져야 하죠?"

"두 마리 토끼를 다 잡으실 수 있으니까요."

"두 마리 토끼?"

"회장님과 영채 양 말입니다. 청부 살인을 지시한 것이 세상에 알려지면 회장님 인생은 끝입니다. 여생을 감옥에서 보내셔야겠죠. 그리고 권하진은 제 아비를 죽인 자의 딸을 아내로 두겠습니까? 영채 양은 버림받을 겁니다. 그걸 바라시는 거 아닌가요?"

"이것 봐요, 정 변호사! 나를 뭘로 보고."

차연은 모욕을 당한 듯 언성을 높였다.

"내가 남편과 딸을 나락으로 밀어 넣을 성싶어요? 어디 와서 어쭙잖은 판을 벌이는 거예요?"

"아, 제 말씀은 그러니까……."

신율이 당황하여 말을 더듬댔다. 에어컨이 가동되는 서늘한 지하에 앉아 땀을 비질비질 흘려대는 꼴이라니. 차연은 속눈썹을 내렸다 치뜨기를 몇 번 반복하고 물었다.

"얼마를 원해요?"

신율이 어리둥절한 눈빛으로 그녀를 바라봤다.

"남편과 딸을 보호하려면 내가 정 변호사의 입을 막아야 하잖아요. 서주그룹 회장이 해명수산 사장의 살인을 사주했다는 증거를 넘기고 평생 입 다무는 조건으로 얼마를 원하냐고요?"

서국철. 설마 했더니 정말로 해명 사장을 죽었어? 심증만으로 서영채를 조이려고 했는데, 때맞춰 증거가 나타나주다니. 서국철을 넘기고 권하진과 거래를 해볼 수도 있겠어. 거래가 성립되면 서영채는 제 어미 꼴이 나는 거지. 제 아비를 죽인 자의 딸과 한 이불 덮을 사내는 없으니.

생각에 잠겨 있던 신율이 요구했다.

"20억 주십시오."

"하! 내가 그런 돈이 어디 있다고?"

"서주미술관을 통해 비자금 조성해오신 거 다 알고 있습니다."

"정 변호사는 아는 것도 많아요. 너무 많이 아는 사람은 많은 사람들의 타깃이 될 수 있는데. 몸조심해야겠어요."

차연은 의미심장한 눈길로 신율을 훑어 내렸다.

"증거를 가져와요. 신변 정리해서 가족과 외국으로 가는 조건으로 거래하죠."

하는 거 봐서 네 가족 뒤는 봐주지. 네가 순순히 증거를 바치고 내 손에 죽어준다면 말이야.

의구심이 어린 눈빛을 쏘던 신율이 한참 만에 일어섰다.

"조만간 연락드리죠."

"살펴 가세요."

집사 경선은 신율을 대문까지 배웅했다. 대문을 걸어 잠그고 정
원을 가로지르는데 안채에서 나오던 승조가 눈인사를 했다.

경선은 고개를 숙였다가 승조를 마주 보았다.

"얼굴이 많이 상하셨어요."

"일이 좀 많아서요."

승조가 덤덤히 대꾸하고 그녀를 지나쳤다. 승조의 절도 있는 걸
음이 멀어지도록 경선은 승조의 뒷모습에서 눈을 떼지 못했다. 돌
길을 걸어 나가는 승조의 어깨에 쓸쓸함이 가득했다. 그 긴긴 세월
을. 경선은 울컥하여 손으로 입을 틀어막았다.

승조가 멈춰 서더니 몸을 돌려 그녀를 향해 다가왔다.

"며칠 전에 영채를 만났습니다."

"잘 지내던가요?"

"도희, 눈 감았답니다."

"네에."

"알고 계셨던 겁니까?"

"요즘 연락이 뜸해서 마음으로 받아들이고 있었나 봅니다."

경선은 하진에게서 도희 소식을 전해들은 사실을 숨겼다.

"집사님이 이제 마음의 짐을 내려놓으셨으면 좋겠습니다."

"비서님도 그러시길 바랍니다."

인사를 하고 돌아서려는데, 승조가 그녀를 불러 세웠다.

"집사님."

"네."

"여기서 나가시면 지내실 곳은 있습니까?"

"마땅히……."

"알아보십시오. 되도록이면 빨리."

경선은 고개를 들어 승조를 보았다. 승조의 얼굴에 흐르는 처연한 결의와 그녀의 가슴을 짓누르는 죄책감 사이로 눅지근한 바람이 불어들었다. 심록의 나뭇잎들을 쓰는 바람에 태풍의 기운이 숨어 있었다.

"무슨 말씀이신지 알겠습니다."

경선은 숨죽여 대답하고, 주위를 살핀 후 안채로 걸음을 옮겼다.

서재에서 나오던 서 회장은 경선의 안내를 받아 정원을 나서는 남자를 보았다. 정신율 아닌가?

「재익 오빠 친부가 누군지 아세요?」

영채의 말이 생각나 피가 거꾸로 솟았다.

지하로 내려간 서 회장은 차연의 작업실 문을 거칠게 열어젖혔다.

"정신율이 당신 만나고 간 건가?"

테이블에 놓인 책들을 정리하던 차연이 고까운 눈길로 그를 보았다.

"그래요."

"무슨 일로?"

"내가 무슨 일로 사람들 만나는지 당신에게 일일이 보고해야 해요?"

서 회장은 차연의 팔을 홱 붙들었다.

"정부를 집에까지 끌어들이는 건 꼴사납지 않아?"

"뭐라고요?"

"집으로 끌어들이면 의심받지 않을 거라고 생각했나? 남편 체면 따위는 안중에도 없어!"

차연이 잡힌 팔을 뿌리치고 쏘아붙였다.

"뭐 눈에 뭐만 보인다고. 미쳤어요? 당신이랑 같은 부류로 엮지 마. 모욕적이니까."

"그럼 정신율이 왜 당신을 만나고 가!"

"켕기는 거라도 있나 보죠?"

"똑바로 대답 못 하겠소!"

"회사 일에나 신경 써요. 지금 서주가 여기저기서 웃음거리 되는 바람에, 얼굴 들고 다니기 곤란하니까. 사업에 자신 없으면 고이 키운 막내딸이라도 써먹어보든지."

"뭐라고?"

"권하진 그 애송이한테 당하는 모양이던데, 영채라도 이용해보라고요. 뭘 해서든 회사는 건져야 할 거 아니에요?"

"영채가 우리한테 냉랭한 게 누구 때문인데! 품안에 있을 때 잘 거두라고 몇 번을 말했어, 내가!"

"어디다 산 채로 파묻지 않은 게 다행인 줄 알아! 그 애를 내 손으로 키운 거 생각하면 아직도 이가 갈려."

"그래서 재익이는 온갖 사고 치고 다녀도 그렇게 감쌌냐? 네 새끼라서."

"당신 새끼는 아니야? 여자 건드리고 다니는 솜씨 하난 당신을 빼다박았잖아."

계단을 내려오던 영빈은 열린 작업실 문 사이로 새어나오는 고성에 멈춰 섰다.

짝! 살과 살이 부딪치는 소리가 났다.

"재익이 정신율 씨인 거 알고 있어."

"당신, 돌았어?"

"당당하면 친자 검사라도 해보든지."

"내가 내 아들을 두고 왜 그런 검사를 해."

"정말 정신율 씨 아니야?"

"미쳐도 곱게 미쳐야지."

물건이 던져지는 소리. 뭔가가 벽에 부딪치고 깨지는 소리. 모지락스럽고 앙칼진 고성.

난간에 몸을 기대고 있던 영빈은 후들거리는 다리로 계단을 올라 2층 방으로 갔다. 휴대전화를 집어든 손이 영채의 이름을 검색하고 통화를 연결했다.

"나와줘서 고맙다."

영빈은 상 맞은편에 앉은 영채에게 어색한 미소를 지었다. 급작스러운 연락이었음에도, 영채는 집 가까운 데서라는 단서 하나만 달고 시간을 내주었다.

지금 두 사람이 마주한 곳은 호텔 오아시스 한식당의 조용한 방. 영빈은 메뉴판에서 처음 눈에 들어온 떡 세트를 건성으로 시켜놓고 용건을 꺼냈다.

"네 남편이 서주를 노린다는 게 사실이니?"

"사실이야."

영채의 담담한 긍정이 가슴을 찔렀다.

"그 사람이 너랑 결혼한 것도 서주를 노리는 것과 관련 있니?"

"사람들은 그렇게 생각할 수 있겠지. 하지만 아니야. 우리, 서로 좋아서 결혼한 거야."

"그럼 다행이고."

영채의 안색을 살피던 영빈은 목구멍에 걸려 있던 말을 내뱉었다.

"네 남편 좀 만나게 해주겠니?"

"싫어."

영채는 단칼에 거절했다.

"언니는 서주그룹 사람이잖아. 서주그룹 사람 누구라도 하진 씨 힘들게 하는 거 난 싫어."

"힘들게 하려는 거 아니야. 부탁할 게 있어서 그래."

"애초에 회장님이 시작하신 일이야. 회장님이 그 사람 아버지 회사를 치사한 방법으로 뺏으셨다고. 그런데 언니가 뭘 어떻게 할 건데? 회장님 대신에 빌 거야, 아님 나 들먹이면서 정에 호소할 거야?"

"영채야."

"하진 씨, 반듯한 사람이야. 그런 사람이 여기까지 온 데는 그럴 만한 이유가 있는 거야. 날 이용해서 그 사람 흔들려고 하지 마."

"너는 이제 서주그룹 사람 아닌 거니? 아버지를 아버지라고 부르지도 않네."

영빈이 야속한 눈빛을 던져왔다.

"언니가 서운해하는 마음, 이해해. 하지만 언니가 모르는 일들이 많아."

영채는 도희와 서 회장, 차연의 악연에 대해 들려주었다. 영빈이 새하얗게 질린 얼굴을 하고 떨었다.

"저번에 너 만나고 짐작은 했지만…… 엄마가 독한 사람인 건 알았지만, 그렇게까지. 어떻게…… 그렇게……."

늘 이성적이고 똑 부러지던 사람이었기에 위태로운 모습이 더 가여웠다.

"서주그룹의 몰락을 막을 수는 없을 거야. 그렇지만 언니 인생은 흔들지 말라고 내가 하진 씨에게 부탁할게. 챙길 수 있는 거 있으면 챙겨. 언니 살길 찾아놔."

영빈이 놀란 듯했다.

"왜 난 특별 대운데?"

"피자 한 판 때문이야."

"뭐?"

"기억 못 하는구나. 그 피자 때문에 내 인생이 바뀌었는데."

영채는 코끝이 시큰했다. 자신이 베푼 것을 잊어버린 영빈은 분명 좋은 사람이다. 그런 영빈이 가시밭길을 걸을 것을 생각하니 눈시울이 뜨거워졌다.

더 있다간 눈물이 나올 것 같아 영채는 자리에서 일어났다.

"가볼게."

"영채야!"

영빈이 다급하게 그녀를 불렀다. 영채는 걸음을 멈추었지만 뒤돌아보지는 않았다. 자리에서 일어난 영빈이 다가와 복잡한 표정으로

서 있다가 한참 만에 울먹이는 목소리를 밀어냈다.

"행복해라. 건강하고."

영채는 애써 웃었다. 올라가는 입꼬리가 떨릴 때 가슴 한편이 쓰렸다. 그녀와 영빈이 자매라는 이름으로 살아가기에 너무 많은 것들이 엇갈렸다는 깨달음 때문이었을 것이다.

같은 시각, 서주그룹 회장실에선 서 회장과 재익이 대면하고 있었다. 집무 책상에 앉은 서 회장은 시가 통에서 시가를 꺼내들어 불을 붙이고, 책상 앞에 죄인처럼 선 재익에게 일렀다.

"네가 전부 안고 가."

재익은 서 회장의 말을 헤아리지 못했다.

"검찰에 협조하고 딜을 하는 게 좋겠다. 여론이 잠잠해지는 대로 가석방 추진해볼 테니."

"감옥살이라도 하란 말입니까? 제가 짓지도 않은 죄를 덮어쓰고서!"

"그거라도 해야지."

"무슨…… 무슨 뜻입니까, 그 말씀?"

"그동안 네가 날려먹은 회삿돈이 한두 푼이냔 말이다. 능력이 없으면 몸으로라도 때워야지."

"저도, 저도 잘해보고 싶었어요, 아버지. 한 번이라도 아버지 칭찬 받아보고 싶어서 이것저것 프로젝트 추진했다고요. 어렸을 때부터 영빈이 보면서 저것이 고추를 달고 태어났어야 하는데, 하셨던 아버지. 아버지가 원했던 대학을 가지 못한 이후로 제게 따뜻한 눈길 한 번 안 주셨죠. 영채, 그 천한 것도 공주 대접 하시면서 전 무슨 버려지마냥! 그래서 밖으로 돌았어요. 절 왕 대접 해주고 뜨겁게 품어주는 것들 찾아서."

"그것도 변명이라고."

서 회장이 혀를 끌끌 찼다. 재익은 벌게진 얼굴로 허둥댔다.

"무슨 수가 있을 거예요. 제가 외숙부를 만나볼게요. 그동안 어머니와 소원했기로 모른 척이야 하겠어요? 외숙부에게 이야기해서 현금 끌어올게요. 아니면, 영채 통해 권하진을 만나든지요. 들리는 말로는 영채한테 혹해서 결혼한 거라던데……."

"말 같지도 않은 소리!"

서 회장은 책상을 내려쳤다. 맵싸한 정적이 흐르는 사무실에 시가 연기가 번졌다. 자우룩한 연기 사이로 서 회장이 재익을 바라보았다.

"쉬는 셈 치고 들어가 있어. 해 넘어가면 꺼내줄 테니."

"진심이십니까?"

"마음 단단히 먹고, 주변 정리해."

"오늘 일 후회하실 겁니다, 회장님."

이를 악다문 재익이 비장한 걸음으로 회장실을 나섰다. 요란하게 닫힌 문 뒤에서 서 회장은 천천히 시가를 태웠다. 해독할 수 없는 문양을 그리며 연기가 자취를 감추어갔다. 연기마저 사라진 널찍한 방에서 그는 혼자였다.

다음 날 오후, 오디세이 본부장실. 하진과 석영은 승조에게서 건네받은 서주그룹 분식 회계 관련 자료들을 검토하는 중이었다. 분식 회계와 역분식, 주식 위장 거래와 해외 지사를 통한 비자금 조성

등 불법과 탈법이 만연한 기록이었다.

숨은 부채가 조 단위는 되겠고. 이게 터지면 서주는 공중분해되는 거고. 소파에 다리를 뻗고 누워 서류를 들여다보던 석영이 건너편 소파의 하진에게로 고개를 돌렸다.

"검찰에 있는 선배한테서 들은 이야긴데. 수산 시장 입찰 비리 관련해서 서재익이 소환될 거래."

"서 회장은?"

하진은 서류에서 눈을 떼지 않고 물었다.

"서 회장까지 건들기엔 건수가 약하대. 그동안 서 회장이 검찰에 로비한 게 얼만데, 하더라."

"아들을 희생양으로 만들겠다는 건가?"

"서로 합의점을 찾는 거지. 검찰에선 수산 시장 입찰이 서재익 주도로 이뤄진 정황을 포착했으니, 주동자 잡아들이면 실적 올리는 거고. 서 회장은 아들 팔아 불쌍한 아버지 놀음 하는 거고."

서국철이 서재익을 검찰에 내어준다. 후계자에게 흠집을 낼 위인이 아닌데. 서국철은 영채가 흘린 거짓 정보에 넘어간 거다. 그래서 서재익이…….

하진은 서류를 내려놓고 석영에게 일어나란 손짓을 했다.

"서류 작업은 이만 하고, 서재익을 만나러 가볼까?"

석영이 용수철처럼 튕겨 올랐다.

"서재익?"

"약속 잡아놨어."

"언제?"

"오늘 아침에."

하진은 서류를 정리해 서류함에 넣고 재킷을 걸쳤다.

"그런 일이 있었으면 말을 했어야지. 예고편 없이 드라마 방송하는 것도 아니고."

투덜대면서도 석영이 소파에 걸쳐둔 재킷을 집어 들었다.

집무실을 나선 하진과 석영은 나란히 엘리베이터에 올랐다. 엘리베이터 거울을 보며 타이를 바로잡던 석영이 물었다.

"오늘 내 역할은?"

"서재익이 골치 아픈 조무래기들 달고 올까 봐."

"오호, 드디어 내 주먹을 믿는 거야, 권하진?"

"무슨 사고 터지면 신고하라고. 주먹 오갈 때 빠져나가 외부 도움 요청하는 거, 네 특기잖아."

"아, 진짜. 스타일 안 살게."

석영이 그의 팔을 팔꿈치로 툭 쳤다.

"사실이잖아."

하진은 손목시계를 확인하며 덤덤히 대꾸했다.

엘리베이터가 1층에 도착했다. 건물 밖으로 나간 두 남자는 뜨거운 여름과 마주했다. 구름 한 점 없는 하늘에서 태양이 지글거리고 지면에서 열기가 후끈후끈 올라왔다. 모진 폭염이 도시의 숨통을 조이는 오후, 바람마저 잠잠했다.

서재익과 하진의 만남은 짧게 끝났다. 위스키 바 '오드비'의 칵테일 바에서 레모네이드를 마시던 석영은 룸으로 들어간 지 10분 만에 나오는 하진을 보고 일어섰다. 하진이 고갯짓으로 나가자는 신호를 보내왔다.

하진과 함께 '오드비'를 나선 석영은 사무실이 있는 빌딩으로 와 엘리베이터에 올랐을 때야 입을 열었다.

"빨리 나온 걸 보니 이야기가 잘됐나 보다."

하진이 지하 3층을 눌렀다.

"서주가 만들어낸 가공의 투자자 증거 서류를 달라고 했어."

"주겠대?"

"음."

"서재익이 미친 거 아니냐?"

"서국철 해임시키고 서주그룹 경영권을 준다고 했거든."

"그렇다고 아버지를 배신해? 싸가지 없는 놈일세."

하진은 서 회장 일가를 강타했을 내분의 원인은 생략했다. 룸에서 서재익은 서 회장에 대한 원망으로 가득했다. 서 회장에게서 무슨 소리를 들어도 단단히 들은 듯했다. 영채가 놓고 왔다던 덫에 서 회장이 걸려든 것이 분명했다.

엘리베이터가 지하 3층에 도착하자 석영이 주차장으로 걸어 나가며 물었다.

"그룹 경영권 진짜 서재익에게 줄 거야?"

"음."

"그리고?"

"서주그룹은 깡통이 되는 거지."

하진은 차를 찾아 잠금을 해제하면서 화제를 돌렸다.

"잊을 뻔했다. 홍 여사님이 남기신 서주의 음료 레시피, 정 교수님께서 봐주실 수 있을까?"

"말씀드려볼게."

석영의 모친 정명혜 여사는 식품영양학과 교수였다. 레시피를 보면 그들이 보지 못하는 뭔가를 볼 것이다. 혹시 그녀의 눈에도 보이지 않는다면, 볼 수 있는 눈을 은밀히 찾아줄 것이다. 서주그룹 파멸의 중요한 단초가 될지도 모르는 서류를 믿고 보이기에 그녀만 한 적임자도 없었다.

"고맙다."

하진은 차 문을 열고 운전석에 오르려 했다.

"하진아."

석영은 차 문을 잡고 하진을 불렀다.

"왜?"

"서국철하고 서재익하고 이간질시키는 거. 좋은 작전인데, 네가 하니까 좀 그렇다."

"아버지 대 아버지, 아들 대 아들이야. 내 아버지를 망친 자에게서 아들을 뺏는 것뿐이야."

"네 마음은 아는데, 너무 멀리 가진 마라. 내가 아끼는 사람이 얼룩지는 거 싫다."

"그래."

시선조차 주지 않는 하진의 대답이 건성이어, 석영은 노파심 어린 소리를 쏟고 말았다.

"서국철 파멸 이후를 생각해야지. 복수가 종착지라면 네 인생 너무 불쌍하잖아."

그제야 고개를 들어 눈을 맞춘 하진의 입가에 설핏 미소가 어렸다.

"난 불쌍해지려야 질 수가 없는 놈이잖아. 네가 옆에 있어서."

석영은 하진의 어깨를 짚으면서 미소를 되돌렸다. 하진이 가슴에 손을 얹었다가 검지와 중지를 겹쳐 손경례를 했다. 사랑한다는 말을 한 여인에게 저당 잡힌 사내가 친구에게 보일 수 있는 최고의 예우였다.

퇴근한 하진은 집에서 영채와 저녁을 함께 먹고 석촌호수로 산책을 나갔다. 후텁지근한 바람이 땀과 엉기는 어둠 속에서 두 사람은 손을 붙잡고 느리게 걸었다. 영채는 영빈을 만나고 온 이야기를 했고, 하진은 재익을 만나고 온 이야기를 했다.

"영채야."

"네."

"오늘 석영이가 그러더라. 내가 너무 얼룩 들지 말았으면 좋겠다고. 그 말 들으니까 네 생각이 났어. 집으로 오는 차 안에서 내내 생각했다. 네가 세상에 너무 얼룩 들지 말았으면 좋겠다고."

"내가 재익 오빠 두고 트릭 쓴 것 때문에 그래요?"

"여러 가지로."

"나는 어른이 되는 거야. 좋은 것도 아니고 나쁜 것도 아니야. 좀 크는 것뿐이라고요."

하진은 걸음을 멈추고 영채를 보았다. 영채의 눈동자가 어둠 속에서 반짝거렸다.

"쓸쓸한 표정 짓지 마요. 우리에겐 아가씨와 젊은이의 추억이 있잖아. 세상에 너무 얼룩 들었다 싶을 땐 그 추억을 꺼내 보면 되지. 그 추억이 우리의 찌든 때를 빼줄 거야."

"추억이 세제야?"

"음. 초강력 울트라 세제. 추억에 한 번 담갔다 주무르고 나면 어떤 얼룩이라도 깨끗이 빠져. 표백한 것처럼 마음이 깨끗해지는 거지."

하진은 미소 지으며 영채를 안았다. 막상 영채를 품으니 미소가 걷히고 불안함이 깊어졌다.

"다음 주부터 조금 시끄러워질 거야."

"난 괜찮으니까 하진 씨, 조심해요."

"어머니랑 잠깐 외국에 나가 있을래?"

"싫어."

"무작정 싫다고 하지 말고 생각해봐. 익숙한 뉴욕도 괜찮고. 유럽은 어때?"

"외국 나가면 소식 안 들어요? 내 성격에 인터넷으로 다 찾아보지. 그리고 이 시기에 나랑 어머니가 외국에 있어봐요. 해외 도피 아니면 외화 낭비로 찍히는 거라고요."

하진은 더 이상 고집을 부릴 수 없어 영채의 이마에 키스를 한 다음 포옹을 풀었다.

영채는 느리게 걷기 시작하며 하진의 손을 잡아 깍지 꼈다. 가로등 하나를 지나치고 나서 하진이 말했다.

"조만간 지방에 좀 다녀올게."

"언제요?"

"서주그룹 일 진행되는 거 봐서. 만나야 할 사람이 있거든."

영채는 어둠 속에서 입술을 깨물었다. 어디로 간다고 하진은 말해주지 않는다. 만날 사람이 누군지도.

"오래 걸려요?"

"하룻밤 자고 올지도 모르겠어."

"집 잘 지키고 있을게요."

쇼핑을 하면서 미정이 이른 말이 생각났다.

「무조건 믿어줘라. 사업하다 보면 별별 일이 다 있어. 집에 와서 털어놓지 못할 사정도 생기고. 무슨 일이 있다고 얼굴에 쓰여 있어도 캐묻지 말고 그냥 안아줘. 사랑한다는 건 믿는 거야. 사랑하는 것보다 믿는 게 더 어렵지. 무조건 사랑하는 건 진심을 표현하기만 하면 되지마는, 무조건 믿는다는 건 때로 내 진심을 감추어야 하는 거니까. 그래도 하진이 무조건 믿어줘. 너라면 할 수 있을 거야.」

"하진 씨."

"음."

"내가 얼룩 드는 게 싫으면 하진 씨도 얼룩지지 마."

"그래."

영채는 멈춰 서서 하진의 허리에 팔을 둘렀다.

"나는 이제 권하진으로 물들어버렸어. 내게서 하진 씨 사랑을 빼내줄 세제 같은 건 없어. 그러니까 이 사랑 지금 이대로 지켜줘. 하진 씨가 싸우는 사람들에 물들지 말고, 다치지 말고, 무사히 내 곁으로 돌아와줘. 난 그거면 돼."

하진은 영채의 머리를 가슴에 지그시 누르며 눈을 감았다. 다치지 않을게. 사랑 아닌 것에는 물들지 않을게. 언제나, 지금처럼, 널 지키겠다고 약속해. 내가 가진 모든 것들을 걸고.

바람이 무거워지고, 후더운 어둠이 살갗에 스며들었다. 하진은 영채를 안은 팔에 힘을 주었다. 영채의 목덜미를 쓸어내리는데 눈시울이 뜨거워졌다. 우람한 나무들에 매달린 잎사귀들이 오소소 떨었다. 심록을 스친 바람에서 맵싸한 비린내가 났다. 그들을 향해 성큼성큼 다가오는 폭풍의 냄새였다.

8월이 마지막 주로 접어들었다. 언론은 수산 시장 입찰 비리에 연루되어 검찰에 소환된 서주그룹 이사 서재익의 소식을 집중 보도했다. 서국철 회장이 아들을 희생양 삼으려 한다는 말이 항간에 돌았다. 현직 대통령과 막역한 사이인 서 회장이니 그의 아들이 검찰 심문을 받는 건 비리를 무마하려는 쇼라고 비아냥거리는 이들이 꽤 되었다. 검찰의 강도 높은 수사에 대한 보도가 연일 흘러나왔지만, 재계 서열 5위인 서주그룹이 입찰 비리쯤으로 무너지리라 생각하는 사람은 아무도 없었다.

서재익이 검찰에 출석한 지 사흘 만에 상황이 급변했다.

[검찰, 서주그룹 입찰 비리 수사 중 비자금 조성 정황 포착]
[검찰, 서주그룹 2조4천억 규모 분식 회계 증거 확보]
[서주그룹 서국철 회장 소환 임박]

서주그룹의 어마어마한 부채와 비자금의 존재가 대서 특필됐다. 주가가 곤두박질하고 정경 유착 의혹이 불거져 재계와 정치권이 술렁이는 동안 한 주가 흘렀다.

9월 첫째 주 금요일 오후, 오디세이 한국 본부 본부장실에서 하진은 TV 뉴스를 시청했다.

─ 서울중앙지검 특수 2부는 서주그룹 서국철 회장에 대해 사전 구속 영장을 신청했습니다. 서국철 회장에게 적용된 혐의는 특정

경제범죄가중처벌법상 횡령 및 배임입니다. 서 회장이 비자금을 조성하고 부채를 숨기는 과정에서 횡령한 액수가 800여억 원, 배임한 액수는 수천억 원에 이르는 것으로 알려졌습니다. 오랜 내부 수사 끝에 서주그룹의 기밀 정보를 입수했다고 밝힌 검찰은 추가 증거 확보를 위해 서주그룹 본사에 대한 압수 수색을 실시할 계획입니다. 검찰이 장기 내부 수사를 한 배경과 기밀 정보를 입수한 경로를 두고 추측이 분분한 가운데, 최근 적발된 재신은행 도쿄 지점 대출 비리에 서주그룹이 연루된 정황도 드러나고 있어 서주그룹 사태는 일파만파로 번질 것으로 보입니다.

하진은 TV를 끄고 승조에게 전화를 걸었다.

"그쪽 분위기는 어떻습니까?"

— 주주들의 원성이 빗발치고 있네.

서주 계열사의 주가가 가격 제한 폭까지 급락한 상태였다. 다음 주 본격적인 매도세가 형성되면 가격 하락은 걷잡을 수 없을 것이다.

"서 회장은요?"

— 정계 인사들에게 연락을 하고 있지. 모두들 등을 돌리는 상황이라 초조한 눈치네.

"서주미술관 쪽 서류는요?"

— 강차연이 직접 관리하는 것들이라 확보하는 데 어려움이 있네.

예상은 했으나 답답했다. 강차연을 옭아매지 않고는 언제 역공을 당할지 모르는 일. 영채가 서주의 그늘에서 온전히 벗어나기 위해서도 강차연을 반드시 응징해야 하는데.

"알겠습니다."

하진은 일단 전화를 끊었다. 책상을 정리하고 차 키를 챙기는데, 석영이 들어왔다.

"저번에 어머니께 보여드린 서주 레시피 있잖아. 레시피에 성분을 알 수 없는 게 있어서 미국에 자문을 구하셨대. 희귀 약초 성분이라는 회신이 왔는데, 약초 자생지가 어딘 줄 알아?"

"리버타?"

"빙고! 그 약초가 우리나라에 안 들어와. 희귀 식물로 지정된 거라 리버타에서 수출 자체가 금지되어 있어. 수출이 금지된 거니 수입도 당연히 금지. 안 들어오니까 관련 법규도 없어."

수출입이 금지된 약초를 뒷거래로 확보하려고 서국철이 리버타에 갔구나. 이성학의 사고가 약초 밀매와 관련 있을까? 머릿속을 관통하는 의문들이 위험한 시나리오를 짜냈다.

하진은 무거운 머리를 털고 옷걸이에서 윈드브레이커를 빼들었다. 퍼즐 맞추기는 내일 다시 할 것이다. 오늘은 가야 할 곳이 있었다.

석영이 치노 바지에 티셔츠 차림의 그를 훑었다.

"멀리 가는 차림이다."

"아버지 뵙고 오려고."

"청송?"

"음."

"혼자?"

"혼자."

하진은 석영의 어깨를 잡았다 놓고 집무실을 나섰다. 석영이 아무것도 묻지 않고 엘리베이터 앞까지 그와 동행했다.

하진은 중부고속도로를 타고 청송으로 향했다. 목적지가 가까워질수록 입 언저리에 따끔한 통증이 일었다. 낚싯바늘에 입을 꿰인 물고기의 환영에 부대낀 탓에 하진은 차를 자주 갓길에 세우고 숨을 골라야 했다.

다섯 시간이 넘는 운전 끝에 하진이 청송에 도착했을 때는 해가 진 뒤였다. 미리 연락해두었던 덕재가 그를 맞았다. 하진은 덕재의 아내가 차려낸 저녁상을 사양하고 선산으로 향했다.

드넓은 사과밭 뒤에 위치한 선산은 짙은 어둠에 잠겨 있었다. 하진은 한 손에 플래시라이트를, 다른 손에 천 가방을 들고 완만한 오르막길을 올랐다. 깔끔하게 관리된 선산 어귀에서 우람한 버드나무들이 바람에 윙윙거렸다. 산을 오르는 내내 하진은 수압이 거센 심해에 갇힌 것처럼 이명에 시달렸다.

민욱의 묘 앞에 선 하진은 절을 올리고 무릎을 꿇었다.

"거의 끝나갑니다, 아버지."

무릎에 놓은 손이 떨렸다.

하진은 가방에서 소주병과 잔을 꺼냈다. 풀밭에 눕힌 플래시라이트에 의지해 유리잔에 소주를 채운 뒤 무덤에 흩뿌렸다.

아버지, 끝낼 수 없는 일이 하나 있다고, 용서를 빌러 왔습니다.

아버지를 지켜야 한다는 결의와 영채를 지켜야 한다는 결의가 마음속에서 부둥켜안고 울어댔다. 마음속 울음이 먼 바다의 울부짖음처럼 들렸다. 배릿한 바람이 기세를 올리자 바다울음의 환청이 처절해졌다.

아버지, 아십니까? 제가 짊어질 수 있는 아버지의 기억이 있어

행복했습니다. 아버지의 삶과 죽음. 그 무게를 견뎌내는 게 아팠어도 행복했습니다. 하지만 이제는 견뎌내며 살고 싶지 않습니다.

아버지의 죽음에 얽힌 진실을 파헤치고 죄인을 응징하는 것이 도리인 줄 압니다. 그런데 그 도리를 다하려면 제 사람이 아파야 합니다. 그 사람이 아파하는 걸 제가 견디기 힘들 것 같아요. 그래서 이렇게 왔습니다. 아버지에 대한 도리를 접고서라도 그 사람을 지켜주고 싶다고, 감히 고하러 왔습니다. 서국철의 가장 무거운 죄를 덮고서라도, 그 사람과 함께하고 싶다고 떼쓰러 왔습니다.

아버지, 저를 웃게 하고 꿈꾸게 하고 숨쉬게 하는 여자예요. 어느 밝은 날, 같이 올게요. 따뜻한 햇살과 순한 바람으로 맞아주세요.

하진은 빈 잔에 소주를 다시 따랐다. 손이 떨려 소주가 잔을 채우고 넘쳤다. 젖은 잔을 입에 가져다대며 고개를 돌리는데, 아버지의 목소리가 들렸다.

「젊은 아이가 벌써 소주 맛을 알면 어쩌려고. 나중에. 나중에 내 머리 하얘지고 네가 내 나이 되면 그때 같이 마시자, 우리.」

아버지가 추자도로 낚시여행을 떠나기 전날 함께 고깃집에 갔을 때였다. 소주를 마시는 아버지에게 대작을 청했지만 아버지는 술잔조차 내어주지 않았다.

아버지, 아버지의 머리카락이 하얘지는 날은 결코 오지 않겠지요. 아버지의 삶은 마흔여덟에서 멈췄으니까요. 바다 같던 아버지는 그렇게 제 마음속에 얼어붙은 강이 되셨습니다.

하진은 소주를 단숨에 들이켰다. 날카로운 화기에 목구멍이 후끈거렸다.

「엄마 부탁한다. 된장국이 맹숭맹숭해도 무조건 맛있다고 하는 거야.」

낚시도구를 챙겨들고 집을 나서는 순간에도 아버지는 어머니 생각뿐이었다.

「아버지가 이러시니까 엄마 요리 솜씨가 안 늘잖아요. 오고가는 비평 속에 늘어나는 요리 솜씨, 모르세요?」

「비평 같은 소리는. 네가 잘 봐줘. 그리고 멸치 볶음 하나는 끝내주게 만들잖아.」

「어떻게 멸치 볶음만 먹고 살아요?」

「집 음식은 맛이 중요한 게 아니야. 정성으로 만들고 사랑으로 먹는 거지.」

아버지의 푸근한 미소가 눈앞에 선했다.

죄송합니다, 아버지. 아버지께서 그토록 사랑하셨던 여인을 제게 부탁하셨는데. 제 여인을 보호하기 위해 아버지의 여인을 배신하는 저를 용서하십시오.

「하진아. 너는 사내 녀석이 걱정이 너무 많아.」

허허허허. 아버지의 웃음소리가 바람결에 너울댔다.

하진은 잔을 놓고 묘 옆으로 가서 누웠다. 파릇한 풀밭에 누워 있자니 어린 시절 아버지 곁에서 낮잠을 자던 기억이 났다. 어둠이 이리 깊은데. 아버지는 별처럼 멀리 계시는데.

하진은 혼유석으로 팔을 뻗어 측면에 새겨진 글자들을 손끝으로 더듬었다.

子 權河眞.

바위처럼 단단했던 아버지의 삶. 그 삶의 유물에 아로새겨진 그의 이름.

아버지…….

늘 미안하다 하셨던 아버지의 마음을 이제야 헤아립니다. 언젠가 제 아이가 아빠는 왜 그리 독한 사랑을 해서 내게 태생적인 멍에를 지웠냐고 하면, 아버지께 지은 죄의 벌을 그 아이에게서 받겠습니다. 다 내어주고도 늘 미안해하셨던 아버지처럼, 사랑하며 살겠습니다.

하진은 고개를 돌려 하늘을 올려다보았다. 부옇게 어룽거리던 무수한 별들이 녹아내릴 듯하다가 하나의 거대한 빛으로 우거졌다.

아버지…….

눈물이 왈칵 쏟아지고, 별무리가 호드득 흔들렸다.

오후 3시경 영채는 지방에 다녀오겠다는 하진의 전화를 받았다. 마트에서 장을 봐 집에 들어가던 길이었다. 다소 어두웠지만 따뜻한 목소리로 하진은 내일 온다고 했다. 맛있는 거 해놓고 기다린다는 말에 나직이 웃었다.

통화를 끝내고 영채는 장바구니를 내려놓았다. 9월인데도 아직도 날이 눅눅했다. 아파트에서 지척인 마트에만 다녀와도 목줄기에 땀이 고이고 등이 끈적끈적했다. 얼굴에 손부채질을 하고 있는데, 단지 안쪽에서 오토바이가 한 대 달려왔다.

검정 오토바이에 탄 헬멧 쓴 남자를 힐긋 쳐다봤다가 영채는 숄더백을 고쳐 메고 장바구니로 손을 뻗었다. 위잉! 오토바이가 옆을 지나갈 때, 억센 손길이 백을 낚아채갔다.

"야!"

영채는 오토바이를 악착같이 쫓았지만, 단지를 잽싸게 빠져나간 오토바이는 도로로 진입해 멀어졌다.

아, 뭐야! 땀범벅이 된 영채는 장바구니를 놓아둔 곳으로 타박타박 걸어 돌아오며 해야 할 일들을 생각했다. 카드 분실 신고를 하고, 휴대전화를 사고, 신분증을 만들고. 아파트 출입 키도 없는 상황에서 어찌어찌 집으로 들어간 다음에……

오토바이가 석촌호수 건너편 거리에서 멈췄다. 헬멧을 벗은 남자는 핸드백을 열어 휴대전화가 있는 것을 확인하고 주머니에서 꺼낸 자신의 휴대전화로 어디론가 전화를 걸었다.

"휴대전화 확보했습니다."

— 번호 하나 찾아봐요. 유미정.

남자는 주소록을 찾아봤지만 그런 이름은 없었다.

"없는데요."

— 어머니 찾아봐요.

남자는 통화 기록에서 '어머니'를 찾아 번호를 불렀다.

— 수고했어요.

상대가 흡족해했다.

"핸드백은 어떻게 할까요?"

— 알아서 처리해요.

전화를 끊은 남자는 핸드백을 뒤져 지갑을 찾았다. 빨간 가죽 지갑에 카드 몇 개와 현금이 있었다. 현금 9만2천 원을 빼서 주머니에 쑤셔 넣은 남자는 거리 뒤편으로 가 핸드백을 상가 쓰레기장에 던졌다.

쓰레기를 버리러 나온 카페 바리스타는 대형 쓰레기봉투들 사이에 찌그러진 핸드백을 보았다. 핸드백 위로 삐죽 솟은 빨간 장지갑을 집어 올려 여니 주민증이 보였다.

이름, 서영채. 주소지는 근처 아파트.

바리스타는 핸드백에서 휴대전화를 찾아 가장 최근에 통화한 번호를 눌렀다. 상대의 전화기가 꺼져 있었다. 다음 번호를 누르니 젊은 남자가 전화를 받았다.

— 네, 영채 씨.

"아…… 저…… 서영채 씨 휴대전화기를 주운 사람인데요…… 핸드백을 잃어버리신 것 같아요."

— 거기 어딥니까?

"카페 비바체 석촌호수점이에요. 제가 여기서 일하는데 핸드백 보관하고 있을 테니까 찾으러 오실래요?"

— 지금 가겠습니다.

전화를 끊은 바리스타는 휴대전화를 핸드백에 넣어서 카페로 들어갔다. 핸드백을 카운터 아래에 두고 손을 씻는 동안 신분증에서 본 얼굴이 눈앞에 아른댔다. 어디선가 봤는데. 근처에 사는 사람이니 언젠가 카페에 들렀을지도 모를 일이었다.

석영은 카페에서 핸드백을 찾아 아파트에 있는 영채에게로 갔다.

"카페 근처에 버려져 있던 걸 직원이 주웠나 봐요. 없어진 거 있나 보세요."

영채는 핸드백 안의 내용물을 살폈다. 휴대전화와 MP3 플레이어가 보였다. 지갑을 열어보니 현금이 몽땅 사라졌지만 카드와 신분증은 제자리였다. 불행 중 다행인 거지.

"중요한 건 다 있네요. 잠깐 앉아 계세요. 차 내올게요."

"처리 중이던 일이 있어서 가봐야 해요."

석영이 정중히 거절하고 현관 쪽으로 나섰다. 정신 바짝 차리고 핸드백 간수를 했어야 하는데. 괜히 바쁜 사람 오가게 했네.

현관까지 배웅 나간 영채는 석영에게 부탁했다.

"핸드백 잃어버린 거 하진 씨한테는 알리지 말아주세요. 신경 쓰게 하고 싶지 않아요."

"친구 아내와 비밀을 공유하다니, 불순한 행동인데요."

석영이 의뭉스럽게 대꾸했다. 영채는 웃으며 현관문을 열었다. 복도로 나가 엘리베이터가 올라오길 기다리는 동안 가슴에서 뭉클한 기운이 고물거렸다.

"연 변호사님."

"네."

"뉴욕에서 하진 씨가 그런 말을 했어요. 자기가 아무리 노력해도 제 모든 것을 채워줄 수는 없다고. 제가 요즘 같은 생각을 해요. 제가 아무리 하진 씨를 위해도 그 사람이 필요한 걸 다 해줄 수는 없더라고요. 제가 채우지 못하는 그 사람의 빈자리, 연 변호사님께서 채워주시는 것 같아요. 감사하게 생각하고 있어요."

"무슨 말씀인지 알겠어요. 앞으로도 하진이 과음하면 재깍재깍 집에 배달하겠습니다."

"꽃뱀한테 물리는 일 없도록 지켜주시고요."

"넵!"

엘리베이터가 도착했다. 엘리베이터를 타려던 석영이 재킷에서 하얀 봉투를 꺼냈다.

"잊을 뻔했네요. 스파 이용권인데 어머니랑 가세요."

"어떻게 이런 데까지 마음을 써주세요?"

"하진이 걱정하는 두 분들 바람이나 쐬시라고요. 영채 씨는 어머니께 포인트 관리 하시고."

"포인트 관리요?"

"고부지간에 포인트 관리가 중요하지 않겠습니까? 하진이와만 깨 볶지 마시고, 어머니랑도 알콩달콩 지내세요."

"고맙습니다."

영채는 고개를 숙이며 봉투를 받아들었다.

"가볼게요. 무슨 일 있으면 언제든 전화하세요."

믿음직스럽게 이른 석영이 엘리베이터를 타고 내려갔다.

아파트로 돌아온 영채는 미정에게 전화를 걸었다. 컬러링 없는 단조로운 신호음이 이어졌다. 한참 기다렸지만, 미정은 끝내 전화를 받지 않았다.

호텔 오아시스 한식당. 식당 안쪽 조용한 방에서 미정은 차연과 마주 앉아 있었다. 하진이 청송에 온다는 말을 덕재에게서 전해 듣고 예감이 좋지 않아 영채에게 가던 길이었다. 연락도 없이 시어미가 나타나면 불편해하지 않을까 생각이 든 건 잠실역을 빠져나오고 나서였다. 전화를 먼저 해야겠다 싶은 참에 전화가 걸려왔다. 낯선 번호라 망설이며 받았더니, 차연이 긴히 의논할 것이 있다고 했다. 두 집안의 악연을 바로잡을 수 있을까 하는 실낱같은 희망에 기대 약속을 잡았다.

"영채가 걱정되어 뵙자 했습니다."

상 건너편에서 차연이 점잖게 말을 꺼냈다. 방송에서 화려하게 보이던 차연이 오늘은 음전한 분위기를 풍겼다. 간소한 흰 투피스 정장을 입고 화장도 담백했다.

"제 연락처는 어찌 아셨는지요?"

미정은 경계를 늦추지 않았다. 도희의 체온이 아직도 손에 잡히는 듯했다. 사람이라면 사람을 그리 해하지 말아야 하는 것. 강차연이 오늘은 세 치 혀로 무슨 간계를 꾸밀 속셈인가.

"영채를 통해 알았습니다."

이것 보게. 어떤 때라고, 언질도 없이 영채가 서주그룹 쪽에 시어미 연락처를 넘겼을까. 영채는 경거망동하는 아이가 아니었다.

"그러셨어요?"

미정은 차연의 거짓말을 받아주었다. 서주그룹이 궁지에 몰렸으니 화해를 청하려는 건가. 아니다. 하진의 약점이라도 문 것인지도 모른다. 하진이 녀석, 뉴욕에 있을 때 제 힘 키우겠다고 누구에게 몹쓸 짓을 한 것은 아닌가. 서 회장이 협박의 빌미를 잡고 강차연을 보냈는가. 오만가지 생각이 하진에 대한 염려로 모였다.

"두 집안의 악연이 기업을 위태롭게 하는 지경까지 이르렀어요. 서주그룹 직원들의 생계도 걱정되지만……."

차연이 초초한 기색으로 말을 끊었다가 이었다.

"팔은 안으로 굽는다고, 영채가 가장 걱정이네요. 저희 명운에 상관없이 영채를 며느리로 아껴주시겠지요?"

"그런 각오 없이 결혼 허락했겠습니까? 걱정 마세요."

불안함에 속이 메슥거려 미정은 무릎에 놓은 손을 쥐었다.

"영채를 귀애하시니 다행인데, 저는 그 아이 시집 보내놓고 걱정이 마르질 않는답니다. 절차 밟아 보내드리지 못한 것도 면구스럽고요. 영채를 내치지 않으시겠단 확답을 듣고자 뵙자고 했습니다."

차연이 핸드백에서 검정 녹음기를 꺼내 상에 올렸다. 차연이 녹음기를 재생시키자 굵직한 남자 목소리가 흘러나왔다.

[해명을 손에 넣어야겠는데. 주인이 주지 않으니 어쩐다. 덮어두고 뺏자니 보는 눈들이 많고. 주인을 없애면 되겠지.]

들어차는 정적. 섬뜩하도록 은밀한 소곤거림.

[해명 사장이 낚시 여행을 떠났다는구만. 바다를 좋아하는 사람이니 바다로 보내주게. 영영 바다에서 살라고.]

"알겠습니다."

차연이 녹음기를 껐다. 미정은 얼굴 근육에 감각이 없는 상태로 멍하니 차연을 보았다.

"14년 전에 제 바깥양반이 실수를 했지요. 권 사장님께서 사고로 가신 게 아니라는 걸 최근에 알았어요. 세상에 비밀은 없는 법이라 죄를 빌려고 왔습니다. 진실이 드러나면 영채를 내치지 않으실까 걱정이 되어서, 저는……."

차연의 입가가 표독스럽게 움직이는 동안 심장이 살을 뚫고 나올 듯 뛰었다. 미정은 상 밑에서 떨리는 손을 필사적으로 그러쥐었다.

"짐작하던 사실입니다."

다행히 입이 뻐끔거려졌다.

"네?"

"제 남편과 서주그룹 간의 악연 말입니다."

"이걸…… 다 알고 계셨다고요?"

"덮어두려고 했습니다만, 죄를 자백하셨으니 순리대로 일을 풀어야겠네요. 서 회장이 지은 죄에 대한 벌을 받아야겠지요."

"영채는, 영채는 어떻게 하실 건가요? 그대로 거두실 건가요?"

"거두지 않으면요? 내치기라도 할까요?"

차연이 헛웃음을 흘렸다. 미정은 손톱이 손바닥을 찌르도록 손을 말아 쥐었다.

"영채를 내치는 일 없습니다. 제 자식이 선택한 아입니다. 영채도 이제 제 자식이에요."

"어떻게 그러실 수 있나요? 방금 들은 말씀, 이해 못 하신 거 아니에요?"

"이것 보세요, 강차연 씨. 세상에 어떤 어미가 자식을 내친답니까? 더구나 자식이 저지르지도 않은 일을 허물로 들어서요."

차연은 눈썹만 실룩일 뿐 대꾸를 못 했다.

"어미 대 어미로 나눌 말씀이 있으신가 해서 이 자리에 나왔습니다. 더 이상 들을 말씀도, 드릴 말씀도 없는 것 같네요. 서 회장은 죗값을 치러야겠지요. 그런데 이 일이 세상에 알려지면 그쪽 식구들이 다 죽는 거 아니겠습니까? 구차한 목숨이라도 이어가고 싶으시면 어찌 처신해야 할지 잘 생각해보세요."

미정은 자리에서 일어나 방을 나섰다. 미닫이문을 열고 신발을 신는 동안 차연의 시선이 어깨에 느껴졌다.

신발을 신고 돌아선 미정은 허리를 곧게 폈다. 화살처럼 날아드는 차연의 오만한 시선을 받아내며, 미정은 경고했다.

"앞으로 다시는 내 새끼들 건들지 마세요."

호텔을 나선 미정은 넋이 나간 얼굴로 걸었다. 눈물이 차올라 시야가 흐려지고, 무감각한 다리가 허위허위 흔들렸다. 그래도 계속 움직여야 했다. 행여 강차연이 지켜보고 있을까, 주저앉을 수 없었다. 지금 쓰러지면 그건 하진의 약점이 될 것이다.

사람들이 지나갔다. 사람들이 밀려왔다. 밀려온 사람들이 지나갔다. 지나가도 사람들은 끝없이 밀려왔다.

작은 건널목이 나왔다. 발이 건널목으로 들어섰다. 어디선가 빠앙, 하는 소리가 터졌다. 차가 달려드는 줄도 모르고 미정은 건널목을 건넜다.

"저 아줌마가 죽으려고 작정을 했나."

차에서 쏟아져 나온 외침도 그녀 귀에 들어오지 않았다. 하늘과 땅이 쪼그라들고, 보도블록이 옴팍옴팍 꺼지는 것 같았다. 흐물거리는 다리를 이끌고 미정은 하염없이 걸었다.

오피스텔 건물이 보였다. 미정은 건물 출입문을 밀었다. 묵직한 유리문이 꼼짝도 안 했다. 덜덜 떨리는 손을 문에 대고 있는데 뒤에서 오던 젊은 남자가 문을 밀쳐 열었다. 미정은 비틀거리며 열린 문 사이로 몸을 밀어 넣었다.

카페를 지났다. 꽃집을 지났다. 금은방 진열대가 번쩍거리고, 부동산 중개 사무소에서 사람들이 전화기에 매달려 있었다. 모퉁이에 화장실이 보였다. 미정은 화장실로 들어섰다. 칸막이 안으로 가려고 했는데 세면대 앞에서 몸이 무너져 내렸다.

억억, 눈물이 터져 나왔다.

하진 아버지, 서국철이 당신을 바다로 밀어 넣었어? 얼마나 추웠어? 얼마나 아팠어? 난 그런 것도 모르고 당신 원망했어. 바다에 미친 사람이라고, 처자식보다 낚시를 더 좋아한다고, 툴툴거렸어.

미안해, 여보. 당신 집 나설 때 한 번 안아줄 것을. 손이라도 잡아줄 것을. 혼자서 바람 쐬러 간다고 투정만 부렸어.

허옇게 불어 있던 민욱의 주검이 떠올라 가슴이 미어졌다.

여지껏 당신 혼이 얼마나 억울했을까. 서국철. 그 짐승만도 못한 것이. 사람의 탈을 쓰고 어찌…….

꺽꺽거리는 동안 하진의 얼굴이 떠올랐다.

하진 아버지, 하진이랑 영채 어쩌면 좋아. 이 사실을 알면 그 아이들이 버틸 수 있을까. 하진이, 영채 만나서 이제야 사는 것같이 살아. 영채, 그 가여운 것은 하진이밖에 몰라. 난 그 아이들 못 갈라 놔. 그러니 당신이 이해해. 이 비밀은 나 혼자 안고 갈게.

우리 아이들을 지켜줘. 강차연 그년 입을 봉해줘, 제발.

당신한테는 정말 미안해, 여보……. 이 죗값은 내가 죽어서 받을 게.

그 짐승 같은 것들이…… 기어코…… 당신을 내가 삼켜야 할 독으로 만드네.

꺼억꺼억 오열하던 미정은 숨을 쉬지 못하고 혼절해버렸다.

제일병원 응급실로 뛰쳐 들어 주위를 두리번거린 영채는 응급실 구석 침대에 누운 미정을 발견했다.

"어머니!"

그녀가 달려오는 것을 본 미정이 몸을 일으켰다.

"어머니, 어떻게 된 일이에요?"

"약속이 있어서 밖에서 점심을 먹었는데, 탈이 났나 봐. 이제 괜찮다."

영채는 미정의 손을 잡았다. 힘없는 손이 차디찼다. 미정을 화장실에서 발견하고 연락한 미화원에 따르면 미정이 의식을 잃고 쓰러져 있었다던데.

"뭘 드셨는데요? 의사들은 뭐래요?"

"별로 먹은 것도 없는데 그러네. 계절이 변하니 몸이 놀랐나 보다."

영채는 신경이 곤두섰다. 음식은 핑계고 하진 때문에 마음 졸인 것이 미정에게 극심한 스트레스였나 보다.

"건강 검진 받아요, 어머니."

미정이 손사래를 쳤다.

"나 아픈 데 없으니까 수선떨지 마. 오늘 일은 하진이한텐 비밀로 하고. 괜히 걱정한다."

"어머니 쓰러지셨다는 거 비밀로 할 테니까, 검진은 받으세요. 어머니한테 큰 탈이라도 나면 제가 하진 씨한테 점수 깎인단 말이에요."

"너는 내가 걱정돼서 그러는 게 아니라 하진이한테 밉보일까, 그게 무서운 거로구나."

"물론 어머니가 걱정돼서 그렇죠. 하지만 하진 씨 어머니니까 걱정하는 거죠. 남의 남자 어머니면 제가 왜 걱정해요?"

영채는 야무지게 대답을 하고 기어코 입원실을 잡았다.

미정은 1인 입원실로 자리를 옮겼다. 입원 수속을 밟은 영채가 생활용품들과 간식거리를 사 와 정리했다. 미정은 냉장고에 음료수를 넣는 영채를 바라보며 가슴이 미어졌다. 부지런하기도 하지. 저 고운 것이 그 흉악한 연놈들 밑에서 얼마나 부대꼈을까.

"영채야."

"네."

"너는 하진이가 그렇게 좋으니?"

"네."

사람 일이란 한 치 앞을 모른다더니. 인연이 이리도 질기고 무서운 것이었어.

미정은 풀린 눈으로 허공을 바라보다가 나지막이 노래를 읊조렸다.

"착하고 번듯한 아들이랑 천년만년 붙어살리. 착한 아들이 골라온 며느리랑 찰떡궁합 평생토록 붙어살리."

"어머니, 그런 노래도 있어요?"

냉장고 문을 닫으며 영채가 생글거렸다.

"내가 지은 며느리송."

"며느리송이요?"

"하진이가 고등학생이었을 때 내가 부르던 노래. 생각나는 대로 막 불렀는데, 하진이가 나중에 제 여자친구 앞에선 절대로 부르지 말라고 펄펄 뛰더라고. 어찌나 기겁을 하던지, 그 모습이 보고 싶어서 일부러 더 부르곤 했어."

영채가 침대맡으로 조르르 달려왔다.

"어머니, 다시 불러보세요. 천천히요."

미정은 갈라진 목소리로 노래를 웅얼거렸다.

"착하고 번듯한 아들이랑 천년만년 붙어살리. 착한 아들이 골라온 며느리랑 찰떡궁합 평생토록 붙어살리."

영채가 자르르 웃었다.

"영채야."

"네."

"너는 시어미가 천년만년 붙어산다는데, 겁도 안 나?"

"안 나요."

영채가 고개를 젓고는 침대맡에 앉았다.

"어머니, 오래오래 사세요. 건강하게요."

미정은 영채를 안았다. 목이 메어 쓴 침을 삼키는데 영채가 속삭였다.

"어머니한테서 좋은 냄새 나요."

"좋은 냄새는. 화장실에 쓰러져 있다 병원으로 왔는데."

"엄마 냄새가 나요. 포근하고 따뜻하고. 이렇게 있으니까 더없이 편하고 든든해요."

"그래?"

"네. 얼마 전에 제가 뉴욕에 있는 조향사한테 맞춤 향수 주문을 넣었거든요. 그 사람이 세상 어떤 냄새든 만들어낼 수 있다잖아요. 비 냄새, 책 냄새, 아기 냄새부터 먼지 냄새까지 만들 수 있다고 큰소리를 탕탕 치는 거예요. 그런데 그 사람도 엄마 냄새는 못 만들 것 같아요."

"그리 신통한 사람이면 만들겠지, 왜 못 만들겠어?"

"그 사람은 엄마가 아니잖아요. 엄마 냄새는 엄마답게 사는 사람들에서만 날 것 같아요."

미정은 눈을 꾸욱 감았다. 이리 맑은 아이라 마음을 내준 거지.

영채를 보면서 숨을 쉬었다는 하진의 마음이 비로소 헤아려졌다.

영채야. 내 새끼가 사랑해 데려온 또 하나의 내 새끼.

미정은 영채의 등을 다독거리며 도희를 생각했다.

홍 여사님, 제가 약속드렸지요. 영채를 제 새끼처럼 아껴주겠다고요. 어미 대 어미로 한 약속이 이리 무거운 것이었네요. 걱정 마세요. 영채, 제가 지켜주겠습니다. 우리 바깥양반도 너무 오래 제원망 안 할 거예요. 그래도 우리는 하진이 데리고 행복한 시절을 살아봤잖아요. 그 모진 세월 홀로 견딘 홍 여사님 생각하면 그 양반도 영채를 품어주라 할 거예요. 부디 하늘에서 하진이 아버지와 함께 우리들을 살펴주세요. 우리 예쁜 새끼들이 더는 아프지 않도록.

"어머니, 우세요?"

영채가 고개를 들면서 물었다.

"너 안고 있으니까 며느리 소원 이룬 것이 좋아 그래."

미정은 영채를 꼭 끌어안았다. 그래, 엄마에게선 엄마 냄새가 나야 한다. 그것이 참으로 사는 거다. 생명을 낳고도, 생명을 키우면서도, 엄마 냄새 풍기지 못한다면 제대로 된 삶일 수 없을 것이다.

강차연. 어미 냄새는 못 풍기더라도, 사람이라면, 사람 탈 쓴 값을 해주어야 할 텐데.

제발…….

서주그룹 회장실이 짙은 음영에 잠겨 있었다. 서 회장은 집무실 책상 의자에 앉아 창 밖의 어둠을 응시했다. 이지러진 달이 처연한 밤, 그의 운이 기울고 있는 것이 온몸으로 느껴졌다.

"회장님."

책상 너머에서 승조가 그를 불렀다.

"검찰에서 소환을 했으니 가야지."

서 회장은 의자를 돌리고 시가 통을 열었다. 통에 남은 마지막 시가를 집어 들자 승조가 몸을 굽혀 불을 붙였다. 서 회장은 시가를 깊이 빨았다가 연기를 내뿜었다. 자우룩한 연기가 어둠 속을 뱀처럼 길 때, 승조가 고개를 조아리고 물러났다.

"차 준비시키겠습니다."

"구 비서."

서 회장은 승조를 나직이 불렀다. 책상에서 두어 걸음 떨어진 곳에서 승조가 멈춰 섰다.

"자네와 나도 보통 인연은 아니야."

서 회장은 조부 대로 거슬러 올라가는 그와 승조의 끈을 생각했다. 그의 조부는 만석꾼 갑부였고 승조의 조부는 그의 조부에게서 땅을 받은 소작농이었다. 말이 소작농이지 상시 집에 드나들며 허드렛일을 하던 것을 따지면 기실 머슴이었다.

어느 날 지붕을 손보던 중 승조의 조부는 무너진 서까래에 깔렸고, 그의 조부가 승조의 조부를 구했다. 병석에 누운 승조의 조부는 혼몽한 정신으로 3대에 걸쳐 서 씨 집안에 충성하겠다는 말을 흘렸는데, 그것이 그만 가훈이 되어버렸다. 주인에게 목숨 빚을 졌다고 생각한 승조의 조부는 숨을 거두는 자리에서도 같은 말을 되뇌었다. 서주그룹 창업 후 승조의 부친은 그의 부친을 보좌했고, 승조 또한 그의 오른팔 노릇을 하는 데 평생을 바쳤다.

"가평 별장 비밀 창고에 골동품들이 있어. 미술관에서 빼돌린 그림들이 있고. 강 교수랑 의논해서 잘 보관해둬. 최악의 경우에는 자네 몫도 요령껏 챙기고."

"전 걱정 마십시오."

"욕심이라곤 쥐어짜 내도 없는 사람 같으니라고. 그럼 내 몫을 자네가 챙겨라. 감방살이 얼마 가지 않아."

"알겠습니다."

승조가 묵례를 하고 돌아서려 했다. 서 회장은 다시 승조를 불렀다.

"승조야."

이름으로 불린 것에 놀랐는지 승조가 어깨를 흠칫 떨었다.

"넌 서주에 모든 것을 바치지 말아야 했다. 서주가 무너지면 네 인생도 가련하잖아. 장가도 가고 자식도 낳고 하면서 살았어야지."

"그랬어야 했습니다."

"말은 넙죽. 왜 그렇게 안 살았어?"

"사는 게 생각대로 풀리지 않았습니다. 풀지 못할 매듭이 있었습니다."

서 회장은 허허 웃었다.

"헛똑똑이 같으니라고. 그 머리로 풀지 못할 매듭이라면 잘랐어야지."

승조는 서 회장을 물끄러미 응시하다가 돌아섰다.

멀어지는 승조의 뒷모습을 보며 서 회장은 혀를 찼다. 걸리적거리는 매듭은 베어냈어야지. 사내라면 그렇게 길을 내는 거지. 그 좋은 머리를 가지고 평생 주인 뒤치다꺼리나 하는 개로 살아. 피에 밴 버러지 근성은 어쩔 수 없어.

지하 주차장으로 내려온 승조를 하진이 맞았다.

"서 회장은요?"

"곧 내려올 거네."

"고맙습니다."

"서 회장이 검찰에 들어가면 자네에게 주가 조작 혐의를 씌울 거야."

"대비책 마련해두었습니다. 그보다 서주에서 빠져나오셔야 합니다. 검찰은 비서님이 정보 제공자라는 것을 알지만 세상은 모르니까요. 신변 정리 하십시오."

"아직은 아니네."

고개를 젓고 승조는 자신의 차를 향해 걸었다. 돌아선 하진이 회장실 전용 엘리베이터 앞에 주차된 차의 운전석에 올랐다.

차에 탄 승조는 글러브 박스를 열었다. 박스 구석에 돌돌 말린 가죽 뭉치가 있었다. 가죽을 꺼내 펼치자 은빛 단도가 모습을 드러냈다.

승조는 번득이는 칼날을 손끝으로 쓸었다. 칼날이 차갑고 단단했다. 한때 찬란했으나 이제는 주검이 되어버린 그의 젊음처럼.

서울중앙지방검찰청 앞에 서 회장의 차가 섰다. 뒷좌석에 앉은 서 회장은 창 밖을 내다보았다. 새벽을 첩첩이 점령한 어둠을 뚫고 제법 사나운 비가 떨어지고 있었다.

운전석에서 내린 비서가 트렁크 쪽으로 갔다. 창 밖에 커다란 우산이 펼쳐지고 차 문이 열렸다. 밖으로 내려선 서 회장은 우산 아래 얼굴을 보고 얼어붙었다.

"네가 어떻게……?"

"배웅해드려야지요. 회장님께서 가시는데."

하진의 싸늘한 눈빛이 칼날처럼 내리꽂혔다. 세월이 역류해 그를 권민욱의 장례식장에 데려다놓았다.

「권 사장께서 가셨는데, 당연히 와서 배웅해드려야지.」

그때 하진에게 던졌던 인사치레가 부메랑처럼 돌아와 이제 그를 찔렀다. 고작 열여덟이라고 얕본 것이 실수였어. 네 숨통을 끊어놓 았어야 했는데.

서 회장은 하진을 노려보며 불끈 쥔 주먹을 떨었다.

검찰청 건물 쪽에서 웅성거림이 들려왔다. 한 무리의 사람들이 카메라와 녹음기를 들고 달려오고 있었다.

"제가 사람들 몇 불렀습니다. 회장님께서 적적하시지 않게."

하진이 살얼음 같은 미소를 흘리며 우산을 서두었다. 차가운 빗 방울이 이마에 떨어지고 안경알이 빗물에 얼룩졌다.

"또 필요한 것이 있으면 연락하십시오."

"네가 감히!"

서 회장은 분노를 뿜어냈다.

"네. 내가 감히 당신 숨통을 서서히 조여줄 겁니다. 당신이 차라 리 죽여달라 빌 때까지."

달빛을 등진 하진이 음울하게 예고하는 동안, 비 너머에서 기자 들의 발걸음이 땅을 울렸다.

하진이 우산을 앞으로 기울이고 그를 지나쳤다. 저벅저벅, 절도 있는 걸음 소리가 이내 빗줄기에 묻혔다.

하진이 어둠 속으로 사라질 무렵, 서 회장은 수십 명 기자들에 에워싸였다. 모난 질문들이 날아들고, 카메라 플래시가 작렬했다.

거친 웅성거림 속에서 누군가에게 떠밀려 서 회장은 중심을 잃었다. 얼굴에서 안경이 벗겨져 날아갔다. 발밑에서 우지직 소리가 난 것도 잠시, 앙칼지게 밀려드는 함성으로 귀가 먹먹했다.

비가 얼굴을 뒤덮고 옷을 적셨다. 시야가 흐리멍덩해지고 한기가 덮쳤다. 몸이 기자들 틈에서 이쪽저쪽으로 휩쓸리는 내내 카메라 플래시가 총탄처럼 어둠을 쏘아댔다.

엉망진창이 된 꼴로 얼마나 헉헉댔을까. 검찰청 직원들로 추정되는 남자 둘이 그의 양팔을 붙들었다. 성난 짐승 같은 기자들을 헤치고 그의 의지와 상관없이 몸이 검찰청을 향해 나아갈 때, 진흙탕길에 발이 질질 끌렸다. 피의자 서국철이 걸어야 할 고단한 가시밭길의 시작이었다.

지하 작업실에 앉은 차연은 테이블 위의 녹음기를 주시했다. 서 회장이 권민욱의 죽음을 사주했다는 증거를 손에 쥐었으나 아무것도 할 수 없는 처지였다. 남편을 파멸시키겠다고 자폭할 수는 없는 노릇. 일이 이렇게 되었으니 증거를 없애야 했다. 증거의 존재를 아는 정 변호사와 함께.

초조하게 앞날을 가늠하고 있는데, 문에서 노크 소리가 났다.

"누구?"

문이 열리고 영빈이 들어왔다.

"엄마, 아버지 빨리 못 나오시지 싶어요."

"차명 계좌들이 있다. 당장 쓸 자금은 걱정 없어. 폭풍이 지나가면 미술관 라인 비자금 챙기면 되고."

"다 꼬리 밟힐 거예요. 검찰에 있는 선배한테 들으니까 아버지 조사 끝나는 대로 서주도 끝이야. 경영권 박탈. 사법 처리. 이미 검찰 내부에서 시나리오 짰였대. 우리 그룹 봐주던 대통령, 지금은 재벌 개혁 코드에 꽂혔으니까 우리를 본보기 삼으려는 거지. 서주를 공격한 세력의 실체가 오디세이라는 건 공공연한 비밀이고. 이미 판세는 기울었다 판단하고 실적 올리려는 분위기래, 검찰은. 이제 방법은 딱 하나야."

"뭔데?"

"권하진과 협상하는 것."

"영빈아!"

차연은 어림없다는 듯이 언성을 높였다. 영빈이 그녀에게 다가와 팔을 잡았다.

"권하진은 사업가야. 부실 계열사 정리하고 실속 있는 것들만 인수해서 투사하라고 하면 계산기 두드릴 거야. 그렇게 해야 그룹이 해체돼도 우리가 살아. 회사는 죽어도 경영진은 산다는 거 뒤집으면 돼. 일부분이라도 회사를 살려야 결국엔 우리가 산다고. 그러니까 엄마가 영채에게 사죄해요."

"뭐?"

"영채는 권하진을 움직일 수 있는 비장의 카드예요."

"그렇다고 걔한테 빌기라도 하란 말이니?"

차연은 영빈의 손을 뿌리쳤다.

"이런 상황이 아니라도 사과는 해야 하는 거 아니에요? 영채 생모 이야기 들었어요. 엄마가 그 사람을 어떻게 망쳐놨는지."

"권위에 도전하는 것들은 짓밟아야 한다. 한 번을 밟아도 확실하게. 어설프게 짓밟으면 자꾸 발을 움직여야 하니 성가시거든."

영빈은 경악했다.

"성가셔요? 엄마, 한 여자의 삶이 파탄 났어. 영채는 졸지에 고 아로 전락했고. 영채 키우면서 양심의 가책 느끼지 않았어? 엄마도 엄마면서."

"양심? 넌 양심이 어디에서 온다고 생각하니? 돈이 곧 양심이다. 권력이 양심이야. 그러니 내 자리를 넘보는 것들은 싹을 잘라야 해. 양심과 명예는 그렇게 만들어내는 거다. 너희 아버지와 내가 그렇 게 쌓아올린 게 서주야. 비참한 순간들도 있었지. 그런데 영빈아, 내가 비참하면 상대를 더 비참하게 만들면 된다. 피차 비참하면 덜 비참한 쪽이 강자니까. 갑의 자리는, 지배자의 자리는, 그렇게 사수 하는 거다."

차연은 냉정하고 견고했다. 한 치 흔들림 없는 차연의 평정심이 영빈은 섬뜩했다.

"엄마 독한 건 알았지만 이런 사람일 줄 몰랐어."

"그래서? 버리기라도 하게?"

"난 엄마 같은 괴물은 되기 싫어."

찰싹! 차연은 영빈의 뺨을 때려놓고 벌게진 뺨을 어루만졌다.

"독한 것. 내 딸 아니랄까 봐."

영빈은 차연의 손을 붙들고 애원했다.

"엄마, 권하진은 지금 우리가 잡을 수 있는 유일한 지푸라기야. 영채에게 빌어. 무릎을 꿇고라도, 아니, 그보다 더한 짓을 해서라도 빌어. 진심이 아니라도 빌어야 해. 그래야 우리가 살아."

차연의 우아한 입술이 일그러졌다.

"엄마, 부탁이야."

영빈은 필사적으로 매달렸다. 석상처럼 서 있던 차연이 한참 만에 무감한 목소리를 흘려냈다.

"영채에게 연락해라."

"내가?"

"내가 연락하면 만나주지 않을 테니까."

"영채한테 사과할 거지?"

"살려면 뭐든 해봐야지 않겠니?"

영빈은 의구심 어린 시선으로 차연을 살폈다. 소파에서 일어난 차연이 검정 롱 원피스 자락을 휘날리며 작업실 구석으로 갔다. 턴테이블이 켜지고, 스피커에서 소프라노의 아리아가 흘러나왔다. 오페라 '마술피리'에 삽입된 '지옥 같은 복수심이 내 심장에서 끓어오르네'였다.

다음 날, 영채는 미정과 함께 스파에 갔다. 석영이 건넨 스파 이용권은 청담동 소재 스파에서 전신 관리를 받고 식사를 하는 패키지 카드였다. 관리를 받고 연어 스테이크로 점심을 하던 도중 영채는 얼굴을 찡그렸다.

"왜?"

미정이 걱정스럽게 물었다.

"소스가 이상해요. 어머니 건 괜찮아요?"

"내 건 맛있는데."

"크림소스가 비릿한데. 어머니, 억지로 들지 마세요. 나가서 다른 거 사드릴게요."

"아니래도. 난 정말 맛있다니까."

"아…… 그럼 마저 드세요, 천천히."

멋쩍게 웃은 영채는 소스를 걷어내고 연어만 먹다가 포크를 놔버렸다.

"영채야."

미정이 포크를 놓더니 그녀를 불렀다.

"너, 혹시 아이 가진 거 아닐까?"

영채는 생리 주기를 계산해보고는 고개를 저었다.

"아닐 거예요."

"병원에 가보자."

깊은 미정의 눈빛이 시리도록 고요했다.

인근 산부인과에서 검진을 마친 영채는 대기실로 나와 미정을 안았다.

"어머니, 저 아이 가졌대요. 5주 됐대요."

신나하는 그녀를 안고 미정이 등을 다독였다.

"하진 씨한테는 비밀이에요. 이벤트를 열어서 놀래줄 거예요."

"그래."

미정의 품에서 빠져나온 영채는 미정의 눈시울이 촉촉해진 것을 보았다.

"어머니, 벌써 감동하시면 어떡해요? 이제부터 사건사고의 연속일 텐데."

"네가 기특해서 그래. 수고했어."

"수고요? 수고는 하진 씨가 했죠."

시어머니와 나누는 대화치고 묘하다고 생각하며 영채는 킥킥거렸다. 병원을 나서는 동안 미정이 임산부가 주의해야 할 점들을 일러주었다. 미정의 팔짱을 끼고 네네, 하고 있는데 핸드백에서 휴대전화가 울렸다.

영채는 액정에 뜬 영빈의 이름을 보고 수신을 거부했다.

"나 불편해하지 말고 받지, 왜?"

미정이 옆에서 일렀다.

"전화 안 받고 싶은 사람이었어요."

영채는 전화기를 곧장 핸드백에 넣었다. 당분간 함께 지내기로 한 미정과 집에 오니 영빈의 메시지가 들어와 있었다.

—용서를 빌 것이 있어. 만나줄래?

도희의 얼굴을 떠올리며 갈등하던 영채는 결국 영빈에게 전화를 걸었다. 호텔 오아시스 한식당에서 영빈을 보기로 약속이 잡혔다.

다음 날 점심 무렵, 호텔 오아시스 한식당 '정'의 내실로 들어선 영채는 얼어붙었다. 약속 상대는 영빈이었는데 상 건너에 앉은 이는 차연이었다.

"네게 할 말이 있어 영빈이에게 연락을 부탁했다."

허리를 꼿꼿이 세운 차연은 여느 때처럼 도도했다. 영채는 영빈에게 배신감을 느끼며 돌아섰다. 차연과는 볼 일이 없었다. 뱃속의 생명을 생각하면 모진 말은 듣고 싶지도, 하고 싶지도 않았다.

미닫이문을 열고 방을 나서려는데 차연의 싸늘한 음성이 날아들었다.

"권하진은 너를 버릴 거다. 이유를 듣고 싶으면 앉아라."

문을 잡은 손이 흠칫 굳었다. 문을 닫고 돌아서니, 차연이 핸드백에서 검정색 소형 녹음기를 꺼내 상에 올렸다. 영채는 녹음기를 물끄러미 보다가 차연의 맞은편에 앉았다.

"권하진을 설득해 서주를 지켜. 경영권은 내놓으마. 구조 조정하고 가치 있는 계열사에 투자하라고 해. 회사 보전하고 주주로서의 우리 위치 보장해다오. 오디세이의 자금력이면 어려운 일 아닐 거다."

차연의 요구가 뻔뻔스러웠다.

"못 해요."

영채는 단칼에 거절했다.

"못 해?"

"안 해요."

"그럼 할 수 없지."

차연이 입꼬리를 올렸다가 녹음기를 틀었다.

[해명을 어떻게든 손에 넣어야겠는데. 주인이 주지 않으니 어쩐다. 덮어두고 뺏자니 보는 눈들이 많고. 주인을 없애면 되겠지.]

서 회장의 목소리였다. 차가운 정적이 귀를 할퀴고 비열한 소곤거림이 흘러나왔다.

[해명 사장이 낚시 여행을 떠났다는구만. 바다를 좋아하는 사람이니 바다로 보내주게. 영영 바다에서 살라고.]

영채는 숨을 탁 놓았다. 이게 뭔가. 설마…….

눈앞이 어질거려 상 모서리를 붙드는데, 차연이 녹음기를 끄고 비아냥거렸다.

"잘난 네 아버지가 해명수산 먹어보겠다고 권하진의 아비를 없앴

더구나. 권하진의 어미를 만났다. 권하진에게 알리지 않는 조건으로 네가 떠나줬으면 하더라. 알려도 내가 알리겠다고 했다. 남편을 죽인 자의 딸에게 그 여자가 무슨 모진 말을 퍼부을지 그래도 걱정이 되어서."

영채는 떨리는 손을 배에 얹었다. 아이를 가졌다는 말에 어머니의 눈시울이 젖은 이유가 이거였구나. 다 알고 계셨으면서. 차마 말씀 못 하시고. 어머니…….

"고운 분이에요. 모진 말로 사람 마음 할퀼 분 아니에요."

차연이 한심하다는 눈빛을 하고 실소했다.

"시어머니 사랑이 극진하구나. 그럼 권하진은 어떨까? 모든 것을 알고도 너를 옆에 둘 것 같으니? 아비를 죽인 자의 딸과 한 이불 덮고 산다? 세상에 그런 사랑은 없다. 구차하게 핍박 받지 말고, 권하진과의 관계 정리해라. 다 널 위해서 하는 말이야."

"하진 씨는 절 버리지 않아요."

"대단한 믿음이구나. 감동적이야. 그런데 너, 너무 뻔뻔한 거 아니니? 널 볼 때마다 죽은 아버지를 떠올리는 고통을 남편에게 지우고 싶어? 그게 네가 사랑하는 방식이니?"

영채는 입술을 깨물었다. 죄책감이 올가미처럼 숨통을 조여올 때, 차연이 핸드백에서 봉투를 꺼내 내밀었다.

"파리행 비행기표다. 일주일 주마. 권하진을 설득해 서주를 살려. 못 하겠거든 출국하고."

영채는 하얗게 빈 마음으로 봉투를 내려다봤다.

"권하진과의 관계는 결국 파탄난다. 어떻게든 서주를 살려야 너도 사는 거야. 명심해."

차연의 협박이 아득해지고, 분노에 찬 하진의 절규가 머릿속에서 울렸다.

「내 안에는 얼어붙은 강이 하나 있어. 거기에 빠지면 넌 죽어.」

「서주그룹 그냥 두면 안 돼요?」

「안 돼.」

「내가 부탁해도 안 돼요?」

안 된다는 것을 알았다. 그녀가 부탁해도 안 된다는 것을 알았고, 부탁해서도 안 되는 일이란 것을 알았다.

영채는 떨리는 손으로 상에 놓인 봉투를 집어 들었다. 아직 생명의 기척이 없는 편평한 배에 다른 손을 얹은 채로.

사흘 후 저녁, 퇴근한 하진은 거실에서 TV를 보고 있었다. 서국철 회장이 피의자 신분으로 검찰에서 조사를 받는 소식이 톱뉴스였다.

[조 단위의 분식 회계를 통해 불법 비자금을 조성한 혐의를 받고 있는 서국철 회장은 검찰의 강도 높은 조사를 받고 있습니다. 은행권과 결탁하여 부당 대출을 받고 건실한 중소기업들을 편법으로 인수해온 사실까지 드러나며 서주그룹 사태는 일파만파로 번지고 있습니다. 서주그룹 전략기획 이사 서재익 씨를 필두로 서주그룹 회계 팀과 법무 팀의 핵심 인사들이 줄줄이 조사선상에 오를 것으로 보입니다. 서주그룹은 비상 경영 체제를 선포하고 사태 수습에 나섰으나, 계열사들의 주가가 동반 폭락하고 은행권이 자금줄을 조이면서 그룹 와해설에 무게가 실리고 있습니다. 재계 5위의 서주그룹이 무너질 경우 관련 업계는 물론 경제 전반에 미칠 파장이……]

다용도실 쪽에서 다르락 소리가 들려왔다. 쓰레기 분리수거 하는 날이지, 참. 하진은 TV를 끄고 다용도실로 갔다. 영채가 재활용품들을 분리하고 있었다. 우유 팩과 요구르트 팩, 맥주 캔과 견과류 포장지 같은 것들이 이쪽저쪽으로 나뉘었다.

　"같이 하자."

　하진은 쓰레기로 가득 찬 종량제봉투를 묶으면서 말을 걸었다.

　"혼자 할 수 있어요."

　영채가 고개를 수그린 채 웅얼거렸다.

　"나는 뉴스 보면서 혼자 정리하게 했다고 삐쳤구나, 너."

　하진은 영채의 팔꿈치를 톡 건드렸다. 새침하게 한소리 쏘아붙일 줄 알았는데, 영채가 무덤덤히 우유 팩을 접는 데만 열중했다.

　하진은 무릎을 굽히고서 영채의 얼굴을 들여다봤다.

　"영채야, 무슨 일 있어?"

　"어? 아니."

　"요즘 너 좀 멍한 거 알아?"

　이틀 전엔 영채가 밥을 솥에 안쳐놓고 취사 버튼을 안 눌러 배달 음식을 시켜 먹었다. 어제는 등을 돌린 채 잠을 청하려더니 몸을 만지자 그냥 안아달라고만 했다. 새벽에 일어났을 때 영채의 베개가 흠뻑 젖어 있더니, 오늘 아침 출근길엔 시무룩한 표정이었다. 어디 아프냐 물으면 환절기라 그런다고 한다. 당분간 어머니와 같이 지내기로 했다고 말한 날부터다. 어머니도 요즘 침울하시던데, 두 사람 사이에 무슨 일이라도 있었나?

　"영채야, 잠깐 나 좀 봐."

　하진은 영채의 손에서 우유 팩을 빼서 종이백에 던져 넣었다. 영채가 몸을 세우고 그를 멈칫멈칫 바라보았다.

"어머니한테 무슨 야단 맞았어?"

"어? 아니."

"그럼 내가 일 이야기 안 하는 게 서운해 그러는 거구나."

"어?"

"이번 일만 마무리하면 뭐든 너랑 의논할게. 그러니까 이번만 봐
줘라. 서주 건은 특별 케이스잖아."

하진이 그녀의 볼을 쓸었다. 영채는 바르르 떨리는 입술을 앙다
물고 있다 하진을 답삭 껴안았다.

"하진 씨, 나 버리지 마."

울먹이듯 애원하니 하진이 나직이 웃었다.

"내가 어떻게 널 버려?"

"약속해. 무슨 일이 있어도 안 버린다고. 나랑 평생 산다고."

영채는 하진의 목에 팔을 감고 매달렸다.

"너 왜 그래?"

하진이 그녀를 밀어내고 눈을 맞췄다.

"왜 약속 안 해? 빨리 약속하라니까. 어?"

영채는 아찔한 정신으로 무작정 졸랐다.

"영채야. 너, 왜 이래?"

"내가 요즘 까불었어. 뭣도 모르면서 아는 척한 거. 서 회장 들쑤
신 거. 다 까분 거야. 이제 알겠어. 하진 씨가 날 지켜줄 거라 믿어
서 움직였다는 거. 나 버리지 마. 난 하진 씨 없으면 안 돼."

"무슨 일인지 알아듣게 얘기해."

"강차연 만났어."

하진의 몸이 굳었다.

"아무 말도 못 하고 덜덜 떨다 왔어. 하진 씨한테 버림받을 거라고 생각하니까 세상이 끝장나는 것 같았어. 나 버리지 마. 미안해. 나, 정말 염치없고 뻔뻔해. 그래도 나 버리지 마."

"내가 왜 널 버려? 뭐가 또 미안하고?"

영채는 하진의 품에 고개를 묻었다.

"나 버려도 아플 거잖아. 그러니까 나 데리고 살면서 아파줘. 내가 잘할게. 하진 씨랑 어머니한테 정말 정말 잘할게. 뭐든 할 수 있으니까, 나 버리지만 마."

갈라진 목소리를 내쏟는 동안 몸이 무너져 내렸다. 영채는 하진 앞에 무릎을 꿇고서 빌었다.

"나, 버리지 마. 제발, 버리지 마."

하진은 영채 앞에 무릎을 굽히고 앉았다.

"영채야. 너, 왜 이래?"

"그게…… 사실은…… 어어…… 아버님 사고사 하신 거 아니야. 서 회장이 사람…… 시켜서…….."

부들부들 떨던 영채는 손에 얼굴을 파묻었다.

"회사 뺏으려고…… 서 회장이…….."

하진은 영채의 양어깨를 붙들었다.

"그만!"

흠칫 놀란 영채가 눈물로 범벅된 얼굴을 들었다.

"아무 말도 하지 마."

하진의 비장한 눈빛에 영채는 벼락을 맞은 것 같았다.

"혹시…… 알고 있었어?"

굳게 맞다물린 하진의 입술이 대답이었다. 이 사람, 이미 알고 있어. 모든 것을 알고도 진실을 덮으려 했나 봐. 하진에게 버림받을 거란 두려움과는 다른 종류의 두려움이 덮쳐들었다.

"어떻게…… 어쩌자고 이 엄청난 걸 감추려고 했어? 우리, 어떡하지, 이제? 어…… 어…….."

하진은 새하얗게 질린 얼굴로 허둥대는 영채를 힘껏 안았다. 뭘 더 해야 할까? 뭘 어떻게 더 해야 이놈의 운명이 항복할까? 얼마나 더 독해져야 우리가 사랑만 할 수 있을까?

"네 마음 하나 욕심나서 그랬어. 내가 그랬잖아. 너한테 다 주고 마음 하나만 달라고 할 사람 기다리라고. 그 사람이 되고 싶어서 그랬어. 네가 나 하나만 봐주길 바라서."

영채가 어깨를 떨면서 서럽게 울었다.

"미안함 때문에, 죄책감 때문에 말고, 내가 좋아 죽겠어서, 네가 내 옆에 있기를 원했어. 미안해하지 마. 죄인처럼 굴지 마. 그냥 나만 봐. 나 하나만 보라고."

하진은 영채의 얼굴을 들어올려 감쌌다.

"우리 서로만 보고 여기까지 왔잖아. 이렇게 계속 가는 거야."

"그럴 수 없게 돼버렸어."

"왜 안 돼? 한다면 하는 거지."

"나, 아이 가졌어, 하진 씨."

영채의 눈에서 눈물이 주룩 흘렀다.

"뭐?"

"아이가 있어. 내 뱃속에. 이 아이에게 서 회장 피가 흐르는데…… 나 때문에…….."

하진은 영채를 와락 안았다. 아이를 가진 것을 알고 두려움에 떨었을 영채가 가여웠다. 그에게 버림받을까 겁이 나고, 훗날 아이에게 미안해질 그들의 사랑이 무서웠던 마음. 그 마음을 두고 무슨 말을 할 수 있을까? 안아주는 것밖에 할 것이 없었다.

"강차연이 어머니께 말했대. 어머니가 나더러 떠나라고 하실 거래."

"어머니한테 빌자. 우리 봐달라고 같이 빌자."

"나는 있지, 누가 하진 씨를 죽인다면 그 사람 핏줄 못 볼 것 같아. 평생 저주하며 살 거야."

"나도 그래. 누가 널 뺏어 가면 용서 못 해."

"그런데 어떻게 어머니더러는 우리를 봐달라고 해? 우리는 못 하겠다면서 어떻게 어머니더러……. 아버님이 서 회장 손에 돌아가셨어. 내 안에 그 사람 피가 흘러. 나 때문에, 우리 아이한테도 그 사람 피가 흐를 텐데……. 아, 어떡해. 미안해, 하진 씨. 정말 미안해."

영채가 눈물을 펑펑 쏟아냈다. 하진은 영채를 가슴 깊이 안았다. 행여 영채가 모진 마음을 먹을까 두려워서 온 힘을 다해 안았다.

"사랑해, 영채야."

영채의 여린 어깨가 속절없이 떨렸다. 영채의 눈물이 가슴을 적시도록 하진은 말하고 또 말했다.

"사랑해. 사랑해."

영채가 그에게 매달렸다. 타일바닥에 널브러진 쓰레기 더미 속에서 서로를 부둥켜안은 두 사람은 들러붙은 섬들처럼 한 덩이가 되어 울었다.

"사랑해. 사랑해."

영채를 다독이던 하진은 고개를 들었다. 미정이 거실 구석에 서서 젖은 얼굴로 그를 바라보고 있었다.

아버지. 모든 것이 늘 미안하셨던 아버지. 이제야 알겠습니다. 당신의 미안하다는 말은 사랑한다는 말의 다른 얼굴이었다는 것을요. 이렇게 미안하고 또 끝없이 미안한 마음이 바로 사랑이란 것을요.

어머니, 죄송해요. 아버지처럼 살겠다는 변명도 이젠 못 드려요. 지금 제가 안은 이 사랑을 지키고 싶은 욕심뿐이에요. 저는 사랑한다는 말로 미안하다는 말을 대신하며 살게요. 용서해주세요. 이 사랑 허락해주세요.

"사랑……."

하진은 미정을 바라보면서 영채의 머리를 쓰다듬었다.

"사랑해…… 요."

목구멍에 가시처럼 걸렸던 말이 터져 나왔다. 눈물이 왈칵 쏟아져 내렸을 때, 부연 흐느낌 너머에서 미정이 고개를 끄덕였다. 눈물에 젖은 얼굴로, 의연하게 미소 지으며.

하진은 영채를 침실로 데리고 가 침대에 눕혔다.

"정말 어머니가 우리 보셨어?"

영채가 불안스레 물었다.

"음."

"그럼 가서 빌어야지."

"내일, 영채야."

하진은 일어나려는 영채를 제지했다. 빌면 어머니가 용서해주시리란 것을 알았다. 하룻밤이라도 시간을 드리고 싶었다. 내일 애써 의연한 모습을 보이시기까지, 아들의 사랑을 원망할 시간을 어머니께 드리고 싶었다.

영채가 퉁퉁 부은 눈을 비볐다. 충혈된 눈동자에 차오르는 눈물을 닦아주고 하진은 물었다.

"비행기표는 어쨌어?"

"찢어버렸어. 가지고 있으면 마음 약해져서 떠날까 봐. 그리고 어떻게든 이 집에서 버티겠다고 마음먹었어."

"잘했어."

영채가 눈물 그득한 눈을 하고 멋쩍게 웃었다.

"나 정말 뻔뻔하지?"

"뉴욕에서 네가 서점을 뒤집어놓던 때가 생각난다."

"그때, 뭐?"

"너 문 잠가달라고 했다며?"

"그때는 제정신이 아니었어. 하진 씨 찾아야겠다는 생각밖에 없었거든."

그런 네가 좋았어. 나 하나 갖기 위해 몸부림치는 네가 눈물겹게 예뻤어.

하진은 영채에게 입 맞추며 물었다.

"이제부터 조심해야 해?"

"조심은 해야 하는데, 괜찮대."

하진은 침대 위로 올라가 눈물로 젖은 영채의 옷을 벗겨냈다.

"영채야."

"음."

"다시는 나한테 무릎 꿇지 마."

"상관없어, 그런 거. 하진 씨 지키기 위해선 뭐든지 할 수 있어."

"내가 안 괜찮아. 무릎 꿇지도 말고, 애원하지도 마. 날 지키기 전에 널 지켜."

"그럴게요.

눈물 그렁한 눈에 서로를 담고서, 영채와 하진은 사랑을 나누었다. 소리 없이 흐르는 눈물 사이로 서로의 이름이 오갔다. 고해처럼, 기도처럼. 그들이 지상에 남기는 마지막 숨결처럼.

몸을 섞고 마음을 섞고 마지막 눈물 한 자락까지 섞은 후, 두 사람은 꼭 부둥켜안았다. 꽃 같은 여인과 그녀에게 가시처럼 박힌 남자. 하나 된 두 육체에 자비로운 잠이 쏟아져 내렸다.

다음 날 새벽, 영채는 동이 틀 무렵 눈을 떴다. 아침을 준비하러 주방으로 들어갔더니 식탁 위에 흰 봉투가 있었다.

: 영채와 하진에게.

봉투 겉면에 적힌 글자들이 심상치 않았다.

영채는 봉투를 들고 미정이 머무는 게스트 룸으로 갔다.

"어머니."

몇 번 노크를 했는데도 안에서 기척이 없었다.

"어머니, 저 들어가요."

문을 열어젖혔을 때 고요한 어둠이 그녀를 맞았다. 텅 빈 방에 사람의 온기가 없었다.

멍하니 서 있던 영채는 침실로 가 잠들어 있는 하진을 흔들어 깨웠다.

"하진 씨, 어머니가 나가셨어. 이것만 남겨두시고."

눈을 뜨고 일어난 하진이 그녀의 손에서 봉투를 낚아채 열었다. 유백색 종이에 단정한 글자들이 빼곡했다.

: 사랑하는 영채와 하진에게.

아이를 가진 것을 축하한다. 세상에 귀하지 않은 생명이 어디 있겠느냐마는, 너희들이 만들어낸 생명은 참 각별하구나. 아픔으로 태어났지만 꿋꿋이 자라난 영채. 시련을 겪고도 마음에 사랑을 가득 품은 하진이. 너희를 닮은 아이는 얼마나 어여쁘고 강인할까?

영채야. 하진아.

사랑 하나로 힘든 시간을 버텨내는 너희를 보면서, 나와 너희 아버지가 하진이를 만났던 시절을 생각했다. 결혼하고 얼마 지나지 않아 너희 아버지 회사가 도산했단다. 앞날은 캄캄하고 빚쟁이들의 독촉에 시달리던 중에 내가 죽겠다고 투정을 부리니 너희 아버지께서 독약을 구해 오셨다.

"목숨은 아깝지 않아. 당신 혼자 보낼 수 없으니, 같이 갑시다. 그런데 비겁하게 도망가면 우리를 도와준 사람들을 배신하는 것이 아니오? 죽을 때 죽더라도 빚은 갚읍시다."

빚진 사람은 죽을 권리도 없다고 말하는 남편 앞에서 내가 무슨 투정을 더 부릴 수 있었겠니?

그날 우리는 죽을 마음으로 살아보자고 다짐했다. 꼭 껴안고 잠을 잤는데, 다음 날 아침에 입덧을 시작했어. 널 가진 것이었지. 하마터면 널 품은 것도 모르고 목숨을 버릴 뻔했더구나.

정신이 번쩍 들었다. 뱃속에 든 아이를 위해서라면 뭐든 할 수 있을 것 같았다. 험한 세상 차라리 등지는 게 낫겠다 싶었던 마음에 믿음이 생겼어. 힘든 시간을 견뎌내면 언젠가는 좋은 시절을 맞으리란 믿음이었지.

하진아. 너는 나와 네 아버지에게 사랑이고, 구원이고, 믿음이었다. 어둠을 헤매고 있던 우리에게 빛처럼 와주어서 고맙다. 너를 키우는 동안 행복했고, 감사했고, 살아 있음이 자랑스러웠다.

영채야, 권씨 집안 남자들이 속이 깊다. 내가 그랬던 것처럼, 너도 남편의 사랑을 마음껏 누리렴. 하진이한테 투정도 부리고, 떼도 쓰고, 속상한 일이 있으면 품에 안겨 실컷 울어라.

그런데 네 새끼 앞에서는 그러지 마. 엄마가 된다는 건 할 수 없는 것들이 하나 둘 생기는 거란다. 나의 시어머니께서 못 먹고, 못 자고, 마음껏 울지 못하면서 하진 아버지를 키우셨듯이, 내가 못 먹고, 못 자고, 마음껏 울지 못하며 하진이를 키웠듯이, 너도 네 새끼를 위해서 모든 것을 참아내라.

영채야. 하진아.

선한 부모가 되어라. 강한 부모가 되어라. 너희들이라면 해낼 것이라 믿는다.

너희 아버지께서 손자나 손녀가 태어나면 주겠다고 하셨던 이름이 있다. 그 이름을 너희들에게 선물한다.

誾 온화할 은.

濤 물결 도.

아이가 태어나거든 은도라고 이름 지어다오. 아버지께서 기뻐하실 거야.

나는 너희 아버지 고향에 가서 마음을 달래고 올게. 다시 보는 날, 웃
으면서 서로를 안아주자.

영채야. 하진아.

예쁘고 예쁜 나의 새끼들. 너희들을 한없이 사랑한다.

살아 있는 한, 어떤 이유로도, 서로에 대한 사랑을 놓지 마라.

너희들을 위해서라면 무엇이든 할 수 있는

엄마가.

눈물범벅이 된 영채가 편지를 고이 접었다. 편지를 가슴에 품은
영채를 하진이 보듬었다. 사랑보다 더한 사랑을 안고서 두 사람은
울었다. 소리 없이, 오래오래. 세상에서 가장 축복받은 영혼들처
럼.

아침식사를 한 후 하진은 영채를 데리고 한강변으로 나갔다. 바
람이 보드랍고 강물이 순하게 흘러가는 아침이었다. 초가을 햇살이
강이랑에 부서져 내려 은빛 물결이 싱그럽게 반짝거렸다.

"우리 아이랑 함께 보는 첫 아침이다."

하진은 영채의 손을 그러쥐었다.

"졸려."

영채가 그의 팔에 고개를 비볐다.

"어디 앉아서 좀 잘래?"

"싫어. 이렇게 중요한 순간에. 나중에 은도가 셋이서 함께한 첫
아침에 엄마는 뭐 했어요, 하고 물으면 졸려서 잤다고 할 수는 없잖

아. 엄마 체면도 있는데. 오래오래 걸을 거야. 나중에 은도한테 같이 강 보려고 발에 물집 잡히도록 걸었다고 생색 낼 거야."

나긋나긋 재잘거리는 영채를 하진이 안았다.

"걷다가 정 힘들면 말해. 업어줄게."

"그건 꼼수잖아. 싫어."

야무지게 거절하고 영채가 후후, 웃었다.

"왜?"

"다리 아픈데 걷는 것도 단련이 되니까 할 만해. 예전에 누구랑 헤어지기 싫어서 피곤한데도 계속 걸은 적이 있었거든. 그리고 또 어느 날엔 누구를 찾아보겠다고 종일 걸었지. 다리 퉁퉁 붓도록. 그때에 비하면 오늘 아침은 걷는 것도 아니야."

"미안해."

"생각해보니까 나 4년 동안 바람맞힌 벌을 제대로 안 줬네. 결혼하고 살다 보니 잊어버렸어."

새치름하게 대꾸한 영채가 조금 걷다가 또 말했다.

"하진 씨, 생각해보니까, 오늘이 첫 아침 아니야."

"뭐가?"

"은도. 지난 5주 동안 우리랑 웃고, 자고, 숨을 쉬었잖아. 우리가 몰랐을 뿐이지."

"그러네."

사랑은 그런 것인가 보다. 우리 안에서 자라고 있는데도 그 존재를 깨닫지 못하는 것. 속이 울렁이고 몸이 나른해졌을 때야 품었음을 알게 되는 것.

"오늘 강이 참 예쁘다. 그치?"

"그래."

"내가 말한 적 있어? 나 어렸을 때 한강을 정말 좋아했다고?"

"아니."

"서울에서 한강이 제일 좋았어. 강을 닮은 남자를 만나려고 그랬나 봐."

"그랬나 보다."

영채가 소리 내어 웃었다. 낭랑한 웃음이 바람을 따라 흐르는 것을 들으며 하진은 한없는 자유를 느꼈다. 그는 더 이상 그물에 갇혀 몸부림치거나 바늘에 입을 꿰인 채 헤엄치는 물고기가 아니었다. 하늘로 날아올라 별들 사이에서 춤을 춘다는 은빛 물고기의 환영이 영채의 웃음 너머에서 반짝거렸다.

"은도가 저 강처럼 예뻤으면 좋겠다."

"예쁠 거야."

하진은 영채의 어깨를 끌어안으며 확신했다. 사시사철, 한결같이. 흐를 때나, 얼어 있을 때나. 눈비를 맞고 바람에 부대낄 때조차도 온화하게 흐르는 강처럼, 그들의 아이가 예쁘리라는 것을.

풍요로운 햇살이 두 사람의 어깨를 다독였다. 모질고 뜨거운 여름을 헤쳐오느라 애썼다고.

마침내, 가을이었다.

14

초록의 심장에게 길을 물었네

영채를 집에 데려다주고 출근한 하진은 팀원들을 불러 모았다.

"서주해명 주식 매집하세요."

"서주의 다른 계열사들은 어떻게 할까요?"

"우선 해명 주식부터 최대한 끌어 모으세요."

현재 그가 확보한 지분이 40%에 조금 못 미쳤다. 서 회장 일가와 우호 세력 보유 지분이 38% 정도로 추정됐다. 박빙의 우위를 점하고 있으나, 경영권 장악을 위해서는 한 주라도 더 끌어 와야 했다.

"서주해명 이사회에 임시 주주총회 제안하시고요. 안건은 대표이사 해임입니다."

"네."

회의가 마무리 될 즈음, 회의실 문에서 노크 소리가 났다. 법률적 사항들을 검토하던 석영이 일어나 문을 열었다. 하진의 비서가 긴장한 얼굴로 흰 봉투를 내밀었다. 발신인이 서울중앙지방검찰청인 행정우편이었다.

사흘 후, 서주그룹 계열사들의 주가 폭락과 관련해서 참고인으로 소환된 하진은 서울중앙지방검찰청 금융조세조사 2부에 출석했다. 진술을 마치고 검찰청 밖으로 나오니 석영이 기다리고 있었다.

"오늘 같은 날 자리를 비우냐?"

하진은 석영을 보자마자 타박했다. 출석 시각인 오후 3시 직전 석영이 사라졌다. 비서 말로는 중요한 용무가 있다는 말만 남기고 행방이 묘연해졌다는데, 검찰 조사에 동행하는 것보다 중요한 일이 어디 있다고. 소환 자체가 형식적이었고 소명 자료가 꼼꼼하긴 했지만, 석영의 부재는 진술 내내 불안감을 일으켰었다.

"조사는 잘 마쳤어?"

석영은 진지했다. '내가 없으니 외로웠구나.' 같은 낯간지러운 대사를 날릴 법한데, 얼굴에 긴장감이 돌았다.

하진은 뭔가 사건이 터진 것을 직감했다.

"뭐야?"

석영이 하얀 대봉투를 들이밀었다.

하진은 봉투를 열어 내용물을 살폈다. A4 용지 두 장의 영문 서류는 서주미성에서 출시한 음료 레시피에 대한 분석 결과였다. 암호 같은 화학 기호를 건너뛴 하진은 마지막에 적힌 소견을 읽고 석영을 쳐다봤다.

"증거 없이 터트려선 역풍 불겠지?"

뉴욕 근교에 보관 중인 도희의 시신이 생각났다.

「내 몸이 증거다.」

설마 홍 여사님이 그렇게까지 하셨을까. 이건 서주그룹에 대한 복수를 넘어서는 거였다. 안고 있는 것 자체가 시한폭탄인 사항. 처리 방법에 선택의 여지가 없었다.

하진은 휴대전화기를 빼들다 멈칫했다. 인태가 유럽 출장 중이었다. 지수의 얼굴이 떠올랐다. 지수에게 무거운 짐을 지우는 것 같아

미안했지만, 상황이 너무 급박했다.

하진은 지수의 번호를 스피드 다이얼에서 찾았다. 신호가 몇 번 가지 않아 지수의 경쾌한 목소리가 들려왔다.

― 하진 오빠.

"지수야, 홍 여사님 시신을 서울로 옮겨 와야겠는데, 부탁 좀 할 수 있을까?

― 내가 시신을 가지고 서울로 가야 한단 거야?

"음."

― 알았어. 뭘 어떻게 해야 하는지만 알려줘. 바로 공항으로 갈 테 니까.

"공항?"

― 나, 지금 암스테르담에 있단 말이야. 시신 찾으러 뉴욕 가려면 비행기부터 타야지.

"미안하다."

― 괜찮네요. 오빠는 후지 산에서, 평생 내게 뭘 부탁해도 미안해 하지 않을 수 있는 권리를 얻은 사람이잖아.

전화를 끊은 하진은 석영을 봤다. 통화 내용으로 일의 진행 상황 을 짐작한 석영이 말했다.

"법적 절차 현지 변호사랑 상의해서 지수한테 매뉴얼 보낼게."

"그래."

휴대전화가 울렸다. 액정에 뜬 이름을 보고 하진은 통화를 수락 했다.

"권하진입니다."

― 이성학 연구원 아들입니다. 병실에서 뵈었는데…….

"기억합니다. 무슨 일입니까?"

전화기 건너편에서 들려오는 소식을 들으며 하진은 고개를 뒤로 젖혔다. 대한민국을 휩쓸 초특급 태풍의 전조처럼 하늘에 짙은 먹구름이 뭉치고 있었다.

같은 시각. 영채는 호텔 오아시스의 룸에서 갤러리 예성의 대표 공예성과 마주 앉아 있었다.

"왜 만나자고 하셨어요?"

"일전에 뉴욕에서 영채 씨가 한 제안에 대해서 말인데……."

예성이 대봉투를 테이블에 올렸다. 영채는 봉투를 열어 안에 든 서류를 훑었다.

"제 기대엔 못 미치는데요."

"언젠간 그게 영채 씨를 도울 서에요. 서주미술관 거래 내역은 넘겨주기 힘들어요. 내 발등을 찍을 수는 없지."

"이걸 주시는 이유는요?"

"보험 드는 거지. 강 교수님은 지는 해니까. 영채 씨, 나중에 곤란한 일이 생기면 이 카드를 써요. 대신 나한테 곤란한 일이 생겼을 때 날 도와주는 걸로 하고."

"보험료 너무 적게 내시는 것 같다, 공 대표님."

"언젠가 그 생각이 바뀔 수도 있을 거야. 난 그만 가볼게."

일어서던 예성이 망설이다 덧붙였다.

"보험료를 조금 더 내자면, 강 교수님 지하 작업실 구조가 특이해요. 강 교수님의 진정한 비자금은 미술품이 아닐 테고."

영채는 예성을 올려다보았다.

"내가 말할 수 있는 건 여기까지예요."

예성이 불안한 시선을 거두고 돌아섰다. 황망히 룸을 나서는 걸음 소리가 두꺼운 카펫에 묻혔다.

문이 열리고 닫혔다. 보험은 들겠지만, 배신은 하기 싫다는 거네. 얼굴을 찡그리고 있던 영채는 욕실로 가서 손을 씻었다. 공들여 비누칠한 손을 헹구고 타월로 닦다 보니 전신 거울에 연하늘색 원피스를 입은 늘씬한 여자가 비쳤다.

영채는 양손을 겹쳐 배에 올렸다. 미안해, 은도야. 어른들의 세계를 너한테 너무 일찍 보여줘서. 이런 선행 학습은 시키기 싫었는데. 부디, 몸도 마음도 건강하게 자라서 나와라. 오늘 같은 엄마 모습은 잊어버리고.

아파트로 온 영채는 저녁 준비를 했다. 오이냉국과 미역초무침에 피날레는 멸치 볶음. 멸치와 견과류를 볶은 것과 소스를 팬에 넣고 졸이는 동안 자꾸 하품이 나왔다. 요즘 부쩍 몸이 나른해지고 졸음기가 시도 때도 없이 밀려든다.

영채는 소스를 젓다가 아차 싶었다. 크랜베리를 잊었다. 지난주 멸치 볶음에 말린 크랜베리를 넣었더니 하진이 좋아했다. 뭐랬더라? 견과류의 고소함과 멸치의 바삭함에 크랜베리의 새콤함이 더해져 맛있다는 호평이었지.

영채는 냉장고에서 크랜베리를 꺼내 멸치 볶음에 부으면서 혼잣말했다.

"은도야, 너 방금 흉봤지? 엄마는 또 잊었어요? 아빠를 사랑한다면서 왜 자꾸 아빠가 좋아하는 걸 잊어요, 생각했지? 인간은 불완

전한 존재야. 아무리 누군가를 사랑해도 그 사람이 좋아하는 걸 잊을 때가 있어. 그래도 괜찮아. 왜냐면, 잊었다가 잊고 있었다는 걸 깨달을 때면, 그때 아는 거거든. 그 사람을 내가 정말로 사랑하는지, 사랑하지 않는지. 인간은 다른 사람들을 조금씩 잊으면서 살아가. 사랑하는 사람이거나 사랑하지 않는 사람이거나, 망각의 법칙은 똑같이 적용돼. 그런데 사랑하는 사람이라면 잊고 있었다는 걸 알아차릴 때 가슴이 아파. 그때 아는 거야. 내가 그 사람을 정말로 사랑한다는 걸. 그러니까, 방금 크랜베리를 냉장고에서 꺼내는 순간 엄마는 아빠를 아주, 아주, 많이, 많이 사랑한 거야. 뭐? 무슨 말인지 이해를 못 하겠다고? 그래, 네가 아직 사랑을 알겠니?"

영채는 쪼글쪼글한 크랜베리를 멸치 볶음에 섞어가며 후후 웃었다.

"걱정할 필요는 없어. 넌 사랑에 관해서만큼은 이 세상 누구보다 이해력과 실천력이 뛰어날 테니까. 서로를 많이 사랑하는 엄마와 아빠의 아이잖니? 은도야, 너는 엄마한테 고마워해야 해. 엄마가 기막힌 안목으로 아빠를 네 아빠로 만들어줬잖아. 넌 아무 생각 말고 아빠만 닮으면 돼. 그럼 인생 성공이야."

한 손으로 팬 안을 저으면서 다른 손으로 배를 도닥거리는데, 뒤에서 깊은 목소리가 날아들었다.

"난 은도가 너 닮았으면 좋겠는데."

"어우, 깜짝이야."

영채는 휘릭 돌아섰다. 슈트 차림의 하진이 미소를 지으면서 서 있었다. 영채는 불을 줄이고 하진에게로 달려갔다.

"별일 없었어요?"

하진에게서 검찰청으로 향하고 있다는 메시지를 받은 이후 내내 가슴을 졸였다.

"음. 넌 오늘 어땠어? 은도는?"

"잘 지냈어. 나도, 은도도."

"은도, 아직 발차기는 안 해?"

"무슨 발차기를 벌써 해? 성격 너무 급하다."

"아직 아닌가?"

"은도 아빠, 아이에 대해 공부 좀 해야겠어요."

"그래."

멋쩍게 웃은 하진이 주방 바닥에서 에코백을 들어올려 식탁에 놓았다. 파인애플 하나. 오렌지와 귤 한 뭉치. 레몬과 라임 두어 개와 석류도 있었다.

"집에 과일 있는데. 뭐 만들어줘요?"

"너 주려고 산 거야. 임신하면 신 게 먹고 싶어지는 거 아니야?"

영채는 빙긋 웃었다.

"사람마다 다른 거지. 난 아직 특별히 먹고 싶은 거 없어요."

"팀원 중에 아내가 임신 3개월인 사람이 있는데, 밤중에 감자탕 집에 달려간 적도 있었대."

"아내가 먹고 싶대서?"

"자려는데 감자탕 못 먹으면 죽을 것 같다고 하더래. 그래서 영업하는 감자탕 집 찾아서 집 부근을 헤맸다고. 너도 그런 거 있으면 말해. 참지 말고."

하진이 그녀의 얼굴을 감쌌다.

"난 먹고 싶은 건 없는데, 하진 씨……."

"먹는 거 말고 다른 거?"

"이제부터 나 염색이랑 펌도 못하고, 화장도 안 할 건데. 그런다고 하진 씨, 혹시라도 애정이 식으면⋯⋯."

눈썹을 새초롬히 모았던 영채는 재빨리 해사하게 웃으며 하진의 가슴팍을 손가락으로 긁었다.

"사랑하고 존경하는 남편님, 누추한 외모의 아내일지라도, 변함 없이 저를 사랑해주시옵소서."

하진이 품, 웃음을 터트렸다.

"뭐야? 그 말투는?"

"은도가 듣는데, 고운 표현을 써야지. 하진 씨도 은도 앞에서는 좋은 생각만 해. 뱃속에서도 아이가 다 마음을 듣는대."

"알았어."

"씻어요. 저녁 차릴게."

영채는 하진의 가슴을 쓸고 돌아서 멸치 볶음을 살폈다. 불을 끄고 접시를 꺼내는 동안 하진이 재킷을 벗어 식탁 의자에 걸쳐두고 손을 씻었다. 에코백을 비우더니 파인애플을 냉장고에 넣어두고, 나머지 과일들을 개수대로 가져왔다. 오렌지가 물에 담기고 하진의 꼼꼼한 손길로 씻겨졌다.

"뭐 해요?"

"씻으라며."

덤덤한 하진의 대답에 영채는 자르르 웃었다.

"은도야, 네 아빠는 정말 좋은 남편이야. 씻으랬더니 과일을 씻고 있는 것 봐. 넌 나중에 꼭 아빠 같은 남자가 되어야 해."

하진이 개수대의 물을 잠그고 그녀를 뒤에서 안았다.

"은도가 딸이면?"

영채는 배를 감싼 하진의 손에 손을 겹쳤다.

"그럼 하진 씨 같은 남자를 만나게 키워야지."

하진의 입술이 목덜미에 내려앉았다.

영채는 눈을 내리감았다. 조금 있다 듣자. 검찰에서 고생한 이야기 같은 건. 공 대표를 만났던 골치 아픈 이야기도 조금 있다 들려주자. 지금은 그냥 은도랑 셋이서 행복에 잠기자.

하진의 입술이 귓불을 머금었다.

"예쁘다, 영채야."

"정말?"

"지금 여기서 사랑하고 싶을 만큼."

영채는 배에 얹힌 하진의 손을 잡아 가슴에 얹었다. 하진의 손이 티셔츠 밑을 파고들었다. 뜨거운 손이 가슴을 조심스레 움켰을 때, 날카로운 전화음이 들려왔다.

하진의 한숨이 목덜미를 물들였다.

"받아봐요."

하진을 밀쳐낸 영채는 하진이 의자에 걸쳐둔 재킷에서 전화기를 빼드는 것을 보았다.

"알았습니다. 지금 그리로 가죠."

짧은 통화를 끝낸 하진이 재킷을 입었다.

"나갔다 와야겠다."

저녁은 혼자 먹게 되지 싶다. 영채는 아쉬움을 삭이면서 고개를 끄덕였다. 무슨 일인지 묻지 않아 고맙다는 듯 하진이 이마에 입을 맞췄다. 영채는 뱃속에서 어떤 기운을 감지했다. 태동일 리 없는데.

은도가 움직이긴 너무 이른데. 무슨 말을 지금 꼭 해야겠다고 은도가 안간힘을 쓰는 것처럼, 뱃속에 찌르르한 기운이 번졌다.

영채는 주방을 나서는 하진을 따라가 답삭 안았다.

"조심해서 다녀와요."

하진이 그녀의 배를 어루만지고 돌아섰다. 현관을 나설 때 하진의 오른쪽 어깨가 살짝 떨렸다.

"계좌들 다 정리해. 적금도 깨고. 자세한 건 집에 들어가서 얘기할게. 사무실 일 정리하는 대로 들어간다니까."

정신율은 휴대전화를 재킷에 집어넣고 차에서 내렸다. 차 문을 잠그고 주차장을 빠져나가는데, 그의 차 맞은편에 주차한 검은 밴에서 사내 둘이 내렸다. 반소매 티셔츠에 청바지를 입고 야구 모자를 눌러쓴 젊은 녀석들이었다.

엘리베이터 쪽으로 걷는 동안 사내들이 따라오는 낌새가 느껴져 신율은 뒤를 돌아보았다. 나란히 걷는 사내들 중 하나와 눈이 마주쳤을 때 살기가 전해져왔다.

신율은 걸음을 서둘렀다. 후다닥. 몇 걸음 못가 그를 따라잡은 사내들이 양쪽에서 그의 팔을 잡았다.

"뭐야!"

몸부림친 것과 거의 동시에 차 문이 여닫히는 소리가 크게 났다.

"이봐, 거기!"

누군가의 외침과 발자국 소리도.

"씨발."

사내들 중 하나가 씨부렸을 때 날카로운 통증이 복부를 에었다.

"흐억."

신율은 거친 숨을 내뿜었다. 발자국 소리가 가까워지고, 팔을 잡은 손아귀가 느슨해졌다.

"튀어!"

사내들이 그를 밀치고 도망가자 신율은 배를 감쌌다. 손에 피가 배어나왔다. 무릎이 꺾여 고꾸라지는데, 기민한 발자국 소리와 함께 검은 바지가 다가오고 문신이 현란한 손이 자상을 살폈다.

신율은 낯선 바지자락을 붙들었다.

"도와…… 주세요."

강인한 손이 그를 부축해 일으켰다. 온몸이 타오르는 것 같은 고통 속에서 신율은 검정 세단에 태워져 어디론가 실려 갔다.

"어떻게 된 일입니까?"

하진은 병실 앞에 선 남자에게 물었다.

"사무실 빌딩 지하 주차장에서 피습당했습니다. 치명상은 아니랍니다."

"공격한 자들은요?"

"정 변호사 상태를 살피는 사이에 도망갔습니다. 죄송합니다."

남자가 고개를 숙였다.

"수고하셨습니다. 정 변호사 신병 확보가 우선입니다. 앞으로도 긴장 늦추지 마세요."

하진은 남자에게 당부하고 병실로 들어섰다.

침대에 누워 있던 정신율이 문소리에 고개를 돌렸다가 놀랐다.

"자네가 어떻게?"

하진은 침대맡에 서서 신율을 내려다보았다.

"목숨이 위험할 거라고 경고했지요."

"날 구해준 게 자넨가?"

"입 다물고 조용히 살겠다더니 약속을 어겼더군요. 당신이 강차연에게 접촉하는 바람에 여러 사람이 마음고생 했습니다. 당신을 어떻게 처리할까요?"

사색이 된 신율이 일어나려다 얼굴을 찡그렸다.

"다시는 허튼짓 안 할 테니 살려다오."

하진은 싸늘한 눈빛만 떨어뜨렸다. 신율이 그의 팔을 잡고 매달렸다.

"서 회장이 유언장 조작한 걸 검찰에 증언하겠다. 내가 알고 있는 서주의 비리도 모두 털어놓겠다."

"당신도 죗값을 치러야 할 텐데요?"

"내가 한 짓에 대한 벌은 받겠다. 대신 내 가족은 지켜다오."

하진은 냉정히 되물었다.

"내가 왜 당신 가족을 챙깁니까?"

"하진아!"

신율의 팔에 힘이 들어갔다.

"아이들만은. 아이들 엄마만은. 내가 감옥에 가면 범죄자 식구라는 꼬리표를 달 거다. 외국에 나가 살게 해주면 그 은혜 잊지 않을게. 권 사장님을 모셨던 정리를 봐서라도 부탁한다. 막내가 중학생이야. 사장님 돌아가셨을 때 너보다 더 어려. 제발……."

하진은 분노가 치밀었다. 당신도 남편이고 아버지였습니까? 쥐새끼 같은 당신도, 가족은 지키고 싶은 사람이군요.

절박하게 일그러진 신율의 얼굴에 그가 사랑하는 사람들의 얼굴이 겹쳤다. 처자식 앞에서 한없이 약했던 아버지와 아들을 위해서라면 무엇이든 하겠다는 어머니. 그리고 영채.

「은도 앞에서는 좋은 생각만 해. 뱃속에서도 아이가 다 듣는대.」

집을 나서기 전 어루만졌던 영채의 몸. 그 안에서 자라는 그의 분신, 은도. 내 아버지가 꿈꾸었던 나의 아이. 아버지는 그 아이를 통해 내 생이 온화한 물결 같기를 희망했을 것이다.

하진은 고개를 옆으로 틀면서 경고했다.

"이번에는 거래 조건을 지키세요. 마지막 기회입니다."

닷새 후.

영빈은 서주미성 상무실에서 TV로 저녁 뉴스를 시청 중이었다.

[서주그룹에 대한 검찰 수사가 사법 처리로 가닥이 잡혀가는 가운데, 서주의 주요 계열사들 중 하나인 서주해명이 경영권 분쟁에 휘말렸습니다. 최근 서주해명의 지분을 대거 매입한 KY 펀드는 경영권 획득을 목적으로 우호 지분 확보에 총력을 기울이고 있습니다. 지금까지 확보한 지분에 대해서도, 취득 사유를 경영권 확보로 금융감독원에 신고한 것으로 알려졌습니다. KY 펀드는 월가의 큰손 오디세이의 한국 본부 소속 직원들이 구성한 것으로, 투자자들의 리더인 권하진 씨가 전 해명수산의 창업자인 고 권민욱 씨의 아들로 밝혀졌습니다. 서주그룹 서국철 회장이 해명수산의 지분을 매입하는 과정에서 잡음이 많았기에, 이번 서주해명의 인수 시도가 권하진 씨의 복수극이 아니냐는 추측에 무게가 실리고 있습니다.]

하진의 기자 회견 장면이 등장했다.

[서주그룹은 그동안 건실한 중소기업을 편법적인 방법으로 헐값에 인수해왔습니다. 야비한 대기업의 횡포가 대한민국 경제사에서 사라지길 바라는 마음으로, 서주해명의 경영권을 취득하고자 합니다. 서주그룹에서 분리된다면 해명은 건강하고 내실 있는 기업으로 거듭나게 될 것입니다.]

기자들의 민감한 질문에도 하진은 진중하고 자신감 있는 태도로 해명이 서주와 결별해야 하는 당위성을 역설했다.

주주총회가 일주일 남은 시점에서 여론은 서주에 불리했다. 서주를 흔드는 세력의 정체가 오디세이로 드러났을 때, 서주 홍보팀은 검은 머리 외국인들의 침공으로 이번 사태를 몰아가려 했다. 그러나 어린 나이에 아버지를 잃고도 뉴욕 금융계의 파워로 우뚝 선 권하진의 개인사가 사람들의 응원을 사고 있었다. 깔끔한 외모와 세련된 화술로 무장한 하진에게 기자들마저 매료된 듯했다. 반면 서주의 처지는 처량했다. 오랫동안 뒤를 봐주던 정계 인사들이 등을 돌렸고, 우호 주주들의 이탈도 급격히 늘었다.

해명을 지켜야 했다. 해명 자체로 수산업 분야의 핵심이기도 하지만, 권하진이 원하는 것이니까. 권하진이 원하는 걸 쥐고 있어야 그와의 협상 가능성을 살려둘 수 있을 테니까.

우호 세력을 결집시켜 하진에 맞설 지분을 확보해야 하는데.

영빈이 초조하게 입술을 물어뜯을 때 문에서 노크 소리가 났다.

"네."

서주그룹 홍보실 실장이 들어왔다. 40대 후반의 남자로 친화력이 좋으면서도 강단 있는 인물이었다.

"상무님, 인터넷이 시끄럽습니다."

영빈은 홍보실장이 내미는 태블릿을 받아들어 화면에 뜬 기사를 읽었다.

[서주그룹 서국철 회장, 유언장 조작으로 해명 주식 매입. 전 해명수산 고문 변호사 정 모씨, 기자 회견 통해 양심선언. 서국철 회장의 지시로 전 해명수산 사장 권민욱 씨의 유언장 조작. 사법 처리가 예상되는 서국철 회장에 치명타. 국민적 지탄. 서주그룹 불매 운동 조짐. 서주그룹의 몰락. 부도덕한 대기업의 실체……]

눈이 조각조각 훑는 기사 내용이 섬뜩해 소름이 돋았다.

"그리고 이거……."

홍보실장이 한 뭉치의 흰 봉투들을 테이블에 내려놓았다. 봉투 겉면에 사직서라고 쓰여 있었다.

"이런 분위기에서는 도저히 근무할 수가 없습니다. 홍보실 직원들 모두의 뜻입니다."

"수리할 수 없습니다. 지금 홍보실 역할이 얼마나 중요한데요."

"그거야 경영진 사정이죠. 흥분해서 상소리 질러대는 사람들로 전화통이 불이 납니다. 어디 가서 서주 직원이라면 몰매 맞을 분위기예요. 저희들도 살길 찾아야죠. 다른 부서들도 분위기 뒤숭숭하던데, 사직서 쓰기 귀찮아 잠수 타는 직원들도 많을 겁니다. 알아나 두시라고요."

영빈은 망연자실했다. 그녀에게 깔깔한 눈빛을 던지고 돌아선 홍보실장이 올가미를 벗듯 넥타이를 잡아당기며 집무실을 나갔다.

오디세이 한국 본부 본부장실. 회의실에서 기자 회견을 마친 하진은 집무실 창가에 섰다. 도로를 달리는 자동차들 위로 오렌지빛 햇살이 길게 늘어졌다.

　도시에 내려앉는 밤의 기운을 감지하며 하진은 석영에게 전화를
걸었다.

　"상황 어때?"

　- 이상 무.

　"서주 쪽에서 눈치 챈 것 같진 않아?"

　- 아니. 여기까지 신경 쓸 정신이 있겠냐?

　"그래도 방심하지 말고."

　- 알았어. 주총 준비는?

　"계획한 대로 진행 중. 주총 끝나자마자 바로 터트리는 거다. 원
투 펀치."

　- 알겠습니다, 본부장님.

　통화를 끝낸 하진은 청송에 머무르고 있는 미정의 번호를 찾아
연결했다. 짧은 안부 인사가 오간 후 하진은 서주해명의 주주총회
에 참석해줄 것을 부탁했다.

　- 내가 뭘 안다고.

　"어머니도 주주시잖아요. 의결권 행사하셔야죠.

　미정이 탄식했다.

　- 그렇구나. 네 아버지 유언으로 받은 1%가 있었어.

　"이쪽에선 저랑 숙부님이 참석할 거예요. 덕재 아저씨도 오셔야
하니까 같이 올라오세요."

　- 알았다. 그나저나 영채는 어떻게 지내?

　"건강해요. 명랑하고. 어머니 덕분이에요."

　- 네가 많이 웃고 많이 안아줘. 그 아이가 의지할 사람, 이제 너

밖에 더 있니?

가슴이 울컥하여, 하진은 이를 악물었다.

— 나는 이제 영채 우리 집안사람으로 생각하기로 했다. 내 새끼고, 내 손주 가진 아이고, 내 제삿밥 챙겨줄 아이니까. 우리는 가족이야. 누가 누구에게 빌고 누가 누구를 용서하는 것은 의미가 없다. 무슨 말인지 알지?

미정의 목소리도 흔들렸다.

"네."

— 알았으면 됐어. 들어가.

"네. 주총날 뵐게요."

서주해명 임시 주주총회 날이었다. 오전 9시 30분경, 하진은 숙부 기욱과 함께 총회장인 서주그룹 사옥 컨퍼런스 센터로 들어섰다. 백여 명의 주주가 참석할 것으로 예상됐으나, 실제 참석 인원은 절반에도 못 미쳐 보였다.

KY 펀드는 물밑 작업을 통해 이미 상당수의 서주그룹 우호 지분을 확보했다. 주주총회는 해명이 서주과 결별하는 형식적인 절차에 불과할 것이라는 예상이 지배적이었다.

하진은 차오르는 설렘을 주체할 수 없었다. 해명을 되찾아오면 그의 복수극이 절반은 성공한 셈. 남은 것은 서국철의 파멸을 지켜보는 것뿐. 청춘을 짓누르던 짐을 비로소 내려놓고, 새로운 꿈을 꿀 수 있을 것이다. 오래도록 걸어왔던 어두운 터널의 끝이 마침내 보이는 듯했다.

서주그룹 임원들과 함께 단상 왼편에 앉은 영빈이 눈에 들어왔다. 검정 투피스 정장 차림의 영빈은 파리한 얼굴에 경직된 표정이었다. 영빈이 고개를 돌려 시선이 마주쳤다. 하진은 눈인사도 없이 시선을 거두고, 단상 오른쪽 앞자리에 앉았다. 기욱이 그의 옆에 자리했다.

"덕재 아저씨는요?"

"총회 시작 전까지 도착한다고 연락이 왔다."

손목시계가 9시 33분을 가리켰다. 하진은 뭔가 불안해 오른쪽 어깨를 움직였다. 예측하지 못한 변수가 발생할 것 같은 예감이 스멀스멀 살갗을 기어올랐다.

9시 52분. 총회에 참석할 만한 인사들은 모두 입장한 듯한데, 미정과 덕재는 아직 모습을 드러내지 않고 있었다.

하진은 덕재에게 문자를 보냈다.

− 어디세요?

− 다 왔어.

9시 57분의 답신. 그리고 3분이 흘렀다. 10시가 되도록 덕재와 미정은 끝내 회의장에 나타나지 않았다.

10시 정각, 의장이 총회 개시를 선언하자 국민의례가 진행되고 안건이 소개됐다.

"오늘 회의의 목적 사항은 대표이사 해임입니다. 참석하신 주주들은……."

긴장이 차오를 무렵, 문 쪽이 소란스러워졌다. 총회 진행 요원이 의장에게 다가가 귓속말을 건넸다.

"회의장 밖에 늦게 도착한 주주들이 계시다고 합니다."

의장의 발표에 여기저기서 웅성거림이 일었다.

"입장시킵시다."

"많이 늦지도 않았잖아요."

"문 열고, 빨리 진행합시다."

KY 펀드와 손을 잡은 서주그룹 주주들이었다.

"이의가 없으므로……."

영빈의 눈치를 본 의장이 손수건으로 이마를 닦았다.

문이 열렸다. 하진은 문 쪽을 쳐다봤다가 얼어붙었다. 덕재와 나란히, 영채가 입장하고 있었다. 영채가 왜 여기에? 영채 명의의 지분은 이미 그가 위임받았는데.

검정 원피스를 입고 진주 목걸이를 한 영채는 단정하고 결연했다.

"유미정 주주의 대리인, 서영채입니다."

단상을 향해 영채가 선언했을 때, 회의장이 술렁였다. 총회에 참석한 많은 이들이 유미정과 서영채의 관계를 알았다. 서영채. 서국철 회장의 딸. 경영권을 방어하는 쪽 대표 서영빈의 동생. 경영권을 뺏으려는 쪽 대표 권하진의 아내. 작고한 전 사장의 아내이자 하진의 모친인 유미정. 그녀가 대리인으로 영채를 보냈다니. 이것이 무엇을 의미하는가.

영빈과 하진의 긴장된 시선이 영채의 몸에서 만났다.

"정숙해주시기 바랍니다."

의장이 좌중을 진정시키는 동안 영채와 덕재가 하진 쪽으로 걸었다. 미정을 위해 준비된 하진의 옆자리에 영채가 앉고 그 옆에 덕재가 앉았다.

하진은 영채에게로 고개를 숙였다.

"어떻게 된 거야? 어머니는?"

"끝나고 다 말해줄게요."

영채는 소리 죽여 답하고 허리를 세웠다. 반대편에 앉은 영빈과 시선이 맞닿았다. 영빈의 눈가에 물기가 도는 것을 보자 코끝이 시렸다.

왜 그랬어, 언니? 자매는 못 되더라도 적이고 싶진 않았는데. 언니의 거짓말이 내게서 무엇을 빼앗을 뻔한지 알기나 해? 이제는 언니를 호의를 베푼 사람으로 볼 수 없어. 나와 내 가족을 해칠 수 있는 사람, 혹은 그런 사람을 도울 사람. 강차연이 나를 협박한 날, 언니는 그런 사람으로 전락했어.

피자 한 판의 기억이 떠올라 입안이 썼다. 영채는 눈을 내리감았다 떴다. 고개를 돌려 하진을 바라보자 괜찮으냐고 묻는 것처럼 하진의 눈빛이 흔들렸다.

영채는 테이블 밑에서 하진의 손을 잡았다. 다른 한 손을 배에 얹었을 때 의장의 엄숙한 목소리가 마이크에 울렸다.

"대표이사 해임을 표결에 부치겠습니다."

영빈이 다급하게 일어섰다.

"표결 전에 대주주로서 발언권을 요청합니다."

산발적인 술렁임이 일었지만, 의장은 영빈에게 발언 기회를 주었다. 단상에 선 영빈이 긴장된 표정으로 말문을 열었다.

"현 해명수산 대표이사의 임기가 내년 말까지 보장되어 있습니다. 상법 제385조에 따르면 이사의 임기를 정한 경우 임기 만료 전에 이를 해임할 때는 이사가 회사에 대하여 해임으로 인한 손해 배상을 청구할 수 있습니다. 회사가 어려운 시기에 내실을 다져야 합니다. 소모적인 분쟁은 서주해명뿐 아니라 대한민국 수산업 발전에도 도움이 되지 않습니다."

영빈이 발언을 마치자 하진도 발언권을 요구했다. 의장이 간결하게, 라는 단서를 달고 발언을 허했다. 하진이 단상에 서는 동안 오디세이 직원들이 주주들에게 서면 자료를 배포했다.

"상법 제 385조는 또한 이렇게 명시하고 있습니다. 이사가 직무에 관하여 부정행위 또는 법령을 위반한 중대 사실이 있음에도 주주총회에서 해임을 부결할 때는 발행 주식 총수의 3% 이상 주식을 보유한 주주가 법원에 해당 이사의 해임을 청구할 수 있습니다."

하진은 마이크 앞에서 차분히 설명하고 덧붙였다.

"나눠드리는 자료를 참고해주시기 바랍니다. 현 서주해명 대표이사인 김재구 사장의 배임과 횡령 및 탈세 현황입니다. 오늘 김재구 사장의 해임안이 부결되면, 저는 대주주로서 법원에 해임을 청구하겠습니다. 또한 여러분 손에 있는 자료는 주주총회 폐회 후 검찰에 제출될 겁니다. 김재구 사장의 해임은 시간문제일 뿐입니다. 썩은 물은 갈아야 합니다. 하루 빨리 회사를 정상화시킬 수 있도록 현명한 선택을 해주십시오."

종이를 거칠게 넘기는 소리가 났다. 곳곳에서 웅성거림이 일더니 급기야 몇몇 주주들이 고성을 내질렀다.

"회사를 말아먹고 있었구먼!"

"애초에 해명을 꿀꺽한 것부터가 잘못이었어."

총회장이 격앙의 도가니로 변하는 것을 목격하면서 영빈은 고개를 떨구었다. 권하진이 이렇게까지 준비했을 줄이야. 서주 내부에 공모자를 미리 심었구나. 끝이었다. 아니, 끝이라면 차라리 다행이었다. 해명을 잃는 것은 서주그룹의 참담한 몰락의 서막에 불과할 것이었다.

표결이 진행되고 대표이사 해임이 가결됐다. 다음 안건은 신임 대표이사 선임이었다. 하진은 서주해명의 이사이자 숙부인 기욱을 차기 대표이사로 추천했다. 압도적인 표차로 기욱이 신임 대표이사로 선임됐다.

기욱이 단상에 서서 대표이사 수락 연설을 했다.

"14년 전, 해명수산의 경영권이 서주그룹에 넘어갔습니다. 서주에 편입된 이후, 해명은 영광을 잃어갔습니다. 국내 시장 점유율 1위 자리에 안주해 경쟁사들에게 추격을 허용했습니다. 원양 조업 쿼터 추가 확보는 지지부진했고, 마구잡이 조업으로 환경을 훼손했습니다. 소비자들의 눈높이를 맞추지 못했고, 사원들의 복지에 소홀했습니다. 어려운 시기에 대표이사직을 맡게 되어 무한한 책임을 통감합니다. 사적으로, 저는 해명수산의 창업자이신 고 권민욱 사장님의 아우이기도 합니다. 초심으로 돌아가 해명의 영광을 재현하고……."

하진은 기욱을 보면서 아버지를 생각했다.

「참돔 꿈을 꿨으니, 네가 좋은 대학에 가려나 보다.」

낚시 여행지에서 들려온 아버지의 음성이 귓전에 울렸다.

「엄마 잘 부탁한다. 된장국이 맹맹해도, 무조건 맛있다고 하는 거야.」

찬바람 불던 날, 집을 나서며 신신당부하던 아버지.

「아이고, 내 새끼. 얼마나 아팠어? 아빠가 미안해.」

어린 시절 손을 다친 그를 부둥켜안고 울먹이던 아버지. 이제, 그의 가슴이 울었다.

아버지. 해명, 되찾았습니다. 아무 걱정 마시고, 아무것도 미안해하지 마시고, 편히 쉬세요.

"하진 씨, 괜찮아요?"

옆에서 영채가 걱정스럽게 물었다. 목이 멘 하진은 말없이 고개만 끄덕였다. 영채가 그의 손을 잡았다. 영채의 온기가 살갗으로 스며드는 것을 느끼며 하진은 미소 지었다.

총회가 폐회되자 감격에 겨운 덕재가 하진을 안았다.

"하진아."

"고생하셨어요, 아저씨."

"고생은 네가 했지."

하진은 눈이 벌게진 덕재를 다독였다. 단상 옆에 있는 기욱의 주위로 기십 명의 중년 남자가 모여들었다. 아버지가 회사를 경영하던 시절의 해명수산 직원들이었다. 아버지의 유언에 따라 배분받은 주식을 여지껏 간직하고 있다가 오늘 그에게 힘을 보탠 고마운 이들.

기욱과 악수를 나눈 사람들이 서로를 부둥켜안았다. 몇몇 사람들과 눈이 마주치자 하진은 고개를 숙였다. 그를 알아본 사람들이 반색하며 달려왔다. 어깨가 다독여지고, 악수와 포옹이 오가고, 축하와 덕담이 쏟아졌다.

"이게 몇 년 만이야? 사장님 장례식에서 본 게 마지막이지?"

"우리 하진이 다 컸네. 미국에서 잘나간다는 이야기는 들었어."

"이 사람아, 그리 함부로 부르면 안 돼. 이제 하진이 높은 사람이야."

"아저씨, 그러지 마세요. 편히 부르세요."

"봐. 하진이가 편히 부르라잖아. 내가 하진이 어렸을 적에 만들어
준 딱지가 몇 갠데."

"사장님이 자랑스러워하시겠어. 언젠가 좋은 날이 올 줄 알았
어."

하진은 인사를 일일이 받고 답례했다. 해명수산 임원들 중 핵심
인사는 총회 전에 사전 접촉했지만 대부분의 전 직원은 아버지의
사망 이후 처음 조우하는 것이었다. 아버지의 그늘 아래서 보냈던
행복한 유년이 떠올랐다. 열여덟의 겨울 이후 헤쳐온 지난한 시간
도 주마등처럼 스쳐 지났다.

흥분에 겨운 인파가 밀려왔다 밀려갔다. 하진은 영채를 찾아 두
리번거렸다. 영채는 회장 구석에 서 있었다. 그가 사람들에 에워싸
여 있는 사이 물러나 있었던 모양이었다. 덕재가 곁을 지켜주긴 했
지만, 멀찍이서 그를 바라보는 모습이 어쩐지 애잔했다.

하진은 영채에게 다가갔다. 덕재가 자리를 비켜주자 영채가 그의
손을 잡았다.

"축하해요. 애썼어요."

"어떻게 네가 왔어?"

"하진 씨 출근하고 나서 어머니가 집으로 오셨어요. 총회에 내가
가는 게 더 좋겠다고 하셨어요. 인감이랑 위임장이랑 준비해 오셨
더라고요."

하진은 영채를 대리인으로 삼은 미정의 결정이 충동적인 것이 아
니었음을 깨달았다. 총회에 참석해달라는 그의 전화를 받고 나서

계획하신 거다.

"어머니 말씀이……."

영채가 주위를 살피고 말을 이었다.

"보여줘야 한다고 하셨어. 내가 서국철 딸이 아니라 권하진의 아내라는 걸. 힘들더라도 오늘 보여줘야 우리가 앞으로 행복할 수 있다고. 나랑 하진 씨, 은도 모두."

그러니까 어머니는 주주총회를 통해 영채를 며느리로 인정한다는 선언을 공개적으로 한 것이다. 영채를 한 뼘씩 마음에 들여온 어머니. 그의 곁에 서기 위해 한 걸음씩 그녀의 세상을 떠나온 영채. 두 여인이 헤쳐온 시간들이 눈물겨웠다.

"이제, 집에 가요."

영채가 순한 미소를 밀어냈다.

"어쩌지? 가볼 데가 있는데."

"그럼 가요. 난 집에 가서 기다릴게요."

집이라는 말. 기다린다는 말. 가슴이 벅차올라 하진은 영채를 안았다.

"하진이 색시."

"인물이 곱네. 꽃이여, 꽃."

총회장에 남아 있던 해명 직원들이 수런거렸다. 영채가 수줍어하며 그의 품에 얼굴을 묻었다.

호텔 오아시스 컨퍼런스 센터에서 기자 회견이 예정되어 있었다. 회견의 주체는 오디세이 한국 본부 본부장 권하진. 주요 언론사 경제부와 사회부 기자들은 "대한민국을 발칵 뒤집을 발표"가 있을 거라는 귀띔에 상기된 상태였다.

하진이 주도하는 펀드가 서주해명의 경영권을 취득했다는 속보가 인터넷에 뜬 참이었다. 이미 몇몇 기자들은 하진과 서주그룹 사이의 악연에 대한 기사의 얼개를 잡고 있었다. 서주그룹을 향한 하진의 공세가 계속되느냐에 따라 국내 경제 판도가 달라지기도 하거니와, 와신상담 끝에 복수를 한 하진과 서국철의 딸로 하진과 결혼한 영채의 개인사는 흥미로운 이야깃거리였다.

회견이 예고된 시각, 하진이 단상에 올랐다. 기자들의 수런거림이 멎고 장내가 조용해졌다.

"급작스러운 통보에 와주셔서 감사합니다. 바로 본론으로 들어가겠습니다."

하진이 룸 구석을 향해 눈짓하자 구석에 서 있던 석영이 워키토키에 대고 뭐라고 말했다.

긴퍼런스 센터의 문이 열리고 휠체어 한 대가 들어왔다. 검정 스웨터를 입은 중년 남자가 휠체어에 앉아 있었다. 수척한 얼굴에 하얀 마스크를 걸친 남자는 야윈 몸을 휠체어 한쪽에 겨우 지탱했다.

젊은 남자가 휠체어를 밀어 단상에 올랐다. 하진이 휠체어를 인도받아 단상 중앙으로 이끌자 휠체어에 앉은 남자가 마이크 앞에서 마스크를 벗었다.

"서주미성 전 연구원 이성학입니다. 지금부터 제가 공개하는 내용을 믿기 어려우실 겁니다. 하지만 끝까지 들어주시길 부탁드립니다."

성학이 주머니에서 종이를 꺼내 펼쳐들었다.

"서주그룹은 최근 새 음료수 라인을 출시했습니다. 에너지 음료,

다이어트 음료, 건강 음료 등입니다. 이 음료들은 각각 심각한 위험성을 안고 있습니다. 먼저, 에너지 음료는 인체에 유해한 흥분제를 포함하고 있습니다. 메스암페타민의 공정을 달리해 제조한 신종 마약입니다."

노트북을 두드리던 손들이 얼어붙었다.

"서주그룹 서국철 회장의 조부는 일제 강점기에 필로폰 공장에서 일했습니다. 일본군에게 조달하기 위한 필로폰을 제조하던 군수 시설이었습니다. 해방 후, 지하 항일 운동을 한 것으로 자신을 포장하여 귀국했던 그는 다시 일본으로 건너가 필로폰 및 기타 마약류에 대한 연구를 계속했습니다. 일본 정부의 지원하에 이뤄진 연구였는데, 그는 연구의 핵심 결과를 개인적으로 은밀히 보관했습니다. 그가 빼돌린 연구 기록은 서국철 회장의 손에 들어갔습니다. 서국철 회장은 연구 기록을 바탕으로 신종 마약 개발을 구상했습니다. 필로폰과 유사한 효과를 내지만 성분 검사에서 마약으로 분류되지 않는 합성 물질을 개발하고, 그 물질을 식음료에 이용하는 것이 구상의 핵심이었습니다."

모두의 얼굴이 창백해졌다. 성학의 숨소리만 마이크 앞에서 공명할 뿐, 장내가 고요했다.

"서국철 회장과 저는 세계 곳곳을 돌아다니며 희귀한 식물과 약초를 수집했습니다. 그리고 신종 흥분제 개발에 성공했습니다. 암페타민과 유사한 효과를 내지만 분자 구조가 달라 암페타민으로 인식되지 않는 성분이었습니다. 서국철 회장은 이 성분에 SP 1이란 이름을 붙였습니다. 다음 단계는 SP 1을 포함한 레시피를 개발하는 작업이었습니다. 수년간의 실험 끝에 5년 전쯤 기본 레시피가 만들

어졌습니다. 올초에 출시된 에너지 음료가 그 레시피를 기반으로
합니다."

성학이 낭독을 멈추고 고개를 들었다. 충혈된 눈에 핏발이 서 있
었다.

"SP 1은 중추신경 흥분제입니다. 미량 섭취 시 심장 박동이 빨라
지고, 쾌감을 느끼는 효과가 있습니다. 다량을 섭취하면 발열, 두
통, 구토, 현기증 등의 증세가 나타납니다. 만성 남용 시…… 정신
분열증 같은 정신 질환이 발생할 수 있습니다. 장기가 손상되고 중
독자는 결국 사망에 이르게 됩니다."

의자들이 동시에 삐거덕거렸다.

"사실입니까?"

"서국철 회장의 주도로 모든 것이 이뤄진 겁니까?"

"그런 제품이 어떻게 판매 허가를 받았습니까?"

회견장이 고성으로 들썩이자 하진이 기자들을 진정시켰다.

"질문은 회견 말미에 한꺼번에 받겠습니다."

고성이 잦아든 자리에 키보드 두드리는 소리가 요란해졌다. 작렬
하는 카메라 플래시를 받으며 성학은 말을 이었다.

"다이어트 음료에도 SP 1이 들어갔습니다. 심장 박동을 촉진시켜
칼로리를 소모시키기 위해서요. 건강 음료는 유해성을 아직 알 수
없습니다. 서국철 회장은 신종 사업으로 바이오와 제약 분야를 구
상했습니다. 항암제를 비롯한 난치병의 치료약을 개발하는 것이 목
표였습니다. 인수한 제약 회사들이 개발 중이던 시약 성분이 건강
음료에 들어갔습니다. 따로 비용을 들이거나 법적 규제를 받지 않
고 장기간 인체 실험을 할 수 있다는 계산에서……."

성학이 고개를 떨구며 말을 잇지 못할 때 한 기자가 일어났다.

"방금 하신 말씀, 무엇으로 증명하실 겁니까?"

성학이 기자를 쳐다봤다.

"음료들이 출시된 지 얼마 안 됐는데, 부작용을 워낙 구체적으로 말씀하십니다. 서주그룹을 음해하려는 음모 아닙니까?"

"방금 제가 말씀드린 것에는 한 치의 거짓도 없습니다."

"증거를 제시하실 수 있습니까?"

"SP 1의 주원료는 카리브 해 지역에서 자생하는 꽃입니다. 서국철 회장이 그 꽃의 수입을 위해 협상을 할 때 서 회장의 비서가 동석했습니다. 그 비서는 서주그룹을 퇴사한 후, 서 회장의 신종 마약 프로젝트에 관련된 기밀 메모를 은밀히 보관했습니다."

오디세이 직원들이 도희의 기밀 메모를 기자들에게 배포했다. 종이 팔락거리는 소리 사이로 성학은 말을 이었다.

"그 비서의 이름은 홍도희입니다. 홍 씨는 지난 4년간 SP 1이 함유된 서주그룹 음료수 레시피 원액을 매일 복용했습니다. 4년 전 그녀가 도미한 후, 제게 연락을 해왔습니다. 레시피 원액을 보내달라는 요청이었지요. 거절했지만, 홍 씨는 수출입이 금지되어 있는 식물을 매입하여 연구에 활용한 사실과 다른 서주그룹의 약점을 빌미 삼아 저를 압박했습니다. 연구를 포기할 수 없는 상황에서 홍 씨에게 원액을 제공했습니다. 건강식품 선물로 위장하여 우편으로 부쳤습니다. 메모에 첨부된 것은 지난 4년간 홍 씨가 레시피 원액을 복용한 내력을 직접 기록한 일지입니다. 홍도희 씨는 최근 미국에서 사망했습니다. 사인은 위암과 각종 합병증이었습니다. 아까 SP 1의 부작용으로 열거한 사항들이 홍 씨에게 나타났습니다. 그녀의 시신은 현재 특수 시설에 냉동 보관 중입니다. 자신의 시신이 서주그룹의 음모를 밝히는 데 쓰이길 바란 것이 홍도희 씨의 유지였습니다."

기자들은 경악했다. 모두들 악마와 마주한 듯 성학을 바라보았다.

"연구원으로서의 호기심 때문에 시작한 일이었습니다. 부작용을 최소화하고 에너지를 공급하는 성분을 개발할 수 있다고 생각했습니다. 하지만 물질적 유혹을 이기지 못하고 넘지 말아야 할 선을 넘었습니다. 서국철 회장의 지시대로 레시피를 변형했고, 식약처에 제출할 레시피와 제조법 서류를 조작했습니다. 중독성이 강한 음료수는 불티나듯 팔려나갔습니다. 그제야 정신이 들었습니다. 사람으로서 씻을 수 없는 죄를 저질렀습니다. 죗값을 받겠습니다."

성학이 고개를 숙이고 울먹였다. 눈물을 쏟아내는 성학의 옆으로 젊은 남자가 다가섰다. 휠체어를 밀고 회견장에 들어섰던 성학의 아들이었다.

성학은 아들의 품에 고개를 묻었다. 오열하는 부자를 향해 카메라 플래시가 터졌다. 날아오는 화살을 제 몸으로 받듯, 아들은 아버지를 끌어안았다.

몇몇 기자들이 회견장을 뛰쳐나갔고, 남은 기자들 중 몇이 일어나 고함을 질렀다.

"국민들이 너희 회사 마루타냐!"

"어린 학생들까지 그걸 마셨어!"

"개새끼들!"

생수 병이 단상으로 날아왔다. 물이 가득 찬 병이 아들의 등을 때렸다. 거친 욕지거리가 폭발하고, 더 많은 생수 병들이 단상으로 날

아들었다. 아들은 아버지를 있는 힘껏 안았다. 아들의 품에서, 연약한 아버지가 꺽꺽 울음을 쏟아냈다.

이성학의 기자 회견이 언론을 통해 보도되자, 온 나라가 발칵 뒤집혔다. 서주그룹 음료들의 레시피와 홍도희의 일지는 검증에 들어갔다. 검증 결과가 이성학의 주장을 뒷받침하자, 서주그룹은 국민적인 공분을 샀다. 서주그룹 본사 사옥 앞에서 과격한 시위가 연일 벌어졌고, 서주그룹 제품에 대한 불매 운동이 전개됐다. 서주그룹 주가는 폭락했고, 은행과 투자자들이 자금 회수에 들어갔다. 구속 수감되어 배임 및 횡령 혐의에 대한 조사를 받고 있는 서국철을 엄벌에 처하라는 여론이 거세졌다. 그러는 와중에 서주그룹 비자금 조성에 서주미술관이 개입했다는 의혹이 보도되었다.

또각, 또각. 한강대학교 미술대학 1층 복도에 하이힐 소리가 울려 퍼졌다. 검은 투피스 정장을 입고 세련된 화장을 한 차연은 허리를 꼿꼿이 세운 채 복도의 인파를 헤쳤다. 도도한 표정을 가면처럼 둘러쓴 그녀를 힐긋거리며 학생들이 수군거렸다.
"학생들이 수업 거부하는데도 버티네."
"완전히 철판 깔았다. 물러나라고 대자보까지 붙었는데."
"재단도 등 돌렸다던데."
"그동안 저 마녀한테 잘 보이려고 실실거린 거 생각하면 토 나올라 그래."
차연이 미술대학 건물 현관 쪽으로 방향을 틀 즈음이었다. 작업용 앞치마를 걸친 남학생 하나가 빨간 페인트 통을 들고 강의실에서 뛰쳐나왔다.

"물러나라, 강차연!"

목청껏 외친 학생이 페인트를 차연에게 들이부었다. 수런거림이 일순간 잦아들고 싸한 침묵이 복도를 점령했다. 꼿꼿이 선 차연의 몸에서 피처럼 붉은 페인트가 흘러내렸다.

"물러나라!"

남학생이 다시 외치자 인파 속에서 누군가가 외침을 받았다.

"강차연은 물러나라!"

"물러나라! 물러나라!"

파문처럼 번져간 외침이 구호로 변해 복도를 뒤흔들었다. 강의실 문들이 열리고 더 많은 학생들이 복도로 나와 구호에 동참했다.

페인트에 파묻힌 차연이 학생들을 둘러보는 동안 구호가 변해갔다.

"국민 앞에 사죄하라!"

차연은 뒤돌아서 걸었다. 휘청이는 걸음걸이, 벌건 페인트가 하얀 복도 바닥에 떨어졌다. 페인트 범벅인 손이 현관문을 밀칠 때, 핏빛 손자국이 유리문에 찍혔다.

석조 계단을 밟아 내려가는 다리가 후들거렸다. 피를 뒤집어쓴 꼴을 하고 주차장으로 향하는 동안, 캠퍼스를 오가는 학생들이 호기심과 경멸의 시선을 쏘아댔다.

"강차연은 물러나라!"

"국민 앞에 사죄하라!"

공포스러운 구호가 아직도 가까웠다. 기십의 학생들이 주차장까지 달려 나오고 있었다. 차연은 허겁지겁 차에 올라 캠퍼스를 빠져

나갔다. 그녀의 사죄와 퇴임을 요구하는 외침이, 청명한 가을 햇살 아래서, 오랫동안 울려 퍼졌다.

영빈은 한남동 자택으로 황망히 들어섰다. 지하로 내려가자 차연이 작업실에 있었다. 1인용 소파에 앉아 레드 와인을 들이켜는 차연에게로 영빈은 다가섰다.

"괜찮아요?"

"그럭저럭 마실 만하구나."

"와인이 아니라, 엄마 괜찮냐고요! 학생들한테 봉변당했다면서요."

"어떻게 알았니?"

"엄마 페인트 뒤집어쓴 사진이 SNS에 쫙 깔렸어."

차연이 입꼬리를 비틀어 올렸다.

"고작 그런 일로 회사에서 달려온 거니? 지금 처리해야 할 일들이 한두 가지가 아닐 텐데."

"엄마!"

"호들갑 떨지 마라. 오랜만에 페인트 느껴보니 좋았다. 지루한 사업에 신경 쓰느라 그림 그리는 게 얼마나 재미있는지 잊고 있었어. 상황 정리되면 햇살 좋은 데 가서 그림이나 그려야겠다. 프로방스 별장은 전 집사 명의로 되어 있으니, 안전할 거야."

영빈은 초연한 차연이 외려 불안했다. 서주그룹이 궁지에 몰릴수록 차연은 얼음처럼 냉정하고 단단해졌다. 정말로 이 위기를 빠져나갈 수 있다고 믿는지, 두려움을 감추며 연극을 하는지 알 수 없다.

차연이 작업실 구석으로 가서 스위치를 눌렀다. 벽돌 벽이 서서히 움직이며 안쪽 공간을 드러냈다. 그림과 조각, 도자기들이 보관된 차연의 비밀 창고였다.

차연이 창고로 들어가 금고를 여는 소리가 들렸다. 소파로 돌아오는 차연의 손에 서류가 들려 있었다.

"이게 뭐예요?"

영빈은 차연이 테이블에 놓은 서류를 내려다봤다.

"공예성이 연락 두절이야."

공예성은 서주미술관의 주거래 상대인 갤러리 예성의 대표였다. 차연과 막역한 사이로, 서주그룹의 비자금을 조성하는 데 한 축을 담당한 인물이었다.

"검찰과 거래한 게 아닐까요?"

"그랬다면 미술관이 조용할 리 없지. 검찰은 아직 미술관 쪽 증거는 확보하지 못했다. 공예성은 편리한 타이밍에 사라져준 거고. 이미 이 땅을 떴을 거다. 몸도 머리도 재빠른 여자거든."

"공예성을 찾지 못하면 엄마 혼자 책임져야 하는 거 아니에요?"

차연이 리드미컬하게 혀를 찼다.

"서영빈, 너 그동안 나한테서 뭘 배운 거니? 아직도 멀었구나."

불안스레 차연을 바라보던 영빈은 테이블의 서류를 집어 들었다. 서류를 한 장씩 넘기는 동안 심장 박동이 빨라졌다.

차연이 와인을 들이켜고 미소 지었다.

"죄를 지었으면 벌을 받아야지. 자백하는 조건으로 검찰과 거래를 할 수 있는지 볼 거다. 그동안 네 아버지가 관리해온 검찰 쪽 인물들이 도와주면 일이 쉽게 풀릴 수도 있고."

"하지만, 엄마. 이건!"

"호들갑 떨지 말라고 했잖니!"

영빈은 의자에 털썩 주저앉았다. 손에서 서류가 좌르르 떨어졌다. 차연이 바닥에서 서류를 집어 올려 테이블에 올렸다.

"모든 의혹에 대한 책임은 여기 적힌 대로 처리될 거다."

사흘 후, 석영이 하진의 사무실로 뛰어들었다.

"하진아!"

책상에 앉아 서류를 검토하던 하진은 고개를 들었다.

"뭐야?"

"네가 강차연을 잡으려고 입수한 서주미술관 탈세 자료."

석영이 이를 갈면서 벽을 쳤다.

"영채 씨가 죄다 덮어쓰게 생겼다."

검찰은 서주미술관의 비자금 조성을 파헤치기 위해 영채를 소환했다. 피의자 신분으로 이뤄진 소환이었다. 서류상 영채는 미성년자 시절부터 서주미술관 구매품 대부분의 실소유주인 것으로 되어 있었다. 영채가 영국에서 유학할 당시 그녀 명의로 개설된 유럽 각국의 은행 계좌에 거액이 지속적으로 예치된 기록이 있었다. 자금의 입출금 내역이 서주미술관의 작품 구매 시기며 액수와 들어맞았다.

영채가 뉴욕에 체류 중일 때 서주 미술관은 뉴욕 경매에서 작품을 집중적으로 매입했으며, 이 또한 영채 명의 미주 계좌들의 자금 이동과 맞물렸다. 영채가 성인이 된 후에는 직접 거래를 주도했다는 정황이 포착됐고, 최근의 소더비 경매 직후 영채가 갤러리 예성 대표 공예성과 식사를 한 사진도 증거로 제시됐다.

검찰은 영채의 구속 영장을 신청했다. 서울 중앙지법에서 영장을 발부했다. 영장 전담 판사는 피의자가 도주하거나 증거를 인멸할 우려가 있다고 보았다. 영채가 소환되기 이틀 전, 차연이 프랑스로 떠난 것이 빌미가 됐다. 출국 금지 조치가 내려지기 직전, 차연은 서주미술관 관장직을 내놓고 출국했다.

영채가 서주그룹의 경영에 참여하고 있지 않은 것도 불리하게 작용했다. 경영 공백을 우려할 필요가 없다고 판단한 판사가 신속하게 영장을 발부한 것이다.

하지만 검찰과 법원이 영채를 구속한 가장 큰 이유는 여론이었다. 서주그룹에 대한 국민적 여론이 사나워지고 있었다. 서주미술관을 통한 비자금 조성 혐의를 받자마자 영채는 여론의 질타를 한 몸에 받게 되었다. 재벌가 딸이 그럼 그렇지, 하며 모두들 싸늘한 시선을 던졌다. 순애보로 여겨지던 하진과의 러브스토리마저 정략으로 전락했다. 제 한 몸 팔아 아비를 구하려 했지만 역부족이었을 거라는 수군거림은 점잖은 동정론에 속했다. 곱상한 얼굴로 머리 굴리는 솜씨가 보통이 아니라느니, 조신한 척하며 뒷돈을 만든 작태가 더 악질적이라느니, 키워준 부모 버리고 저 혼자 살길 찾는 독한 것이라느니, 온갖 원색적 비난이 쏟아졌다.

들끓는 여론은 검찰과 법원에 압력으로 작용했다. 영채에 대한 선처가 행여 재벌 비리 척결에 미지근하다는 지탄으로 이어질까, 검찰과 법원은 두려워했다. 그 두려움이, 영채가 임산부라는 사실을 인지하고도 구속을 강행한 이유였다.

하진은 집무실을 초조하게 서성였다. 이런 고약한 반전이 있나. 강차연은 영채를 잡을 덫을 아주 오래, 치밀하게 준비해온 것이 분명했다. 영채에게 가해질 위협으로 납치나 협박 정도만 계산했던 게 실수. 검찰을 너무 믿은 것도 실수. 해명을 되찾는 데 집중하느라 잠시 방심한 대가가 너무 크다.

신분을 불문하고 엄정히 수사한다고. 하! 강직한 이미지를 구축할 절호의 기회다 싶었겠지. 검찰 고위 간부들 중 서 회장과 긴밀한 관계였던 자들이 꽤 있었다. 서 회장과의 연결 고리를 어떻게 끊어낼까 골몰하던 중 영채가 판에 등장한 것이다. 영채를 수감시키면 서국철에게서 받은 검은 돈이 사라지기라도 할 줄 알았나. 내 이것들을 죄다…….

쾅!

하진은 손바닥으로 책상을 내리쳤다.

"야야, 그래서 책상이 깨지겠냐?"

사무실 구석 벽에 몸을 기댄 석영이 느물거렸다. 지금 농담이 나와? 하진은 돌아서 석영을 마주했다.

"구속 집행 정지시킬 방법 알아봐."

"집행 정지시키면?"

"영채 빼돌려야지."

"뭐?"

"숨겨두고 강차연이 한 짓이란 걸 밝혀야지."

"어떻게 밝힐 건데?"

"몰라."

"뭐?"

"모른다고!"

"영채 씨는 어디다 숨겨둘 건데?"

"어디든지."

석영은 몸을 세웠다. 하진은 계획 없이 움직이는 인물이 아니었다. 그런데 무작정 영채를 빼오기만 하라니. 지금, 하진은 이성을 잃은 공황 상태였다.

"네 복수만 중요해? 영채 씨 인생은 안 중요해?"

"중요하니까 이러는 거 아니야? 걱정돼서."

"이 상황에서 꼼수를 부리면 그게 영채 씨 인생에 얼룩이 되잖아."

"구치소라니. 혼자도 아니고 은도까지, 구치소라니."

하진이 감정을 주체하지 못했다. 석영은 하진에게 다가가 어깨를 붙들었다.

"마지막 고비야. 영채 씨 약하지 않아. 너도 중심 잡아."

하진이 바닥에 와스스 무너져 내렸다.

"중심 잡으라니까 바닥에 엉덩이 대는 꼴 봐라. 스타일 안 살게."

석영은 투덜거리면서 하진의 옆에 털썩 앉았다.

생각에 잠겨 있던 하진이 나직이 말했다.

"강차연 없애야겠어."

석영은 고개를 홱 돌렸다. 하진의 눈은 감겨 있고, 입술은 닫혀 있었다. 냉연한 얼굴에서 감정이 느껴지지 않았다. 이 자식, 설마…….

"강차연은 목숨이 붙어 있는 한 영채를 내버려두지 않을 거야. 나중에 은도한테도 어떤 짓을 할지 모르고. 정리해야겠어."

"진심이야?"

"서국철이 저지른 가장 큰 실수가 뭐라고 생각해? 날 살려둔 거야. 난 같은 실수 안 해."

이 자식, 진심이구나. 무작정 말리면 안 먹힐 테고, 어떻게 한다?

"권하진의 아킬레스건이 정말 서영채였구나."

"몰랐어?"

"네 아킬레스건은 지성과 양심인 줄 알았지. 뉴욕에서 독하게 살 때도 넌 절대 최후의 선은 안 넘었다. 서국철 잡아넣을 때도. 그런데 영채 씨가 고생하니까 양심 따윈 바로 내팽개치는구나. 영채 씨를 위해서라면 사람도 죽이겠다. 와, 내 유치원 지기가 이렇게 변하다니."

그래, 유치원! 석영은 벌떡 일어나 사무실 문을 열었다.

"강 비서, 내 사무실에서 막대 사탕 두 개 가져와요."

사무실 밖 책상에 앉아 있던 비서가 일어나 움직였다. 잠시 후, 석영은 막대 사탕 두 개를 들고 사무실로 들어와 하나를 하진에게 건넸다.

"우리 처음 만난 날 기억나? 신나라 유치원 병아리반."

하진이 어이없다는 듯 그를 쳐다봤다.

"기억나, 안 나?"

석영은 떼쓰듯 재차 물었다. 미간을 찌푸렸던 하진이 어정쩡하게 답했다.

"기억나. 네가 나한테 칸초 주면서 너랑 친해지고 싶어, 그랬잖아."

"칸초를 받은 너는 먹지 않았어. 과자를 손바닥에 올려두고 한참 보다가 내 이름은 권하진이야, 고마워, 했지. 그리고 칸초를 종이에 쌌어. 왜 안 먹느냐고 하니까, 처음 사귄 친구한테서 받은 선물이니까 아껴둔다고 했어. 집에 가서 엄마한테 자랑할 거라고."

"내가 그랬나?"

"그랬어. 그 순간 너한테 반해서 칸초 한 통 통째로 내줬잖아. 너 때문에 내 원대한 작전에 금이 간 건 아냐? 칸초 하나씩 나눠주면서 같은 반 애들 전부 내 라인으로 만드는 게 목표였는데."

"미안하다."

"다음 날, 네가 막대 사탕을 두 개 가져와서 하나씩 나눠 먹었어. 기억나?"

"기억나. 서로 혀가 빨개진 거 쳐다보면서 낄낄댔었지."

석영은 사탕을 하진에게 들이밀었다. 하진이 설핏 웃고 사탕을 받아들었다.

"내 인생의 첫 친구, 권하진. 그때부터 네가 좋았다."

석영이 회상에 잠겨 있는 동안 하진이 사탕 포장을 벗겼다. 하진이 사탕을 입에 넣는 것을 보고 석영도 사탕을 먹기 시작했다.

사무실에 적막감이 차올랐다. 두 남자는 어깨를 나란히 하고 벽에 등을 기댄 채로, 말없이 사탕을 빨았다. 오른쪽 무릎을 세우고 사탕을 든 오른팔을 무릎에 얹은 자세가 닮은꼴이었다.

사무실 통유리 창을 통해 청명한 햇살이 들이쳤다. 길게 늘어진 가을 햇살이 사무실에 아련한 빛줄기를 드리웠다. 막대를 움켜쥔 하진의 손이 느슨해졌다. 뻣뻣하던 어깨에서도 힘이 빠졌다. 세우고 있던 무릎을 펴서 다리를 앞으로 쭉 뻗는 하진을 보고 석영은 고개를 돌렸다.

"어떠냐?"

그가 길게 내민 혀를 보고 하진이 피식 웃었다.

"벌겋다."

"너도 마찬가질걸?"

"그렇겠지."

"권하진."

석영은 하진의 팔을 붙들었다.

"살면서 널 물들이는 게 사탕뿐이었으면 좋겠다. 손에 피 묻히는 건 권하진답지 않아. 너답지 않아지는 거, 누구를 위해서도 하지 마라. 그 누구가 영채 씨라 해도."

"질투하냐?"

하진이 건건하게 물었다. 이 자식이. 사탕같이 말하면 막대처럼 알아들어야지. 석영은 하진의 뒤통수를 때렸다.

하진이 얼굴을 찡그렸다.

"아프잖아."

"때리는 나는 더 아팠어."

석영은 칼칼하게 받아치고 일어났다.

"사탕 마저 먹으면서 생각해봐. 강차연을 정말로 없애야겠는지."

"그래야겠다면?"

"사탕 다 먹고 나서도 같은 마음이라면, 도울게."

하진은 석영을 물끄러미 쳐다봤다.

"사슴과 거북이와 물고기한테 한 맹세가 있잖아."

석영의 눈동자가 촉촉했다. 어쩌면 그의 마음에 배는 물기가 석영의 눈에 비치는 것인지도 몰랐다. 25년을 함께하면서 그를 속속들이 비춰낸 녀석이니까.

"사탕은 천천히 녹여 먹는 거 알지?"

석영이 한쪽 눈을 찡긋하고 돌아섰다. 석영이 문가에 이르렀을 때, 하진은 석영을 불렀다.

"석영아."

"왜?"

"사탕, 꼭 다 먹어야 해?"

"다 먹어."

"이제 우리 나이도 있는데 건강 챙겨야지. 말년에 당뇨라도 걸려 봐. 영채가 고생할 거 아냐?"

"기승전 서영채지, 하여튼. 내가 인정한다. 서영채 바라기, 권하진. 아이씨, 질투 나서 오장육부가 꼬여."

고개를 절레절레 저은 석영은 사무실을 나서며 궁시렁거렸다.

"과자를 앞에 두고도, 후지 산 폭우 속에서도 자기소개부터 하던 놈이, 여자를 만났는데 왜 이름을 안 밝혀? 통성명만 했어도 이렇게 힘든 사랑은 안 했을 거 아니야? 권하진. 다음 생에선 데이트 때 상대방 이름부터 따라. 미친놈처럼 덥석 청혼하지 말고."

"너나 잘해."

"이름 따는 것도 잊게 할 만큼 날 홀릴 여자는 세상에 없어."

"두고 보자, 연석영."

"많이 두고 봐라."

석영의 호언장담 뒤로 문이 닫혔다.

혼자 남은 사무실에서 하진은 사탕을 마저 먹었다. 마지막 한 줌 달콤함이 녹아내리자 하진은 일어나 사무실 구석으로 갔다. 벽거울에 입술이 붉고 턱이 가뭇한 남자의 얼굴이 비쳤다.

하진은 책상 서랍에서 면도기를 꺼내 턱을 정리했다. 넥타이를 고쳐 매고 재킷을 입었다. 재킷 단추를 하나 채우고 사무실을 나서기 전 거울 앞에서 미소를 지었다.

그 어느 때보다 웃기 힘든 날, 그 어느 때보다 웃음이 절실했다. 그의 영채를 위해서.

하진은 서울 구치소에 수감된 영채를 면회실에서 마주했다.

"방 동기들이 잘해준다. 방짱 언니가 내 나이 딱 두 배. 남편 대신 사기죄를 뒤집어쓰고 들어왔다는데, 그 언니가 나를 엄청 챙겨줘. 아이 가졌다고 하니까 다른 사람들도 다 신경 써주고. 은도가 복덩이라니까."

씩씩한 영채의 모습에 하진은 더 마음이 아렸다.

"그런 표정 짓지 마요. 여기서도 인생은 여전히 아름다워. 완벽하진 않지만."

"불편한 거 있으면 말해. 손써볼게."

"불편한 게 아니라 불만이 있지. 어머니가 면회를 안 오시잖아. 딸 같은 며느리라고 하셔놓고 면회 한 번 안 오시고. 어머니 보고 싶은데."

영채가 입술을 비죽거렸다.

"난 여기 오래 있을 계획이 아니거든. 어머니께 전해드려. 끝내 면회 안 오시면, 앞으로 어머니의 며느리살이가 힘드실 거라고."

"며느리살이? 그런 것도 있어?"

"만들면 있지, 왜 없어?"

일부러 새침을 떠는 영채를 보며 하진은 눈가가 매웠다.

"그런 표정 짓지 말라니까요. 여기 들어와서 이런저런 생각 해봤는데, 차라리 잘된 것 같아."

"어떻게 그래?"

"하진 씨가 서주그룹 향해 칼 빼들었잖아. 그런데 아내가 서주 회장 딸이야. 사람들이 수군거리기 좋은 상황이라고. 지금 모든 걸 밝혀야 해. 내가 결백하다는 거 검증받고, 서류상으로라도 해명할 부분이 있으면 해명하고 가야 해. 그래야 앞으로 하진 씨가 어떤 일을 하든 발걸음이 가볍지. 난 하진 씨 약점 되기 싫어."

"넌 내가 밉지도 않아? 내가 벌인 일들 때문에 고생하는데."

"이 정도 고생도 각오 안 하고 결혼했을까 봐. 남편님, 이 아가씨 그렇게 무르지 않답니다."

하진은 웃었다. 가슴에 눈물이 차오르는데, 웃음이 나왔다. 영채가 투명 벽에 얼굴을 가까이 가져왔다.

"하진 씨, 부탁이 있는데."

"말해."

"서주그룹 구해줘."

하진은 웃음을 지웠다. 가슴이 차갑게 식었다.

"서주그룹 계열사들 중에 살릴 만한 것도 있을 거 아냐? 건강한 계열사는 살게 해. 하진 씨가 투자할 수도 있고, 좋은 사람들 손에 넘어가게 할 수도 있잖아."

"싫다."

"아버님처럼 살고 싶다며. 서주그룹 공중분해시키면 하진 씨 후회할 거야. 되돌리고 싶어도 되돌릴 수 없을 때, 아플 거야."

그가 이를 악다물고 영채의 시선을 외면하는 동안 영채가 벽을 두드렸다.

"하진 씨, 나 좀 봐. 어?"

하진은 마지못해 영채를 봤다.

"어젯밤에 꿈을 꿨는데, 하진 씨가 칼을 들고 있었어. 은색으로 빛나는 단도. 하진 씨 앞에는 강이 흘러. 물결이 은색인 강이야. 배를 만지면서 은도야, 너도 저 강물 같은 사람이 되어라, 하고 말했어. 그런데 피가 흐르는 것처럼 강물이 벌겋게 변했어. 놀라서 하진 씨를 부르려는데 목소리가 안 나왔어. 사방이 깜깜해졌어. 아무것도 보이지 않는데, 하진 씨가 든 칼만 번득거려. 정말 무서운 꿈이었어."

영채가 간밤에 가위눌린 얘기를 하고 물었다.

"무슨 독한 생각 하는 거 아니지?"

하진은 차연을 제거하려는 생각을 들킨 것 같아 뜨끔했다.

"어떤 아빠가 되고 싶은지 생각해봐. 은도가 칼처럼 살지, 강처럼 살지. 그게 우리 손에 달린 것 같아. 약속해. 모질어지지 않겠다고."

영채가 간절히 애원했다. 하진은 고개를 끄덕였지만, 끝내 약속은 하지 않았다. 지킬 생각이 없는 약속 따위 하고 싶지 않았다. 그래도 영채는 안심이 되었는지, 빙긋 웃었다.

"나, 부탁 또 하나 있는데."

"말해. 뭐든."

"영빈 언니 만나줘. 언니한테 챙길 수 있는 거 챙기라고 했거든.

언니만은 지켜주겠다는 약속이었어. 그 약속이 지켜지느냐 마느냐
는 언니 선택에 달렸다고 해. 우리를 도와줄 거야."

하진은 의구심에 고개를 저었다.

"영빈 언니는 사리 분별 하는 사람이야. 하진 씨가 흔들면 흔들릴
거야."

"어떻게……?"

말을 잇기 전에 면회 시간이 끝나갔다. 영채의 얼굴이 어두워졌
다.

"내일 또 올 거지?"

"그럼."

하진이 벽에 손바닥을 펼쳤다.

영채는 하진의 손이 짚은 벽 반대편에 손바닥을 마주 댔다. 깨진
유리 파편 같았던 우리의 지난 시간들이 비로소 한눈에 들어와. 함
께했던 모든 순간에, 우리의 운명이 바뀌고 있었어. 카페에서 서로
를 보았을 때. 강가에서 당신이 나를 안았을 때. 내가 당신의 자전
거를 타고 어두운 다리를 건넜을 때. 라면집에서 당신이 청혼했을
때. 어설프게 마신 맥주 몇 모금에 내가 당신 입술을 훔쳤을 때. 그
소소하고 치기 어린 몸짓들이 모두 우리를 여기로 이끈 거야.

당신은 아직도 모르지. 당신 어머니를 처음 만난 날, 그분에게 달
려가 서주그룹 회장 딸 아니라 권하진을 좋아하는 서영채라고 했을
때, 내가 되돌아올 수 없는 운명의 강을 건넜다는 걸.

난 그렇게 강을 건너 건너 여기까지 왔어. 당신 안에 아직도 얼어
붙은 강이 있다는 거 알아. 죽는 날까지 그 강을 품고 있어도 괜찮
아. 그래도 그 강을 후회와 죄책감으로 더럽히지는 마.

"하진 씨, 우리가 뉴욕 서점에서 엇갈렸던 날 기억나요?"

"음."

"그날 하진 씨 만나면 꼭 해주고 싶은 말 있었는데."

"뭐였는데?"

"젊은이!"

하진은 손가락을 움칠했다. 영채가 환하게 웃었다.

"고마워요. 거기 있어줘서."

서영채와 권하진. 다시, 그들 사이를 갈라놓은 벽. 그러나 이제 영채는 주저앉지 않는다. 울지 않는다. 수의를 입고도 여왕처럼 서서, 그를 향해 웃는다. 영채의 의연한 눈에 비친 그가, 웃는다.

귀가한 하진은 미정에게 영채의 상태를 전했다.

"며느리살이? 예쁘다고 오냐오냐 해줬더니, 이제 시어미를 우습게 아는구나. 그래, 며느리살이 얼마든지 할 테니 빨리 나오기만 하라고 해라."

주방에서 저녁 준비를 하던 미정은 노여운 척하다 돌아섰다. 개수대를 향한 그녀의 어깨가 들썩였다.

하진은 미정에게 다가가 그녀를 뒤에서 안았다.

"홑몸도 아닌 것이 그 안에서 얼마나 무섭겠어? 그런데 우리 걱정할까 마음 쓰는 것이……. 가여운 것."

"울지 마세요. 영채도 안 울었어요."

영채의 면회를 가지 않는 어머니의 심정을 알 것 같았다. 영채를 마주하면 눈물을 쏟을까, 그래서 영채를 울릴까, 차마 보러 갈 수 없는 것이다.

"너 앞으로 영채한테 잘하면서 살아."

"아버지가 어머니한테 하신 것처럼요?"

"그래. 더도 말고, 딱 네 아버지만큼만 해."

돌아선 미정은 다짐이라도 받고 싶은 기세였다. 하진은 돌연 슬픔으로 먹먹해졌다.

「약속해줘. 모질어지지 않겠다고.」

귓가에 쟁쟁대는 영채의 애원이 가슴을 후볐다.

면회를 마치고 감방으로 돌아간 영채는 공예성이 했던 말을 곱씹었다.

「강 교수님 지하 작업실 구조가 특이해요.」

어렸을 때 지하 작업실은 출입 금지 구역이었다. 호기심에 얼쩡거리다가 차연에게 몇 번 혼이 났다. 초등학교를 마치고 영국으로 떠나기 선, 집 안을 둘러보다가 걸음이 지하실로 향했을 때 영빈이 작업실에서 나오는 것을 보았다. 영빈은 지하실에 엄마만 들어가는 비밀의 방이 있다고 했다. 어른이 되면 들어가볼 수 있는 곳이라고. 어린 동생을 달래기 위한 별 의미 없는 말이었겠지만, 지금 그녀를 구해줄 실마리가 될 수도 있었다.

차연은 그녀를 함정에 빠뜨리기 위해 치밀한 서류 작업을 했다. 차연의 주장을 뒤집을 자료들이 작업실 비밀 방에 있다면, 그것을 꺼내줄 유일한 사람은 영빈이었다.

저녁이 되어 검찰의 심문이 이어졌다. 서주그룹의 비자금 조성이라는 중대한 사안인 만큼, 심문이 낮과 밤을 가리지 않고 강행됐다.

담당 검사는 피마저 파랄 것 같은 깐깐한 40대 초반의 여자였다.

"고집이 어지간하네요. 증거가 명백한데 발뺌해봤자예요. 자백하고 사건 정리합시다."

"영국에 거주할 당시 전 미성년자였어요. 미술품 거래를 한 게 아니라 시험에 나올 화가들 이름을 외고 있었다고요."

"구매한 미술품들 중 상당수가 서영채 씨 소장으로 되어 있는 건 어떻게 설명할 겁니까? 그 미술품들 지금 어디에 있어요?"

나도 그것이 알고 싶다, 진짜. 검사의 추궁에 한숨을 내쉰 영채는 생각을 정리한 후 입을 열었다.

"서주그룹 경영진 일가가 은닉한 미술품들이 어디에 있는지 알아요."

은테 안경 너머에서 검사의 눈빛이 번득였다.

"어디 있죠?"

"말할 수 없습니다. 말하면 제가 미술품을 은닉한 걸로 몰릴 거잖아요. 강차연 씨 신병 확보해주세요."

"한국 땅 떠난 사람의 신병을 어떻게 확보합니까?"

어제 석영이 변호인 접견을 와 차연의 친정 분위기를 귀띔해주었다. 차연의 친정은 전자와 금융 분야를 지배하는 정한그룹이었다. 서국철과 결혼하는 과정에서 가족을 등진 차연. 차연과 절연했던 정한그룹 사람들.

그래도 핏줄이라고, 차연이 오명을 뒤집어쓰지 않도록 검찰에 힘을 쓰고 있다고 했다. 차연 때문에 정한그룹의 명성에 흠집이 날까 전전긍긍하면서.

"그럼 강차연만큼 강차연에 대해 잘 알고 있는 사람을 불러들이

서야겠죠."

"그게 누군가요?"

"서주미성 서영빈 상무와 대질심문하게 해주세요."

"서영빈 씨에게는 혐의가 없습니다. 혐의 없이 어떻게 사람을 소
환합니까?"

그래, 서영빈은 정한그룹의 외손녀다 이거지.

영채는 작전을 바꾸기로 했다.

"검사님."

나긋해진 그녀의 목소리에 검사가 눈썹을 휘어 올렸다.

"아이 있으세요?"

"중학생 딸이 하나 있는데요."

"제가 그 나이에 한국을 떠났었는데."

영채는 목소리를 애잔하게 깔았다. 의도적으로 길어진 침묵에,
검사가 걱정스럽게 물었다.

"서영채 씨, 괜찮으세요?"

영채는 책상 앞으로 몸을 숙였다.

"뱃속의 아이를 걸고 맹세해요. 전 결백합니다. 서영빈 씨와 대질
심문 받게 해주세요."

눈을 가느스름하게 뜬 검사가 얇은 입술을 비틀었다.

"독하네, 정말. 서영채 씨, 감성팔이 하며 잔꾀 쓰지 말고, 그냥
자백하세요. 여러 사람 덜 피곤하게."

아아, 정말. 영채는 고개를 힘없이 떨구었다. 빛 한 줄기 들지 않
는 터널에 갇힌 기분이었다. 뱃속에 품은 생명의 무게가 유독 무거
운 밤이었다.

다음 날 저녁, 영빈은 위스키 바 오드비의 룸에서 하진을 만났다. 두 시간 전에 하진이 그녀의 개인 휴대전화로 연락을 해왔다.

— 삼성동 위스키 바 오드비. 오늘 저녁 7시에 거기서 보죠.

만남을 제안하는 것이 아니었다. 그가 지정하는 장소로 시간 맞춰 나오라는 통보였다. 낮은 목소리에 거절을 용납하지 않겠다는 단호함이 배어 있었다.

지금 테이블을 사이에 두고 맞은편 가죽 소파에 앉은 하진은 반투명 유리 같았다. 차분한 눈빛에 어떤 감정도 담지 않고, 빈틈없는 서늘함으로 상대를 압도했다. 하진을 읽어낼 수 없다는 것보다 그녀의 불안이 그에게 고스란히 읽힌다는 느낌이 더 견디기 힘들었다.

테이블에는 싱글 몰트위스키 한 병과 두 개의 유리컵이 있었다. 권하진이 깔아놓은 판 외에는 그녀에게 어떤 선택의 여지도 없음을 암시하듯, 룸에 들어섰을 때 이미 세팅된 테이블이었다.

하진이 그의 컵을 뒤집었다.

"해명수산에 한 자리 만들죠."

하진의 말을 이해할 수 없어 영빈은 눈을 치떴다.

"해명수산에 새로운 사람들이 필요합니다. 서영빈 씨가 합류해 주면 좋겠는데요."

"내가 해명수산에서 뭘 해야 하는데요?"

그녀를 인질로 잡을 심산인가. 최근 해임된 대표이사가 저지른 비리를 그녀에게 뒤집어씌울 건가.

해명이 서주그룹의 계열사였던 시절 대표는 서국철 회장의 허수 아비였다. 지금 영채는 강차연 전 서주미술관 관장이 조성한 비자금 때문에 옥살이를 하고 있다. 권하진이 서주그룹 장녀인 그녀를 노리는 것도 당연했다.

"식품 전공에 MBA 학위. 진행한 프로젝트마다 히트 상품 출시. 서주그룹과 함께 가라앉기엔 아까운 이력이니까요. 서영빈 씨가 할 일이 있을 겁니다. 찾아보면."

그녀가 맡을 만한 일이 없어도 만들겠다는 뜻이었다.

"왜 그렇게까지 하죠? 친구는 가까이에 두고 적은 더 가까이에 두려는 건가요?"

"서영빈 씨 인생까지 짓밟지는 않겠습니다. 그쪽에서 나와 내 가족을 먼저 건드리지 않는다면. 서주그룹과 함께 가라앉을지, 혼자라도 살아남을지 선택해요."

영빈은 여전히 하진의 제안을 납득할 수 없었다.

"날 거치시 않고도 영채 보호할 수 있잖아요. 이런 제안을 하는 진의를 말해요."

하진은 영빈을 주시했다. 서영빈은 그를 믿지 않는다. 상관없었다. 영채를 구하기 위해 서영빈의 신뢰 따위는 필요 없으니까. 그가 원하는 것은 서영빈의 신의가 아니라 배신이었다.

당신의 아비 때문에 나는 아버지를 잃었어. 그래서 당신 아비가 아들을 잃게 했지. 당신의 어미 때문에 내 아내가 어머니를 잃었어. 이젠 당신 어미가 딸을 잃게 해주려고. 허울뿐이라도 가족이란 이름으로 붙어 있던 서주그룹 일가, 갈기갈기 찢어놓으려고.

피를 나눈 가족에게서까지 버림받고 배신당해, 세상에 홀로 내팽개쳐지는 고통을 당신들에게 선사하지. 당신은 성공의 울타리 안에 머물러야 해. 혼자 살아남아, 남은 평생 가족을 배신했다는 죄책감에 시달리는 게 당신 역할이니까.

수많은 사람들을 무참히 짓밟은 당신들. 당신들 모두, 죽지 말고 살아. 죽음보다 더 고통스러운 삶을 짊어지면서, 죽고 싶어도 죽을 수 없이 살아. 구차하고 처절하게.

하진은 서늘한 미소를 머금었다.

"하고 싶고, 할 수 있는 제안이니까요."

"생각해보겠어요."

영빈은 기계적으로 답했다.

하진이 입꼬리를 설핏 올리고 일어섰다. 테이블을 지나쳐 문으로 가던 하진이 뭔가를 잊었다는 듯 멈춰 섰다.

"휴전 선물을 기대해도 되겠죠?"

영빈은 가슴이 따끔했다.

"뭘 원해요?"

"영채의 누명을 벗길 수 있는 서류 정도면 될 것 같은데요."

"그런 게 어디 있는지 난 몰라요."

권하진이 원하는 건 역시 영채를 구할 카드였어.

"내가 서영빈 씨를 과대평가했나 보네요."

하진이 의미심장한 눈빛을 던지고 돌아섰다.

"서영빈 씨를 영입하고, 서주 계열사들의 미래에 대해 의논하려 했습니다. 스카우트 제안은 없던 걸로 하죠. 시간 내주어서 고맙습니다. 계산은 내가 할 테니, 천천히 마시고 가요."

하진이 문가에 이르렀을 때 영빈은 발딱 일어섰다.

"서주그룹을 보전할 수도 있다는 건가요?"

권하진의 능력. 그가 움직일 수 있는 자금. 서주의 기사회생이 가능한 걸까? 서주를 투자 대상으로만 볼 만큼 이 남자는 냉정할 수 있을까?

하진이 해독할 수 없는 미소를 머금었다 지웠다.

"내일까지 결정해요. 내일 해가 저물면 내 제안은 유효하지 않습니다."

오드비를 나온 하진은 입구에 서 있는 검은 셔츠의 남자에게 일렀다.

"서영빈 지켜보세요."

남자가 고개를 숙이고 거리의 모퉁이로 갔다.

하진은 주차된 차로 걸으며 생각에 잠겼다. 서국철과 서재익은 구치소에 있다. 강차연은 구승조를 믿지 않는다. 그녀가 출국 전 기밀 사항의 뒤처리를 맡긴 것은 서영빈일 것이다. 영채의 직감에 그도 동의했다.

서영빈은 서국철처럼 무모하지 않다. 서재익처럼 어리석지 않다. 강차연처럼 잔혹하지 않다. 적당히 합리적이고 적당히 영리하며 적당히 말랑하다. 그의 제안에 분명 흔들렸다. 문제는 시간이었다. 서영빈이 영채의 누명을 벗길 증거를 너무 늦기 전에 내놓을 것인가.

하진은 한숨을 내쉬고 고개를 뒤로 젖혔다. 밤하늘에 별들이 처연했다.

아, 영채야…….

끝없이 이어진 별들이 칼날처럼 번득였다.

영빈은 한남동 집의 대문을 열고 정원으로 들어섰다. 고요한 정원에 바람 소리가 스산했다. 정원 구석의 등이 하나 꺼져 있어 외진 곳이 컴컴했다.

집안 꼴 하고는. 등이 나갔는데 손보는 사람 하나 없네. 영빈은 정원 구석으로 갔다. 핸드백을 잔디에 내려두고 등을 살피는데 걸음 소리가 들렸다. 안채에서 나와 정원을 가로지르는 걸음이 두 개의 그림자를 안고 있었다.

영빈은 등 옆의 석상 뒤로 몸을 숨겼다. 발소리가 가까워지고 나직한 대화가 들려왔다.

"언제 나가실 겁니까?"

"오늘 밤에 움직이려고요."

묻는 이는 서주그룹 수석 비서 구승조였고 답하는 이는 집사 전경선이었다.

"어디로 가십니까?"

"일단 고향으로 내려가려고 합니다."

"조심해서 가십시오."

승조가 인사하고 돌계단 쪽으로 향했다. 승조가 어둠에 잠겨가는 동안 우두커니 서 있던 경선이 울먹이듯 외쳤다.

"오빠!"

승조는 어둠에 녹아들어버린 후였다.

"정말 독하시네요."

경선의 외침만이 바람을 울렸다.

"차라리 절 원망하세요. 너 때문이었다고 소리라도 한 번 지르세요."

"네 잘못 아니다, 경선아."

승조가 집사의 이름을 불렀다. 영빈은 소름이 돋았다.

"서 회장이 음심 품은 거 알았어요. 알았는데, 도희에게 언질 주지 않았어요. 그날 야근하기 싫다고 투덜대는 도희를 기어코 회사에 주저앉혔어요. 그리고 오빠를 회사 밖으로 불러냈죠. 도희는 똑똑하고 활달하니까 야망도 클 거다, 서 회장에게 가서 편하게 살 수 있을 거다, 서주그룹 차지할 수도 있을 거다, 그렇게 합리화시켰어요. 그렇게 해서라도 내가 오빠 갖고 싶었어요."

경선의 목소리가 갈라졌다.

"오빠는 곁을 내준 적이 없는데. 나 혼자 멋대로 꿈꾼 건데. 그래도 내 것을 뺏긴 것 같았어요. 어렸을 때부터 같이 자란 나한텐 그렇게 무심했으면서 어떻게 도희는 딱 한 번 보고 사랑하게 됐는지. 화나고 질투 나고 이해 가지 않았어요. 도희만 없으면, 오빠가 언젠가는…… 기다리다 보면 언젠가는 나한테 마음 줄 거라고 생각했어요."

"그만 자책하면 좋겠다. 도희도 네가 행복해지길 바랄 거야."

"내가 감히 어떻게 행복하길 바라요? 그건 절대 해선 안 되는 선택이었어요. 어떤 일이 벌어질지 알았으면서 도희를 시궁창으로 떠민 거예요. 한순간의 못된 생각 때문에 우리 모두 생지옥을 살았잖아요. 미안해요. 정말 미안해요, 오빠."

"그래도 나와 함께 영채 곁에 있어주었잖니. 너를 통해 도희가 영채를 지켜볼 수 있었잖니."

"날 용서해주는 거예요?"

"용서……."

승조는 빈 웃음을 흘렸다. 용서할 자격 따위 내겐 없다. 나도 죄인이야. 사랑을 지키지 못한 죄. 끝내 도희를 떠나보낸 죄. 도희가 아니라 영채를 선택한 죄. 나도 지은 죄가 많다. 이제 그 죗값 치르러 가려고.

"경선아, 도희 제사 지내줘라. 거르지 말고, 해마다 꼬박꼬박."

경선은 승조를 에워싼 어둠을 바라봤다.

"그걸 왜 저한테 부탁하세요?"

"상황이 정리되면 여행을 가려고 해. 오래 걸릴 것 같아서."

"어디로 가실 건데요?"

승조가 대답하지 않고 돌아섰다. 돌계단을 밟아 내려가는 승조를 바라보면서 경선은 불길한 예감에 몸을 떨었다. 어둠 너머에서 바람이 뱀 우는 소리를 냈다. 차마 승조를 뒤따르지 못하는 동안, 승조가 대문을 나서고 대문이 닫혔다.

스산한 적요함이 어둠을 메웠다. 경선은 두 팔로 가슴을 감싸고 돌아섰다. 돌길 끝에 누군가 서 있었다. 흠칫 놀랐을 때, 익숙한 냄새가 바람에 실려 왔다.

"영빈 아가씨, 왔어요?"

"집사님, 제가 방금 들은 이야기……. 도대체 이 집에서 무슨 일들이 일어났던 거예요?"

영빈의 목소리가 공포에 질려 있었다. 경선은 지친 목소리를 밀어냈다.

"못 보고 나가면 어쩌나 걱정했는데, 다행이네. 어머니랑 연락 닿으면 전해줘요. 내 명의로 되어 있던 프로방스 별장 처분했어요. 거기로 가봤자 지낼 데 없어요. 죄 없는 영채 그만 괴롭히고 귀국해서 죗값 치르라고 해요. 그동안 쌓은 업보가 너무 커서 목숨 노리는 사람들이 많을 거야. 감옥에 박혀 있으면 목숨은 부지하겠지."

영빈이 털썩 주저앉았다. 경선은 조용한 걸음으로 영빈을 지나쳐 별채로 갔다. 심장에 가시를 쑤셔 박는 심정으로 살아낸 지옥 같은 집에서 이제는 벗어나고 싶었다.

영빈은 후들거리는 몸을 일으켜 세워 지하 작업실로 향했다. 열려 있는 문을 밀치고 들어가 벽의 스위치를 누르자 벽이 움직이고 비밀 창고가 드러났다. 고가의 미술품들이 손질되지 않은 잡초처럼 무성했다.

「안전한 곳으로 옮겨. 현금화시킬 수 있으면 하고.」

차연이 출국 전 남긴 당부를 상기하며 영빈은 창고 가장 깊숙한 곳에 있는 비밀 금고 앞에 이르렀다.

금고를 열자 서류 더미가 빼곡했다. 서류 더미 앞에 USB 드라이브도 두 개 있었다.

「일이 잘못되면 여기 있는 이름들을 물고 늘어져. 다 같이 죽을 작정이 아니라면, 우리한테 손 못 댄다.」

이 서류들이 세상에 공개되면 두 가지 일이 일어날 것이다. 최고위 권력층에 스캔들의 폭풍이 불어 닥칠 테고, 영채는 풀려날 것이다. 그리고 서주그룹은…….

「내일 해가 지면 내 제안은 유효하지 않습니다.」

권하진은 아무것도 약속하지 않았다. 칼자루를 쥔 사람은 내주는 것 없이 상대를 움직인다. 그것이 협상의 법칙이었다. 물론 그녀가 움직이지 않으면 영채가 감옥살이를 좀 오래 할 것이다. 하지만 그래서 그녀가 얻는 실익은 없었다. 권하진의 화를 돋워 서주의 몰락을 앞당길 뿐.

영빈은 사방을 둘러봤다. 고가의 미술품과 보석, 현금더미가 숲을 이룬 곳에 창 하나 없었다. 달이 떴는지, 별이 떴는지 알 수 없는 곳. 태양이 떠올라도 온기 한 자락 느낄 수 없는 어둠의 전당에 그녀가 서 있었다.

「넌 양심이 어디에서 온다고 생각하니? 돈이 곧 양심이다. 권력이 양심이야. 내 자리를 넘보는 것들은 싹을 잘라야 해. 내가 비참하면 상대를 더 비참하게 만들면 된다. 피차 비참하다면 조금이라도 덜 비참한 쪽이 강자니까. 갑의 자리는, 지배자의 자리는, 그렇게 사수하는 거다.」

차연의 앙칼진 목소리가 적요함을 할퀴었다.

「한순간의 못된 생각 때문에 우리 모두 생지옥을 살았잖아요.」

경선의 울부짖음. 그리고 영채의 물기 어린 목소리.

「챙길 수 있는 거 있으면 챙겨. 언니 살길 찾아봐.」

영채, 너. 그렇게 태어나 그렇게 자랐으면서. 그깟 피자 한 판이 뭐라고, 언니 대접해주는 꼴이라니. 네가 뭔데. 네까짓 게 뭔데, 날 이렇게 들쑤셔.

영빈은 금고 속의 서류를 끄집어냈다. 차곡차곡 쌓여 있던 서류들이 흘러내렸다. 손이 발작하듯 떨렸다. 눈물이 왈칵 돋고 꺽꺽, 울음이 올라왔다. 울음에 숨통이 조일수록 서류를 헤집는 손길이 다급해졌다.

「권하진은 지금 우리가 잡을 수 있는 유일한 지푸라기야. 무릎을 꿇고라도, 아니, 그보다 더한 짓을 해서라도 빌어. 빌어야 해. 진심이 아니라도 빌어야 해. 그래야 우리가 살아.」

차연에게 했던 말들이 부메랑처럼 돌아왔다.

다 같이 죽을 순 없잖아. 어떻게든, 꾸역꾸역 살아야지.

거대한 제국의 말로처럼, 종이 뭉치가 붉은 카펫 위로 허망히 휘날렸다. 핏빛 카펫을 뒤덮은 허연 종이 더미 위에 영빈은 털썩 주저앉았다. 떨리는 손이 휴대전화를 꺼내 하진의 번호를 찾았다.

－ 권하진입니다.

"휴전 선물 준비됐어요."

사흘 후 새벽, 하진은 서울중앙지방검찰청 앞을 서성였다. 영채가 나오기로 약속된 시각에서 한 시간이 지났다. 석영은 검찰 측과 조율이 끝났다고 했다. 영빈에게서 입수한 서주미술관 비자금 조성 서류를 검찰에 제출했다.

검찰은 참고인 자격으로 자진 출두한 영빈의 증언을 들은 후, 영채의 무혐의를 결정했다.

영채가 새벽에 나오기로 한 것은 언론의 포화를 피하기 위한 방편이었다. 당분간 영채를 보호하며 언론의 화살을 서국철과 강차연에게 집중시키면 될 것이다. 검찰은 대어를 낚고, 오디세이는 공공의 적이 된 서주그룹의 구원자로 나설 수 있었다. 서주그룹을 어떻게 처분한들 그가 이길 수밖에 없는 게임판이 세팅된 것이다.

바람이 쌀쌀한 새벽, 가을 속에 겨울이 스며들어 있었다.

이기리라. 이기리라.

하진은 어두컴컴한 길을 뚜벅뚜벅 걸으며 되뇌었다. 영채와 첫 데이트를 하던 밤 라면집 '푸치니'에서 들었던 오페라 아리아 가사였다. 영채에게 오는 길에 잠 못 드는 밤이면 듣고 또 들었던 노래.

공주, 당신도 차가운 방에서 별들을 바라보겠지.

사랑에 떨고 희망에 떨면서.

빛으로 환해질 때에 나는 고요함을 깨뜨리는 키스로 당신을 소유하리.

새벽이 되면 나는 이기리라.

이기리라. 이기리라.

Vincero. Vincero.

빈체로. 빈체로.

하진은 아리아의 마지막 부분을 주문처럼 읊조렸다.

이기리라. 이기리라. 이겨내리라.

검찰청 건물 쪽에서 빛의 기척이 있었다. 하진은 걸음을 멈추고 고개를 돌렸다. 음영에 휩싸인 몸이 다가왔다.

영채야! 목은 틔지 않고, 몸이 먼저 움직였다.

하진은 달려가 영채 앞에 섰다. 영채는 엷은 블라우스에 바지 차림이었다. 검찰에 출두하던 날과 같은 모습인데, 얼굴이 수척했다.

그와 눈이 마주치자 영채가 고개를 숙였다.

"왜 그래?"

하진은 영채의 얼굴을 감쌌다.

"그렇게 보지 마."

영채가 이마에 손차양을 쳤다.

"머리도 부스스하고, 화장도 안 했어."

"그래도 예뻐."

하진은 영채의 손을 잡아 내렸다. 미안해서 목이 메었다. 영채의 야윈 얼굴과 부르튼 입술. 까칠한 손과 서늘한 몸. 그가 마주하고 있는 모든 것들에, 미치도록 미안해졌다.

영채가 흑, 숨을 삼키더니 눈물을 쏟았다. 수의 차림으로 구금되어 있었을 때도 의연하던 영채가 울었다.

하진은 영채를 와락 안았다. 영채의 어깨가 흔들리는 동안 하진은 영채를 안은 팔에 힘을 주었다. 찬바람을 온몸으로 맞으며 영채의 등을 쓸어내렸다. 영채의 흐느낌이 잦아들고 고운 속삭임이 올라왔다.

"하진 씨, 참 따뜻해."

하진은 외투를 벗어 영채에게 입혔다. 제 몸보다 큰 외투에 묻혀서 영채가 그의 품을 파고들었다.

"집에 가자, 영채야."

"잠깐만. 나, 지금 기도하는 중이야."

"무슨 기도?"

"우리 사랑이 언제나 이기게 해달라고. 승자의 저주 따위, 우리를 비켜가게 해달라고."

심장이 전율해 하진은 눈을 감았다. 빈체로. 빈체로. 웅장한 테너의 목소리가 귓전을 울리고, 독하게 견뎌온 시간들이 머릿속에 스쳤다.

영채가 그의 손을 잡아 배에 갖다댔다. 아리아의 환청이 잦아들고 어디선가, 홀연히, 온화한 강물 소리가 들려왔다.

시린 별빛을 머금은 어둠을 바람이 쓸고 갔다. 목덜미가 스산했을 때, 그의 품에 안긴 영채의 심장이 순하게 뛰었다.

공동 현관 인터폰이 울렸다. 하진이가 카드를 안 가지고 갔나? 미정은 동동걸음으로 거실을 가로질러 인터폰을 확인했다. 화면에 보이는 것은 영채도, 하진도 아니었다.

"누구세요?"

"권하진 씨에게 배달 왔습니다."

젊은 여자가 얼굴을 들이밀었다. 미국에서 몇 번 봤던 지수였다.

"지수 양?"

"어머니세요?"

"그래요. 어쩐 일이에요? 이 새벽에?"

엉겁결에 묻다가 아차 싶어, 미정은 문부터 열어주었다.

"감사합니다!"

활기찬 목소리를 남기고 화면이 까매졌다.

잠시 후, 아파트 초인종이 울렸다. 미정은 현관문을 열고 지수를 맞았다.

"홍 여사님 모셔오고 미국으로 돌아간 줄 알았는데. 언제 또 왔어요? 들어와요."

"아니에요. 아빠 심부름으로 하진 오빠한테 이것 전달만 하면 돼요."

지수가 긴 상자를 내밀었다. 붉은 종이에 싸인 상자가 제법 묵직했다.

"하진 오빠 혼자서만 보라고 하셨어요."

"그렇게 전해줄게요. 들어와요."

미정은 상자를 현관에 세워두고 지수의 손을 잡아끌었다.

"금방 가봐야 해요."

"어디? 미국?"

"네."

"먼 길 왔는데 쉬지도 못하고. 고생하네."

"아빠가 전용기 내주셨어요. 그리고 젊은데요, 뭐. 몸이 워낙 씩씩해서 힘든 줄도 모르네요. 안녕히 계세요."

지수가 허리 굽혀 인사하고 돌아섰다. 미정은 하진의 안부도 묻지 않고 떠나려는 지수가 가슴에 맺혔다.

"고마워요. 여러 가지로."

내 아들 좋아해줘서 고맙고. 끝내 마음 안 내준 그 녀석 여전히 살펴줘서 고마워. 이리 곱고 착한데, 근사한 사람 만날 거야. 좋아하는 여자 두고도 바라보기만 한 독한 녀석이야, 내 아들은. 지수 양은 순한 마음 활짝 열어주는 남자 만나요.

엘리베이터가 도착해 딩, 소리가 났다. 엘리베이터 안으로 들어서는 지수를 미정은 황급히 불러 세웠다.

"잠깐만 기다려요, 잠깐만."

아파트로 들어간 미정은 자그만 유리병을 들고 나왔다.

"생강청이에요. 내가 만든 건데 갖고 가요."

"아닙니다. 괜찮습니다."

지수가 손사래를 치며 사양했다.

"사 먹는 거랑 달라. 회장님께도 타 드려요. 정성껏 마시면 겨울에 감기 걱정 안 해도 되거든."

미정은 떠넘기듯 병을 지수에게 들이밀었다. 이렇게라도 하지 않으면 두고두고 마음이 무거울 것 같았다.

지수가 주뼛주뼛 병을 받았다.

"지수 양이나 회장님이나 우리 하진이 은인인데. 나는 드릴 게 이런 것밖에 없네."

미정은 빈손을 모아 쥐고 멋쩍게 웃었다.

지수는 병을 품에 안고서 미정을 바라봤다. 올겨울에 감기 한 번 호되게 앓고 하진 오빠 떨쳐버리려 했는데, 이걸 주시네요. 한동안 뵙지 못할 것 같아요. 여기저기 떠돌면서 마음 추슬러야 할 것 같거든요.

이거 먹고 건강하게 버틸게요. 찬바람에 앓지 않을게요. 힘든 시절 지나가고, 좋은 날이 오면 그때 편하게 뵈어요. 다시 뵙는 날엔 하진 오빠한테도, 영채 씨한테도, 어머니께도, 제가 차 대접할게요. 우리 모두 원망하지 않고, 미안해하지 않고 살았으면 좋겠어요.

눈가에 물기가 맺혔다. 미정이 손을 들어 젖은 눈가를 훔쳐주었다. 지수는 눈물 사이로 웃었다.

"고맙습니다. 잘 먹을게요."

"정성껏 챙겨 먹고, 아프지 마요."

미정도 웃었다. 더없이 고운 미정의 미소가 뿌옇게 흐려졌다.

지수를 보내고 아파트로 들어온 미정은 전화 벨소리를 들었다. 하진과 영채가 침실로 쓰는 마스터 베드룸에서 나오는 소리였다. 망설이다 문을 여니 침대 옆 협탁에서 휴대전화기가 진동하며 울리고 있었다. 검찰에 출두하면서 영채가 두고 간 전화기였다.

아들 며느리 쓰는 방에 들어가기도 뭣하고. 금방 오면 제가 확인하겠지. 미정은 문을 닫고 물러났다. 지수가 두고 간 상자를 하진의 서재에 갖다두고 나오는데, 전화 벨소리가 계속 들렸다.

쌩한 느낌에 이끌려 미정은 마스터 베드룸으로 들어갔다.

강차연.

휴대전화 액정을 본 순간 등골이 오싹했다. 영채가 곧 집에 올 텐데. 마음고생하고 돌아오는 아인데. 그 마음에 또 생채기를 낼 수는 없었다.

미정은 충전기를 뽑고 전화기를 들어 올렸다. 통화를 수락하자 도도한 목소리가 들려왔다.

― 서영채.

말꼬리가 살짝 올라가는 목소리는 정말로 차연의 것이었다.

미정은 숨을 고르고 입을 열었다.

"영채 어밉니다."

피리 16구에 위치한 고급 아파트. 드넓은 방에 빛이 없었다. 불이 꺼진 샹들리에는 창백했고, 창턱까지 내려진 두툼한 블라인드가 아침 햇살을 가로막았다. 카펫이 깔린 방의 사면이 거울이었다. 두꺼운 유리가 어둠을 빨아들이는 동안 재깍재깍 벽시계의 초침 소리가 황량한 공기를 흔들었다.

침대에서 빠져나온 차연은 창가로 가 블라인드를 올렸다. 가랑비가 정원을 적시고 있었다. 누르스름한 나뭇잎 하나가 가지에서 홀홀 떨어졌다. 늘씬한 흑고양이가 잔디에 뒹구는 낙엽을 밟고 지나갔다. 꼬리를 세운 채 느리게 걷는 고양이의 도도한 자태가 신경을 자극했다.

「전 집사 집 떠났어. 프로방스 별장은 처분했고.」

어제 영빈이 본가의 근황을 전해왔다. 영채가 무혐의로 풀려날 거라는 소식과 함께.

구승조와 전경선. 대를 이어 서주그룹의 개였던 것들이 감히 주인을 물어? 그 이유가 홍도희고? 홍도희. 넌 죽어서도 내 두통거리구나.

차연은 침대맡에 있는 약병에서 신경 안정제를 한 알 꺼내 입에 털어 넣었다. 물 잔을 움켜쥐는 손이 떨렸다. 한국을 떠난 후 편히 눈 붙인 날이 하루도 없었다. 밤낮은 무의미해졌고 수면제 없이는 잘 수가 없었다. 먹어도 속이 허했고, 비워내려 할수록 머릿속은 복잡해졌다.

영채가 서주미술관 비자금 조성과 관련해 무혐의로 풀려났다. 석방 전망이 짤막한 단신으로 처리된 후 영채는 언론의 레이더에서 사라졌다. 영빈은 금고 속의 서류로 하진과 거래를 했다고 했다.

멍청한 것. 딸이라고 믿었더니, 그리 앞뒤 계산을 못 해서야. 서영빈. 네가 연 것이 어떤 판도라의 상자인 줄 알아? 넌 독이 발린 잔을 손에 쥔 거야. 잔을 버리지도, 움키지도 못하고 중독되어갈 거란 말이다.

지금쯤이면 영채가 집에서 두 발 편히 뻗고 있을 것이다. 영채가 풀려났다는 건 그 아이가 뒤집어써야 했던 죄목들의 책임을 그녀가 져야 한다는 뜻이었다. 한국 내 여론은 사나웠다. 대기업의 일개미들처럼 옴질거리던 인간들이 일제히 고개를 쳐들고 서주그룹을 성토하고 있었다. 조만간 프랑스 당국에 한국 사법 기관의 수사 공조 요청이 들어올 것이다. 현금이 바닥나면 도피 생활도 빡빡해질 테지. 체포되어 한국으로 강제 송환되면 철창신세일 테고.

차연은 물을 들이켜 안정제를 삼켰다. 전면 거울로 된 벽 앞에 서니 검은 원피스를 입은 여자가 그녀를 보았다. 여자의 얼굴은 파리했고, 헝클어진 머리카락이 푸석했다. 수척한 몸을 감싼 원피스가 헐렁해 볼썽사나웠다.

날 이 꼴로 만들어놓고 너희들은 무사할 줄 알아? 권하진. 서영채. 절대 나 혼자 죽지 않아. 너희들도 같이 나락으로 끌고 들어갈 거다.

거울을 등진 차연은 침대맡에서 휴대전화를 집어 들었다.

"서영채."

번호를 호출하는 목소리가 둔탁한 공기를 갈랐다.

강차연.

액정에 뜬 이름을 보고 미정은 전화를 받았다.

— 시영채.

"영채 어밉니다."

비린 웃음이 날아들었다.

— 영채는 집에 없나요?

"그 아이에게 더 무슨 할 말이 남았나요?"

미정은 전화기를 꼭 움켰다.

— 영채 하나 살리자고 어떤 일이 벌어졌는지 아십니까?

"죄가 없으니 풀려나는 것이지요."

— 상황 판단 못 하시네요. 제가 설명을 해드리죠. 권 본부장이 제 딸에게 접근해 기밀 서류를 빼돌리고, 그 덕분에 영채가 풀려난 모양인데, 나 하나 잡혀 들어가는 걸로 끝날 일이 아니에요. 굵직한

이름들이 줄줄이 검찰 수사를 받게 될 거란 말입니다.

"지은 죄가 있으면 죗값을 치러야겠지요."

― 말귀를 못 알아들으시네요, 정말.

칼칼하게 쏘아붙인 차연이 목소리를 깔았다.

― 제가 딸에게 금고 하나를 맡겼지요. 그 금고 안에 어마어마한 비밀들이 있어요. 서주가 그동안 로비했던 대한민국의 전현직 권력 자들, 그들의 신상과 로비 증거들이 차곡차곡 쌓여 있단 말입니다. 그건 절대 열어서는 안 되는 금고였어요. 그냥 잠근 채로 두고 보험 을 삼아야 하는 거라고요.

"그게 우리랑 무슨 상관입니까?"

― 서영채를 빼내자고 제 딸이 금고를 열었어요. 서주미술관 관련 해서 수사가 시작되면 눈치 채는 사람들이 있을 겁니다. 제 바깥양 반과 제가 모아둔 증거들이 자신들을 위협한다는 것을요. 댁의 아 드님은 앞으로 어쩔 셈이랍니까? 서주그룹을 공중분해시킬 기세던 데, 서주 무너지면 권 본부장 한국에 못 있을 겁니다. 토종 기업 무 너뜨린 외국 자본 앞잡이로 낙인찍힐 테니까요. 그렇다고 서주그룹 에 투자해 돈놀이 하려다간 목숨이 위험해질 테고.

"그게 무슨……?"

― 서영채 빼오기 위해 제 딸이 권 본부장에게 넘긴 문서들 말입 니다. 그건 빙산의 일각이에요. 권 본부장이 서주에 우호적으로 나 오면 우리 정보가 그에게 넘어갔다고 말을 흘릴 겁니다. 자신들의 비밀을 쥐고 있는 사람을 그들이 가만둘까요?

미정은 현기증이 일었다.

"그럼 서주 쪽 사람들도 위험해지는 거 아닌가요?"

– 우린 어차피 막다른 골목이니까요. 감옥에서 썩나, 평생 도망 다니나, 비참하긴 마찬가지겠죠. 그런데 궁금해지네요. 앞길 창창한 권하진 본부장, 어떤 선택으로 인생 말아먹을지. 친절하게 영채와 결혼까지 해주었으니, 권하진과 서주를 그 밤에 그 나물로 만드는 거 어렵지 않을 겁니다. 장인과 사위가 경영권 분쟁을 벌이다 기밀이 오간 것으로 하면 어떻겠습니까? 그럴싸하겠죠?

"어찌 그렇게 말을 만든답니까?"

– 이 세계 생리를 모르시는 것 같으니 한 수 일러드리죠. 저와 바깥양반이 상대한 인사들 말입니다. 그치들에게 사람 하나 없애는 건 주말에 파티를 하는 것과 같아요. 남편도 일찍 잃으셨는데, 아들까지 개죽음 당하면 어떤 심정이시려나요? 아드님께 전하세요. 차라리 서주 박살 내라고. 폭삭 망하게 해서 직원들이며 노동자들이며 다 길바닥에 나앉게 하라고. 야비한 기업 사냥꾼 소리 들으면서라도 목숨 부지하는 게 좋지 않겠어요? 이제 딸린 식구도 있고 조만간 아이도 태어날 텐데.

"강차연."

미정은 핏줄이 선 목에 힘을 넣었다.

"내가 말했지. 내 새끼들 건드리지 말라고."

– 많이 놀라셨나 봅니다. 말투가 달라지시네.

"조용히 찌그러져 있어. 여기서 허튼 수작 부리면 내가 너 죽일 거야."

– 하, 손에 피라도 묻히시게?

"그래. 내 손에 피 묻혀서라도 네년 숨통 끊어놓을 거야. 그러니까 앞으로 연락 끊고, 죽은 듯이 살아. 더 이상 내 새끼들 괴롭히지 말라고!"

미정은 소리를 바락 지르고 통화를 종료했다.

딩동. 때마침 현관에서 초인종 소리가 났다.

아, 하진아…….

미정은 허둥지둥 통화 기록을 삭제하고 전화기에 충전기를 꽂은 후 방을 나섰다.

띡! 연결이 끊기는 소리에 차연은 비웃음을 흘렸다. 게임의 규칙도 이해 못 하는 여편네가 큰소리는. 권하진, 머리 좀 아플 거다. 감히 서주와 맞선 것을 후회하게 될 거야.

거실에서 인터폰 소리가 났다. 1층 안내 데스크에서 보내오는 신호였다.

차연은 거실로 나가 인터폰 버튼을 눌렀다.

― 손님이 오셨습니다.

손님?

― 서울에서 온 심부름꾼이라고 전해달라십니다.

짐작 가는 이가 있었다. 그런데 그자가 내 행방을 어떻게 알았지?

― 안내해드릴까요?

차연은 망설이다 답했다.

『네.』

영빈이 보냈나?

잠시 후, 아파트 초인종이 울렸다. 차연은 보안 인터폰을 확인하고 현관문을 열었다. 문가에 검은 야구 모자를 쓰고 선글라스를 걸친 젊은 남자가 서 있었다.

"강 교수님, 오랜만입니다."

남자가 선글라스를 쓴 채로 이죽거렸다.

"내가 여기 있는 걸 어떻게 알았지?"

"정보력 좋은 분이 알려주시던데요. 대포폰을 안 쓰셨더라고. 한 번 놀러 오라고 초대장 날리고 싶으셨나? 꼬박꼬박 본인 명의 휴대 전화를 사용하셨어."

영빈이 보내지 않았다. 차연은 목에 솜털이 돋았다.

"용건은?"

"일감이 있어서요."

"우리 거래는 끝났는데."

"새로운 일감이죠."

남자가 눈을 빛내고 물었다.

"여기 이렇게 세워두실 겁니까?"

"용건 있으면 말하고 가."

"고급 아파트라 보안 카메라가 사방에 깔렸는데, 내가 어떤 일감을 가져온 줄 아시고. 확실히 일 마무리하고 가려면 여기선 곤란합니다."

차연은 남자가 손에 든 가방의 존재를 알아챘다. 남자의 오른손에 큼지막한 검정 가죽 가방이 들려 있었다. 바닥을 드러내고 있는 현금에 생각이 미쳤다. 혹시…….

차연은 그녀를 도울 만한 이들의 얼굴을 떠올리면서 문 한쪽으로 물러섰다. 현관을 지나친 남자가 선글라스를 벗더니 거실로 들어가 테이블에 가방을 얹었다.

"열어보시죠."

차연은 소파에 앉아 가방을 열었다. 예리한 날이 번득이는 칼들이 가지런히 놓여 있었다.

"이게 뭐지?"

"일감이 있어서 왔다니까요."

남자의 마른 눈동자에 칼날이 엇비쳤다.

하진은 영채를 태운 차를 직접 운전해 집으로 왔다. 현관 초인종을 누르자 미정이 문을 열었다.

"비밀 번호 누르고 들어오지, 왜?"

"영채가 초인종을 누르자고 해서요."

"어머니가 문을 열어주셔야 집에 온 게 실감나죠."

영채가 미정의 품을 파고들었다. 미정은 영채를 꼭 보듬었다. 차가운 새벽 공기가 영채의 여린 어깨에 얹혀 있었다.

"어머니, 제가 하진 씨 편에 전한 말씀은 들으셨어요?"

"며느리살이? 참 기특한 생각 했다. 그래, 며느리살이 해줄 테니 얼른 가자. 너 오면 씻기려고 목욕물 받아놨어."

"영채 씻기는 건 제가……."

하진이 앞으로 나섰다.

"넌 서재에나 가봐. 회장님이 주신 거라고, 지수가 상자 하나 놓고 갔어."

"지수가 여기 왔었어요?"

"방금 전에 왔다 갔다. 너 혼자만 보라고 회장님이 당부하셨대."

"네."

하진은 영채의 손을 쥐었다 놓고 서재로 향했다. 미정이 영채를 데리고 욕실 쪽으로 걸었다. 미정의 팔에 매달린 영채가 어미를 따르는 어린 짐승 같았다.

미정은 욕조에 몸을 담근 영채의 등을 스펀지로 닦아 내렸다. 보얀 살 아래 야윈 등뼈가 애잔했다.

"고생했지?"

"할 만한 고생이었어요. 덕분에 까임방지권 얻은 것 같아요."

"까임…… 뭐? 그게 뭐야?"

"까임방지권요. 앞으로 한 10년은 제가 철없는 짓을 해도 하진 씨가 화내지 못할 거예요. 화내려고 하면 제가 이럴 거거든요. 아이고 오오. 내가 그때 그 꽃 같은 시절에, 비좁은 구치소에서 얼마나 서러웠는데."

물을 손으로 찰랑찰랑 내리치며 너스레를 떠는 영채를 보면서 미정은 허허 웃었다.

"그렇게 웃으세요. 전 안 힘들었어요. 이것저것 신기하고 재미있었고요, 인맥도 만들었다니까요. 두고두고 피가 되고 살이 될 경험이었어요."

"너도 참. 그래, 은도는? 별 탈 없었어?"

"얌전했어요. 엄마가 힘든지 알았나 봐요."

"안 힘들었다며?"

"네? 아아."

당황한 영채가 말을 더듬거렸다.

"너 딱 걸렸어. 그냥 힘들었다고 하면 어째서? 힘들었다고 푸념

해도 뭐라 할 사람 없는데."

"스타일이 안 살잖아요. 분위기상 이 시점에서 의연한 모습을 보여드려야 이미지 관리 되는데."

미정은 생글거리는 영채의 어깨를 다독였다. 야윈 얼굴을 씻겨주다 보니, 가슴이 조여들었다.

"영채야."

"네, 어머니."

"서주그룹 일 정리되면 어찌 살지 생각은 해봤어?"

"하진 씨랑 어머니 모시면서 은도랑 행복하게 살아야죠."

"학교는 어쩌고?"

"아, 한 학기 이상 휴학 안 되는데."

영채가 입술을 깨물며 생각에 잠겼다.

"복학해."

미정은 단호히 일렀다.

"나는 네가 뭐든 많이 배워놓으면 좋겠어. 하진이 마누라, 은도 엄마로만 살지 말고 서영채로 살아. 네 일 가지고 멋지게 나이 들어가. 우리 하진이한테 어려운 일 생기면 네가 가진 것들로 도와주고."

영채가 눈을 슴벅거렸다.

"어머니, 무슨 일 있으세요?"

"무슨 일은. 내 아들 잘 부탁한단 소리지."

미정은 영채의 손을 잡았다. 곱디곱던 손이 며칠 새 까칠해졌다. 눈물이 핑 도는데, 영채가 팔을 흔들어댔다.

"어머니, 무슨 일 있는 거죠?"

"아무 일 없다니까. 네가 무사히 나오니 좋아서 그래. 너무 좋아서."

"어머니, 이 집안엔 비밀이 너무 많아요."

"어?"

"서로 배려하는 건 좋은데, 힘든 일 있으면 혼자 끙끙 앓는 게 집안 분위기라고요. 그 가풍, 제가 꼭 개혁하겠어요."

"그래. 개혁해봐라."

미정은 눈물이 쏟아질 것 같아 얼른 영채를 끌어안았다. 차연의 저주가 귓전에 맴돌았다.

「궁금해지네요. 앞길 창창한 권하진 본부장, 어떤 선택으로 인생 말아먹을지.」

아가, 하진이 어쩌면 좋으냐? 서주가 살아도, 죽어도, 하진이 처지가 곤란하게 생겼는데. 나는 아무것도 도울 게 없구나. 우리 하진이, 정말로 어쩌면 좋으냐?

서재로 들어간 하진은 책상에 놓인 상자를 열었다. 기다란 상자에 검이 누워 있었다. 날은 예리하고 빛났으나 탁한 핏자국을 머금었다. 불그스름하게 얼룩진 칼날을 손끝으로 쓸다가 하진은 인태에게 전화를 걸었다.

─ 물건을 받은 모양이구나.

"회장님 뜻을 헤아리지 못하겠습니다."

─ 하진아, 네가 항상 궁금해하던 것, 내가 절대 대답하지 않던 것, 지수 엄마가 어떻게 세상을 떴는지, 그 이야기를 네게 들려줘야 할 것 같다.

"무서운 분의 아들을 건드리셨어요, 강 교수님."

남자의 이죽거림이 입안에서 질겅질겅 울렸다. 차연은 눈썹을 치켜올렸다. 남자가 재미있다는 듯 헤죽 웃었다.

"강 교수님도 나이 드셨나 보네. 깜박깜박하시고."

설마!

"너, 서영채 일로 내가 시킨 일을 그쪽에다 분 거야?"

"강 교수님 신세가 이리 되셨으니 나도 새로운 의뢰인을 찾아야죠. 다 먹고살자고 하는 일이니까 서운해하지는 마시고."

"그래서 날 죽이려고 왔다?"

차연은 코웃음을 쳤다. 이젠 이런 버러지 같은 것조차 기어오르려고 하는구나.

남자의 입가에서 미소가 사라졌다.

"그동안의 정리를 생각해서 예쁘게 보내드렸으면 좋겠는데, 새 의뢰인이 디테일에 민감하시더라고요. 일감 처리 방식을 콕 집어 지정하셨어요. 이별이 지저분해질 것 같아요. 미안합니다, 강 교수님."

차연은 소파에서 벌떡 일어났다. 남자의 손이 가방 속의 칼로 향했다. 차연은 몸을 틀었다. 한 걸음 내딛자마자 등에 칼이 박혔다.

헉! 차연은 앞으로 고꾸라졌다. 검정 구두가 하얀 카펫을 걸어와 눈앞에서 멎었다. 차연은 무릎과 손으로 카펫을 기었다. 휘청거리는 그녀의 옆구리 쪽으로 칼 하나가 더 쑤셔 박혔다.

하진은 휴대전화기를 움켜쥐었다.

─ 성공 하나만 보고 달리던 시절의 일이다.

인태의 목소리가 자욱해졌다.

─ 눈독을 들이던 기업을 하나 인수했지. 내 판단과 자금력과 시
장 상황이 맞아떨어졌다. 인수 후 조각내어 팔면 막대한 이익을 챙
길 수 있는 상황이었다. 인수를 성사한 직후, 그 회사 회장이었던
사람이 찾아왔다. 아버지가 설립하고 자신이 청춘을 바친 회사의
역사를 설명했어. 가문의 영혼이나 다름없는 회사라고, 수많은 사
람들의 피땀이 어린 회사라고 말했다. 그런 회사를 꼼수로 인수했
으니 대가를 치를 거라고. 호통이 통하지 않자 그는 내 앞에 무릎을
꿇었다. 돈으로만 환산할 수 없는 가치를 지켜달라고. 경영권에 미
련 없으니 투자만 해준다면 회사의 발전을 위해 무슨 역할이든 하
겠다고, 그 역할이 다하면 사라져주겠다고, 했다.

"어떻게 하셨습니까?"

─ 그를 비웃었다. 인수 직입을 꼼수라 여기는 그의 어수룩함을
비웃었고, 자비를 청하는 그의 나약함을 비웃었다.

하진은 인태의 고백을 믿을 수 없었다. 그가 지척에서 보아온 인
태는 후덕함과 통찰력의 화신이었으니까.

─ 건실한 기업이었다. 그걸 흔들어 뺏었지. 그때 내게 그 회사
는…… 부와 권력으로 향하는 디딤돌에 불과했다. 그 회사에 몸담
은 사람들은 거대한 기계의 부품일 뿐이었고. 나는…… 젊은 날의
나는…… 강자 앞에서 약하고 약자 앞에서 강했다. 그걸 처세술이
라 믿으며 성공의 사다리에 들러붙어 있었다. 그래서 발치에 엎드
린 그를 모멸하고 조소했지. 그럴 필요가 없었는데, 성공에 취해 오
만했었다. 그 오만의 대가로 아내를 잃었고.

"무슨 일이 있었습니까?"

― 거실 벽에 칼이 걸려 있었다. 칼처럼 세상을 베면서 살자 다짐하며 산 것이었지. 그 칼을 그자가 빼 휘둘렀다. 나를 향한 칼이었는데……

인태의 목소리가 떨리며 갈라졌다.

― 차를 내오던 지수 엄마가 날 막아섰다.

하진은 아무것도 묻지 않았다. 더 이상 물을 필요가 없었고, 차마 물을 수 없었다.

― 오디세이를 세우고 처음 한 일이 그 칼을 찾은 것이었다. 살인 사건의 증거물로 보관되어 있던 것을 가져오느라 애 좀 썼다.

"아프지 않으십니까?"

― 아프지. 보면서 아프자고 찾아온 거다. 그 칼을 볼 때마다 생각한다. 내 아내를 어떻게 잃었는지. 내 딸이 어떻게 엄마 없는 아이가 됐는지. 마음으로 사업하던 기업인이 어떻게 살인자가 되었는지. 하진아.

"네."

― 칼은 사람을 벨 때마다 죽어간다. 사람을 베고 나면 날이 무뎌지고 피에 더럽혀지니까. 깨끗이 해보겠다고 닦고 갈면 칼은 마모된다. 칼로 적을 베면, 스러지는 건 적뿐이 아니다. 내가 쥔 칼 또한 오염되고 마모되면서, 죽음을 향해 가는 거다. 사내로 태어나 칼을 쥐는 것 나쁘지 않지. 하지만 하나는 꼭 기억해라. 가장 강한 칼은 아무것도 베지 않은 칼이다.

하진은 물기가 맺혀가는 속눈썹을 떨었다.

"회장님."

- 묻고 싶은 것, 마음껏 물어라.

"이 칼, 어떻게 되찾아 오셨습니까? 오늘 세관 통과는 어떻게 시키셨고요?"

- 뭐?

"살인 사건의 증거물을 손에 넣을 만큼, 세관 검역 없이 칼로 국경을 넘을 만큼, 딱 그만큼만 권력을 가져야겠다, 생각이 들어서요."

- 말을 돌리는 걸 보니 당황했나 보구나.

인태가 스산한 웃음을 흘렸다.

- 하진아, 네가 사업을 배우겠다고 찾아왔을 때 내가 이유를 물었지. 무너뜨릴 사람이 있다고 했을 때, 내가 가진 모든 것을 동원해 널 도와주겠다고 약속했다. 지금도 그 마음은 같다. 해명을 되찾은 것만으로 분이 풀리지 않는다면, 서주를 끝내 짓밟고 서 회장을 시궁창에 몰아넣어야겠다면, 막지 않겠다. 지원하겠다.

"그런데 왜 칼을 보내셨습니까?"

- 네가 길을 잃은 것 같아서 말이다. 길을 잃은 줄도 모르고 걸음을 서두르는 것 같아서.

"그래 보였습니까?"

- 너는 더 이상 약자가 아니다. 희생자가 아니다. 네가 쥔 칼을 함부로 휘두르지 마라. 언젠가는 그 칼이 너를 찌를 수도 있다.

하진은 가슴이 욱신거렸다.

- 길을 잃었을 때, 네 젊음에게 방향을 물어라. 네 초록의 심장에게.

인태가 지엄하게 이르고 전화를 끊었다.

언젠가부터 그 칼을 보면서 후지 산의 해돋이를 떠올리게 되었다. 산을 통해 지수에게 가르쳐주려 했었다. 약한 몸은 단련해야 한다는 걸. 가장 높은 곳에서 해를 보려면 가파른 길을 올라야 한다는 걸. 아내를 잃고도 나는, 행복하기 위해서 반드시 정상에 설 필요가 없다는 걸 깨닫지 못한 채로 살았다. 그 어리석음의 대가로 지수 또한 잃을 뻔하였다.

나의 계획은 엇나갔다. 나와 지수는 산 정상에서 해돋이를 보지 못했다. 대신 세상에서 가장 아름다운 태양을 한 젊은이에게서 선물받았다.

그 아이가 내 품에 젊음을 의탁해 왔을 때 나는 보았다. 세상의 모든 봄처럼 반짝이는 초록의 심장을. 불투명한 검정으로, 피 같은 빨강으로 연막을 쳐도, 그 아이의 심장은 언제나 초록이었다.

초록의 심장을 가진 자는 가장 높은 곳에서 보는 태양을 놓칠 수도 있다. 하지만 사랑하는 이들과 함께, 세상에서 가장 아름다운 태양을 우러르며 살 것이다. 그 어떤 무성한 슬픔의 숲에서도, 울창한 절망의 그늘에서도, 기어코 온유한 태양빛에 이르고 마는 결기. 그것이야말로 초록의 심장이 누리는 찬란한 권력이다.

ㅡ 인태가 다 하지 못한,
언젠가는 청년이 된 은도에게 들려줄 이야기 中

하진은 칼을 담은 상자를 치우고 서재 구석으로 갔다. 커다란 사각 목제 테이블 위에 퍼즐 조각들이 흩어져 있었다. 몇 년째 맞추고 있는, 영영 미완으로 남을까 조바심이 나게 하는 퍼즐이었다.

가운데 부분이 뭉텅뭉텅 빈 그림을 내려다보다 하진은 검정으로 가득 찬 조각 하나를 집어 들었다. 조각에 조명이 직각으로 떨어졌다. 깊은 검정에 숨어 있던 심록이 눈에 들어왔다.

하진은 떨리는 손으로 퍼즐 조각을 테이블에 내려놓았다.

내 젊음에게 길을 묻는다. 내 초록의 심장에게.

난해한 곡선 테두리의 조각이 정중앙에 딱 들어맞았다.

하진은 침실로 들어섰다. 하얀 가운 차림의 영채가 화장대 앞에 앉아 있었다. 하진은 영채에게 다가가 목덜미에 입 맞추고 영채를 침대로 이끌었다. 영채를 침대에 눕히고 가운을 풀어헤쳤다. 입술이 더듬는 영채의 몸이 말랑하고 따뜻했다. 고운 곡선과 봉긋한 둔덕과 요염한 수풀에서 노곤한 몸이 마음껏 길을 잃었다.

단단해진 욕망이 영채의 다리 사이를 파고들 때, 영채가 날카롭게 숨을 내쉬었다.

"왜?"

"깊어서."

"기뻐?"

하진은 능청스럽게 되물었다. 영채가 애교스럽게 눈을 흘겼다.

우리 사랑, 깊은 사랑. 그리하여 기쁜 사랑.

하진은 영채의 이마를 쓸었다. 며칠 안을 수 없었다고, 몸이 영채를 그리며 앓았었다. 지금도, 영채에게 흠뻑 잠겨 있으면서도, 온몸이 앓았다.

"보고 싶었어."

"날마다 보러 왔으면서."

"그러니까 더 힘들었지. 눈앞에 있으니까."

"날 바라보기만 했을 때처럼?"

"그때보다 더."

그때는 스칠 수라도 있었으니까. 스치면서 너의 온기를 느낄 수 있었으니까.

"네가 집에 와서 좋다, 영채야."

하진은 영채의 뜨거운 몸에 그를 묻었다. 영채가 발로 그의 허리를 감았다.

영채의 늪에 파묻혀가며 하진은 영채의 입술을 삼켰다.

영채야.

나의 젊음, 나의 초록.

이 심장이 멈추는 순간까지 내가 품을 단 하나의 사랑, 영채야.

가슴에서 들끓는 고백이 영채의 순한 몸 속으로 흘러내렸다.

피가 흘렀다. 끝없이 흘렀다.

차연은 거울을 응시했다. 화려한 캐노피 침대에 발가벗은 여자가 거꾸로 매달려 있었다. 여자의 가슴과 복부가 갈려 심장이 내다보였다. 심장은 붉었고 아직도 갈 길이 먼 듯, 차근히 뛰었다.

발목에서 흘러나온 피가 보얀 살을 타고 흘렀다. 다리에서, 손목에서, 난도당한 얼굴에서도, 피는 흘러나왔다. 피범벅이 되어 뻗친 머리카락이 메두사의 뱀들 같았다.

거울에 비친 여자는 추악하고 괴기스러우면서, 처연하고 요염했다. 그녀가 평생 보아온 어떤 그림보다 생생하면서 동시에 초현실적이었다. 여자는 생명을 잃으며, 오브제가 되어가고 있었다.

차연은 눈을 감았다.

재깍재깍. 벽시계의 초침 소리가 둔탁한 공기를 갈랐다.

흐릿해지는 삶 속으로 죽음이 스며들어왔다.

재깍재깍.

죽음의 진입은 느리고 무거웠다. 그러나 한 치 어김도 없이, 선명
하게, 밀려들었다.

재

깍

재

깍…….

15

칼이 아닌 강처럼, 은도

사흘 후. 거실에서 TV를 보던 영채는 작은 비명을 내질렀다.

"아!"

"왜 그래?"

발코니에서 책을 정리하던 하진이 달려왔다.

영채는 TV 화면을 가리켰다.

[서주그룹 회장 부인, 변사체로 발견]

붉은 속보 자막을 본 하진은 TV 음량을 높였다.

[……파리의 아파트에서 경비원에 의해 발견되었습니다. 발견 당시 강 씨의 시신은 크게 훼손된 것으로 알려졌으며, 현지 경찰은 원한 관계에 의한 살인에 초점을 맞추어 수사할 전망입니다. 서주그룹 서국철 회장의 부인이자 전 서주미술관 관장인 강차연 씨는 검찰의 수사망이 좁혀오기 전 출국해…….]

영채는 TV를 끄고 하진을 쳐다봤다.

"하진 씨."

"나 아니야."

하진은 창백한 얼굴의 영채를 보고 고개를 저었다.

"정말 아니지?"

영채가 그의 팔을 붙들며 재차 확인했다.

"아니야."

미정이 주방에서 달려 나왔다.

"방금 TV 뉴스에서……."

떨고 있는 영채와 어두운 표정의 하진을 본 미정은 그녀가 헛것을 들은 것이 아님을 알았다.

"너희들 나 좀 보자."

미정은 하진과 영채를 소파에 앉히고 맞은편에 자리를 잡았다.

"영채가 풀려난 날에 내가 강차연하고 통화를 했다."

통화 내용을 털어놓는 동안 하진과 영채의 얼굴이 굳어갔다.

"영채야."

"네, 어머니."

"내가 통화 내용을 전한 이유는 강차연이 너의 가시밭길이었기 때문이야. 네가 어떤 가시밭길을 헤쳐 왔는지는 알아야지."

"네."

"그 집에서 크면서도 망가지지 않은 네가 나는 기특해. 곱고 단단한 아가씨로 자라 내 아들 좋아해줘서 고마워. 이제는 내가 너한테 엄마 되어줄게. 시어미도 되고, 친정 엄마도 되어줄게. 은도한테 친가도 되어주고 외가도 되어줄게. 그러니까 행복할 일만 생각해."

"네, 어머니."

영채는 눈물을 글썽이며 고개를 끄덕거렸다.

미정은 하진에게로 시선을 옮겼다.

"하진이는 서주그룹 큰딸한테 연락해봐. 영채 풀려난 게 그 아가씨 때문이라고 하더라, 강차연이."

하진의 미간이 찌푸려졌다.

"제가 거래를 한 거예요."

"거래든 뭐든, 도움을 받은 건 사실이잖아. 도움받은 거 인정하고 일 마무리 지어. 그래야 빚이 안 되지. 난 그 집안에 빚지는 거 싫다."

"알겠습니다."

"영채 일은 그렇게 매듭짓고, 그 아가씨랑 이야기를 좀 해봐. 강차연 말이 사실이면, 너도 그 아가씨도 위험해질 것 같은데, 둘 다 살길 찾아야지. 영채 도운 거 보면 아주 못된 사람은 아닌 거야. 세상 돌아가는 거 잘 아는 사람들끼리 생각을 모아봐."

"어머니, 그건……."

"나!"

미정은 가슴을 탁 쳤다.

"사업 때문에 남편 잃은 사람이야. 경영권이니, 주식이니, 말만 들어도 치가 떨려. 이렇게 사는 건 나 하나로 족하다. 영채는 내가 겪은 아픔 겪게 하지 마. 어렵게 데려왔는데 마음고생 더 시킬 거야?"

하진은 고개를 숙인 채 침묵했다.

"고집하고는. 하여튼 제 아버지 아들이라지."

미정은 혀를 끌끌 차고 영채를 바라봤다.

"영채야."

"네, 어머니."

"하진이가 너하고 결혼한다고, 내 허락 구할 때 뭐라고 했는지 알아?"

"아뇨."

"너무 빨리 어른이 돼버렸다고 했어. 젊은 시절에 못 하고 지나온 것들, 아무리 돈이 많아도 못 살 것들, 너 보면서 누린다고 했어. 너는, 누리지 못하고 놓쳐버린 제 청춘에게 주는 선물이라고. 그 말에 더 이상 반대할 수가 없었어."

영채는 하진에게로 고개를 돌렸다. 그랬구나, 당신. 나를 바라보는 당신 마음이 그랬었구나.

"이제는 제 인생 살라고 해. 너 옆에 두고, 제가 행복해질 거 하라고 해. 제 아버지 아들 노릇 하겠다고 좋은 시절 다 보냈잖아. 이제 은도 태어나면 아비 노릇 해야 하는데, 그럼 또 제 인생 마음껏 못 사는 거야. 아버지 아들로, 아들의 아비로만 살면 너무 가엾잖아. 내 아들 너무 안됐잖아."

"어머니, 정말!"

벌게진 눈을 하고 하진이 주먹을 쥐었다.

"그만했으면 됐어. 이제는 다 내려놔!"

"서 회장 죽는 거 보고 싶어요. 비참하게 뒹굴다 말라 죽어가는 모습 봐야 직성이 풀리겠어요."

"젊은 마음에 응어리가 왜 그리 단단해? 이젠 풀어. 순한 마음으로 은도 맞아야지."

영채가 하진의 손에 손을 얹었다.

하진은 젖은 숨결을 꾸욱 넘겼다. 인태가 보낸 칼이 떠올랐다. 핏물이 든 채 쇠락해가는 칼. 영채가 구치소에서 해준 꿈 이야기도 생각났다. 그가 어두운 강가에서 칼을 쥐고 있었다던 꿈.

「은도가 칼처럼 살지, 강처럼 살지, 우리 손에 달린 것 같아.」

아, 은도야…….

쥐고 있던 주먹이 풀려버렸다.

영채가 울먹이듯 미소 지었다.

"결국 은도네요. 하진 씨 마음속 얼어붙은 강 녹이는 사람요."

"하진이가 그래? 제 마음속에 얼어붙은 강이 있대?"

미정이 물었다.

"네."

"하여튼 아가씨 꼬여내는 수법도 제 아버지 닮았지."

"네?"

영채는 미정 쪽으로 고개를 돌렸다.

"나랑 연애할 때 네 시아버지가 그랬다. 마음속에 강도 있고, 바다도 있다고. 강은 얼어붙는데, 바다는 얼어붙지 않는다나 뭐라나. 자기 안의 얼어붙은 강을 녹여주면 나한테 바다가 되어준다나? 세상 앞에선 거센 바단데 나만은 다정하게 품어준다나 뭐라나. 그 말에 넘어가서 내가 부모님 반대하시는 결혼을 했잖아. 드라마 몇 편 찍었지. 하진이 너, 그 수법을 영채한테 써먹었어? 어구! 닮을 게 없어서 그런 걸 다 닮아!"

미정이 벌떡 일어나 하진의 어깨를 쳤다. 영채는 품 웃었다. 무거운 분위기에 어울리지 않게 터져 나온 웃음이었다.

"어머니!"

하진이 미정과 영채를 번갈아보며 황당해 했다.

"그래. 나, 네 어미야. 이 집안 어른이니까, 말하면 새겨들어. 아이고. 권씨 집안 남자들 쇠고집 상대하느라 한평생 다 보냈어, 내가."

미정이 따끔한 일침에 한탄까지 더하고 일어섰다.

거실에 둘만 남게 되자 영채는 하진의 젖은 눈가를 닦아주었다.

"은도야, 어떡하니. 네 아빠 이렇게 고집 세서. 이 고집 상대하느라 엄마도 팍팍 늙는 거 아니야?"

하진이 미간을 찌푸렸다. 영채는 생긋 웃었다.

"어머니 대단하시다."

"말했잖아. 알고 보면 무서운 분이라고."

"그런 무서운 분한테 내가 허락을 받아낸 거였어. 서영채의 존재 가치가 150%는 상승하는 것 같아."

"왜 하필 150%야?"

"100%는 너무 상투적이고 200%는 과하잖아."

하진은 영채의 이마에 이마를 마주 댔다. 일부러 철없이 굴며 그의 마음을 풀어주려는 영채가 고마웠다.

"영채야."

"네?"

"은도 태어나도, 은도 아빠라고 부르지 마."

"그럼 뭐라고 불러요?"

"권하진. 꼭 이름 불러줘. 가끔은 젊은이라고 해주고."

"그럴게요. 약속해."

영채가 가벼운 입맞춤으로 서약했다. 하진은 영채를 보듬었다. 그의 품에 안긴 채로 영채가 물었다.

"배 안 고파요? 난 배고픈데. 저녁 메뉴 뭘로 할까?"

"그냥 간단하게……."

전화 벨소리가 그의 말을 갈랐다. 주머니에 든 휴대전화에서 나는 소리였다.

하진은 발신인을 확인하고 곧장 전화를 받았다.

"어, 석영아."

— 서 회장이 심근경색으로 쓰러졌다.

"뭐?"

— 지금 중앙병원으로 이동 중이래. 구속 집행은 정지될 거고.

"어떻게 알았어?"

— 검찰에 있는 선배 통해서. 언론에는 아직 안 떴어. 곧 알려지겠지만.

중앙병원이면 서주그룹 지정 의료 기관이었다. 검찰 윗대가리들이 서 회장 봐주기로 방향을 튼 건 아닌지. 강차연 죽은 걸로 동정여론이라도 조성된다면!

"석영아, 일단 끊어. 다른 소식 있으면 연락해주고."

— 오케이.

하진은 전화를 끊고 승조의 번호를 눌렀다. 신호가 한참 가다 겨우 연결이 됐다.

"어디십니까?"

— 중앙병원으로 가는 중이네. 중요한 일이 있으니 다시 연락하세.

승조의 목소리가 심상치 않았다. 연결이 급작스레 끊겼을 때 하진은 한기를 느꼈다. 언젠가 승조가 내세운 조건이 떠올랐다.

「서 회장은 내 손으로 죽일 수 있게 해주게.」

하진은 침실로 달려가 옷장에서 재킷을 꺼냈다.

"무슨 일이에요?"

현관을 나서는 그에게 영채가 물었다.

"급한 일. 자세한 건 갔다 와서 얘기할게."

하진은 건성으로 답하고 집을 나섰다. 불길한 예감에 떠밀린 걸음이 허둥댔다.

하진이 나간 후 영채는 미정이 머무는 게스트 룸으로 갔다.

"하진이 마음은 풀린 것 같아?"

"그런 것 같아요. 어머니, 감동이었어요."

미정이 허허 웃었다.

"새삼스럽게 감동은. 네가 부탁했잖아. 하진이 마음에서 독기 좀 빼달라고. 고부 연합이라며."

"사전 약속된 거 말고요. 하진 씨가 결혼 허락받을 때 했던 고백이랑, 제가 헤쳐 온 가시밭길 부분이요."

"나중에 은도가 크면 이야기 해주라고. 엄마 아빠가 얼마나 많이 사랑해서 절 낳았는지 알아야 할 거 아니야? 그나저나 하진이는? 슬슬 저녁 준비해서 먹어야지."

"방금 나갔는데요. 급한 일이 생겼대요."

"또? 모처럼 일찍 들어왔나 했더니. 달랑 셋인 식구끼리 저녁 같이 먹는 게 뭐 이리 힘들어?"

"그러게요."

영채는 입술을 보로통하게 말았다가 눈을 빛냈다.

"어머니, 반찬도 마땅치 않은데 우리 외식할까요?"

"그럴까?"

미정의 얼굴에도 화색이 돌았다.

누구는 참담한 죽음을 맞고, 누구는 죽음의 문턱에 다가가며, 누구는 죽음을 사주하고, 누구는 죽이고 싶었던 자의 죽음을 막기 위해 달려가고. 이토록 죽음이 울창한 세상에서 누군가는 생명을 잉태하여 키워가는 것. 산다는 건 그러한 것.

"영채야, 뭐 먹고 싶니?"

"감자탕 어때요? 요 앞 상가에 감자탕 집 새로 생겼던데."

고부가 외출하며 저녁 메뉴를 고르다가,

"하진 씨만 빼놓고 가려니까 찔리네요."

"무슨 급한 일이기에 밥도 못 먹고."

아들과 남편이 끼니를 거를까 염려하고,

"어머니, 이 집은 후식으로 아이스크림 줄까요?"

"그러게. 카페 거리 골목에 있는 감자탕 집은 아이스크림 무한 제공인데."

수억 원이 걸린 문제인 양 공짜 덤을 심각하게 따져보다가,

"영채야, 찬 거 너무 많이 먹지 마라."

"많이는 안 먹을 거예요. 갑자기 단게 생각나서요."

"팥 사다가 단팥죽 해줄까?"

"네, 어머니. 해주세요."

내 새끼 무탈하고 배부른 것이 세상에서 가장 중요해지는 것. 산다는 건 그렇게 거대한 만큼 소박하고, 무거운 만큼 미미하며, 냉혹한 만큼 다정한 것.

재성그룹 신태란 회장의 자택.

신 회장은 저녁이 풍성하게 차려진 식탁을 사이에 두고 막내아들 정효원과 마주 앉아 있었다.

"다음 학기엔 복학해야지."

가을 학기를 휴학한 효원은 서울에 머무르고 있었다. 효원이 아무 대답을 않자 신 회장은 지엄하게 일렀다.

"공부를 마치든지, 회사로 들어오든지, 조만간 결정을 내려야 하지 않겠니?"

생각에 잠겨 있던 효원이 젓가락을 들다 말고 물었다.

"어머니시죠?"

"뭐가 말이냐?"

"강차연 교수님 일 말입니다."

"밥 먹자."

신 회장이 꼿꼿하게 이르고 국을 떴다.

"국물이 맑구나."

차분하기 그지없는 신 회장을 보면서 효원은 젓가락을 놓았다.

"지난주에 어머니 서재로 손님이 들어가는 걸 봤습니다. 우연히 대화를 들었습니다. 영채 씨와 결혼하게 되면 강차연 교수가 저를 사고로 위장해 죽이려 했다는…….."

"그 입 닫아라!"

신 회장이 숟가락을 탁 내려놓았다. 효원은 움찔했다. 냉엄한 눈빛을 던지며 신 회장이 일렀다.

"권력의 변두리에서 유유하게 사는 것도 나쁘진 않다. 권력의 중심을 교통정리 할 수 있는 힘만 가지고 있다면."

"교통정리요?"

"널 해하려 했던 자는 반드시 응징해야 한다. 그래야 사람들이 널 함부로 대하지 못해."

효원은 떨리는 손을 식탁 아래로 감추었다.

"효원아."

우아하게 휘어 오르는 어머니의 입술이 유난히 붉었다.

"내게 배신한 아들은 배신자일 뿐이다. 네가 안은 비밀을 어찌해야 할지 잘 생각해라. 이제부터 귀 조심, 입 조심 하고."

"네, 어머니."

"밥 먹자."

"입맛이 없네요. 먼저 일어서겠습니다."

효원은 핏기 없는 얼굴로 식탁에서 물러나 2층 침실로 올라갔다. 책상에서 휴대전화를 집어 사진첩을 여니, 영채의 환한 미소가 몇 보였다. 한강에서 자전거를 함께 타던 날 찍은 사진들이었다.

「영채 씨, 운동 신경 없다고 한 사람 맞아요? 자전거 잘 타는데요.」

「정말요? 저, 자전거 잘 타요?」

「네. 걱정한 게 무색해요.」

「다행이다.」

고작 자전거 잘 탄다는 한 마디에 환하게 미소 짓던 당신. 내 삭막한 젊은 날에 드리운 무지개였는데. 자전거를 잘 타는 게 왜 그렇게 중요했는지, 이제는 영영 알 수 없게 되었네요.

다시는 당신을 보지 말아야 할 것 같아요. 언제 어디서 마주칠지 모르는, 아련한 첫사랑도 되어선 안 될 것 같아요. 내 젊음에 꽃물 아닌 핏물 들인 사람이 되어버렸으니까, 당신은.

효원은 영채의 사진들을 삭제하고 휴대전화를 책상에 내려놓았다. 창 밖으로 내다보이는 밤하늘에 별들이 찬연했다.

효원은 블라인드를 내렸다. 별을 보고 싶지 않은 밤이었다. 온전한 정신으로는 세상의 어떤 아름다운 것들도 바라볼 수 없는 밤이었다.

중앙병원 별관 8층. 승조는 삼엄한 경비를 헤치고 중환자 입원실로 향했다. 전화를 걸어온 검찰의 고위 인사는 심문 도중 쓰러진 서 회장이 응급 처치 후 무의식 상태라고 했다.

– 강차연이 죽은 걸 서 회장이 알았어. 심문하던 검사가 흘린 모양이야. 심리적으로 압박해 자백을 받을 작정이었나 본데, 퍽 고꾸라지더라는 거야. 강차연은 죽었고, 딸은 시신 수습하러 프랑스 갔고, 아들은 구속 수사 중이고. 비자금 출처 못 밝혔는데, 서 회장 이대로 가버리면 낭패란 말이지.

서 회장이 이대로 숨을 놓으면 그에게도 낭패였다. 복수를 위해 웅크려온 긴긴 세월이 헛것이 되니까.

「서 회장과 단둘이 있게 해주십시오. 깨어나는 대로 비자금 출처 알아내겠습니다.」

– 그동안 몰랐던 걸 무슨 수로?

「무슨 수든 쓰겠습니다.」

망설이던 검찰 인사가 거래에 응했다.

– 최소 인력 외엔 모두 철수시키겠네.

비자금을 확보하기 위해 무슨 수를 써야 하는 건 검찰도 마찬가지였다.

– 의식이 돌아오면 회유하고, 의식이 돌아오지 않으면…….

검찰에서 그에게 기대하는 것이 무엇인지 알았다. 서 회장이 이

대로 죽는다면 임종을 지키는 것도 그의 몫이 될 것이었다. 서 회장의 최후를 엄수할 마음은 추호도 없었다. 서 회장의 최후는 그가 지켜야 할 것이 아니라 이뤄야 할 것이었다.

승조는 재킷 안주머니를 확인했다. 손에 단도의 묵직함이 느껴졌다.

도희야…….

숨을 고르는데, 재킷 주머니에서 전화기가 떨었다. 발신인 권하진. 승조는 전화기 전원을 껐다.

진회색 슈트를 입은 초로의 남자가 다가왔다.

"와줘서 고맙네."

남자는 그가 하진과 연합한 후 서주그룹의 내부 정보를 제공한 검찰 측 연락책이었고, 개인적으로는 대학 선배였다.

"언론에선 아직 모릅니까?"

"오래는 못 막아. 상황이 다급해서 구급차를 빼돌릴 여유가 없었거든. 검찰청 앞에 진을 치고 있던 기자들 중 몇이 냄새를 맡았는지 이쪽으로 옮겨 왔어. 억측 보도 나가기 전에 선공하는 게 나을지도 모르지."

선배가 골치 아프다는 표정을 짓고는 목소리를 죽였다.

"오늘 자네는 여기 오지 않은 거네."

승조는 눈을 한 번 깜박해 암묵적 동의 의사를 표했다. 선배가 고개를 까딱하고 앞장 서 걸었다.

승조는 약간의 거리를 두고 선배를 따랐다. 모퉁이를 돌자 인적 없는 복도가 나타났다. 중환자실에 이르는 통로로, 커다란 출입 제한 안내판이 천장에 매달려 있었다.

중환자실 구역 입구에 경찰 두 명이 서 있었다. 선배가 그중 한
명에게 다가가 뭐라고 물었다. 경찰이 진지한 얼굴로 대답하는 동
안 승조는 주먹을 말았다 폈다. 손바닥에 땀이 배고 숨결이 흐트러
졌다.

중환자실 구역의 출입문이 열리고 소독복 차림의 의사가 나왔다.
선배가 의사를 돌아봤다. 무언가를 묻는 듯한 선배의 눈빛에 의사
가 고개를 가로저었다. 아직이다. 서 회장은 아직 의식을 회복하지
못했다.

승조는 기뻐해야 하는지 슬퍼해야 하는지 알 수 없었다. 서 회장
의 심장에 칼을 꽂을 때, 그자의 귓가에 도희의 이름을 찔러 넣고
싶었다. 그자가 파괴한 것이 무엇인지 똑똑히 알게 해주고 싶었다.
도희의 이름을 한 번씩 부를 때마다 칼을 비틀 참이었다. 깊고 느리
게. 한 치 자비도 없이. 서국철 그 짐승이 고통에 몸부림치며 죽어
가도록. 그의 계획을 실행하려면 서국철의 의식이 또렷해야 했다.

누군가 팔을 툭 쳤다. 승조는 상념에서 깨어나 고개를 돌렸다. 눈
앞에 선배가 서 있었다.

"정신을 어디다 두고 있는 건가?"

"무슨 말씀 하셨습니까?"

"옷을 갈아입어야 한대."

"네?"

"중환자실이잖아. 소지품 맡겨두고 소독복으로 갈아입게."

승조는 가슴이 철렁했다. 재킷 안주머니에 든 칼이 무거워졌다.

"아, 네."

우물쭈물하는 사이, 선배의 얼굴에 짜증의 기색이 번져갔다.

"이쪽으로 오시죠."

의사의 안내에도 승조는 발을 뗄 수 없었다. 여기서 칼을 버릴 수는 없었다. 얼마나 오래, 공들여 갈아온 칼인데. 어쩐다? 현기증이 몰려왔을 때, 방송이 흘러나왔다.

[구승조 씨를 찾습니다. 병원 내에 구승조 씨 계시면 1층 안내 데스크로 와주시기 바랍니다. 길을 잃은 지인이 연락을 기다리고 계십니다. 구승조 씨를 찾고 있습니다. 구승조 씨, 병원 내에 계시면 1층 안내 데스크에서 길을 잃은 지인이 기다리고 계시니…….]

승조는 미간을 찌푸렸다. 의사의 의구심 어린 눈길을 외면하는 동안 같은 내용의 안내 방송이 집요하게 반복됐다.

"누구 데려왔나?"

선배의 목소리에 날이 섰다.

"아닙니다."

"그럼 어떤 새끼가 장난질이야?"

"제가 내려갔다 오겠습니다."

승조는 얼버무리고 몸을 돌렸다. 엘리베이터를 지나쳐 비상구 문을 열자 방송이 멀어졌다.

비상계단에 인적이 없는 것을 확인하고 승조는 전화기의 전원을 켰다. 하진의 번호를 누르자 갑급한 물음이 들이쳤다.

— 어디 계십니까?

"방송, 자네가 한 건가?"

— 급히 드릴 말씀이 있습니다.

"나중에 하지."

— 영채에 관한 일입니다.

영채를 생각하자 칼날이 그의 살을 벤 듯했다.

"1층 비상구에서 보세."

승조는 전화를 끊고 계단을 내려갔다. 타닥타닥. 계단에 부딪치는 구두 소리가 찬 공기를 흔들었다. 2층에 이르렀을 때 또 하나의 발소리가 들렸다.

2층과 1층 사이에서 승조는 하진과 맞닥뜨렸다.

"뭔가? 영채에 관한 일이?"

하진이 다짜고짜 그를 덮쳤다. 가슴팍을 탐색한 손이 기민하게 재킷 안주머니를 파고들었다.

승조는 몸을 비틀었다.

"칼, 쥐었습니다."

하진이 비장하게 일렀다. 승조는 하진을 노려보았다.

"놓게."

하진은 입술을 굳게 다문 채 그를 직시할 뿐이었다.

승조는 상체를 뒤로 빼며 하진의 팔을 잡았다. 하진의 눈빛이 단단해졌다.

"칼날 잡았습니다. 이제 움직이시면 칼이 절 벱니다."

"놓으라니까."

승조는 지엄하게 일렀지만 하진은 꼼짝도 하지 않았다. 결연히 버티면서, 그가 먼저 물러나기를 기다렸다.

"자네 정말 이럴 건가."

"팔 놓으십시오."

"권하진!"

"네. 저, 권하진입니다. 서 회장에게 아버지를 잃은. 누구보다 구 비서님 막아설 자격 있습니다!"

"자네가 이럴 수는 없지."

"오늘 밤 전 권민욱 사장의 아들이 아닙니다. 서영채의 사내로 여기에 온 겁니다."

"서 회장 죽이고 나도 가겠네. 내가 없어져주는 편이 영채를 위해서도 좋아. 자네에게도 난 죄인이야. 자네 아버지를⋯⋯."

"아무 말씀 하지 마십시오."

하진은 비장하게 외쳤다. 손바닥에 닿은 칼날의 느낌이 선명해졌다.

"서 회장이 자네 부친을 살해하려는 걸 알았네. 알았지만 난 막지 않았어. 아무것도 하지 않았어."

묻고 봉합하려던 또 하나의 진실이 터져 나왔다.

"서 회장의 신임을 잃고 싶지 않으셨겠죠. 서주에 남으셨을 땐 복수 외의 모든 가치들을 내려놓으신 것 아닙니까?"

승조의 어깨가 탁 풀렸다. 하진은 승조에게서 눈을 떼지 않으며 칼을 들어 올렸다. 재킷 주머니에서 날이 정갈한 단도가 빠져나왔다.

구승조가 방관했을 서 회장의 불의와 비리들. 그 안에 아버지의 죽음이 있었다. 승조가 한마디 했더라면, 서 회장의 탐욕에 제동이 걸렸을까? 그랬다면 아버지가 살 수 있었을까? 그도 독기로 물들지 않은 청춘을 누릴 수 있었을까? 영채가 품에 안겨왔던 5월의 그날처럼, 그날의 말간 하늘과 바람처럼, 마음껏 젊을 수 있었을까?

하진은 칼을 자신의 재킷 안주머니에 넣고 계단에 털썩 앉았다.

"영채에게 아버지가 되어주십시오. 저희들 아이가 크는 걸 봐주시면 좋겠습니다."

"서 회장은 단죄해야 하네."

"단죄될 겁니다. 서국철은 자신의 운명을 결정하기 위해 이제 아무것도 할 수 없을 겁니다. 남은 여생 자신의 처지가 남의 손에 좌우되는 걸 견뎌야 할 겁니다. 철저히 외롭고 치욕스러운 인생을 짊어져야 할 테고, 그 생지옥을 벗어날 길은 어디에도 없을 겁니다. 그게 그자가 받을 벌입니다."

"서 회장을 살린 사람이 자네라니."

승조는 하진 옆에 무너지듯 주저앉았다. 서 회장이 하진을 제거하려 마음먹은 날이 떠올렸다.

「제 아비의 죽음을 평생 살에 박고 살겠지. 고통스러울 테니, 바다로 보내주게.」

그 계획을 막아선 것이 그였다.

「물고기는 아픔을 느끼지 않는답니다. 신경 쓰지 마십시오.」

무심코 뱉어낸 말이 오늘 이런 식으로 운명을 가르다니.

전율하는 것은 하진도 마찬가지였다. 서 회장을 살리겠다고 달려오다니. 서 회장에게 꽂혔어야 할 칼날을 내가 쥐었다니. 하! 도대체 운명은 얼마나 더 잔인해질 셈인가.

하진은 손바닥에서 올라오는 통증에 눈살을 찌푸렸다. 핏빛 선이 손바닥을 가로지르고 있었다. 승조는 이 칼을 얼마나 공들여 갈았던 걸까? 칼은 통증도 없이 손을 베었다.

"자네……."

승조가 놀라 외쳤다.

"괜찮습니다."

하진은 담담히 대꾸하며 일어섰다. 집에 들어가 뭐라 핑계를 대야 할지 생각하는데, 휴대전화가 울렸다. 통화를 수락하자마자 석영의 다급한 목소리가 들이쳤다.

— 권하진, 너 지금 어디야?

"넌 어딘데?"

— 중앙병원 주차장.

"내가 여기 온 거 어떻게 알았어?"

— 정말 너 거기······. 야, 권하진. 당장 튀어나와. 내가 들어가 병원 뒤집어놓기 전에.

이 자식이 무슨 소리를 하는 건지.

— 하진아, 네 마음 알아. 다 아는데, 이건 아니야. 그냥 나와. 네가 잘못되면 내 인생도 끝인 거 알지? 어? 알아, 몰라? 왜 아무 말이 없어? 영채 씨랑 은도 생각도 해야지. 너 여기서 잘못되면 어머니도 얼마나 상심하시겠어? 너는 내가 지킨다고 어머니께 약속드렸단 말이야. 제발 부탁이니까, 그냥 나와, 좀. 하진아아······.

이 자식, 울먹이는 거야?

하진은 피가 조금 배어나오는 손바닥을 내려다보았다. 아무래도 오늘 밤, 피보다 진한 우정이 반짝거릴 모양이다.

하진과 승조는 병원 별관 앞 주차장으로 걸었다. 어둠 속을 서성이던 석영이 하진을 보자마자 달려와 덥석 안았다.

"야, 연석영."

옆에서 쏟아지는 승조의 시선이 부담스러워 하진은 석영을 떼어내려 했다. 떼어내려 하면 할수록 들러붙은 석영이 젖은 숨결을 퍽 퍽 토해내기까지 했다.

"고맙다. 정말 고마워."

"무슨 일인데 이러냐?"

"너한테 서 회장 소식 들려주고 예감이 안 좋아서 다시 전화를 걸었는데 안 받잖아. 영채 씨한테 전화하니까 네가 급하게 집을 나갔대서……."

"내가 여기 와서 서 회장 죽이기라도 할까 봐?"

"아무 생각 안 났다. 불안해서 무작정 달려왔지."

"석영아, 구 비서님 계시는데……."

하진은 석영의 어깨를 툭툭 쳤다.

"어?"

옆을 돌아본 석영이 얼어붙더니 잽싸게 포옹을 풀었다.

"아, 안녕하십니까?"

짐짓 태연하게 인사까지 건넸지만, 하진은 석영의 흐트러진 모습을 놓치지 않았다. 머리카락은 헝클어졌고, 터틀넥 스웨터는 목 부분이 접히다 만 채였다. 쌀쌀한 밤에 재킷도 없이, 끈이 너덜거리는 스니커즈를 신고 선 모습은 그가 얼마나 급하게 집을 나섰는지 말해주었다. 완벽한 스타일이 모토인 녀석인데. 앞으로 이런 모습 다시 볼 수 있으려나.

"구 비서님 만나려고 온 거야."

눈을 껌벅이던 석영이 뭐라고 말을 하려다가 한숨만 푹푹 쉬고는 머리를 쓸어 넘겼다.

하진은 석영의 어깨에 손을 얹었다.

"와줘서 고맙다. 이왕 온 김에 구 비서님 좀 부탁할게."

"너는?"

"좀 걸으려고."

"안 돼. 너도 타."

석영이 단호하게 이르고 차의 잠금을 해제했다.

"정말 걷고 싶어서 그래."

하진은 봐달란 표정을 지었다. 근처 약국에라도 가서 상처를 치료해야 한다. 영채 걱정시키는 건 차치하고, 석영에게 피나는 손을 들켰다간 오늘 밤이 시끄러워질 거다.

"들쳐 메고 태우기 전에 곱게 타라."

사정을 모르는 석영이 이를 갈듯 말했다. 하진은 핏 웃었다.

"맞장 떠서 이긴 적도 없으면서."

"있어, 한 번."

"언제?"

"네가 영채 씨를 만난 운명적인 밤에."

오랜 기억 하나가 뒤통수를 내리쳤다. 웃음인지, 울음인지 분간할 수 없는 뜨겁고 몰랑한 기운이 가슴에서 솟구쳤다.

비즈니스 스쿨 시절 석영과 태권도 겨루기를 했었다. 유단자가 된 석영에게 축하 선물로 내주었던 가슴팍. 그의 가슴팍에 주먹을 지르고 승리를 선언한 석영은 제가 정한 곳에서 뒤풀이를 해야 한다고 우겼었지. 그래서 함께 간 카페에서 영채를 처음 봤고.

이 모든 것의 시작이 어쩌면 그 밤이었다. 그 밤이 없었다면, 오늘 밤도 없었을 것이다. 영채를 만날 일도 없었을 것이고, 서 회장의 죽음을 막겠다고 달려올 일도 없었을 것이다. 꽃 같은 친구, 연석영. 가시 같은 동지, 구승조. 이들과 이 순간에, 여기 함께 있지 않았을 것이다.

눈가에 물기가 맺혀 하진은 고개를 뒤로 젖혔다. 캄캄한 하늘에 뾰족하게 돋은 별들의 모서리가 뿌예졌다.

매끄럽게 달리는 벤츠 안에 적막감이 가득했다. 운전석에 앉은 석영. 보조석에 앉은 하진. 뒷좌석에 앉은 승조. 어느 누구 하나 말을 하지 않았다.

잠실 사거리를 지나쳐 유턴한 석영은 하진이 사는 아파트 단지 부근 인도 옆에 차를 세웠다.

"구 비서님 호텔까지 모셔다드려."

하진이 차에서 내리며 부탁했다. 승조는 인근에 위치한 호텔 오아시스에 머물고 있었다.

"집으로 곧장 가라. 딴 데로 새지 말고."

석영은 문을 닫으려는 하진에게 외쳤다.

"알았어."

"맹세해."

피식 웃은 하진이 검지와 중지를 겹쳐 정수리에 댔다.

"네가 나를 이겼던 운명적인 밤에 걸고 맹세한다."

석영은 차 문을 닫고 인도로 올라서는 하진을 노려보았다. 자식, 결국 영채 씨와의 만남에 걸고 맹세한다는 거네. 기껏 달려와 운전사 노릇까지 했더니, 허탈하게.

차가 다시 움직였다. 잠실 사거리에서 우회전한 차가 한참을 달렸다. 창 밖 풍경을 살핀 승조가 입을 열었다.

"호텔을 지나쳤네."

"이대로 룸에 들어가시면 답답하실 것 같아서요. 바다 보러 가지 않으시겠습니까?"

"바다?"

미러 안에서 그와 석영의 눈이 마주쳤다.

오늘 하진이 병원에 달려간 이유. 제가 하진을 위해 달려간 것과 같은 이유로, 하진은 구 비서님을 위해 갔던 거죠. 녀석의 손에 난 상처, 구 비서님 때문에 생긴 것 아닙니까? 석영은 마음속 말을 입 밖으로 내지 않았다.

"바다를 보기에 좋은 밤입니다."

"바다라……."

승조는 생각에 잠겼다가 물었다.

"권 본부장과 오래 알아왔나?"

"유치원지기입니다."

"부럽네."

승조는 고개를 돌리고 창 밖을 내다봤다. 밤하늘에 별들이 말간 눈물방울처럼 박혀 있었다.

도희야, 권하진은 모든 것을 가진 사내다. 그런 사내에게 우리 영채가 갔어. 이제 아무 걱정 말고 편히 쉬어라.

나도 쉬고 싶다. 이제는, 그저, 쉬고 싶다.

승조는 좌석에 등을 기댔다. 노곤함이 밀려들면서 눈이 감겼다. 어디선가 바다의 울음소리가 들리는 것 같았다.

하진은 주상복합단지 1층에 입점한 약국에서 소독약과 붕대를 샀다. 경미하게 베인 것이라 피가 붕대에 내비치진 않았다. 그래도 붕대를 감고 나니 걱정부터 밀려들었다. 영채가 놀랄 텐데. 어머니도 상처의 경위를 물으실 테고. 구 비서님의 비밀을 지키려면 뭐라고 해야 하나?

고민하며 단지 입구 쪽으로 걷는데, 상가 고깃집 창가에 마주 앉은 남자 둘이 눈에 들어왔다. 허름한 옷차림의 노인과 세련된 정장 차림의 젊은 남자였다. 두 사람 앞에는 소주병과 유리잔 두 개가 놓여 있었다.

젊은 남자가 양손으로 소주를 따르는 것을 지켜보다 하진은 가게로 들어갔다. 남자들이 앉은 옆 테이블에 자리를 잡고 소주 한 병을 주문했다.

"식사는 어떻게 하실 거예요?"

주문을 받으러 온 중년 여자가 물었다.

"배고프지 않은데요. 소주 한 병만 주세요."

마땅찮은 기색의 여자를 향해 하진은 덧붙였다.

"잔은 두 개 주시고요."

뭔가를 물을 것 같던 여자가 말없이 소주 한 병과 잔 두 개를 가져다주었다.

하진은 잔 하나를 자신 앞에 놓고, 다른 잔을 테이블 맞은편에 놓았다. 맞은편 잔에 양손으로 소주를 따르는 동안 손이 떨렸다.

서 회장 죽이고 싶었습니다, 아버지. 분이 풀릴 때까지 그 몸뚱이에 칼을 쑤셔 박고 싶었습니다. 갈기갈기 난도질해서, 아버지께 바치고 싶었는데. 오늘 밤, 그자의 죽음을 막겠다고 달려갔습니다. 제가 이런 식으로 아버지를 실망시킬 줄은 꿈에도 몰랐습니다.

잔을 채운 소주가 조금 넘쳤다. 하진은 병을 거두고 그의 잔을 채웠다. 소주를 들이켜자 날카로운 화기가 목구멍을 타고 내려갔다. 빈 잔을 내려놓는데, 소주로 가득 찬 잔이 눈을 쑤셨다.

아버지, 아버지의 잔은 언제나 차 있을 테지요. 비워질 수 없는 잔이라, 제가 다시 채워드릴 수도 없겠지요. 이렇게 아버지의 잔은 가득 차 있는데, 저는 이제 비워내려 합니다. 서 회장을 향한 증오. 세상에 대한 적의. 제 무력함에 대한 환멸. 모든 것을 비워내고, 맑은 마음으로 은도 만날 준비 하려고요.

옆 테이블에서 도란도란 대화가 들려왔다.

"아버지, 일은 언제까지 하실 거예요?"

"왜? 너는 대기업 다니는디 애비가 도배나 하고 다닝께 부끄럽냐?"

젊은 남자가 묻고 늙은 남자가 되물었다.

"왜 그런 말씀을 하세요? 이제 편히 쉬시라는 건데."

"놀믄 뭐한다냐? 몸 말짱한께 사는 날까정은 일 해야제. 글고 너나한테 용돈 안 부쳐줘도 되야야. 내 집 있제, 연금 나오제, 내가 벌제. 요새 일이 줄긴 했는디, 지내는 데는 불편 없응께. 한 달에 50이 믄 적은 돈이여? 나한테 쓰지 말고 쌍둥이들 교육비로 저축해둬, 잉?"

"그럼 서울로 옮기세요. 어머니 돌아가신 지 3년도 넘었어요. 저희들이 아버지 모실게요."

"아고, 됐다."

"지영이 때문이시면 걱정 안 하셔도 돼요, 아버지."

"그런 소리 하들 말어. 지영이맹키로 착한 애기도 어딨다고. 꼬박꼬박 안부 전화하제. 시애비 입 심심할께비 찹쌀떡에, 고구마에, 뭐시냐, 거…… 거시기…… 이름도 어려운 외국 과일도 보내주제. 접때 추석에 내려왔을 때도 너 차 뺄 동안에 백만 원이나 찔러 줬어야. 아들이 백만 원 줬제. 며느리도 줬제. 느그들 간 다음에 2백만 원 안고 가슴이 벌렁벌렁했당께. 너 지영이 몰래 나 용돈 주다가 들켜가꼬 바가지는 안 긁히냐?"

"아버지도 참. 별 걱정을 다 하세요. 기껏 지영이 착하다고 칭찬하셔놓곤."

아들이 핀잔을 놓고, 아버지가 허허 웃었다.

하진은 서글픈 미소를 머금었다. 아버지, 전 아버지한테 저런 거 못 해보겠네요. 착한 마누라 자랑도 못 하고, 은도 키우는 이야기도 못 해드리겠네요. 사는 거 팍팍하다고 엄살떨면서, 아버진 어떻게 가정의 무게를 짊어지셨는지 여쭙지도 못하겠네요.

그래도 아버지, 이것 하나만은 약속드릴게요. 제게 온 두 칼을 언젠가는 은도에게 보여주겠습니다. 사람을 벤 칼과 베지 않은 칼을 앞에 두고 일러주겠습니다. 칼은 강한 듯 보이나 허한 것이니, 칼이 아닌 강처럼 살라고. 그렇게 아버지 손주 안에 온화한 물결을 채워주겠습니다. 세상 그 어떤 칼도 베지 못할 사랑이 그 아이 마음에 흐르도록 하겠습니다. 은도 안에서 아버지가 함께 흘러주세요.

옆에서 부자가 소리 내어 웃었다. 장단 맞추며 웃는 부자의 모습 위로 그가 꿈꾸는 행복의 단면이 아른거렸다. 햇살 좋은 날, 푸른 나무들이 선 거리를 그가 걸었다. 그의 옆에 영채가 있고, 그와 영채 사이에 아이가 있었다. 영채가 웃었다. 아이가 웃었다. 그들을 바라보면서, 그도 웃었다.

목이 턱 메었다.

너였는데. 언제나, 너였는데.

눈물로 애원하는 너를 두고도, 난.

하진은 허둥지둥 일어나 계산을 하고 가게 밖으로 나왔다. 휴대 전화를 빼들어 영채의 번호를 눌렀다.

- 어, 하진 씨. 지금 어디야? 급한 일은 해결됐어요?

통통 튀던 영채의 목소리가 살짝 어두워졌다.

"영채야, 너야."

- 어?

"은도 아니라 너라고. 언제나 너였어. 처음부터……."

하진은 젖은 숨결로 고백했다. 가슴이 터질 것 같은데, 말이 잘 나와주지 않았다.

- 무슨 말이야? 되게 찔리네.

영채가 나직이 웃고는 소곤거렸다.

- 어머니랑 감자탕 먹고 푸딩 생각나서 카페 왔거든요. 주문한 거 나와서 가지러 가는 참인데, 딱 이 타이밍에 전화하면 어떡해 요? 미안해지게. 어디예요? 저녁은 먹었어요?

"방금 한 말 들은 거야? 처음부터 너였다니까."

하진은 목소리를 높였다.

- 뭐요?

주변 소음에 그의 목소리가 묻혔는지, 영채가 다시 물었다. 하진 은 조급해졌다. 지금이 아니면, 안 될 것 같은데. 지금 고백하지 않 으면, 평생 하지 못하고 지나쳐버릴 것 같은데.

"내 얼어붙은 마음 녹인 사람. 너였는데, 고집 부렸어. 독하게 굴어도 네가 날 봐주니까, 더 독하게 굴었어."

영채가 잠잠했다. 숨소리조차 들려오지 않았다.

"영채야, 듣고 있어?"

— 어. 어.

영채의 숨결이 어쩐지 위태로웠다.

"영채야."

하. 하. 뻑뻑한 숨소리만 들려올 뿐, 영채는 말을 못 했다.

"영채야, 괜찮아?"

불길한 예감이 덮쳤다.

— 영채야!

전화기에서 미정의 외침이 들이쳤다. 하진은 심장이 얼어붙는 것 같았다.

"영채야, 너 지금 어디야!"

빠앙! 중형차 한 대가 요란한 경적을 울리며 지나갔다. 보도블록을 서성대던 비둘기들이 푸더덕 날아올랐다.

석촌호수 카페 거리에 위치한 카페 재러리. 밤거리가 내다보이는 창가 테이블에 미정과 마주 앉은 영채는 배를 어루만졌다.

"어머니, 애 가지면 원래 이렇게까지 식욕이 느는 거예요?"

"아직도 배고프니?"

"배가 고프진 않은데, 부르지도 않아요."

"감자탕 큰 거 시켜서 네가 거의 다 먹었다."

"그러게요."

무안한 듯 혀를 쏙 내민 영채가 이내 시무룩해졌다.

"왜?"

미정은 걱정스럽게 물었다. 요즘 영채는 감정의 기복이 심했다. 별일 아닌 것에 신명 났다가 또 별일 아닌 것에 침울해졌다.

"믿기지가 않아서요."

영채가 한숨을 내쉬었다.

"뉴스 본 게 몇 만 년 전인 것 같아요. 그런 엄청난 일이 있었는데, 전 어머니랑 밥 먹고 수다 떨고 있잖아요. 아무 일도 없었던 것처럼."

미정은 테이블 위로 팔을 뻗어 영채의 손을 잡았다.

"영채야, 여러 가지로 심란하겠지만, 좋은 일만 생각하자."

"그럴 거예요. 아니, 그러고 있어요."

"네가 웃어야 내 아들도 웃는다."

조금 밝아졌던 영채의 얼굴에 다시 수심이 어렸다.

"그런데 하진 씨는 무슨 일일까요? 급한 일 있다고 나가는데, 표정이 심각했거든요."

미정은 영채를 지그시 바라봤다.

"넌 하진이가 잠시만 눈앞에 없어도 마음이 쓰여?"

"네."

"하진이가 그렇게 좋아?"

"좋은 것도 좋은 거지만……."

"눈앞에 없으면 불안해?"

"그런 게 아니라, 옆에 없어도 마음으로 말이 걸어져요. 그리고 다른 사람을 좋아한다는 건 상상이 안 돼요. 하진 씨 아닌 사람과 사는 건 가능할 것 같지 않아요."

영채가 입술을 모으고 생각에 잠겼다가 고개를 내저었다. 해가 서쪽에서 뜨는 게 불가하단 것처럼. 강아지가 야옹거리며 울 수 없단 것처럼. 그리 말을 해놓고 쑥스러웠는지 눈웃음을 지었다. 귓불까지 붉히며 입술을 말다가 고작 한다는 말이 또 하진이 얘기다.

"하진 씨 저녁은 먹었을까요?"

감자탕 집에서도 몇 번이나 같은 말을 했는지 모른다.

"그리 마음 쓰이면 전화해보든가."

"급한 일 있다고 나갔는데."

영채는 하진을 방해하고 싶지 않으면서도 안부가 못내 궁금한가 보았다. 망설이는가 싶더니 결국 핸드백에서 휴대전화기를 빼들었다.

영채가 전화를 걸 참에 카페 안쪽 카운터에서 주인이 외쳤다.

"주문하신 녹차 푸딩 나왔습니다."

영채는 전화기를 손에 쥔 채 일어났다. 카운터로 걸어가는 중에 전화기가 진동하더니 피아노 음이 터져 나왔다. 액정에 '젊은이'가 떴다.

어? 마음이 통했다!

영채는 통화를 수락하고 전화기를 귀에 바짝 댔다.

"어, 하진 씨. 지금 어디야? 급한 일은 해결됐어요?"

– 영채야, 너야.

하진이 밑도 끝도 없이 말했다.

"어?"

– 은도 아니라 너라고. 언제나 너였어. 처음부터…….

"무슨 말이야? 되게 찔리네."

영채는 키르르 웃었다가 테이블에 앉은 사람들이 쳐다보자 목소리를 낮췄다.

"어머니랑 감자탕 먹고 후식으로 푸딩 먹으려고 카페 왔거든요. 주문한 거 나와서 가지러 가는 참인데, 딱 이 타이밍에 전화하면 어떡해요? 미안해지게. 어디예요? 저녁은 먹었어요?"

— 방금 한 말 들은 거야? 처음부터⋯⋯.

주변의 소음이 하진의 목소리를 묻었다.

"어? 뭐?"

영채는 귀를 쫑긋 세웠다. 그녀가 지나치는 테이블에 남자 둘이 앉아 있었다. 목소리가 생각보다 컸는지, 남자들이 그녀를 힐끗 올려다봤다가 테이블 위의 태블릿으로 시선을 옮겼다.

"서주 회장 쓰러졌네."

"진짜?"

"심문받다가 쓰러져서 의식이 없다는데?"

"그럼 식물인간 되는 거야?"

"식물인간은. 쇼 하는 거겠지."

영채는 그 자리에 그대로 굳었다.

태블릿을 들여다보면서 남자들이 대화를 이어갔다.

"거기 동영상."

"어, 어."

— 심문 도중 가슴의 통증을 호소하며 쓰러졌습니다. 서국철 회장은 검찰청 인근의 병원으로 옮겨져 응급 처치를 받았으나 현재 의식이 없는 상태입니다.

— 내 얼어붙은 마음 녹인 사람. 너였는데, 너인 걸 알면서도, 고

집 부렸어. 독하게 굴어도 네가 날 봐주니까, 더 독하게 굴었어.

동영상의 음성과 하진의 목소리가 뒤엉켰다. 영채는 입을 벌려 허허 숨을 내쉬었다. 입을 뻐끔거릴수록 가슴이 조여들었다.

― 영채야, 듣고 있어?

"어. 어."

― 영채야.

― 의식을 회복하는 데 주력하고 있으며, 회복 경과에 따라 향후 수사 방향이…….

― 영채야, 괜찮아?

현기증이 일어 영채는 테이블 모서리를 짚었다. 다리가 풀리면서 손이 테이블에서 미끄러지고, 몸이 바닥에 주저앉았다.

"영채야!"

놀란 미정이 달려왔다.

― 영채야, 너 지금 어디야!

전화기에서 하진의 외침이 쏟아졌다.

"하진 씨."

영채는 멍하니 중얼거렸다.

― 너, 어디야?

"어, 여기."

눈앞이 빙글빙글 돌았다.

― 영채야, 너 지금 어디 있어?

"어, 여기, 어…… 하진 씨가 청혼한 카페 있잖아. 그날 먹은 푸딩 생각이 나서 어머니랑 왔는데…….."

팔을 잡는 미정의 체온이 느껴졌다. 온기에 기대며 영채는 울먹였다.

"하진 씨, 보고 싶어."

– 거기 있어. 내가 금방 갈게.

"영채야, 집에 가자."

미정이 그녀를 일으키려 했다. 영채는 고개를 저었다.

"하진 씨가 온대요. 기다려야죠."

– 조금만 기다려, 영채야. 나 지금 뛰어가는 중이야!

"기다릴 거예요. 하진 씨는 기다리면 오니까……."

덜덜 떨리는 손에서 전화기가 빠져나갔다. 바닥에 떨어진 전화기를 미정이 주워 올렸다.

"하진이니?"

– 어머니, 거기 카페 거리에 있는 재러리 맞아요?

"어, 그런데 영채 상태가 안 좋아서, 집에 데리고 가야겠다."

– 밖으로 나오면 더 위험할 수 있어요. 거기 그냥 계세요. 영채한테 이상 있으면 윤 박사님한테 전화하시고요.

"알았다."

미정은 영채의 주치의를 떠올리며 고개를 끄덕였다.

– 저 근처에 있어요. 금방 가요.

하진이 약속하고 전화를 끊었다. 미정은 영채를 부축해 일으켜 가까운 의자에 앉혔다. 그들을 지켜보던 카페 주인이 다른 손님들에게 양해를 구하고 영업을 끝냈다.

대애앵! 종소리와 함께 카페 문이 열리고 하진이 뛰어들었다. 발딱 일어난 영채는 하진에게 가 안겼다.

하진은 영채의 얼굴을 감싸고 살폈다.

"괜찮아?"

"어, 어."

영채가 고개를 끄덕거렸다.

"무슨 일이야?"

"서 회장 쓰러졌다고 뉴스에 뜬 걸 봤는데, 갑자기 어지러웠어."

하진은 안도의 한숨을 내쉬며 영채를 끌어안았다. 어디 안 좋은
줄 알았잖아. 은도한테 무슨 일 생긴 줄 알았잖아.

"어린애처럼 굴어서 미안해. 하진 씨가 보고 싶었어. 보고 싶은
데, 목소리만 들리니까, 미칠 것 같아서."

영채가 그를 올려다보다가 입술을 깨물었다.

"급한 일 있댔는데. 괜히 놀라게 했나 봐."

"괜찮아. 급한 일 다 끝났어."

하진은 영채의 등을 다독거렸다. 그의 품에 안긴 영채의 몸이 차
츰 따뜻해졌다.

카페 안쪽 테이블에서 하진과 영채를 보던 주인이 미정에게 말을
걸었다.

"사위가 인상이 참 좋아요."

"네?"

미정은 눈을 반짝 떴다가 미소 지었다.

"사위가 아니라 아들이랍니다. 아들하고 며느리예요."

"어유, 죄송해요. 며느님하고 워낙 살가워 보이셔서 전 모녀지간
인 줄 알았어요."

주인이 동그란 얼굴을 한 손으로 가리며 호호 웃고는 덧붙였다.

"아드님이 여기서 프러포즈 하셨어요."

"그랬어요?"

"반지 건넬 때 분위기가 굳어 있어서 전 며느님이 거절하는 줄 알았다니까요. 두 사람 마주 앉은 모습이 어찌나 예쁜지, 저도 모르게 훔쳐보다가 마음 졸였답니다."

복잡한 사연을 꺼낼 수도 없고 하여, 미정은 화제를 돌렸다.

"저희 때문에 영업 못 하셔서 어째요? 미안하고, 고맙습니다."

"그러실 거 없어요. 몸이 안 좋아서 오늘 일찍 정리하려던 참이었어요."

주인의 눈동자는 맑고 얼굴엔 생기가 돌았다. 아픈 사람으로 보이지 않았다. 선의의 거짓말에 더 미안해진 미정은 벽 쪽으로 시선을 돌렸다. 카운터 가까운 벽에 커피 원두를 담은 디스펜서가 대여섯 개 나란히 있었다.

"원두 팔기도 하세요?"

"네."

"수마트라 있으면 1킬로그램 주세요."

"수마트라 좋아하세요?"

"아들이 좋아해요."

"네에. 갈아드릴까요?"

"아뇨. 조금씩 갈아서 내려줘야죠."

"그러세요."

주인이 카운터에서 종이봉지를 가져와 원두를 담았다. 원두를 포장하고 난 주인이 벽의 스위치 하나를 누르자 창 쪽 조명이 어두워졌다.

어스름한 창가에 하진과 영채가 여전히 안은 채로 있었다. 원두 계산을 마친 미정을 주인이 카운터 안쪽의 개인 공간으로 초대했다.

"저랑 차 한잔 하셔요."

미정은 하진과 영채만 오붓이 있게 해주려는 주인의 배려가 고마우면서도 어쩐지 머뭇거리게 되었다.

"이것도 인연이다 싶어서요. 부담 갖지 말고 들어오셔요. 연근차 있는데, 괜찮으세요?"

생김만큼이나 싹싹한 주인이 상냥하게 묻고는 찻물을 올렸다.

하진의 품에 얼굴을 묻은 채로 영채는 물었다.

"어떻게 이렇게 금방 왔어요?"

"통화할 때 집에 거의 도착한 참이었어. 이제 좀 진정됐어?"

고개를 끄덕이는 그녀의 머리를 하진이 쓸었다.

"그 사람 의식이 없다고 하니까 머릿속이 아찔했어. 영영 못 깨어나면 어떡하나 싶었나 봐. 일전에 하진 씨가 그랬잖아. 내가 가서 만나고 싶다고 하면 같이 가준다고. 하진 씨랑 같이 면회 가서 꼭 물어보고 싶은 거 있었는데."

"뭐가 궁금한데?"

"나 초등학교 졸업하고 영국 갈 때, 그 사람이 공항까지 나와서 잘 가라고 안아줬거든. 그때 나 보내는 게 서운했을까? 고등학교 졸업 파티 때 와서 나랑 같이 춤췄는데, 그것도 다 연극이었을까? 키우면서 한순간이라도 나한테 진심이었던 적은 없을까? 그래도 자기 핏줄인데 왜 끝까지 인정 안 했을까? 내가 예뻐서 예뻐해준 적은 정말 없을까? 그 사람이 엄마한테 용서 구하는 거 봐야 하는데. 이대로 가면 안 되는데…….”

하진은 목이 메었다.

“서 회장 깨어나는 대로 면회 가자. 가서 궁금한 것들 다 물어보자.”

“미안해. 지금 하진 씨 마음은 엄청 복잡할 텐데. 나는 이런 유치한 것들이나 궁금해하고.”

영채의 목소리가 물기를 머금고 갈라졌다. 하진은 영채를 품에서 떼어내고 눈을 맞췄다.

“아가씨, 아무도 안 가르쳐줬어? 이럴 때는 고맙다고 하는 거라고.”

눈에 눈물이 그렁그렁한 채로 영채가 웃었다.

“신기하다. 하진 씨랑 같이 있으니까 아무 걱정도 안 돼. 따뜻하고 든든해. 그때도 그랬는데.”

“언제?”

“우리 처음 데이트 하던 밤에. 해 진 뒤에 자전거로 다리 건널 때. 사방이 깜깜하고 옆으로 차들이 쌩쌩 지나가는데도 겁이 안 났어. 하진 씨 등에 기대고 있는데, 마냥 좋았어.”

하진은 코끝이 매웠다. 영채야, 오늘 밤이 내겐 내려놓는 밤인데 너에겐 짊어지는 밤이구나. 길고 고통스러운 여정의 시작이 되어 버렸어. 어떡하지? 오랫동안 가시 같은 물음표들이 너를 찔러댈 텐데. 그중에 몇은 내가 얹은 거라서 미안하다. 영채야, 그래도 나는 후회하지 않아. 이렇게라도 우리를 한데 묶은 운명에게 고마워. 슬

품에 길 잃는 날이 있어도, 우리 두 손 꼭 잡고 같이 가자.

"그때처럼, 오늘도, 다리 하나를 건너는 것뿐이야."

영채의 눈동자에 담긴 눈물이 반짝거렸다. 하진은 유리잔 속의 말간 술을 떠올리며 영채를 안았다. 영채가 그의 허리에 팔을 감으면서 속삭였다.

"고마워."

은색 단도를 품은 남자와 온화한 물결을 품은 여자는 아주 오래한 덩이로 서 있었다. 창 밖 하늘에서 하얀 달이 이지러졌다. 꽃처럼 돋은 별들 사이로 구름이 고즈넉이 흘렀다.

나는 궁금하던 것들을 끝내 묻지 못했다. 서 회장은 일주일가량 무의식 상태로 누워 있다가 생을 마감했다.

서 회장이 입원해 있는 동안 거세진 비난의 여론은 그의 죽음으로 절정에 다다랐다. 서주그룹 본사 사옥과 빈소가 마련된 병원 앞에서 연일 시위가 벌어졌다. 손해를 본 주주들과 실직의 위기를 예감한 노동자들, 불량 음료를 구매했던 소비자들과 과거에 서주에 편법으로 회사를 빼앗겼던 사람들까지, 수많은 사람들이 모여 격분을 쏟아냈다.

장례식은 초라했다. 지인이며 회사 관계자들 어느 누구도 조문하지 않았다. 일시적으로 구속 집행이 정지된 재익 오빠와 프랑스에서 강차연의 장례를 마치고 돌아온 영빈 언니만이 빈소를 지켰다고 했다.

나는 장례식장에 가지 않았다. 가고 싶다고 했으면, 하진 씨가 같이 가주었을 것이다. 그 어떤 봉변을 당하고 오해를 산대도, 내가 가고 싶다는 기색만 내비쳤으면 동행했을 것이다.

그걸 알았기에 가지 않았다. 아버지를 죽인 자의 영령 앞에 예를 갖추는 짐을 하진 씨에게 지울 수는 없었다.

살다가 순간순간, 마음의 응어리가 된 서 회장 때문에 숨 가쁠 때가 있을 것이다. 그의 마지막을 목격하지 않은 것을 후회할 수도 있을 것이다. 하지만 그건 내가 짊어져야 할 짐이었다. 서주그룹 회장 딸이 아니라 권하진을 좋아하는 서영채. 그것이 얼마나 무거운 고백이었는지 비로소 실감하기 시작했다.

장례식이 끝난 후 서주그룹 비자금 수사에 가속도가 붙었다. 비빌 곳을 잃은 재익 오빠는 무너져 내렸고, 국내외 은닉 재산의 행방을 검찰에 모두 털어놓았다. 서주그룹 계열사들 대부분이 도산했다. 가까스로 살아남은 계열사들도 인수와 매각 대상이 되거나 청산 절차에 들어갔다.

겨울이 왔다. 서울에 기록적인 한파가 닥칠 거라는 예보가 있었다. 그해 겨울, 나는 추위를 타지 않았다. 하진 씨와 함께하는 첫 겨울이라는 이유 하나로, 그 겨울은 내게 충분히 포근했다.

몸이 무거워졌고 입덧이 심해졌다. 입덧이 겨울 내내 계속되는 동안 가끔 서 회장과 강차연을 생각했다. 강가를 거니는데 하늘에서 칼이 떨어지는 꿈을 꾸기도 했다. 그때는 그것이 악몽인 줄 알았다. 은도가 자라 칼로 세계를 정복할 것이라고 그 누가 예상했을까!

나는 불편하고 괴로운 순간들을 모두 하진 씨와 나누었다. 아프면 아프다고 했고, 슬프면 슬프다고 했다. 눈물이 나면 울었고, 하진 씨 품에 안겨 울다가 결국은 웃었다.

하진 씨 품에 안길 때면 빌었다.

우리 사랑이 언제나 젊기를. 한결같이 용감하기를.

우리 사랑 때로 상처 입고 피 흘려도, 결국엔 승리하기를.

슬픔이 심록처럼 무성하던 시절이 가고 사랑만이 남았다.

내가 알았고 알아가야 할 유일한 사랑.

권하진. 권하진. 권하진.

그리고 그가 깊은 초록의 마음으로 사랑해준 나.

서 회장의 장례식 후, 하진 씨와 영빈 언니 사이에 약속이 잡혔다. 하진 씨를 기다리는 동안 영빈 언니가 전화를 걸어왔다. 나는 도와줘서 고맙다고 말했다. 진심이었다. 영빈 언니는 아이 가진 것을 축하한다며 태명을 물었다. 나는 대답하지 않았다. 영빈 언니와 나 사이에 온화한 물결을 놓기엔 너무나 많은 일들이 벌어진 느낌이었다.

어색한 침묵이 계속되던 중, 영빈 언니가 하진 씨의 도착을 알렸다. 통화를 끝낸 후에야 나는 깨달았다. 서영빈이란 사람을 언니 아닌 다른 의미로 생각해본 적이 없다는 걸. 그 깨달음이 마음에 작은 희망을 지폈다.

하진 씨에 의하면, 그날 영빈 언니와의 만남에선…….

– 영채가 다 하지 못한,

언젠가는 청년이 된 은도에게 들려줄 이야기 中

위스키 바 오드비의 룸. 영빈은 하진이 테이블에 올려놓은 작은 은색 열쇠를 보면서 물었다.

"이게 뭐죠?"

"프랑크푸르트 은행 비밀 금고 열쇠입니다."

"이걸 나한테 주는 이유는요?"

"서영빈 씨가 가지고 있는 서주그룹 로비 자료 거기에 묻어두라고요."

하진이 차분히 이르고 덧붙였다.

"당분간은."

"당분간은?"

영빈은 눈썹을 슬쩍 올렸다. 하진과 눈이 마주쳤다.

"스위스 은행과 프랑크푸르트 은행에 백만 유로씩 예치해두었습니다. 생활하는 데 지장 없을 겁니다."

"내가 프랑크푸르트로 갈 거라는 거 어떻게 알았어요?"

"서국철 회장이 애지중지하던 막내 여동생이 거기 있으니까요. 가장 믿을 만한 친척이니, 서재익 씨에 대한 사법 처리가 확정되고 나면 그쪽에 몸을 의탁할 거라고 생각했습니다."

"권하진 씨가 가진 정보력이면 어렵지 않은 추리였겠네요. 그런데 2백만 유로는 왜 줘요? 영채가 부탁하던가요?"

"14년 전에 서 회장이 내 아버지의 빈소에 와서 내민 조의금 돌려주는 겁니다."

하진의 목소리엔 빈틈이 없었다. 경멸이나 불손의 기색이 전혀 없는 정연함이었다. 그럼에도 영빈은 굴욕감을 느꼈다.

"물가 상승 감안하고 이자까지 쳐서 주시겠다?"

권하진이 물렁한 남자가 아니란 걸 알았으면서. 결국 나는 적의 딸일 뿐. 우호적인 작별을 위해 선물까지 준비한 내가 바보지.

"사양하겠……."

"지금……."

두 사람이 동시에 꺼낸 말이 부딪쳤다. 영빈은 하진에게 먼저 말하라는 눈짓을 했다.

"지금 서영빈 씨가 어떤 심정인지 압니다."

"어떻게 안다는 거죠?"

"14년 전에 내가 거기에 있었으니까요."

하진의 목소리가 가라앉으며 스산해졌다. 영빈은 어쩐지 가슴이 조였다.

"서영빈 씨가 누구에게 의지하건, 혼자이건 상관하지 않겠습니다. 죄책감을 짊어지고 살아가든, 훌훌 털든 그것도 나와 상관없습니다. 어디서 뭘 하며 살건 서영빈 씨 인생이죠. 단 하나, 나와 내 가족을 향해 칼만 세우지 마요. 지켜보겠습니다."

"협박인가요?"

"불가침 협약 정도로 해두죠."

하진이 깔끔하게 정의하고 경고를 덧댔다.

"서주그룹 로비 목록은 때가 되면 찾으러 가죠. 그때까지 서영빈 씨가 섣부른 행동을 하는 일이 없기를 바랍니다."

영빈은 2백만 유로에 담긴 하진의 의도를 알아차렸다. 행여 입에 풀칠하는 일이 어려워 기밀로 세상을 들쑤시지 말란 경고였다.

"나한테 맡겨두겠다는 건가요?"

"비밀을 공유하는 자들끼리는 섣불리 상대의 뒤통수를 치지 못할 테니까요."

"로비 자료, 내가 그냥 없앨 수도 있는데요."

"최악의 시나리오는 아니겠네요. 하지만 아까울 겁니다. 조금 더 공평하고 정의롭고 윤리적인 세상을 만들기 위해 유용한 자료니까요."

하진의 목소리가 깊게 울렸다.

"그런 세상을 만드는 건 어렵지 싶은데요. 아무리 권하진 씨라 해도."

"조금 덜 추악하고 덜 삭막하고 덜 패륜적인 세상을 만들 수는 있을 겁니다."

영빈은 한기가 드는 동시에 가슴이 먹먹해졌다. 오늘의 만남은 그녀가 기대했던 전쟁의 종결이 아니었다. 또 다른 전쟁의 서막을 예고하는 자리였다. 권하진은 그의 앞에 무수한 전쟁이 예비되어 있음을 아는 사내였다. 다가오는 전투를 온몸으로 맞이할 준비가 된 것처럼 의연했다.

아버지, 권하진은 아버지 일생일대의 실수였어요. 애초에 해명수산을 짓밟는 대신 그쪽과 협력했더라면 좋았을 거예요. 혹시 알아요? 권하진과 아버지가 나란히 걸었을지? 저와 권하진이 차세대 사업 구상을 놓고 머리를 맞댔을지? 탐욕을 접고 멀리 내다보셨다면, 서주는 지금 세계로 뻗어나가는 제국이 될 수도 있었어요. 황량한 먼지더미가 아니라.

불귀의 객이 된 사람을 원망해봤자 뭐해. 영빈은 빈 웃음을 흘리고 핸드백에서 작은 상자를 꺼냈다.

"영채 방에서 찾은 거예요. 급하게 떠나느라 못 챙겼나 봐요."

"영채에게 전해주겠습니다."

"권하진 씨에게 드리는 건데요."

테이블에 올려진 상자를 하진이 열었다. 멸치 모양 장식이 달린 은색 풍경이 나왔다.

하진은 풍경 줄에 매달린 길고 하얀 종이를 손으로 폈다. 검정 펜으로 적힌 글자들이 눈에 쏟아져 들었다.

아, 영채야.

얼굴이 상기된 하진을 보고 영빈은 놀랐다. 일대일로 마주한 자리에서 권하진이 감정을 표출한 것은 처음이었다.

영채야, 너는 이 남자에게 이 정도 의미였구나.

표정을 정돈한 하진이 물었다.

"이걸 왜 나한테 주는 겁니까?"

"영채와 우애를 다지는 것보다 권하진 씨를 적으로 만들지 않는 게 더 중요한 것 같아서 들고 나왔어요. 그런데 이젠 행운을 빌어주고 싶네요."

"행운?"

"권하진 씨가 앞으로 수많은 전쟁을 치를 것 같잖아요. 전장에서 지칠 때 그게 힘이 되었으면 해요."

영빈은 고개를 까딱하고 핸드백을 집어 들었다. 일어나 룸을 나가려는데, 하진이 그녀를 불렀다.

"서영빈 씨."

영빈은 돌아섰다. 소파에서 일어난 하진이 그녀 앞으로 몇 걸음 다가왔다.

"서영빈 씨와 내가 가족이 될 수 있다고는 생각하지 않습니다. 하지만…… 나와 영채의 아이가 자라 혹시 서영빈 씨를 찾게 되면, 만나주겠습니까?"

"기꺼이."

영빈은 진심으로 약속했다. 그녀의 눈가에 물기가 맺혔을 때 하진의 입가에 엷은 미소가 어린 것도 같았다.

미정과 영채는 주방에서 음식을 장만하느라 분주했다. 하진이 미래의 청사진을 논의하겠다며 손님들을 집으로 초대한 탓이었다. 숙부 기욱과 승조가 곧 도착할 참이었고, 덕재는 청송에서 올라가니 다른 이들보다 늦겠다고 연락을 보내왔으며, 석영은 하진과 함께 일찍 퇴근한다고 했다.

"그래서 기타를 몰래 배웠어?"

미정은 시금치를 무치면서 영채에게 물었다.

"룸메이트한테 부탁해서 기타를 기숙사로 들여온 다음에 강습 비디오를 보고 따라 했어요."

"학교에 기타 수업도 있었다면서?"

"그건 성적표에 기록이 남잖아요. 집에다 안 들키려면 기록이 없어야죠."

"그렇겠구나, 참. 룸메이트한테 많이 고마웠겠네."

"말도 마세요. 전형적인 모범생이라 꼬이는 데 얼마나 힘들었다고요."

영채가 너스레를 떨다가 미정의 눈치를 살폈다.

"저기, 어머니이."

"왜애? 왜 또 말꼬리를 쪼옥 빼? 겁나게."

"하하, 뭘 또 겁내실 것까지야. 음……."

"뭔데 그리 뜸을 들여? 말해봐."

"저, 이번엔 어머니 도움이 필요해요."

미정은 영채를 돌아봤다. 영채가 입술을 말고 있다가 또박또박 말했다.

"다음 학기에 복학하고 싶어요."

"다음 학기면……. 미국은 1월에 학교 시작한다면서."

"네."

"홀몸도 아닌데 공부할 수 있겠어?"

"어머니가 옆에 계셔주시면 할 수 있을 것 같아요. 저 좀 도와주세요. 기말 고사까지 5월 초면 다 끝나요."

"하진이가 반대할 텐데."

"그러니까 어머니한테 먼저 부탁드리는 거죠."

"글쎄다."

"제 스스로 뭔가가 되어야 한다면서요. 그래야 하진 씨 힘들 때 제가 거들 수 있다면서요. 다음 학기엔 그냥 휴학도 할 수 없어요. 이러다간 학교 그만둬야 해요. 저, 좋은 성적 낼 자신도 있단 말이에요. 네, 어머니?"

미정은 곰곰 시금치만 무쳤다. 미정의 침묵이 길어지자 시무룩해진 영채는 가스레인지의 불을 켰다.

불에 달군 프라이팬에 멸치를 넣는데, 미정의 목소리가 덤덤히 건너왔다.

"영채야, 오늘은 멸치 특별히 맛있게 볶아야겠다. 하진이 설득하려면."

영채는 멈칫했다. 미정이 미나리를 무치던 볼을 밀쳐두고 돌아서 푸근한 미소를 지었다.

"하진이가 반대하면 내가 설득해줄 테니까, 복학 준비해."

"정말요?"

"학위 마칠 때까지는 은도 내가 봐줄게. 박사까지 하고 싶으면, 해봐. 아이 때문에 포기하지 말고."

영채는 입이 귀에 걸린 채로 멸치를 볶기 시작했다. 아몬드와 해 바라기 씨가 멸치에 섞였다. 오늘은 특별히 건 크랜베리에 블루베리까지 넣는다. 고소한 냄새가 주방에 번져갈 때 미정이 말을 꺼냈다.

"나는 결혼하면서 직장부터 그만뒀거든."

"결혼 전에 뭐 하셨는데요?"

"초등학교 선생. 사업하는 남편 내조하려면 집에 있어야 한다고 시어머니가 완강하게 나오셔서 사표 냈지."

"아깝다."

영채는 멸치를 되작이면서 미정의 안색을 살폈다. 미정이 미나리를 유리 용기에 담아놓고 도라지를 소금에 씻었다.

"영채야."

"네, 어머니."

"하진이 많이 좋아해줘서 고맙다."

영채는 그저 네, 하고 말았다. 가슴이 뭉클해 말이 나오지 않았다. 하진 씨가 저한테 과분한 사람이죠. 인자한 시어머니까지 덤으로 얻었고요.

세상의 모든 복을 거머쥔 것 같은 기분이었을 때, 미정이 예상 밖의 말을 꺼냈다.

"그런데 결혼은 사랑만 갖고는 성공 못 해. 하진이가 아무리 많이 벌어도 네가 비자금 차곡차곡 모아둬. 살다 보면 남편보다 비자금일 때가 있어."

영채는 후후 웃어버렸다. 미정이 정색을 하고 나무랐다.

"새겨들어. 다 피가 되고 살이 될 테니까."

"네에."

영채는 웃음을 참으며 애써 진지한 표정을 지었다. 미정의 조언이 계속됐다.

"명품 필요 없다, 당신만 있으면 된다, 그런 소리는 빈말이라도 절대 하지 말고."

"왜요?"

"결혼할 때 내가 하진이 아버지한테 그랬다. 보석도 필요 없고, 모피 코트도 필요 없고, 당신만 있으면 된다고. 어린 마음에 사랑이면 다인 줄 알았지. 그 말이 족쇄가 되어서는 평생 비싼 선물 하나 못 받아봤다. 너는 나처럼 살지 마. 생일이랑 기념일 챙겨서 하진이한테 선물 듬뿍 받으면서 살아."

"받기만 해요? 저는 안 줘요?"

"물론 너도 줘야지. 받기만 하면 되니? 그런데 될 수 있으면 주는 것보다 더 받아. 여자는 자기가 좋아하는 남자보다 자기를 좋아해주는 남자하고 살 때 행복한 거야. 너는 하진이를 너무 많이 좋아해서 탈이야."

영채는 생글거리며 미정에게 안겼다.

"어머니이."

"아구, 얘가 왜 이래? 빨리 음식 장만해야 하는데."

"이런 기분일 것 같아요."

"뭐가?"

"결혼해서 살다가 친정에 오는 거요. 늘 어떤 느낌일까 궁금했거든요."

미정은 웃으며 영채를 다독거렸다. 향긋한 나물 냄새와 고소한 멸치 냄새를 뚫고 늠름한 목소리가 날아들었다.

"영채야, 여기가 네 친정이면 안 되지."

"엄마얏!"

영채는 화들짝 놀랐다가 주방 입구에 선 하진을 보고 반색했다.

"어! 언제 왔어요?"

종종대며 다가오는 영채에게 하진이 짓궂게 말했다.

"여기가 네 친정이면, 너랑 나랑 관계가 묘해지잖아."

"왔니? 씻고 나오너라."

미정이 하진을 보면서 일렀다.

"어머니, 멸치 볶음 좀 봐주세요. 금방 올게요."

영채는 미정에게 외치고 하진을 따라 침실로 갔다.

침실로 들어서면서 영채는 하진에게 물었다.

"언제 왔어요?"

"아까."

"아까, 언제요? 주방에 오래 있었어요?"

"어머니의 위험한 가르침을 다 들을 만큼, 오래."

"선물 얘기? 에이, 다정한 고부지간에 한 얘기를 가지고. 난, 명품 선물 필요 없어요."

갖고 싶은 거 내가 사면 되지. 영채는 진심을 속으로 삼키고는 하진이 벗은 재킷을 받아들었다.

"맞춤 주문한 하진 씨 향수 오늘 도착했어요. 향이 같은 샤워젤이랑 샴푸도 왔으니까, 오늘은 그걸로 샤워해요."

셔츠를 벗던 하진이 눈을 가늘게 접었다.

"너, 오늘 유별나게 친절하다. 말도 꼬박꼬박 높이고. 무슨 일 있어?"

"무슨 일은. 잘해줘도 불만이얏! 옷 혼자 벗고, 혼자 씻어요! 난 바빠서 이만."

하진을 흘겨본 영채는 도망치듯 침실을 빠져나왔다. 복학 계획부터 다 들은 거 아니야. 가슴이 조마조마해, 땀도 흐르지 않은 이마를 닦게 되었다.

하진이 샤워를 하고 나오자 석영이 초인종을 눌렀다. 석영의 양손에는 온갖 주류가 든 편의점 비닐봉지가 들려 있었다.

"진지한 의논 하는 자리라니까. 무슨 술이야?"

하진은 석영을 타박했다.

"진지한 자리니까 술이 필요하지. 내가 진지함 알러지 있잖냐? 네가 이 모임을 소집했을 때부터 예감이 좋지 않았어. 살갗이 따끔 거린단 말이지. 봐봐. 여기 목덜미에 두드러기도 돋았잖아."

석영이 깐죽거리고 비닐봉지를 주방으로 들고 갔다.

"어머니, 저 왔습니다. 영채 씨, 안녕하시죠? 뭐 도와드릴 일은 없습니까?"

요리 솜씨가 출중한 석영이 셔츠 소매를 걷어붙이는 동안 손님들이 속속 도착했다.

저녁 식사가 끝나고 모두들 거실에 모여 앉았다. 상석을 서로에게 양보하느라 승조와 미정이 잠시 실랑이를 벌였지만, 승조가 영채 옆에 앉는 것으로 자리 배치가 결론 났다. 영채를 사이에 두고 승조의 반대편에 하진이 앉았고 맞은편 소파에 기욱과 덕재, 석영이 나란히 앉았다.

하진은 기욱에게 가장 먼저 말을 건넸다.

"해명수산은 숙부님께서 계속 맡아주시면 좋겠습니다."

"언젠가는 네가 들어와야 하지 않겠니?"

"저는 다른 계획들이 있습니다. 숙부님께서 경영하시는 걸 아버지도 원하실 거예요."

"그래."

기욱이 고개를 끄덕이자, 미정이 그를 바라봤다. 두 사람 사이에 애틋한 눈빛이 오갔다.

"덕재 아저씨."

하진은 덕재를 조용히 불렀다.

"청송에 있는 사과밭 말이에요, 체험 학습장으로 만들고 싶다고 하셨죠?"

"사과 농사만 지을 게 아니라, 도시 아이들이 와서 농촌 체험도 하고 캠핑도 하고, 그런 곳으로 꾸미면 어떨까 싶어. 그동안 모아둔 돈이 좀 있는데, 땅부터 사려고 알아보고 있다."

"토지는 제가 구입할게요. 사례 연구 하시고 사업 계획서 꼼꼼히 만들어보세요. 관공서에 승인 받는 데 도움 필요하시면 말씀하시고요."

"네가 도와주면 큰 힘이지. 사실 그게 말이다, 너희 아버지랑 나랑 젊었을 때 나이 먹으면 같이 해보자고 한 일이거든. 너희 아버지가 아이들을 좋아했었잖니? 더 늦기 전에 나 혼자라도 해보려고 했는데……."

덕재가 투박한 손으로 젖은 눈가를 훔치자 좌중이 숙연해졌다. 석영이 덕재에게 손수건을 건네고는 막걸리를 올렸다.

막걸리를 한 사발 쭉 들이켠 덕재가 큰 한숨을 내쉬었다.

"좋다. 하진이 네가 잘돼서 참말로 좋아. 이제는 두 다리 뻗고 살 겠어, 내가."

하진은 덕재의 손을 잡았다 놓고는 승조를 돌아봤다.

"서주미성, 오디세이 자금으로 인수할 겁니다."

승조의 눈빛이 엄격해졌다.

"중독 성분 함유 음료 때문에 재기하기가 힘들 텐데."

하진은 반대 의견을 예상했다는 듯 차분히 말을 이었다.

"다들 그렇게 생각하는 지금이 기회입니다. 주가가 바닥을 치고 있으니 적은 자금으로 인수가 가능하거든요. 보유한 특허들과 생산 시설만 따져봐도 투자 가치 충분합니다."

"공장과 부지만 매입해 되팔 수도 있을 텐데."

"살려보고 싶습니다. 유서 깊은 미성식품이 전신이었는데, 서주가 편법으로 인수해 망쳐놨죠. 재기할 수 있고 재기시킬 가치가 있는 기업입니다. 서주가 저지른 사고 수습하려면 시간이 걸리긴 하겠지만요. 오디세이 본사와 이미 협의가 끝난 프로젝트입니다."

"알겠네. 미성의 핵심 인력이 이탈하지 않도록 접촉하겠네."

승조가 수긍하며 약속했다. 하진은 목소리를 가다듬고 화제를 돌렸다.

"그리고 따로 부탁드릴 자리가 있습니다."

"자리?"

"중소기업을 지원하는 비영리 재단을 세우려고 합니다. 대기업의 꼼수에 희생된 해명수산의 비극이 되풀이되지 않았으면 해서요. 법률 자문부터 대출, 해외 진출과 금융 상품 검토 등 다각도 지원을 해서 작은 기업들이 생산에 전념할 수 있도록 하는 거죠. 재단 운영을 맡아주셨으면 합니다."

"다른 사람 알아보게."

승조가 단칼에 거절했다.

"누구보다 대기업의 생리를 잘 아는 분이시지 않습니까? 경험과 연륜, 좋은 곳에 써주십시오."

하진의 간청에도 승조의 태도는 완강했다.

"여행을 떠날까 하네. 오래 걸릴 것 같아. 적임자들 리스트 만들어두고 갈 테니 참고하게."

긴장감마저 감돌자 결국 영채가 나섰다.

"아저씨, 제 남편이 얼마나 더 매달려야 해요?"

영채의 투정에 승조가 당혹스러워했다.

"영채야, 그게 아니라……."

"그게 아니면, 잠깐 바람만 쐬고 돌아오세요. 재단 일 하시면서 저희 아이 크는 것도 보셔야죠."

"그렇긴 하지."

"그렇죠? 하진 씨, 아저씨가 그렇게 하신대. 이걸로 재단 안건은 마무리. 땅땅. 다음 안건으로 넘어가요."

영채가 생긋 웃으며 상황을 정리했다.

"감사합니다."

하진이 승조에게 고개를 숙이는 것으로 미래에 대한 "진지한 논의"가 마무리되었다.

석영이 술을 돌렸다. 덕재와 기욱이 막걸리를 주고받았다. 승조와 하진은 잔을 사양했다. 승조는 차를 가지고 왔고, 하진은 검토할 서류가 쌓였다는 이유에서였다.

화기애애한 이야기꽃이 피었다. 9시가 넘어가자 승조가 일어섰다. 기욱과 덕재도 승조와 함께 집을 나섰다.

마지막까지 남은 석영은 하진과 마주 앉아 맥주를 들이켰다.

"어쩐지 예감이 안 좋았어. 비영리 재단이라니. 내 드림 프로젝트와 방향이 너무 다르잖아. 바짝 벌어 마흔 전에 은퇴하는 게 내 꿈인데."

"마흔 전에 은퇴해서 뭐 하게?"

하진이 피식 웃었다.

"마흔이 불혹이라는 성현들의 말씀이 맞는지, 세상의 모든 유혹들에 나를 노출시켜보려고."

"시답잖은 소리 그만하고, 너도 이제 좋은 사람 찾아봐. 언제까지 싱글로 살 거야?"

석영이 인상을 팍 썼다.

"권하진, 양심이 있으면 그런 소리 못 하지. 은도만 태어나 봐. 네가 영채 씨 가로채려고 저지른 배신과 모략의 전말을 내가 다 말해줄 거야. 그때 꽃집에서 네가 장미를……."

"야야!"

하진은 석영의 목을 틀어잡고 입을 막았다.

"그 사연은 무덤까지 갖고 가라."

"으으음. 야으음. 궈하아지이인."

몸부림을 치던 석영이 하진의 손을 떼어내고 색색거렸다.

"찔리긴 하나 보네. 어림없어. 은도가 태어나면 하나도 안 빼고 말해줄 거야. 인류의 진화를 위하여."

"뭐가 그렇게 거창해?"

"아버지가 어머니를 얻기 위해 무엇을 했는지 그 비밀을 알게 되고, 소년이 남자가 되면 엄마를 닮은 여자를 얻기 위해 아버지를 능가하는 술책을 쓰고. 그래서 전 세대보다 우월한 유전자의 조합을 생산해내고. 그렇게 인류는 진화하는 거야."

하진은 어이가 없었다.

"은도가 딸일지 아들일지 어떻게 알고?"

"아들일 것 같아. 느낌이 딱 온단 말이지."

석영이 호언장담하고 맥주 캔을 새로 따려 했다. 하진은 캔을 낚아챘다.

"나중에 네 아들이나 그렇게 키우고. 이제 그만 가."

"권하진, 너 그렇게 살지 마. 내가 널 위해 이 한 몸 희생한 세월이 얼만데. 우리는 피만 안 섞였다 뿐이지 형제야. 은도는 내 조카일 거라고. 이 형님이 조카 연애 교육을 시켜주겠다는 데 고맙다고는 못 할망정."

석영이 너스레를 떨면서도 기지개를 켜고 일어났다.

"어머니, 저 갑니다. 영채 씨, 하진이가 그만 가래요."

주방으로 날아간 석영의 인사에 주방에서 미정과 영채가 나왔다. 두 사람의 대화를 드문드문 듣던 두 여자는 배시시 웃고 있었다.

석영이 하진의 팔을 툭 쳤다.

"나 간 다음에 너는 주방으로 직행해서 뒷정리 도와드려라."

"역시 석영이밖에 없어."

미정이 칭찬하자 석영이 눈웃음을 지었다.

"절 알아주는 사람도 어머니밖에 안 계십니다. 가보겠습니다. 나오지 마세요."

"알아서 가."

하진이 석영을 현관 쪽으로 밀었고, 석영은 하진을 노려본 후에야 걸음을 옮겼다.

석영이 떠난 후 하진은 주방으로 가 뒷정리를 도왔다.

주방을 정리한 세 사람은 차를 끓여 거실로 나왔다. 따끈한 생강차를 앞에 두고 미정이 영채의 복학 계획을 알렸다. 의외로 하진은 영채의 의견을 존중했다. 그의 상황 때문에 영채가 학업을 중단한 것이 마음에 걸렸다며, 필요한 건 뭐든지 지원하겠다고 약속했다. 하지만 영채와 함께 뉴욕으로 가겠다는 미정의 계획을 듣고는 서운함을 감추지 못했다.

"영채도 미국 가고 어머니도 미국 가시면 저한테 멸치 볶음은 누가 해줍니까?"

"너 반찬 해주자고 영채를 혼자 보내니, 그럼? 지금 나한테 너 멸치 볶음 해주는 게 더 중요하겠니, 영채 돌보는 게 더 중요하겠니?"

하진은 대답을 못 했다.

"그래서 나는 이 결혼 반대했었다."

미정이 빙그레 웃으며 흘린 말에 영채가 얼굴을 찡그렸다.

"어머니, 그런 흑역사는 왜 꺼내시는 거예요?"

"원래 모든 해피 엔딩에는 위기가 있는 거야. 나중에 은도한테 너희 얘기 해줄 때 내가 반대한 부분 양념처럼 집어넣어."

미정이 자신의 역할은 다 끝났다는 듯 일어나 홀홀 거실을 나섰다.

둘만 남자 하진이 영채에게 말했다.

"내가 말했지. 어머니의 소심한 복수와 뒤끝에 대해서."

"아니야. 지금 어머니는 은도 보실 생각에 신이 나신 거야."

"그러시긴 하겠지."

영채가 미간에 골을 만들었다.

"좋아할 일이 아니지. 은도가 세상에 나오는 순간 하진 씨랑 나는 바로 2순위로 밀리는 건데."

하진이 생각에 잠겨 중얼거렸다.

"할머니가 나 참 예뻐하셨는데."

"그럼 어머니께서도 똑같이 하시겠네. 역사는 반복되는 법이거든. 그래도 하진 씨는 아들이니까 2순위라도 하지. 난 뭐야. 3순위로 밀릴 텐데. 서영채 인생에 3순위라니. 에이."

투정 부리는 영채의 손을 하진이 잡았다.

"내가 너 1순위 해주면 되잖아."

"정말이지?"

"그럼."

영채가 금세 생글거렸다.

"사실 순위 따윈 상관없어. 자식 이겨봤자 뭐해? 내가 정말로 원하는 건 따로 있어."

"뭔데?"

"은도 태어나도, 은도 엄마 하지 말고 영채야, 하고 불러줘."

영채를 지그시 바라보다 하진이 속삭였다.

"영채야."

"어."

"영채야."

영채가 눈을 반짝이며 그를 마주 봤다. 하진은 영채의 맑은 눈에 비친 그의 모습이 좋았다. 영채야. 나는 네가 원하는 건 뭐든지 다 줄 수 있는데.

"바보같이."

내가 왜 바보야, 하고 묻듯 영채가 입술을 비죽거렸다.

"서영채 씨."

권하진, 권하진, 권하진 하고 말했던 서영채 씨.

"다른 사람들한텐 그렇게 바보처럼 굴면 안 됩니다."

"권하진 씨."

영채가 정색하고 그를 불렀다.

"다른 여자 앞에선 그렇게 웃으면 안 됩니다."

하진은 이를 드러내며 활짝 웃었다.

"바로 그렇게 웃지 말란 거예요. 내 앞에서도 너무 자주 웃지 마."

"왜?"

"왜는 왜야? 떨리니까 그렇지."

영채가 잽싸게 고백하고 일어섰다. 얼굴이 발개져 도망가는 영채를 하진이 뒤따랐다.

"영채야."

영채가 종종걸음으로 침실로 들어갔다.

"영채야."

침실 문을 열고 방으로 들어선 하진은 어둠 속에서 영채를 찾아냈다.

"영채……."

영채의 입술이 다가와 그의 숨결을 훔쳐갔다. 달아오른 어둠 속에서 옷들이 허물처럼 벗겨져 나갔다. 몸과 몸이 스치고 마음과 마음이 맞닿았다. 사랑이 전부만인, 사랑이 꽃처럼 피어나는, 향긋한 밤이었다.

연말이 다가왔다. 종무식을 앞두고 김 회장님이 연락을 하셨다. 뉴욕으로 들어오라는 전언이었다. 홍콩과 중국까지 너한테 맡기려 했는데, 중국 시장이 부진하다. 본사로 와. 말씀은 그렇게 하셨지만, 회장님은 영채가 복학하기로 한 것을 이미 알고 배려하신 것이었다.

새해가 밝았다. 서울 지사의 인수인계를 하는 동안 영채가 먼저 뉴욕으로 가게 되었다. 공항까지 배웅 나갔는데, 영채를 떠나보내기가 싫었다. 소년이 된 은도가 다시 태어나도 엄마와 결혼하겠냐고 물었을 때, 난 그날을 떠올렸다.

다음 생에선 영채를 만나지 않겠다고 다짐하며 살았었다. 다음 생을 생각할 수 없을 만큼 이 생에서 후회 없이 사랑할 작정이었다. 그런데 그날 공항에서 영채를 품에 안고 나는 이렇게 빌었다.

다음 생에서 너를 꼭 다시 만나기를.

우리 다시 사랑에 빠지기를.

다만 그 사랑이 호락호락하고 만만하기를.

사랑이라는 것조차 깨닫지 못할 만큼 덤덤하고 무료하기를.

그 사랑을 온갖 축복과 행운이 에워싸고 있기를.

허랑한 정염에 젊음을 소진하고, 사랑에 겨워 사랑을 허비해보기를.

사랑을 홀대하고 방치한 것이 후회되어 다시, 또다시, 너와의 한 생을 소망하기를.

그렇게 우리 인연의 겹이 무량하고 불후하기를.

— 하진이 다 하지 못한,

언젠가는 청년이 된 은도에게 들려줄 이야기 中

16

삼만 이천 이백 쉰 여섯 조각의 너와 마이너스 원

다음 해 2월, 미국 케임브리지.

얼어붙은 강 위로 노을이 깔리고 노을을 배경 삼아 눈송이들이 흩날렸다. 강 건너편에서 보스턴 시가지의 불빛들이 어스름한 대기로 스며들었다.

"이사 나가던 때랑 똑같아."

영채는 거실을 둘러보며 감탄했다. 우유색으로 페인트칠 된 벽. 연갈색 하드우드 바닥. 높은 천장에 매달린 깔끔한 등과 대리석으로 마무리된 현관. 방 세 개짜리 아파트는 가구가 없는 탓에 기억했던 것보다 허허롭게 느껴졌지만, 모든 것이 그대로였다.

"어떻게 똑같아? 내가 있는데."

검정 롱코트 주머니에 손을 넣고 거실 구석에 선 채로 하진이 말했다. 영채는 훗, 웃고 하진에게로 다가갔다.

"어떻게 살 생각을 했어요?"

이 아파트는 하버드 재학 시절 그녀가 기거한 곳이었다. 오늘은 토요일과 겹친 밸런타인데이. 대학원에 복학한 후 신접살림을 차린 뉴욕 아파트에서 그녀를 데리고 나온 하진이 보여줄 게 있다더니, 기차를 타고 여기로 왔다.

"네가 살던 집에 다른 사람 들어오는 거 싫었어."

하진의 눈동자가 오롯이 그녀만을 담았다.

"기특해요, 젊은이."

영채는 하진의 입술에 키스하고 현관을 가리켰다.

"저기서 하진 씨 전화 받았어. 밤에 두통기가 있어서 산책하고 들어오는데 전화가 걸려왔어. 약속 장소에 못 나간다고. 기다리지 말라고. 하진 씨가 이유도 말 안 해주고 전화 끊었을 때 죽을 것 같았어."

그녀의 손길을 따른 하진의 눈길이 아련해졌다. 영채는 하진을 새초롬히 흘겨보고 현관 앞 벽으로 갔다.

"여기는 자전거 걸어뒀던 곳. 언젠가 하진 씨 만나면 같이 타려고 자전거 배웠거든."

벽을 쓸면서 생글거리자 하진의 입가에도 미소가 번졌다. 영채는 하진의 손을 잡고 거실과 주방 사이에 있는 방으로 갔다.

"여긴 공부방. 이 벽 쪽으로 책상이 있었는데, 여기 앉아서 대학원 합격 통지서 열어봤었어."

합격 소식에 기뻐하는 영채를 그려보면서 하진은 물었다.

"정말 나 때문에 뉴욕으로 온 거였어?"

영채가 고개를 끄덕거렸다.

"우연이라도 만나질까 하고."

하진은 들고 있던 종이가방에서 상자를 꺼냈다. 상자에서 나온 멸치 모양 장식이 달린 은색 풍경을 손에 들고 늘어뜨리자 영채가 놀랐다.

"어? 이걸 어떻게 하진 씨가 갖고 있어요?"

"서영빈 씨한테 받았어. 보자마자 네가 이걸 사던 날이 기억났어."

펜 스테이션에서 영채와 조우한 날이었다. 다시는, 절대로, 영채와 헤어질 수 없을 거라 확신했던 운명의 날. 그럼에도 온 도시를 헤매는 영채를 뒤따르기만 했던 슬픔의 날. 땅거미가 질 즈음, 호텔로 돌아가던 영채가 센트럴 파크 근처의 노점상에게서 풍경을 샀다.

영채가 입술을 앙다물고 그를 흘겨봤다.

"그날은 독했어."

"네가 나보다 더 독했어."

하진은 풍경에 매어진 종이를 펼쳤다. 섬세한 하얀 종이에 또박또박 새겨진 검정 글자들. 영채의 믿음이고, 그들의 운명을 예고했던 전조.

풍경을 받아든 영채가 큰 방으로 가 도시의 야경이 쏟아져 드는 통유리 창가를 가리켰다.

"저기다 걸어뒀었어요. 잠들면서 마지막으로 볼 수 있고 눈 뜨면 가장 먼저 볼 수 있는 자리였거든."

하진은 창가로 다가서 물기 맺힌 창에 검지를 댔다.

"나도 이 창이었는데."

"뭐가요?"

곁으로 다가온 영채가 물었다. 창가 벽을 살핀 하진은 구석에 작은 못이 박힌 것을 확인하고 영채를 번쩍 안아 올렸다.

"어!"

놀란 영채가 숨을 삼켰다.

"제자리 찾아줘야지."

하진은 벽 쪽을 눈짓했다. 영채가 환하게 웃으며 풍경을 못에 걸었다. 영채가 팔을 거두자 하진은 영채를 조심스럽게 바닥에 내렸다. 영채를 끌어안고 목덜미를 덮은 머리카락을 쓸어내렸다.

"머리카락 많이 자랐네."

"시간 참 빠르죠?"

"그래."

영원할 것 같던 우리 상처들이 이렇게 아물어가는 걸 보면.

영채의 머리에 가만히 턱을 얹는데, 영채의 어깨가 움찔했다.

"어!"

봤구나. 하진은 영채의 손을 잡고 돌아섰다.

"저거, 저거……."

벽으로 다가간 영채가 벽에 걸린 유리 액자를 더듬었다. 거대한 액자에 담긴 것은 지그소퍼즐이었다. 풍성한 머리카락을 풀어 내린 채로 싱그럽게 웃는 스물한 살의 영채.

"기억나?"

하진은 영채를 뒤에서 안았다.

"라면집에서 내가 하진 씨 휴대전화로 찍은 사진으로 만든 거죠?"

"음. 사진을 퍼즐로 제작해주는 업체에 맡겼어."

"몇 조각인데 이렇게 커요?"

"삼만 이천 이백 쉰 여섯 조각."

영채의 숨소리가 뚝 멎었다. 하진은 영채를 돌려 세웠다.

영채는 입을 다물지 못하고 하진을 올려다봤다. 퍼즐의 수도 어마어마했지만, 조각 수를 정확히 헤아린 하진의 치밀함이 더 놀라웠다.

"이 퍼즐 언제 만들었어요?"

"널 뉴욕에서 만나 따라다닌 다음 날 주문 맡겼어."

세상에. 이 그림엔 얼마나 많은 하진의 낮과 밤이 담겨 있을까? 수년간 한 조각씩 정성껏 맞추었을 그 마음이 참,

"독하다, 진짜."

"크리스마스를 지나쳐버려서 오늘까지 다 못 맞추면 어떡하나 걱정했어. 그런데 네가 뉴욕으로 먼저 가고 나니까 서울에서 퇴근하면 달리 할 일이 없더라고."

하진이 객쩍은 미소를 지었다. 영채는 하진의 가슴에 손을 얹고 토닥거렸다.

"내가 멀쩡한 젊은이 하나 버려놨어."

"책임져야겠네."

"나가요."

"어딜?"

"책임지라면서요. 일단, 이 모든 일이 시작됐던 그날의 현장으로 가야지."

댕댕. 라면집 '푸치니'의 문이 열릴 때 낭랑한 종소리가 났다.

『어서 오십시…… 어! 이게 누구야!』

주방에서 나오던 주인 한스가 하진과 영채를 보고 환호성을 내질렀다.

『결국엔 같이 오는구나. 혼자들 와서 궁상을 그리 떨더니!』

은회색으로 탈색된 한스의 짧은 머리칼에 멈칫했던 하진과 영채

는 서로를 쳐다보았다.

『너, 여기 자주 왔었어?』

『하진 씨도?』

두 사람 앞에 선 한스가 손을 휘휘 내저었다.

『말도 마. 라면엔 손도 안 대고 눈물 쏟을 것 같은 얼굴로 앉아 있던 꼴이라니. 엇갈리려고 작정한 사람들처럼 두 사람이 같은 날 다른 시간에 왔다 간 날이면 내가 다 속이 탔다고. 다시 만나기로 한 거야? 어디 갔었어? 두 사람 다 한동안 안 보여서 얼마나 걱정했는데.』

속사포처럼 날아드는 물음에 하진이 왼손을 들었다. 약지에 끼워진 결혼반지를 보고 한스가 하진의 어깨를 툭 쳤다.

『나이스!』

영채가 한스의 팔을 검지로 콕콕 찔렀다. 한스의 시선이 영채에게로 옮겨 갔다. 영채는 배를 어루만지며 입꼬리를 올렸다. 한스가 화등잔만 해진 눈으로 그녀와 하진을 번갈아봤다.

『베이비?』

하진이 고개를 끄덕이자 한스의 입에서 감탄사들이 봇물처럼 쏟아졌다.

『뷰티풀. 판타스틱. 헤븐리. 오 마이 갓! 인생은 아름다워! 예스! 예스! 예스! 내 라면을 구박한 건 다 용서해주겠어!』

한스가 손바닥을 짝, 마주치더니 주방 뒤쪽으로 달려갔다. 잠시 후, 벽에 설치된 스피커에서 경쾌한 오페라 아리아가 흘러나왔다. 라 트라비아타 중의 '축배의 노래'였다.

하진과의 첫 데이트 때 앉았던 테이블은 그 자리에 그대로 있었다. 영채는 낡은 목재 테이블을 쓸면서 입술을 비죽거렸다.

"한스도 참. 나 혼자 와서 라면 먹을 때는 아무 말도 않더니. 매상 올릴 생각에 청춘들의 아픔을 방관했네."

하진이 그녀가 벗은 패딩 코트를 받아들어 옷걸이에 걸었다. 그의 코트를 벗고 터틀넥 스웨터 차림으로 하진이 테이블로 돌아오자 영채가 물었다.

"하진 씨에게 전할 메시지를 한스에게 맡겼다면 어땠을까? 전해줬을까? 그랬으면, 우리 훨씬 더 빨리 만났을까?"

하진은 의자를 빼고 앉아 영채를 지그시 바라봤다.

"아니다. 내 메시지를 한스가 전해줬어도 하진 씨는 연락 안 했을 거야. 오히려 나랑 마주치지 않게 조심했을 거야. 그렇지?"

영채가 눈을 곱게 흘기는 동안 묵묵히 있을 수밖에 없었다. 무슨 말을 할 수 있을까? 영채를 바라보면서도 다가가지 않았던, 원죄와 같은 나날을 두고서.

"배 째라 이거네. 결혼도 했겠다, 아이도 가졌겠다. 무르지 못하리란 걸 아는 거지, 뭐."

콧등을 찡그린 영채가 주방을 향해 외쳤다.

『여기 주문 받아주세요!』

조리 모자를 쓰고 야채를 다듬던 한스가 푸근한 미소를 지었다.

『뭐든지요. 오늘은 이 주인장이 쏘겠습니다!』

『해산물 라면 두 개 주세요.』

영채는 손을 입에 모아 외치고는 하진을 돌아봤다.

"내 첫사랑이 가르쳐줬는데, 여기 해산물 라면이 맛있대요."

하진이 이를 드러내며 웃었고, 주방에 들어갔다 나온 한스가 손을 씻으며 물었다.

『신랑, 맥주 할 거야?』

『오늘은 됐습니다.』

"한잔 해요. 축배의 노래도 나오는데."

영채는 스피커를 가리켰다.

"내가 마시면 너도 마시겠다고 할 거잖아. 맥주 안 내주면 혹시 알아? 내 입술이라도 훔칠지?"

웃음기도 없이 말하는 하진을 보고 있자니 흠, 콧소리가 나왔다.

"이 남자, 왕자병이 있네. 댁의 첫사랑은 그랬나 본데, 난 그리 사리 분별 못하지 않아요."

새초롬히 눈을 깜박거리는 영채를 보다가 하진은 테이블 위로 손을 뻗었다. 그의 손에 영채의 손이 들어왔을 때, 영채가 자그맣게 고백했다.

"사실은 있지, 저번에 소주 냄새 때문에 미치는 줄 알았어."

"언제?"

"서 회장 쓰러진 날. 하진 씨가 카페로 달려왔을 때, 소주 냄새 살짝 나더라. 소주 냄새 배인 입술이 그렇게 섹시한지 미처 몰랐어. 키스하고 싶었는데, 은도한테 해로울까 봐 참았잖아."

"은도 낳고 나면 소주 키스 하자."

"큰일 날 소리 하시네. 은도 낳고 나면 모유 먹여야 하는데!"

"아, 그렇겠다."

"아빠 될 준비 자세가 엉성하다?"

"처음이라 그래. 둘째부터는 더 잘할 수 있어."

"아이 더 갖고 싶어요?"

"아들 하나, 딸 하나 있었으면 좋겠어."

"그게 마음대로 돼요?"

하진은 멋쩍은 웃음을 지었다. 여전히 삶은 그가 통제할 수 없고 결정할 수 없는 것들의 집합체였다. 그러나 그 사실이 더 이상 그를 무력감에 젖게 하지 않는다. 그가 쥔 영채의 손. 이 손을 놓치지 않는다면, 이 손이 그를 놓지만 않는다면, 다른 모든 것은 아무래도 상관없다. 불확실과 미지수로 가득한 삶의 파도에 몸을 싣고도, 그 여정에서 완벽한 행복을 맛볼 것이다.

"하진 씨."

"음?"

"나, 공부가 적성에 맞는 것 같아요."

"석사 끝내고도 공부 계속 하고 싶어?"

영채가 고개를 끄덕였다.

"계속 해."

"둘째 갖고 싶다며? 은도 키우면서, 둘째 계획도 세우려면, 나 공부 하는 거 싫지 않아?"

"싫지 않아."

하진은 시선을 올려 영채와 눈을 맞췄다.

"그리고 아직 태어나지 않은 아이보다 네가 먼저야."

영채가 화사하게 웃는 동안, 스피커에서 흘러나오던 '축배의 노래'가 절정을 향해 날아오르고 한스가 테이블에 라면 두 그릇을 올리고 갔다.

『맛있게 먹어요, 사랑스러운 연인들.』

하진은 영채의 손을 들어올리며 고개를 숙였다. 영채의 손등에 입술을 얹었을 때, 고운 손가락이 살짝 떨렸다. 그의 심장이 함께 떨렸다. 세상에서 가장 아름다운 순간을 누리는 젊음의 마음으로.

라면을 먹는 동안 영채가 이번 학기에 듣는 강의들에 대해 이야기했다.

"로미오와 줄리엣이 비극인 또 하나의 이유가 있어. 공간적 배경."

"공간적 배경?"

하진은 라면 가닥을 놓고 영채를 봤다.

"줄리엣은 갇혀 있는 캐릭터거든."

영채의 눈이 총총 빛났다.

"로미오는 친구들과 거리를 쏘다니고, 패싸움에도 휘말리고. 추방이긴 하지만 다른 도시에도 가보잖아요. 원수 집안 파티에도 가고, 숙녀의 발코니에도 잠입하고. 이곳저곳 자유롭게 드나드는 거지. 그런데 줄리엣은 늘 닫힌 공간에 있어. 파티장. 자기 방. 가족 묘지. 로미오와 만나는 곳도 자기 방의 연장선인 발코니. 부모 빼고 교류하는 사람이라곤 유모와 신부 정도. 운명이라는 벗어날 수 없는 새장에 갇힌 새 같아. 벗어나려고 발버둥을 쳐보지만 일이 꼬여서 결국은 파국. 그녀가 개방된 공간으로 나오는 건 죽은 다음이야."

"장례식?"

"음, 로미오의 부모는 화해의 제스처랍시고 줄리엣의 동상을 광장에 세워주겠다고 해요. 그러니까 줄리엣은 시체나 동상으로서야

겨우 바깥 세상에 나오는 거지. 완전히 불쌍한 애라니까. 그 나이엔 사랑이 아니라 반항부터 배워야 하는데. 무턱대고 선행 학습을 하니 사달이 나지."

하진은 젓가락을 놓았다. 지금 라면이 문제가 아니었다.

"영채야, 너희 과에 남학생들 많아?"

"여학생들이 더 많다고는 하는데, 별 차이 안 나는 것 같아요. 6대4 정도 되려나? 왜요?"

"그 4에 속하는 무리들 중에 너를 노리는 녀석들이 있을 것 같아서."

영채가 큰 소리로 웃었다.

"클래스메이트들이 나 결혼한 거 다 알아요."

"그럼에도 불구하고 욕심 내는 놈들이 있을 수도 있지."

하진의 눈빛이 날카로워졌다. 영채는 양손에 턱을 받치고 하진을 바라봤다.

"지금 나 칭찬하는 거죠? 어쩜 칭찬을 그렇게 무시무시한 표정으로 할까? 재주 좋아요."

하진은 여전히 굳은 표정으로 혼잣말했다.

"어떻게 네 관심을 끌어볼까 기회를 노리는 녀석들이 있을 거야, 분명."

내가 해봐서 알아. 친구가 반한 여자라는 거 알면서도 욕심내서 낚아챘다고. 너는 매혹이고 순수야. 싱그럽고 찬란하지. 모든 아름다움의 경계를 지우면서 빛나는 너를 보고 있으면, 아름답다 생각하기도 전에 빨려든다고. 이름도 모르는 여자한테 반해서 친구 뒤통수 친 이야기를 할 수도 없고. 내가, 참.

영채가 그의 옆자리로 옮겨 앉아 팔을 톡톡 두드렸다.

"권하진 씨."

그의 이름이 밀어처럼 들려 하진은 고개를 돌렸다.

"실없는 소리 그만하세요."

영채의 애교 어린 미소에 마음이 풀려 웃음이 나왔다.

"나의 어른스러운 남편님은 가끔씩 이렇게 애기 같아지는 게 매력이긴 하지만."

그의 입술에 입 맞춘 영채가 휴대전화를 꺼내들었다.

"웃어요."

하진은 어색하게 입술을 휘어 올렸다. 그의 얼굴에 얼굴을 바짝 붙인 채로 영채가 사진을 찍었다. 찰칵! 경쾌한 효과음이 터지고, 영채가 사진을 저장시켰다.

"이것도 퍼즐로 만들어요. 십만 조각쯤으로."

"그렇게 많은 조각을 언제 다 맞춰?"

"우리가 맞춘대요? 은도더러 맞추라고 하지. 그럴 일은 없겠지만, 만에 하나, 은도가 말썽을 부리면 난 절대 야단치지 않을 거야. 그저 퍼즐 조각들을 그 애 앞에 고이 깔아줄 거야."

"퍼즐 맞추는 게 벌이야?"

"음, 벌 받으면서 공간 감각도 기르라고. 그리고 하진 씨, 우리는 은도 키우면서 엄마가 좋으니, 아빠가 좋으니 같은 촌스러운 질문은 절대 하지 않을 거야. 대신 퍼즐 맞추는 은도에게 이렇게 묻는 거지. 엄마 부분이 어려워, 아빠 부분이 어려워?"

하진은 큰 소리로 웃고 영채의 어깨를 감싸 안았다. 그에게 고개를 기댄 채로 영채가 창 밖을 내다봤다. 눈송이가 제법 흩날렸다.

소담스러운 눈꽃 풍경 위로 유리창에 투영된 그들의 모습이 겹쳤다. 밝은 날 바깥 풍경만 보여주던 창이 어둠 속에서 그들의 모습을 담아내고 있었다. 이 창에 홀로 비친 그의 모습을 견딘 지가 4년. 어두운 터널 같던 기다림의 시간을 빠져나와 비로소 그는 영채와 함께였다.

영채가 건너편 거리의 가로등을 가리켰다.

"뉴욕 '책벌레들의 연옥' 밖에서 날 지켜봤을 때요, 저 가로등 정도 거리였어요?"

"그랬던 것 같아."

"생각보다 멀구나."

"그래. 너무 멀었어."

연노란 가로등 불꽃이 희끗한 눈송이에 아롱졌을 때, 눈발 사이로 인영이 내비쳤다. 길게 늘어진 그림자가 앙상한 나뭇가지처럼 보였다.

"이제야 알 것 같아요. 가로수길 카페에서, 비 오는데 하진 씨가 카페로 안 들어오고 나더러 나오라고 했던 이유."

눈송이를 바라보며 하진은 빗소리를 들었다. 여름의 초입에서 쏟아지던 비. 영채에게로 돌아가는 길의 어귀에 서 있던 그를 흠뻑 적셨었는데. 장마의 계절이 설빙의 계절이 되도록 우리 함께 가시밭길을 헤쳐 왔구나.

영채가 그의 팔을 쓸었다.

"나갈래요?"

그래, 나가자. 온전히 하나 된 우리를 마음껏 반겨줄 세상 속으로.

하진은 고개를 끄덕이고 영채의 손을 잡았다.

'푸치니'를 나온 영채가 하진의 코트 주머니에 손을 집어넣다가 멈춰 섰다.

"잠깐만, 하진 씨."

손을 거둔 영채가 돌아서 다시 '푸치니'로 갔다. 거리에 깔린 눈 위로 영채의 발자국이 찍히고, '푸치니' 문에 달린 종들이 댕그랑거리는 소리가 들렸다.

종소리의 여운이 잦아든 자리에 눈이 차근히 쌓였다. 잠시 뒤 눈꽃바람 사이로 종소리가 다시 울리더니, 종종걸음으로 돌아온 영채가 하진의 팔에 팔짱을 꼈다.

"뭐 잊은 거 있었어?"

"네."

"뭐?"

"너무 많은 걸 알려고 하지 마요, 젊은이."

"뭐야?"

하진은 미간을 좁히며 투정했다. 영채가 그의 팔에 어깨를 기대오며 물었다.

"내가 말했어요? 기다려줘서 고맙다고."

"아니."

"그럼 지금 말할게요. 기다려줘서 고마워요."

"기다릴 수 있게 해줘서 고마워."

영채의 빨간 털모자 위로 눈송이가 내려앉았다. 하진은 모자에서 눈송이를 툭툭 털어냈다. 눈송이들이 설탕가루처럼 흩날리는 것을 보면서 영채가 웃었다. 종소리보다 더 낭랑한 웃음소리가 눈꽃 사이로 퍼져나갔다. 온 세상이 웃는 듯했다.

보일스턴 스트리트로 나온 하진은 영채를 데리고 택시에 올랐다. 택시가 어두운 거리를 달리는 동안, '푸치니' 창가 테이블에선 허름한 차림의 청년이 특대 사이즈 해산물 라면을 먹고 있었다. 깡마른 청년은 머리가 마른 지푸라기처럼 뻗쳐 있고 수척한 얼굴엔 수염이 덥수룩했다. 걸신들린 것처럼 라면 가닥을 빨아올리는 청년을 보다가 한스는 연어 구이 한 접시를 테이블에 놓아주었다.

『천천히 먹어요.』

청년은 떼꾼한 눈으로 한스를 올려다봤다.

『누가 이 라면 값을 내줬어요?』

추운 거리에서 떨고 있는데, 한스가 다가와 그를 라면집 안으로 들이더니 뜨끈한 음식을 내준 것이다.

『어떤 아가씨가요. 젊은이에게 메시지도 남겼어요.』

한스가 앞치마 주머니에서 종이를 꺼냈다. 청년은 두 번 접힌 종이를 받아들어 펼치고 상냥한 글자들을 읽었다.

: 라면 열 그릇분 계산하고 갑니다. 배고프면 거리에서 구걸하지 말고 여기로 와요. 원 플러스 원 서비스 해달라고 주인장에게 말해두었으니까 열 그릇 더 얻고요. 라면 스무 그릇 먹는 동안 일자리 구해요. 젊음은 구걸하며 보내기엔 너무 아까운 시간이잖아요.

청년은 눈물이 고인 눈가를 손등으로 훔쳤다. 채 닦아내지 못한 눈물이 볼을 타고 흘렀다. 라면 열 그릇의 친절이 부른 눈물이 온몸에 가시처럼 박힌 절망을 씻겨 내렸다.

택시가 뉴잉글랜드 수족관 앞에서 멈췄다. 택시에서 내린 하진은 뒤따라 내린 영채의 손을 잡아 부축하고 나란히 걸었다.

"영채야, 세상 모든 가난을 네가 구할 수는 없어."

"하진 씨는 잘 나가다가 한 번씩 고리타분한 소리를 하더라. 세상 모든 가난을 내가 해결할 수 없다는 거, 누가 몰라요? 하지만 한 사람한테 한 끼니는 먹였잖아. 오늘 밤 이 세상에서 배고픈 사람이 하나 줄었다고. 마이너스 원. 그게 중요한 거지."

"아, 마이너스 원."

"그럼."

서점 바닥에 주저앉아 울던 영채의 모습이 떠올라 하진은 가슴이 뭉클했다. 제가 보고 싶은 것만 보던 영채가 창 밖 세상을 보기 시작했다.

「나와요.」

비가 퍼붓는 거리에 서 있던 그에게 겁먹은 눈빛으로 다가오던 영채. 이제, 영채는 제 경계 밖 세상으로 손 내미는 것을 두려워하지 않는다.

"영채야."

영채가 고개를 돌렸다. 하진은 영채의 입술에 입 맞추고 미소 지었다.

"마이너스 원."

영채가 빛나는 눈동자로 그를 올려다보았다. 하진은 영채의 이마에 내려앉은 눈송이를 향해 손을 뻗었다.

"우리가 평생 할 키스에서 마이너스 원."

꽃잎 같은 눈송이가 그의 체온에 녹았을 때, 영채가 발돋움을 하고 그의 입술에 입술을 겹쳤다.

"마이너스 원."

덜고 덜어내도 결코 소진하지 않을 우리의 입맞춤에서, 다시, 마이너스 원.

두 사람의 걸음이 수족관 앞에 이르렀을 때, 정문 출입로에서 대기하던 50대 경비가 문을 열어주었다. 하진과 인사를 나눈 경비가 물러가자 영채가 물었다.

"오늘은 어떻게 여기 들어왔어요? 아직도 아르바이트를 하진 않을 테고."

"수족관 측에 부탁했어."

"그게 돼요?"

"돼. 적절한 금액이 적힌 수표를 기부금으로 내밀면."

하진은 영채의 손을 잡았다. 영채야, 나는 세상의 모든 권력을 거머쥐고 싶진 않아. 아무도 없는 수족관에서 너와 데이트 할 수 있을 정도의 권력이면, 충분히 행복해.

영채가 그를 돌아보며 미안한 표정을 지었다.

"하진 씨 손 정말 따뜻하다. 내 손은 차갑죠?"

하진은 고개를 저었다. 사랑하기 위해 세상에서 가장 뜨거운 남자가 될 필요도 없었다. 찬바람에 언 영채의 손을 녹여줄 온기를 간직한 것으로 충분하니까.

영채가 환한 미소를 짓고는 한 걸음 앞서 나갔다. 파란 빛이 차오른 수족관을 걷던 영채의 걸음이 멸치 떼들이 헤엄치는 수조 앞에서 멎었다.

"여기서 하진 씨가 아버님 얘기 해줬는데. 기억나요?"

"음."

"나중에 은도한테도 들려줘요. 멸치가 하늘로 올라가 별이 되는 이야기."

"그러자."

하진은 영채의 이마에 입술을 눌렀다. 수조를 등지고 선 영채가 살포시 웃다가 반대편 수조 모퉁이를 바라봤다.

"저기, 기억나요?"

하진은 돌아섰다. 영채를 벽과 그의 품 사이에 가두고 키스했던 곳이었다.

"어떻게 잊어?"

"그때 하진 씨 정말 풋풋했는데. 야한 얘기 해놓고 혼자 얼굴 발개지고."

"그런데 이젠 아저씨라 이거야?"

"누가 아저씨야? 하진 씨는 영원한 젊은이야."

영채가 발끈했다.

"그래?"

"음. 하진 씨 사랑은 초록이고."

"초록?"

"젊어서 초록이고 곧아서 초록이야."

"나이 들어 할아버지가 되어서도?"

"그때도 초록일 거야. 하진 씨는 상록이거든."

생긋 웃고 걸음을 옮기는 영채를 하진은 말없이 뒤따랐다. 문어와 초록 거북이들을 지나자 검푸른 몸에 하얀 점들이 박힌 커다란 고래가 나타났다. 세상에서 가장 큰 흰수염고래라는 안내판이 수조 옆에 붙어 있었다.

"우와."

고래의 자태에 감탄하며 영채가 수조로 다가갔다. 고래가 영채쪽으로 헤엄쳐 왔다. 길이가 30미터를 넘어가는 고래의 웅대함에 매혹되어 영채는 수조를 톡톡 두드렸다.

고래가 몸통을 틀며 물살을 갈랐다. 고래의 꼬리가 만들어내는 춤사위에 빠져 있던 영채는 고래의 눈을 보고 침울해졌다.

"고래 눈이 슬퍼 보여."

물결을 헤치며 비상해도, 물결을 가르며 춤을 추어도, 결국 고래는 갇힌 존재.

"바다에선 더 행복할 텐데."

엄격한 기숙학교에서 웅크려야 했던 그녀의 청춘이 떠올랐다.

"이 고래 바다로 보내줄까?"

하진이 옆에서 물었다.

"어떻게?"

"사서 놓아주자."

"수족관에서 팔까?"

"팔 거야. 좋은 가격을 제시하면."

"하진 씨, 세상의 모든 물고기들을 우리가 구할 수는 없어."

"그렇지. 그래도 갇힌 고래가 한 마리는 줄어들 거잖아. 마이너스

원이 중요하다고 어떤 아가씨가 가르쳐줬거든."

영채는 돌아서 발돋움을 하고 하진의 목을 안았다. 그녀를 품에 안은 하진이 입술을 겹쳐왔다. 영채는 하진의 숨결을 한껏 들이마시며 눈을 감았다.

"너무 좋아. 내가 지금 그저 키스인 키스를 한다는 게."

이 키스가 하진 씨와 헤어지기 싫어 만드는 핑계가 아니라서. 하진 씨를 붙들기 위한 무기가 아니라서. 이런 키스를 다시 할 수 있을까, 조바심 내지 않아도 되어서. 그저 키스라서, 권하진의 키스라서, 미칠 듯이 행복해.

"나한테도 해줘. 그저 키스인 키스."

하진은 영채의 허리를 휘감고 끌어당겼다. 영채의 체온이 그에게로 스며들었다.

영채야, 너는 나의 추억이고, 지금이고, 언젠가는이야. 나의 처음이고, 유일이고, 전부야.

나의 가시, 나의 아내, 영채야. 너를 끝없이, 끝없이, 사랑한다.

터질 듯한 가슴으로 한 덩이 된 두 젊음 옆에서 고래가 힘차게 물살을 갈랐다.

어떤 물고기가 자유를 얻을 때, 어떤 물고기는 그물에 걸려들 것이다. 어떤 물고기는 미끼에 걸려 자유를 포기할 것이고, 어떤 물고기는 자유를 위해 몸부림칠 것이다. 어떤 물고기는 제 살에 박힌 미끼를 안고 평생을 살기도 할 것이며, 어떤 물고기가 포식자에 먹힐 때, 어떤 물고기는 생명을 풀어놓을 것이다. 그 모든 물고기들을 품은 바다는 언제나 푸르다.

어떤 젊음이 찬란할 때 어떤 젊음은 암연할 것이다. 어떤 젊음이 사랑을 할 때, 어떤 젊음은 구걸을 할 것이다. 때로 젊음은 상처 입고, 넘어지고, 아파하며, 절망할 것이다. 그러나 젊음은 기어코 치유하고, 일어나고, 성장하며, 희망할 것이다.

젊음은 눈송이처럼, 너무나 자주, 덧없이 소멸하는 것처럼 보일지도 모른다. 그러나 눈을 삼킨 대지에는 언젠가 봄이 오는 법. 젊음은 용감하고, 굳건하고, 진실되며, 한결같다. 그러한 젊음이 살아가는 한 세상은 혹한에 지배당할 때조차도 초록이다.

－ 하진과 영채가 다 하지 못한,

언젠가는 청년이 된 은도에게 들려줄 이야기 中

무언가가 잘못되었다. 뉴욕 병원 분만실 옆 대기실에서 하진은 안절부절못했다. 진통을 느낀 영채를 병원으로 데려온 것이 세 시간 전. 영채는 곧장 휴식실 겸 분만실로 옮겨졌다. 지금쯤이면 은도가 나왔어야 하는 거 아닌가? 최고급 시설의 병원. 최상의 의료진. 그동안 영채와 함께해온 부부 태교까지. 은도의 순탄한 탄생을 위해 그가 할 수 있는 것은 다 했다. 그런데 아직도 무소식. 영채는 괜찮은 걸까?

잘못했다. 분만실에서 버텼어야 했는데. 병원에 올 때만 해도 여유롭던 영채는 진통 간격이 짧아지자 그를 대기실로 밀어냈다. 입도 벙긋 못 해보고 영채의 말에 따라야 했다. 은도의 탄생 순간을 놓치리란 아쉬움은 둘째치고, 기다릴 수밖에 없는 무력감에 숨이 안 쉬어졌다. 어머니가 곁을 지키시니 괜찮겠지. 무통 분만이라니까 많이 아프진 않겠지. 긍정적인 생각에 집중해보지만, 이내 가슴이 바짝바짝 타들었다.

오른쪽 어깨에 따뜻한 손이 내려앉았다. 하진은 고개를 돌렸다. 석영이 그의 어깨에 손을 얹은 채로 염려스러운 눈빛을 보내왔다. 또 어깨를 떨었나 보다. 초조해지면 어김없이 나타나는 증상.

하진은 심호흡을 하고 대기실 반대편으로 시선을 돌렸다. 고급스러운 가죽 소파에 승조가 앉아 있었다. 혀로 마른 입술을 축여가며 주먹을 말았다 폈다 하더니, 벌떡 일어나 카펫 위를 서성거렸다. 두꺼운 카펫이 승조의 발걸음 소리를 빨아들였지만 방 안에 차오르는 불안함은 격하게 전이됐다. 조바심이 긴장의 수준을 넘어 공포에 이를 지경이었다.

"바람 좀 쐬고 오겠네."

급기야 승조가 대기실을 빠져나갔다. 승조 뒤로 문이 닫히자 하진은 석영을 돌아봤다.

"애 나오는 게 원래 이렇게 오래 걸려?"

"나한테 물으면 어떡해?"

석영이 어깨를 으쓱했다.

"아하!"

하진은 카펫에 털썩 주저앉았다.

"영채 씨의 복수인 거야. 4년 동안 연락 끊은 부분이 너무 쉽게 넘어간다 했어."

옆에서 석영이 놀렸다.

"영채 그런 여자 아니야."

하진은 영채를 두둔하고 덧붙였다.

"부끄럽대."

"여자들이란."

석영이 고개를 절레절레 저었다. 그러게. 겹겹이 모든 것을 나눴는데 부끄러울 게 뭐 있다고. 하진은 맥없이 고개를 떨구면서 물었다.

"다음번엔 나도 끼워주겠지?"

"벌써 둘째 생각하는 거냐?"

석영이 코웃음을 쳤다.

"그건 영채 씨 마음이지. 둘째 생각할 것도 없어. 당장 은도에게 모유를 먹이느냐 마느냐, 은도에게 뭘 먹이고 뭘 입히느냐, 앞으로 은도를 어디서 어떻게 키우느냐의 모든 것들이 영채 씨 결정에 달렸을걸? 인생이란 차에서 너는 앞으로 쭉 보조석에 탈 거란 말이야."

"앞으로 인생은 아무래도 좋으니까 은도만 빨리 나왔으면 좋겠다. 몇 천억짜리 딜을 할 때도 이렇게 피 마르진 않았는데."

"은도 이 녀석 나오기만 해봐. 우리 스타일을 구긴 벌부터 받게 할 거야. 누가 지금 우리 모습 볼까 무섭다."

석영이 너스레를 떨었지만, 하진은 한숨만 내쉬었다.

"내 파이팅이 통하지 않다니. 권은도. 강적이다, 정말."

석영이 머리를 양손으로 움켜쥐었다.

승조는 병원 옥상으로 올라갔다. 먼 하늘에서 새벽빛이 밀려들고 있었다. 청신한 바람이 불어들어 얼굴을 쓸고 갔다. 돌연 코끝이 매워지면서, 입속에서 노래가 맴돌았다.

미워하는 미워하는 미워하는 마음 없이

아낌없이 아낌없이 사랑을 주기만 할 때

수백만 송이 백만 송이 백만 송이 꽃은 피고

그립고 아름다운 내 별나라로 갈 수 있다네.

「구 비서님!」

아득한 시간 너머에서 맑은 목소리가 들려왔다.

「실반지 하나 끼워주면서 같이 살자, 그게 뭐예요? 저는 고백하면서 노래까지 불러드렸는데. 이번 제 생일 때 다시 청혼해주세요. 답가도 불러주시고요. 안 그럼 구 비서님 색시 되기로 한 거 무를 거예요!」

「알았어.」

「정말이죠?」

꽃처럼 싱그럽던 도희의 모습이 눈앞에 선연했다.

이젠 모두가 떠날지라도 그러나 사랑은 계속될 거야.

사랑은 계속될 거야. 사랑은…….

노래 가사를 주문처럼 되뇌며 승조는 눈을 감았다. 기억이 영채의 열여섯 번째 생일날로 그를 데리고 갔다.

미국 하버드 스퀘어. 하버드대에 가려면 미리 캠퍼스를 둘러봐야 한다는 핑계로 영채가 계획한 여행.

거리에서 기타를 치며 노래를 부르는 가수를 지나치다 영채가 반색했다.

「어, 저 노래를 영어로 부를 수도 있네?」

「네가 저 노래를 어떻게 아니?」

「저 어렸을 때 아저씨가 자주 부르셨는데요.」

「그랬나?」

「정확히 말하면 아저씨가 노래를 부른 게 아니라 노래가 아저씨

안에 박혀 있다가 흘러나오는 느낌? 그런 거였어요.」

그때 도희를 생각했다. 도희와의 사랑을 생각했고, 그 사랑이 어떻게 꺾였는지 생각했다.

「아저씨, 무슨 사연 있는 노래죠?」

영채가 짓궂게 물었다.

「예전에 좋아했던 여자가 불러줬던 노래.」

「아저씨처럼 눈 높은 남자가 좋아하셨을 정도면 그 여자분 되게 예쁘셨나 보네요.」

「그래. 예뻤다.」

「그 여자분은 어떻게 되셨어요?」

「떠났지. 날 차고.」

「여자가 찬다고 그대로 차이셨어요?」

영채가 애어른처럼 고개를 저었다.

「이거야말로 제 생일 선물이네요. 인생의 교훈이에요. 정말 좋아하는 사람이라면 나를 차도 순순히 차이지 말자. 어떻게든 들러붙자. 안 그럼 구 비서 아저씨처럼 나이 들어간다.」

그때 슬프게 웃었던 것 같다. 도희가 그의 곁에 없어서 슬펐고, 훌쩍 자란 영채가 사랑스러워 웃었다.

「넌 나중에 사랑하는 사람이 생기면 절대 놓치지 마라.」

「그럼요. 사랑하는데 왜 놓쳐요? 저는 사랑하는 사람하고 행복하게 오래오래 살 거예요.」

풋풋한 영채의 미소가 세상 무엇보다 찬란하던 날이었다. 그 소녀가 여인이 되고, 한 사내의 아내가 되고, 이제 생명을 밀어내려 한다.

승조는 옥상 난간에 기대 하늘을 올려다보았다.

도희야…….

동이 트고 있었다. 바람이 가볍고 산뜻했다. 맑은 날이 될 듯했다.

내기실 카펫 바닥에 웅크린 하진 옆에 앉으면서 석영은 물었다.

"기억나? 내가 영채 씨에게 보내려던 장미에 네가 한 송이 더 얹은 거?"

어떻게든 하진의 주의를 딴 곳으로 돌릴 필요가 있었다. 이대로 두었다간 은도가 태어나기 전에 하진이 먼저 말라 죽지 싶었다.

하진은 멋쩍게 웃었다.

「이걸로 포장해주세요.」

봄빛 가득한 날, 하버드 캠퍼스 근처 꽃집을 울리던 석영의 목소리가 생생했다. 그때 그는 무대를 빛내던 영채를 떠올리면서, 상기된 석영과 석영이 고른 붉은 장미를 포장하는 꽃집 할아버지를 지켜보았다.

카드를 고르고 뭔가를 쓴 석영이 꽃과 함께 배달해줄 것을 부탁했다. 수업이 있다며 서둘러 꽃집을 나선 석영과 동행하는 동안 속이 울렁거렸다. 건널목을 건너고 나서 석영과 길이 갈렸다. 석영은 로스쿨 쪽으로, 그는 비즈니스 스쿨 쪽으로 걸었다.

석영이 시야에서 사라진 후 그는 걸음을 되돌렸다. 꽃집으로 돌아가 석영이 주문한 장미 한 송이에 장미를 한 송이 더하고, 악마의 유혹에 빠져드는 심정으로 꽃집 주인에게 부탁했다.

「카드는 빼주세요.」

석영의 미사여구가 적혀 있었을 카드가 그렇게 실종됐다.

꽃집 주인은 아무것도 묻지 않았다. 그날도, 그다음 주에도. 석영이 카드 딸린 장미 한 송이를 주문할 때마다 뒤늦게 찾아가 장미 한 송이를 더하고 카드를 빼달라는 그의 부탁에 언제나 빙긋 웃기만 했다.

꼬리가 길면 밟히는 법. 그의 개입을 알아차린 석영이 카드를 사서 들이밀었다.

「그 애가 그렇게 좋으면, 차라리 고백을 해. 뒤통수치는 건 권하진 않아.」

죄 지은 마음으로, 아무 소리 못 하고 카드에 적었다.

: Thank you.

피로 적은 듯한 인사가 하얀 카드에 박혔다. 석영이 보는 앞에서 낯간지러운 고백을 쏟아낼 수 없었고, 하필이면 갖고 있던 펜이 붉은색이었다. 간결함을 의도했던 메시지가 감정 과잉처럼 느껴져 부끄러웠다.

카드를 꽃에 넣는 대신 주머니에 넣고 꽃집을 나왔다. 그런데 재킷 주머니에 넣었던 카드가 나중에 보니 없었다. 당황하는 그를 지켜보다 석영이 씩 웃었다.

「내가 슬쩍해서 보냈지.」

우리에게 그런 시절이 있었구나. 그때 그 미소가 석영의 얼굴에 남아 있는 듯했다.

하진은 석영의 어깨에 팔을 둘렀다.

"은도가 태어나면, 나한테 한턱 단단히 쏘는 거다."

석영이 그의 등을 두드리는데, 대기실 문이 열렸다.

"Mr. Kwon."

키가 작달막하고 통통한 중년 여간호사가 하진을 찾았다. 하진은 벌떡 일어나 간호사를 바라봤다.

『아들을 얻으셨습니다. 축하합니다.』

간호사가 푸근한 미소를 지었다.

『영채는…… 산모는 어떻습니까?』

하진은 절박하게 묻고 대답을 듣기도 전에 대기실을 뛰쳐나갔다. 복도를 울리는 걸음 소리가 심장 박동 소리와 겹쳤다. 안개가 낀 듯 눈앞이 부예지면서, 기억이 자욱한 과거로 그를 데리고 갔다.

비가 내렸다. 강변에 노을이 졌다. 불타오르는 하늘을 바라보며 영채가 강가에 서 있었다. 빗줄기가 거세지는데도 영채는 꼼짝하지 않았다. 처량하게 젖은 영채의 모습이 마음을 후벼 팠지만, 그는 돌아섰다. 너를 잊을 거야. 어떻게든 잊을 거야. 빗줄기가 눈물과 섞여 뺨을 덮었다.

그때처럼 눈물이 나려 했다. 하진은 걸음을 서둘렀다. 기억은 이제 땅거미가 깔린 뉴욕의 거리를 배회하고 있었다. 영채가 걸었다. 종일 걷고 또 걸었다. 영채의 처진 어깨를 바라보며 그도 걸었다. 영채가 보고 싶어 보스턴에 가려 했던 날이었다. 펜 스테이션 전광판 아래 서 있던 영채를 본 순간, 다짐했다. 너에게로 갈게. 언젠가는 갈게.

분만실에서 아기 울음소리가 흘러나왔다. 뛰는 가슴을 주체하지 못한 채 하진은 분만실 앞에 섰다. 유리문이 열리는 순간이 영원처럼 느껴졌다.

뉴욕에서 김 회장과 나눴던 대화가 뇌리를 스쳤다.

「크리스마스 파티 때 지수를 에스코트 해주지 않겠니, 하진아?」

그 제안을 받아들였더라면, 그는 지금보다 훨씬 더 높은 곳에 서 있었을 것이다. 그리고 영채에게는 오지 못했을 것이다.

「회장님, 제가 구했던 지수가 진심으로 사랑받으며 살기를 바랍니다. 제가 언젠가는 사랑으로 구원받기를 바라는 것처럼요.」

그 마음으로 여기까지 왔다. 사랑이 그를 구해주리라 믿으면서.

영채가 대학원에 합격해 보스턴을 떠나던 봄, 영채가 살던 아파트를 샀다. 삶이 그를 지치게 할 때면 그곳에 가서 영채의 흔적을 더듬었다. 영채가 숨쉬고, 꿈꾸고, 웃었을 공간에서 그도 숨을 쉬고, 꿈을 꾸고, 웃었다.

강변 풍경이 내려다보이는 침실 창가가 유독 마음에 들었다. 훗날 영채가 멸치 장식 달린 풍경을 매달아두었다고 고백한 창가였다. 영빈이 전해준 그 풍경에 영채의 메모가 달려 있었다.

: 언젠가는 나의 젊은이가 올 것이다.

영채가 바람에게 빌었던 기원을 진작 알았더라면, 그는 영채에게 오는 길을 서둘렀을까?

가랑비가 내리던 어느 가을 오후. 영채가 풍경을 매달아놓았다던 창가에서, 그는 젖은 유리창에 썼다.

: 언젠가는 나의 아가씨에게 갈 것이다.

그런 그의 마음을 알았더라면, 영채는 덜 아팠을까?

분만실 문이 열렸다. 하진은 큰 걸음을 내딛었다. 침대에 앉은 영채가 포대기에 싸인 아이를 안고 있었다.

언젠가는. 나의 아가씨에게로.

하진은 벅찬 미소를 지으며 침대맡으로 갔다. 땀에 흠뻑 젖은 영채가 물기 그렁그렁한 눈동자로 그를 올려다봤다. 하진은 영채의 이마에 입을 맞췄다. 입술이 영채의 살을 쓸 때, 포대기 안에서 아이가 울음을 터트렸다.

아앙!

하진은 만지면 녹아내릴 것 같은 아기를 내려다보며 떨리는 목소리를 밀어냈다.

"은도야."

은도가 눈을 반짝 떴다. 하진은 아이의 손을 만졌다. 조그만 손가락이 그의 손에 닿아 꼬물거렸다.

"은도야, 아빠야."

영채가 아이를 어르며 속삭였다.

애애앵! 은도가 다시 울음을 터트렸다. 하진은 양팔로 조심스레 은도를 받아 안았다.

은도야, 너는 아름다울 수도 있고, 아름답지 않을 수도 있어. 총명할 수도 있고, 총명하지 않을 수도 있어. 병약할 수도 있고, 온갖 역경에 휘말릴 수도 있겠지. 그러나 너는 언제나 사랑스러운 아이

일 거야. 우리에게 사랑으로 흘러온 너. 사랑받고 자라서 사랑하며 살 거야. 꼭 그럴 거야.

「바다는 가장 정결하고 가장 불결한 곳이니.」

아득한 시간으로부터 아버지의 목소리가 날아들었다.

은도야.

가장 사랑스러운 사랑과 가장 절망적인 절망으로 잉태된 너는,

가장 견고한 어둠과 가장 찬란한 빛으로 빚어진 너는,

너는 나의 바다다.

이제 너의 우렁찬 울음으로 세상에 고하렴. 사랑하겠다고.

평탄하거나 굴곡지거나, 지순하거나 지독하거나,

사랑하고 사랑하고, 또 사랑하며 살겠다고.

새 생명의 온기가 뺨에 스며들었다. 그의 눈가에 맺힌 눈물이 넘쳐흘렀을 때, 어디선가 온화한 물결 소리가 들리는 것 같았다.

: 오늘 밤.

연어와 해파리.

결혼 5주년을 기념하여.

하진은 영채의 카드를 재킷 주머니에 넣고 사무실을 나섰다. 펜
스테이션으로 가 고속열차를 타고 보스턴에 도착했을 때, 하늘이
어두웠다. 지하철로 케임브리지에 진입한 하진은 하버드 스퀘어 역
에서 내려 걸었다.

도시에 스며드는 밤의 겹들 사이로 안개비가 흩뿌렸다. 카페 '연
어와 해파리'에 도착했을 때, 카페 입구에 표지판이 세워져 있었다.

[오늘 저녁 영업을 쉽니다]

하진은 머리에 썼던 재킷의 후드를 넘겨 내리고 카페 문을 밀쳤
다. 쟁그랑 종소리를 내는 유리문 안으로 들어서자 어둑한 카페 바
닥에 불꽃들의 춤이 펼쳐졌다.

별의 형상으로 늘어선 양초들을 지나 고요한 카페 안쪽으로 걸은
하진은 작은 사각 나무 테이블과 의자를 보았다. 오로지 그만을 위
해 준비된 듯한 테이블 가운데서 물고기 모양 티캔들이 타올랐고,
캔들 앞에 머그컵과 장미 두 송이가 놓여 있었다.

머그컵에는 막 내린 듯한 따뜻한 커피가 절반쯤 차 있었다. 수마트라. 그가 좋아하는 커피의 향기를 들이마시며 하진은 단정히 엇갈린 장미 두 송이를 어루만졌다. 어둠에 물든 꽃봉오리와 가시가 초야의 신부를 연상시켰다. 반려의 손길을 기다리는 다소곳한 자태와 삐주룩한 수줍음. 초를 녹이며 일렁이는 불꽃의 그림자를 안고, 붉음과 초록이 매혹과 애련의 이중주를 소리 없이 연주했다.

보드라운 꽃잎이 손끝을 간질였을 때, 바닥이 울렸다. 또각또각. 하진은 소리가 나는 테이블 맞은편을 주시했다. 천장 조명이 켜지고 카페 바닥보다 높은 무대가 모습을 드러냈다.

또각또각. 검은 스틸레토를 신은 영채가 무대로 걸어 나왔다. 매끈한 다리 선을 드러내는 블랙진에 블랙 탱크톱을 입은 모습이 여전히 고왔다. 희고 갸름한 얼굴을 타고 흘러내린 머리카락이 맵시 있는 어깨 위에서 찰랑거렸다.

영채가 무대 가운데에 설치된 마이크 앞에 섰다.

"안녕하세요? 좋은 밤 보내고 계신가요?"

영채의 붉은 입술이 움직일 때 장미향이 났다.

하진은 의자를 빼서 테이블 앞에 앉았다. 영채가 마이크를 양손으로 붙들고 붉은 입술 너머 미지의 공간에서 노래를 흘려냈다.

먼 옛날 어느 별에서 내가 세상에 나올 때

사랑을 주고 오라는 작은 음성 하나 들었지.

사랑을 할 때만 피는 꽃 백만 송이 피워 오라는

진실한 사랑을 할 때만 피어나는 사랑의 장미…….

고혹적인 음색이 아득한 시간 너머에서 추억을 불러들였다.

봄날의 미풍과 여름의 산들바람. 가을의 소슬바람과 한겨울의 삭풍. 바람 한 점 없는 날에도 내게로 불어들던 너.

진실한 사랑은 뭔가. 괴로운 눈물 흘렸네.

헤어져간 사람 많았던 너무나 슬픈 세상이었기에.

수많은 세월 흐른 뒤 자기의 생명까지 모두 다 준

빛처럼 홀연히 나타난 그런 사랑 나를 안았네.

"권하진 씨."

유혹적으로 울리는 속삭임에 하진은 전율했다.

너의 입술에서, 너의 숨결로, 나는 다시 태어나지.

젊음의 이름으로.

사랑의 이름으로.

희망의 이름으로.

하진은 자리에서 일어나 테이블에서 장미를 집어 들었다. 무대로 올라가 장미를 영채에게 바쳤을 때 영채의 얼굴에 화사한 미소가 피어났다.

하진은 영채의 얼굴을 양손으로 감싸고 고개를 숙였다.

기억하니, 그 봄밤을?

그 노을과 그 꽃비를.

달빛보다 애틋했던 키스를.

평생보다 깊었던 우리의 순간, 순간, 순간들을.

슬픔이 무성했던 계절에도 빛나던 너는.

영채의 장미향 배인 입술이 그의 입술 사이에 갇혔다.

나의 꽃, 나의 가시.

나의 가시, 나의 아내.

19

아름다운, 이토록 아름다운

    창 밖 까만 하늘에 별들이 오손도손 돋아 있었다. 창가에 앉은 일곱 살 꼬마는 양손에 턱을 고이고 별들을 올려다봤다. 책에서 본 별자리들이 눈에 잡히진 않았지만, 상관없었다. 꼭 무엇의 모양을 하고 있지 않아도, 이름이 없어도, 별은 별이어 예쁘니까. 오늘 밤 별은 세상을 내려다보는 천사들의 눈 같고, 요정들이 뿌린 마법 가루 같았다.

    딸깍. 문 열리는 소리에 꼬마는 뒤를 돌아봤다. 검은 롱 원피스를 입은 엄마가 문가에 서 있었다. 문가 작은 등이 비춘 엄마의 무표정한 얼굴을 보고 꼬마는 창가에서 물러나 침대로 들어갔다.

    "이제 잘 거예요."

    침대에 누워 이불을 가슴께까지 끌어올리는데, 꼿꼿이 서 있던 엄마가 말했다.

    "별은 몇 만 년 전에 죽은 것들이야. 네가 올려다보는 건 헛것들이란다."

    "정말요?"

    꼬마는 슬퍼졌다.

    "그래."

    등이 꺼지고 서늘한 인사가 어둠 속에서 날아들었다.

"Good night, 영채."

엄마의 향수 냄새가 멀어지고 문이 곧장 닫혔다.

"엄마도 안녕히 주무세요."

닫힌 문을 향해 중얼거린 꼬마는 창가 쪽으로 돌아누웠다. 까만 하늘에서 별들이 여전히 반짝였다.

"저렇게 예쁜데."

별들을 보고 있으면 가슴이 콩콩대는데. 몇 만 년 전에 죽은 것들이라니.

"별들도 잘 자."

꼬마는 창 밖 하늘을 향해 손을 흔들고 눈을 감았다.

「별은 벌써 몇 만 년 전에 죽은 것들이야.」

엄마의 말이 머릿속에 맴돌아 코끝이 아렸다.

꼬마는 옆으로 누워 몸을 말았다.

"엄마."

너른 방에 가는 목소리가 퍼져 나갔다.

"엄마아아아."

목소리의 울림이 잦아들었을 때 방은 여전히 조용했다.

"엄……."

꼬마는 입을 열다 말고 이불을 목까지 올렸다. 바람 한 점 없는 밤, 포근한 이불 속에서 몸이 자꾸 움츠러들었다. 다리를 오므려도, 이불을 한껏 끌어당겨도, 가슴팍이 여전히 시렸다.

하나, 둘, 셋…….

별을 세며 잠을 청해보려 할수록 엄마의 서늘한 목소리가 자꾸 졸음을 흔들었다.

「별은 벌써 죽은 것들이야.」

죽은 것들이야.

죽은 것들이야.

아니야.

아니야.

이불을 꼭 움켜쥐고 고개를 내젓는데, 눈물이 질금 흘러나왔다.

"엄마."

어두운 방에 물기 어린 목소리가 헛헛이 울렸다.

25년 후.

"Beauty is truth, truth beauty that is all

Ye know on earth, and ye need to know."

칠판에 적힌 문구를 읽은 영채는 강의실 중간 줄에 앉은 남학생을 호명했다.

"심재훈, 지난 시간에 재훈이가 낸 의견을 오늘 다시 짚어보자고 했지. 오늘 강의는 재훈이가 오프닝 해볼까?"

갈색 테 안경을 쓴 말간 얼굴의 남학생이 일어났다.

"네. 아름다움은 진리요, 진리는 아름다움이다. 그것이 세상에서 인간이 아는 전부요, 알 필요가 있는 전부이다. 존 키츠의 '그리스 도자기에 부치는 노래(John Keats, 'Ode On A Grecian Urn)' 마지막 문구입니다."

긴장한 듯 더듬거리는 재훈에게 영채는 상냥한 미소를 지었다. 영채의 격려에 재훈은 안경테를 올리고 목소리를 키웠다.

"도자기는 대칭과 곡선의 미가 돋보이는 공예품입니다. 대칭과 곡선미는 치밀한 계산을 바탕으로 구현된다고 생각하는데요, 그렇다면 이 구절을 수학이나 자연과학적인 진리 탐구에 적용할 수 있다고 보십니까? 수학에서도 어떤 숫자가 아름답다고 하고 증명의 과정을 아름다움에 비유하지 않습니까? 이 구절은 워낙 유명해서 해석이 분분한데, 저는 진리 추구가 미의 추구와 맞닿는다고 보았습니다. 이 해석도 맞을까요?"

재훈이 자리에 앉자 영채는 잘했다는 듯 고개를 끄덕여주었다. 그 미미한 몸짓에 재훈의 볼이 발개졌다.

영채는 강의실을 거닐며 학생들을 둘러보았다.

"그런 관점에서 본다면 시도 마찬가지겠죠. 운율과 격식의 틀 안에서 주조되니까요. 하지만 우리는 보통 시를 분석하기 전에 느끼지 않나요? 연인들이 서가에 나란히 앉아 시를 읽는 걸 상상해봅시다. 아마도 서정적인 연애시를 읽겠죠? 읽으면서 운율이 어떻고, 은유가 어떻고, 생각할까요?"

"아뇨!"

맨 끝줄에 앉은 학생이 외쳤다. 머리카락을 짧게 깎은 거구의 남학생이었다.

"용우는 뭘 생각할 거지?"

영채는 남학생에게 물었다.

"어떻게 하면 여친을 감동시킬까, 멋있는 구절 외웠다가 언제 폼나게 써먹을까, 처음엔 머리를 굴리다가 나중엔 생각이고 뭐고 못할 것 같아요. 여친이 옆에 있는데 시는 눈에 안 들어옵니다!"

강의실 곳곳에서 잔웃음이 터졌다.

"감동!"

영채는 검지를 느낌표처럼 세웠다.

"바로 그거예요. 감동이란 지적 욕구가 충족되는 것에서 비롯되기도 하지만, 지극히 감정적인 현상이니까요. 진리의 아름다움을 논할 때, 개인의 주관적이고 감성적인 심상을 과소평가해선 안 돼요. 강의가 끝나고 교정을 거닐면서 주위를 둘러보세요. 세상이 얼마나 아름다운 것들로 가득한지. 개개의 아름다움들이 얼마나 조화롭고 균형 있게 공존하는지. 세상의 아름다운 질서를 우리가 최초로 받아들이는 매체가 이성인지, 감성인지."

"예를 들자면, 어떤 아름다움이요?"

학생 중 한 명이 물었다.

"예를 들자면……."

강의실을 둘러보며 생각을 가다듬던 영채는 맨 끝줄 구석에 앉은 남자와 눈이 마주쳤다. 연파란 셔츠에 진남색 슈트를 입은 남자가 그녀를 주시했다. 노타이 차림에 의자에 등을 기대고 다리를 쭉 뻗은 느긋한 자세였지만 눈빛만은 밀밀했다. 남자의 빈 옆자리에 슈트와 같은 색의 트렌치코트가 걸쳐 있었다.

영채는 휘어 올라가려는 입꼬리를 다잡았다.

"다른 사람의 심장 박동이 내 심장 박동보다 더 생생하게 느껴질 때. 이름조차 모르는 타인을 만났을 때, 마치 그 사람을 한평생 알아온 것 같은 환상에 빠질 때. 하늘로 날아오르는 풍선을 보면서 내가 하늘을 날고 있는 것 같은 환각에 젖어들 때. 그런 순간들을 생리학이나 시간의 이론, 혹은 중력의 법칙으로 설명할 건가요? 어느 순간 우리를 압도하는 강렬한 아름다움이 있어요. 이건 그냥 느껴야 해요. 느끼고 빠져들어야 하죠. 그럼 알게 돼요. 우리의 감각이 인지하는 아름다움이 절대적이어, 그 어떤 과학적 이론이나 법칙을 초월하여 진리로 여겨지는 현상이 일상 곳곳에 널려 있다는 걸. 진정한 아름다움은 증명할 필요가 없어요. 그저 존재하고, 그 존재의 아름다움에 우리의 존재가 겹쳐지는 순간이 바로 진리일 테니까요. 아름다움은 진리요, 진리는 아름다움이다. 이 구절을 그렇게 해석할 수도 있겠죠."

질문으로 강의를 시작했던 재훈이 손을 번쩍 들었다. 영채는 재훈에게 말하라는 눈짓을 했다. 재훈이 큰 숨을 내쉬더니 눈을 질근 감고 외쳤다.

"저도 예를 하나 들자면, 지금 이 순간 제게 아름다움이요 진리인 것은 교수님입니다!"

"우우우."

놀림 섞인 환호성이 터졌다. 진지하게 강의를 경청하던 학생들이 웃음을 터트리며 손바닥을 쳐댔다. 여기저기서 휘파람 소리도 날아들었다. 그 와중에 굳은 표정으로 가슴팍에 팔짱을 낀 한 사람.

영채는 강의실 구석을 힐긋 살피고 재훈에게 다가갔다.

"재훈아, 감동적인 예시인데, 내 입장이 아주 곤란해졌다. 나에게 아름다움이요 진리인 분이 이 자리에 와 계시거든."

학생들이 일제히 주위를 두리번거렸다. 맨 뒷줄 끝자리에서 하진을 발견한 여학생들이 수런거렸다.

"교수님 남편."

"차도남 스타일!"

"슈트발, 어떡해!"

속닥거림과 웅성거림이 번져가는 가운데, 몇몇 여학생은 큰 소리로 인사까지 건넸다.

"안녕하세요!"

"오늘은 강의실까지 들어오셨네요."

딱딱했던 하진의 얼굴에 설핏 미소가 떠올랐다.

"꺄아."

"심쿵. 심쿵."

여학생들의 환호가 강의실을 흔들었다. 영채가 곤혹스러워하며 학생들을 진정시키는 동안 귓불까지 발개진 재훈이 책상에 철퍼덕 엎어졌고, 옆자리 학우들이 그의 등을 다독였다.

4월 중순, 한강대학교의 교정이 봄으로 가득했다. 벚꽃이 만개한 나무 아래를 거닐며 영채는 옆에서 발을 맞추는 하진의 팔을 쳤다.

"강의실에 나타나면 어떡해요?"

"잘 보여야지. 계약 갱신하는 날인데."

"권하진 씨, 오늘 한 행동이 잘 보이는 거였다고 생각해요?"

하진이 고개를 까닥했다.

"반응 좋았잖아. 너한테 집적대는 녀석도 퇴치하고."

"뻐기는 취향은 여전하시네요, 남편님. 개선의 기미가 보이지 않아요."

"뭘 굳이 고쳐? 뻐긴 만큼 열심히 비벼주면 되는데."

"아, 정말."

영채는 달아오른 뺨을 한 손으로 가렸다. 하진이 그녀의 손을 잡아 감아쥐고 엄지로 손바닥을 은밀하게 더듬었다. 영채는 입술을 동그랗게 말아 더운 숨을 내쉬었다.

"미치겠다, 정말."

"계절은 봄이고. 우리는 아직 젊고. 나도 미치겠다."

하진이 옆에서 시를 읽듯 투정했다. 교정을 빠져나가는 내내 그녀의 심장이 쿵쿵 널뛰었다.

잠시 후, 하진과 영채는 한강대학교 근처에 있는 디저트 카페 창가 테이블에 마주 앉았다. 마카롱과 홍차를 주문한 영채가 종이 한장과 만년필을 꺼내 테이블에 올렸다.

"천천히 읽어봐요."

"무슨 대단한 조항이 있어서 만기가 되기도 전에 서두르나, 서영채 씨?"

하진은 종이를 쓱 훑었다. 그의 앞에 놓인 것은 결혼 이후 반년마다 한 번씩 갱신되고 있는 결혼 계약서였다.

1. 이 결혼을 종신 계약으로 변경한다.

첫 조항에 입술이 길게 늘어지도록 미소가 지어졌다.

영채가 새침한 몸짓으로 홍차를 홀짝였다.

"6개월마다 다시 작성하는 것도 번거롭고. 종이도 아깝고. 이참에 영구 보전판 만들어요. 환경을 생각해야죠."

"아, 환경."

하진은 눈썹을 치켜 올렸다가 종이로 시선을 내렸다.

2. 이혼할 시 권하진은 전 재산을 서영채에게 내준다.

눈이 가늘어졌다. 영채가 찻잔을 내려두고 마카롱을 집어 들면서 종알거렸다.

"돈이야 또 벌면 되죠. 능력도 많은 사람이."

하진은 아무 말 없이 턱 끝을 쓸고 다음 조항을 읽었다.

3. 장미를 선물할 때는 세 송이로 한다.

"왜 세 송이야?"

"마음이 바치는 한 송이. 몸이 바치는 한 송이. 운명에게서 쟁취한 한 송이."

영채가 피스타치오 마카롱을 반으로 갈라 한 조각을 그의 접시에 놓았다.

"운명이 우리를 시험하다 하다 질려서 장미 한 송이 던져주고 갔거든요. 내가 졌다. 옛다, 이거 갖고 잘 먹고 잘 살아라."

하진은 유쾌하게 웃었다. 영채가 정색하며 눈을 동그랗게 떴다.

"웃을 일이 아니죠. 운명은 지금 어디선가 또 다른 아가씨와 젊은이를 시험하고 있을 텐데."

하진은 만년필 뚜껑을 열고 빈 칸에 그의 조건들을 적어 넣었다.

: 서영채.

: 서영채.

: 서영채.

하단에 사인한 계약서를 영채에게 되돌리니 영채가 에어 키스를 날리고는 색색의 마카롱을 절반으로 갈랐다.

하얀 바닐라 마카롱.

분홍 헤이즐넛 마카롱.

노오란 레몬 마카롱.

초록의 피스타치오 마카롱.

달콤하고 바삭한 마카롱에 홍차가 곁들여졌다.

빛처럼 지나가는 봄날을 아쉬워하듯, 하진과 영채는 마카롱을 조금씩, 천천히 먹었다. 한 입이 줄고. 한 조각이 사라지고. 홍차 한 모금에 눈맞춤 한 번. 약속이나 한 듯, 두 사람의 접시에 초록 마카롱만이 남았을 때 영채가 말했다.

"이거 먹고 망원경 사러 가요."

"아, 망원경. 잊을 뻔했다."

하진이 태블릿을 꺼내 영채에게 보여주었다. 그가 점찍어둔 망원경 모델을 본 영채가 반색하다 고개를 갸웃했다.

"곰양네 망원경이네? 어린이용으로 인기 많던데. 그런데 은도가 좋아할까?"

"좋아할 거야."

"어떻게 알아요?"

"내 아들이니까."

자신만만한 하진을 영채는 살짝 흘겨보았다. 또 뻐긴다. 소리 없이 입술을 옴질거리는 그녀를 보던 하진이 그녀의 홍차 잔을 가져가 차를 들이켰다.

"뭐예요? 자기 차 놔두고."

"키스할 수는 없잖아. 공공장소에서."

영채는 소르르 웃고 하진의 찻잔을 가져왔다. 다정하게 그녀를 바라보는 하진과 눈을 맞추면서 차를 들이켤 때, 입술에 와 닿는 하진의 잔향이 가슴까지 물들였다. 따로, 또 같이 차를 마시며, 그들은 그렇게 입술을 마주 댔다. 마음을 꼭 마주 댔다.

그날 하진과 영채는 망원경을 사서 귀가했다. 그들이 망원경을 구입한 사연은 이러했다.

일주일 전 늦은 밤, 잠자리에 든 줄 알았던 은도가 훌쩍이며 거실로 나왔다. 발코니에서 화분에 물을 주고 있던 하진과 영채는 놀라 은도에게 달려갔다.

「은도야, 왜 그래?」

「나쁜 꿈 꿨어?」

은도가 품에 안고 있던 '인어공주' 책을 내밀었다.

「인어공주가 왕자를 좋아했는데, 왕자가 몰라요. 그래서 인어공주가 거품이 돼요.」

입술을 비죽이다 울음을 터트린 은도를 하진이 얼른 안았다.

「누군가를 좋아하는 마음은 거품이 아니야, 은도야.」

「거품 그림이 있는데요. 마지막 장에 공주가 안 보여요. 아빠, 거품으로 변한 공주가 팡 터져서 사라졌나 봐요.」

은도는 아예 엉엉 울고 있었다.

「아니야. 사라진 게 아니라, 인어 공주는 거품으로 날아올라서 별이 된 거야.」

하진은 은도의 등을 다독였다. 옆에서 부자를 지켜보는 영채에게 윙크까지 해가며.

「정말요?」

은도가 고개를 들고 물었다. 울음은 그쳤지만 젖은 눈망울에 여전히 의구심이 가득했다.

「그럼. 우리 망원경 사자. 망원경 사서 인어공주 별자리 찾아보자.」

하진이 약속하자 은도의 눈이 그제야 환하게 빛났다. 하진에게 안겨 침대로 간 은도는 영채가 불러주는 자장가를 들으며 잠에 빠져들었다. 졸음으로 가득한 눈을 감으며 은도가 마지막으로 웅얼거린 말은, '할아버지 별자리랑 멸치 별자리도 찾아봐요.'였다.

하늘이 맑은 밤이었다. 하진과 은도는 망원경을 발코니에 세우고 별을 관찰했다. 다정한 부자의 모습을 카메라로 찍은 영채는 서재 옆방으로 갔다. 하진과 그녀가 '기억의 방'으로 명명하고 추억을 저장해가는 공간이었다. 미정이 모은 민욱의 물건부터 해명수산의 영욕을 기록한 스크랩북, 하진이 그녀의 사진으로 맞춘 퍼즐, 두 사람이 일상에 쫓겨 서로에게 미처 하지 못했던 말들을 기록한 노트까지, 가족의 시간이 고이 쌓여가고 있는 사랑의 전당.

영채는 사진을 컬러 출력한 후 '은도'라고 적힌 사진첩을 꺼냈다. 사진을 빈 페이지에 붙이고, 사진 밑에 펜으로 적었다.

: 아빠와 함께 별을 보는 은도.

사진첩을 책꽂이에 넣은 영채는 창가로 가서 밤하늘을 올려다보았다. 무연한 하늘에 돋은 별들이 토실토실했다. 몇 만 년 전에 사라졌으면 어때. 저렇게 예쁜데. 저렇게 예쁜 것들 아래서 우리가 사랑하며 살아가는데.

"별들, Good night!"

하늘 향해 손 키스를 날린 영채는 거실로 나갔다. 하진과 은도의 대화가 도란도란 들려왔다.

"아빠, 별을 찾으면 별 이름을 지을 수 있다는 게 정말이에요?"

"그렇다고 들었는데."

"하늘 열심히 보고 새 별 찾아서 아빠 이름 붙여줄까요?"

하진이 은도 옆에 무릎을 굽히고 앉았다.

"엄마는?"

곤란한 듯 생각에 잠겼다가 은도가 한 대답이란.

"별 이름은 아빠로 하고 아빠가 엄마한테 그 별을 선물하면 되잖아요."

"별을 어떻게 선물해?"

"내가 우주선 만들어줄게요. 아빠가 엄마 데리고 별나라 갈 수 있게."

"우리 은도 빨리 커야겠네. 별도 찾고 우주선도 만들려면."

영채는 하진과 은도에게 다가갔다.

"권씨 남자들, 무슨 이야기를 그렇게 열심히 해?"

은도가 검지를 입술에 갖다대며 하진을 향해 쉿, 했다.

"엄마한텐 비밀이에요."

자기 방으로 조르르 달려가는 은도를 보면서 영채는 허리춤에 양 손을 올렸다.

"아빠랑만 친하고. 권은도 너, 그렇게 살면 안 돼."

"엄마, 안녕히 주무세요!"

씩씩한 밤 인사를 날리고 은도가 모퉁이로 쏙 사라졌다.

영채는 하진을 향해 돌아서 새치름한 한숨을 내쉬었다.

"결정적인 순간엔 아빠 아들이지. 어머니 말씀으론 권씨 집안 남자들 내력이라는데. 사실이었네."

하진은 웃음을 참으면서 영채에게 다가섰다.

"영채야."

"왜요?"

"영채야."

영채가 눈을 동그랗게 떴다.

"영채야."

하진은 영채의 허리를 끌어당겨 안았다.

"곤란한 순간에 몸으로 때우는 영악한 버릇이 생겼어요, 권하진 씨."

앙탈을 부리던 영채가 이내 그의 품에서 녹아내렸다. 또 하루가 가고, 또 한 계절이 가고. 이렇게 영채를 안고 있으면 시간의 흐름도, 분절도 무의미해진다. 그에게 시간이란 영채와 함께하는 순간 순간들이 만개한 행복의 다발이다.

"하진 씨. 나, 은도가 별나라 여행 보내줄 때까지 못 기다려."

하진은 그래서 어쩌라고, 하는 표정으로 영채를 내려다봤다.

"오늘 밤에 별나라 가고 싶은데."

"너, 아주 깜찍하게 야하다."

"힘든 한 주였어. 별이 고파."

영채가 애처로운 표정을 지으며 그의 가슴을 손가락으로 갉작댔다. 하진은 소리 내어 웃으며 영채에게 입 맞췄다. 방으로 들어간 줄 알았던 은도가 그들을 지켜보는 것도 모른 채.

모퉁이 너머에서 고개를 빼꼼 내밀고 영채의 동향을 살피던 은도는 안도의 한숨을 내쉬었다. 다행이다. 엄마가 웃는다. 안아주는 것만으로 엄마 화를 풀어버리는 아빠, 역시 대단하다.

대단한 아빠, 오늘 밤에 동생도 만들어주면 좋겠다. 아빠가 엄마를 꼭 안아줘서 내가 생겼다고 했는데. 그런데 저렇게 안아서 동생이 생길까?

은도는 미간에 힘을 준 채 양 검지를 부딪쳐댔다. 아빠. 더 꼭 안아요. 꼬오오오옥.

엄마가 아빠 목을 감은 팔을 풀더니 손가락을 활짝 펼쳐 보인다. 팡, 소리를 내면서. 저 팡은 도대체 뭘까? 암만 생각해도 모르겠다. 엄마는 아빠랑 둘이 있을 때면 가끔 저렇게 팡, 소리를 낸다. 아빠는 엄마를 많이 사랑하니까 엄마가 거품으로 변할 일도 없을 텐데.

아빠만 볼 수 있는 마술인 걸까? 엄마가 손을 펼치면서 팡, 하면 아빠가 웃는다. 아빠가 웃으면 엄마도 웃는다. 아빠랑 엄마랑 함께 웃는 걸 보는 게 좋다.

아, 엄마랑 아빠가 웃으면서 이야기만 한다. 이야기 말고 안는 걸 더 하면 좋을 텐데. 오늘도 동생은 안 만들어지려나 보다.

시무룩한 얼굴이 되어 방으로 간 은도는 책꽂이에서 '인어공주'를 빼들고 침대에 앉았다. 말간 거품으로만 가득한 마지막 장을 펼쳤는데, 뒤에 한 장이 더 있었다. 하얀 도화지에 그림을 그리고 글을 적어 누군가 덧대놓은 장이었다.

도화지 위쪽 절반엔 까만 하늘에 은색 별들이 반짝이는 크레파스 그림이 있고, 아래쪽 절반엔 검정 펜으로 적힌 글씨가 있었다.

: 거품으로 변한 인어공주는 하늘로 올라가 별이 되었습니다. 하늘에서 다른 별들과 함께 오래오래 행복했습니다.

아빠의 글씨체였다.

은도는 함박웃음을 지으며 책을 쓰다듬었다. 슬펐던 '인어공주'가 행복한 이야기로 변했다. 아빠는 참말로 대단하다.

처음부터 끝까지 '인어공주'를 읽은 은도는 책을 품고 침대에 누웠다. 침대맡 전등을 껐는데, 어둠에 송송 구멍이 난 것 같았다. 뒤척이다 보니 천장에 길쭉하고 자잘한 야광 스티커들이 붙어 있었다.

우와, 멸치별!

아빠 최고!

은도는 헤헤 웃으면서 잠에 빠져들었다. 인어공주가 멸치별들 사이에서 춤추는 꿈이 잠 속으로 스며들었다.

"미워하는 미워하는 미워하는 마음 없이
아낌없이 아낌없이 사랑을 주기만 할 때
수백만 송이 백만 송이 백만 송이 꽃은 피고
그립고 아름다운 내 별나라로 갈 수 있다네."

목소리를 되찾은 인어공주가 별들을 어루만지며 노래했다. 신기하게도, 인어공주는 엄마의 목소리로 엄마가 평소에 자주 부르는 노래를 불렀다.

아름다운 노랫가락이 밤하늘에 흐르는 동안, 장미 모양 별들이 돋아나 팡팡, 빛을 터트렸다.

하나. 둘. 셋…….

세도 세도 끝이 없는 꽃별들의 정원 너머에서, 사진에서 보았던 할아버지가 미소 짓고 계셨다.

은도야…….

은도야…….

– fin.

music

'가시꽃의 이중주'와 함께하면 좋은 음악

Destino_드라마 '공주의 남자' OST

Wonderland_Maksim

The Water Is Wide_Karla Bonoff

Shooting Star_Owl City

Heart of a King_영화 'Man In The Iron Mask' OST

Shape of Love_유키 구라모토

무반주 바이올린 파르티타 2번 BWV 1004_바흐

안녕, 안녕_심규선

이별이 먼저 와있다_카이

만약에 말야_전우성

우리의 음악_에피톤 프로젝트

Just Show Me How To Love You_Sarah Brightman

비밀_부활

Dinner_Ennio Morricone 작곡_Yo Yo Ma 연주

선잠 (나 그대의 사랑이 되리)_제이레빗

Once Upon Another Time_Sara Bareilles

단 한 번의 사랑_더원

이 사랑_더원

'사계' 중 여름 3악장_비발디

슬픔도 지나고 나면_이문세

언제나 오늘처럼, 맑게 흐르는 이 강물처럼, 파란 저 바다처럼_전수연

누구나 사랑을 한다_부활

흰수염 고래_YB

봄의 기적_이지형

&

피아노 협주곡 3번_라흐마니노프

오페라 '투란도트' 중 '공주는 잠못 이루고'_푸치니

오페라 '마술피리' 중 '지옥 같은 복수심이 내 마음에 끓어오르네'_모차르트

afterword

동이 트고 있습니다. 작업실 창을 열어두고 새날의 빛을 들이면서, '가시꽃의 이중주'를 집필하는 동안 책상 앞에 붙여 두었던 글귀들을 떼어냅니다.

내 인생의 빛. 내 몸의 불꽃. 나의 죄. 나의 영혼.
– 블라디미르 나보코브, '로리타' 中

우리는 사랑 이상의 사랑으로 사랑하였습니다.
– 애드가 앨런 포우, '애너밸 리' 中

나는 내 영혼의 주인.
나는 내 운명의 선장.
– 윌리엄 어네스트 헨리, 'Invictus' 中

밤과 낮을 위해
그리고 영혼의 사계절을 위해 건배.
– 파블로 네루다, '하루에 얼마나 많은 일들이 일어나는가' 中

Carpe Diem. Amor Fati.

코르크 판을 채웠던 메모들과 사진들이 낙엽처럼 떨어집니다.

'가시꽃의 이중주'라는 이름으로 컴퓨터에 저장했던 음악폴더도 삭제합니다. 후기를 써서 원고와 함께 출판사에 보내고 나면, 지난 3년간 제 일상의 일부였던 영채와 하진이 빠져나간 삶을 시작해야 한다는 것이 조금 막막합니다.

산다는 것은 한번 흘러가버리면 되돌릴 수 없는 순간들의 숲을 헤쳐나가는 것입니다. 반추와 개선과 재기의 기회가 주어질 수도 있고, 주어지지 않을 수도 있습니다. 그러한 점에서 글쓰기 노동은 자비롭습니다. 실수를 바로잡고, 부족한 것을 더하고 넘치는 것을 덜어내고, 거친 표현들을 정제하고, 어린 문장들을 숙성시키면서, 사랑의 순간들을 몇 번이고 다시 빚을 수 있다는 것은 작가만이 누릴 수 있는 축복입니다.

그러한 축복을 허락해준 영채와 하진에게 감사합니다. 두 사람이 언제까지나 초록의 심장을 나침반 삼아 사랑하기를 바랍니다.

언제나 그렇듯이, 제가 글 속 세상에서 행복했을 때 글 밖에서 외로움을 감내해주었던 이들을 기억합니다. 고맙고, 미안합니다.

후지산 에피소드를 흔쾌히 빌려준 남동생에게 각별한 고마움을 전합니다. 그의 공감과 도움이 없었더라면 이 소설을 시작하지 못했을 것입니다.

네 작품째 함께 작업하고 있는 이승진 편집인도 이 작품의 탄생에 일조해주었습니다. 언젠가 그에게 선물 받은 책을 읽고 강에서 시작해 바다에서 끝나는 이야기를 써보고 싶다고 한 적이 있었습니다. 이제 그 이야기를 전합니다.

본문을 장면별로 녹음하여 음성파일로 전달해준 벗 윤주 씨에게도 큰 빚을 졌습니다. 모니터 상에서 꽤 근사해 보이던 문장들이 낭독되었을 때 투박한 민낯을 여지없이 드러내곤 했습니다. 바쁜 일상을 쪼개어 본문을 한 줄 한 줄 읽어준 그의 정성은 외로운 퇴고 작업에 따뜻한 격려가 되어 주었습니다.

책표지에 박히는 건 저의 이름이나, 이 이야기를 구상하는 순간부터 탈고하기까지 도움과 영감을 주신 수많은 분들이 있었습니다. 모두 고맙습니다. 책으로 엮여 세상으로 나간 '가시꽃의 이중주'를 독자들에게 전달하는 과정에서 애쓰실 분들께도 미리 감사드립니다. 마음과 지갑을 열어 이 책을 선택해준 독자들께도 감사합니다.

마라톤 같은 여정이었습니다. 꿈을 꾼 것인지 악몽을 견딘 것인지 모르겠습니다. 이제 밤이 가고 아침이 밝았습니다. 긴긴 불면의 밤들을 털어낼 수 있을 듯도 합니다. 단잠 한껏 자고 새 날을 살아가고 싶습니다. 청소를 하고, 창틀을 닦고, 손톱을 깎고, 이불을 빨고, 바다를 보고, 책과 빵과 꽃을 사고, 사람들의 숲에서 느릿느릿 걸으면서……

미워하는 마음 없이. Vincero. Vincero.

2015년 10월 5일
나자혜